忘れ雪

新堂冬樹

角川文庫
13161

目次

序章 ………………………………………………………… 七

第一章 ……………………………………………………… 六六

第二章 ……………………………………………………… 二四七

第三章 ……………………………………………………… 四四二

終章 ………………………………………………………… 五四七

解説　　　　　　　　　　　　　　長江俊和 …… 五五三

忘れ雪

冬の忘れもの　春に届けにきたように
君は再び僕の前に現れた

遠い日の思い出が僕の眠り覚ます
あの日誓った約束のこと
君はずっと待っていたんだね
あの頃と変わらずそのままで……

なのに僕は　それに気づかずに
君を傷つけてしまった

この時間《とき》が消えぬようにと願う君を
僕は抱き締めて離さずにいたい
こわれそうな君をささえるように……

僕は忘れ雪に願う　この思いが君に届くことを

ほんの少しの思い出が君をささえている
僕らの未来はこれからなのに
必ず君を迎えにいくよ
ふたりの時間《とき》を重ねるために……

なのに君は　瞳《ひとみ》閉じたまま
思い出から抜け出せない

この夢が覚めぬようにと願う君を
僕はそばにいて守ってゆきたい
光が闇を取り払うように……

僕は忘れ雪に託す　春に奇跡が降ることを

序章

「沙織《さおり》ちゃん、ひとりで大丈夫？　よかったら、私、ついてってあげるよ」

「じゃあ、また明日……」

二股《ふたまた》のわかれ道。不安そうな表情で佇《たたず》み手を振る沙織に、少女は弾《はじ》ける笑顔を向けて訊《たず》ねた。少女の家は左に伸びたテニスコートに挟まれた桜並木を抜けたところに、沙織の家は右に伸びた大通りを五十メートルほど進んだところにある。

沙織を不安にさせるのは、彼女の家の斜向《はす》かいの高見家で飼われているコジロウの存在。コジロウは雄の秋田犬で、門扉の前を行き交う通行人に誰彼構わず吠《ほ》え立てる、番犬の鑑《かがみ》のような犬だった。

少女は毎日のように、沙織につき添い自宅まで送ってあげていた。少女は、子馬ほどはあろうかというコジロウの迫力に圧倒され、内心萎縮《いしゆく》しきっていたが、怯《おび》えた素振りを悟られぬように胸を張り、沙織の手を引き高見家の前を通り過ぎた。

沙織の掌《てのひら》は冷や汗に濡《ぬ》れていたが、本当は、少女の心臓もパンク寸前に鼓動が高鳴っていた。

沙織は、少女が通う用賀《ようが》第三小学校のクラスメイトであり、一番の友人だ。臆病《おくびょう》で内気な沙織と、勝ち気で快活な少女。沙織が少女を慕うのは、彼女とは正反対の積極的なクラスメイトに憧《あこが》れて。だが、少女が沙織に構うのは、自分にはない消極的なクラスメイトを心配して、ということではない。

少女は知っている。自分が纏《まと》っている分厚いオブラートを一枚ずつ剝《む》いてゆけば、沙織に負けないくらいに弱々しく、傷つきやすい自分がいることを。

「ううん。今日は、頑張ってみる」

「コジロウが吠えたら、逆に脅かしてやるの。こんなふうにね」

少女は、猫背気味に背を丸め、首を前に突き出し、コジロウに見立てた沙織を睨《にら》みつけ、鼻に皺《しわ》を寄せ、唸《うな》ってみせた。その姿がよほど滑稽《こっけい》だったのか、いままで迷子の幼子のように不安げにしていた沙織が、声を上げて笑った。

「元気が出たみたいね」

「ありがとう」

「頑張って」

少女は、満面の笑顔で手を振り沙織を見送った。沙織の背中が視界から消えるのと同時に、少女の笑顔も消えた。少女は力なく手を下ろし、歩を進めた。

黄金色に染まった空を、影絵のような雲がゆっくりと覆った。街路に咲き乱れる淡紅色の山桜が、花弁を開いたことを後悔するような残寒に、少女はジャンパーの襟を小さな両手で重ね合わせた。

今年の冬は、例年にない酷寒だった。暖房機が昨年の数倍の売り上げを記録したと、ニュースで聞いた覚えがあった。

向かい風が、鋭利な刃物のように頰と掌を切りつけた。四月の足音が聞こえているというのに、擦れ違う人はみな冬物のコートを纏っていた。

冷風に運ばれる、午後五時を告げる鐘の音色。明後日の文化祭の準備に追われ、いつもより一時間遅い帰宅。急がなければならないとわかっていながらも、少女の足取りは重くなるばかり。

伯父《おじ》夫婦はとても優しく、帰宅が遅くなったからといって少女を咎《とが》めたりはしない。交通事故で両親を亡くして一年、伯父夫婦と生活をともにして、ただの一度も叱られた記憶がなかった。

しかし、その優しさが、少女を孤独にした。

少女にはわかっていた。どんなに帰宅が遅くなっても、伯父夫婦がいつもと変わらぬ笑顔で迎えてくれることを。

あと百メートルも歩けば、自宅へと到着する。少女はさらに速度を落とし、街路園に足を踏み入れた。

地元の住民からマリア公園と呼ばれている、フランス庭園をモチーフにしたこの小さな街路園は、少女のお気に入りの場所だった。

街路園の中央には呼称の所以《ゆえん》である、幼きキリストを抱く聖母マリア像が建つ噴水があり、噴水の周囲には色とりどりの花が咲き乱れていた。

街路園内には、噴水の前後左右に四脚のベンチがある。四脚のベンチに、人の姿はなかった。少女はほっと胸を撫《な》で下ろし、聖母マリア像の顔を正面にしたベンチに腰を下ろした。

少女は、とくに冬から初春にかけての街路園が好きだった。暖かくなれば、街路園はカップルや家族連れで溢《あふ》れ返り、少女の居場所がなくなってしまうから。

それは、四脚のベンチが占領されてしまう、という意味合いではない。誰もいない街路園で独り物思いに耽《ふけ》っているときだけ、少女は素のままの自分に戻れる。伯父夫婦やクラスメイトの眼前《まえ》での、明朗快活な少女、という鎧《よろい》を脱ぎ捨てることができる。

両親が生きているときの少女に、鎧を纏う必要はなかった。内気で、ガラスのように傷つきやすい心を持つ、ありのままの自分を出せた。

——でも、あなた。ウチに、そんな余裕があるの？

——仕方ないだろう。俺は長男だし、妹の子を弟に押しつけるわけにはいかないよ。

両親の葬儀の席で伯父夫婦の会話を耳にした少女は、鋭利なナイフで心を切り裂かれたような衝撃を受けた。

その日を境に、少女は変わった。交通事故で父と母を一度に失った深い哀しみに、義務感だけで自分を引き取った伯父夫婦との生活。本当は、いままで以上に内向的になり、無口になるのが自然な流れ。

しかし、少女は、両親と暮らしていたときには考えられないような明るく活発な性格を装った。

以前の少女を知るクラスメイトや担任教諭は、彼女の変貌《へんぼう》ぶりに一様に驚いた。中には、ショックで気がおかしくなったのではないかと心配する者もいた。

だが、その変貌が陰ではなく陽だったので、次第にみな、余計な気を回さなくなり、いつの間にか、明朗快活が少女の代名詞のようになった。伯父夫婦も、葬儀の席での会話が嘘のように、少女を温かく迎え入れてくれた。

なぜに自分が、底無しの哀しみを胸奥深くに封印し、別人になることを選択したかの理由が、少女にはわかっていた。人一倍傷つきやすいガラスの心を守るには、自分とは正反対の、何事も笑って受け流せる屈託のない少女を演じるしかなかった。

ボーイッシュな女の子、竹を割ったような性格、物怖《ものお》じしない快活な子供。みなが知る少女は、仮の姿。本当の少女を知る者は、誰もいない。

テニスコートから聞こえるラケットがボールを叩《たた》く乾いた音が、愉しそうな歓声が、幼子が母親を呼ぶ甘えた声が、少女の心に寒々と響き渡った。

少女は、長い睫《まつげ》で大きな瞳《ひとみ》を覆い、噴水の水音に意識を集中させ、鼓膜から一切の雑音を追い払った。いつにも増して少女を憂鬱《ゆううつ》にさせた記憶の糸を、恐る恐る手繰り寄せた。

――光三郎《こうざぶろう》は、――快くＯＫしてくれたよ。

――そのこと、あの子は知らないんでしょう？

――あたりまえじゃないか。光三郎から正式に返事をもらったのは、今朝のことなんだから。

――そうじゃなくて、あの子に、京都に行くことを話してはいないんでしょう、ってことよ。犬や猫とは違うのよ？ 引き取って一年で、また、別の家に行きなさいだなんて……。だから私は、最初からあの子を引き取ることに反対だったのよ。

――しようがないじゃないかっ。頼みの綱の銀行も融資を断ってきたし、もう、破産しか道はない。そうなったら、この家も、家財道具も、すべて債権者に押さえられてしまう。職も住むところもない無一文の俺達が、どうやってあの子を育てるんだ？ 俺だって、つらいんだよ……。

どんな寒風よりも心を凍《い》てつかせた伯父夫婦の会話を耳にしたのは、一昨日の夜。トイレに起きた少女が茶の間の前の廊下を横切ろうとしたときに、ドア越しに漏れ聞こえたふたりの声。

結局、少女はトイレに行かずに、抜け殻の体《てい》で二階の寝室へと引き返し、眠れぬ夜を過ごしたのだった。

二年前に伯父は、四十年間勤めた印刷会社の退職金を元手に、彼の家が建つ世田谷《せたがや》区用賀の隣駅、桜新町に日用雑貨店を開業した。住宅街という立地条件が後押しとなり、開業当時は長蛇の列ができ、伯父の店は順調な滑り出しをみせた。

順風満帆だった伯父の店に暗雲が立ち籠《こ》めてきたのは、少女が引き取られる半年ほど以《ま》前《え》、開業半年目を迎えたあたりからだった。

原因は、伯父の店と目と鼻の先にできた大手ディスカウントショップの存在だった。品揃えも豊富で価格も安い大手ディスカウントショップに、個人経営の伯父の店が太刀打ちできるはずがなかった。

次第に客足は遠のき、伯父の店は常に閑古鳥《かんこどり》が鳴く状態になった。

開業当初こそ積極的に融資をしていた銀行も、伯父の店が窮地に陥ったとたんに掌《てのひら》を返したように冷たくなった。

――晴れの日には傘を貸し、雨の日には傘を貸さないのが銀行ってやつだ。

伯父は、口癖のようにそう繰り返した。

危惧《きぐ》はしていた。退職金のすべてを事業に費やした伯父の店が倒産すれば、どうなってしまうのだろう、と。貯えもない六十を過ぎた老夫婦に、実子でもない少女を養っていけるのか、と。

予感はあったが、反面、なんとかなるだろうという気持ちもあった。少女は、伯父《おじ》の店が持ち直すことを天国の両親に祈った。心を開けないとはいえ、ようやく、伯父夫婦との生活にも慣れ始めた矢先だった。ふたたび、見ず知らずの人物の家で一からやり直すのは耐えられなかった。

少女の祈りは通じなかった。昨夜、夕食後に、憔悴《しょうすい》した眼の下に色濃い隈《くま》を貼りつけた伯父の口から、一昨日の夜に立ち聞きした内容と同じ話を切り出された。

――いいよ。私、京都に一度住んでみたかったんだ。

精一杯無邪気な微笑を浮かべ、少女は伯父に言った。

悲痛な面持ちで伯父は、新しい親について語った。

新しい親、伯父の弟である橘《たちばな》光三郎は、京都の祇園《ぎおん》という街で、ホテル業、飲食業を手広く営んでいること。二年前にひとり娘を病で失い、お城のような屋敷に妻とふたりで暮らしていること。橘光三郎も妻も、とても子煩悩であること。

子煩悩な弟夫婦、立派な屋敷、順調な仕事。伯父から聞かされる橘光三郎という人物は、理想的な親だった。少女も、希望に瞳を輝かせ、伯父の話に聞き入ってみせた。しかし、伯父にみせる表情とは裏腹に、少女の心は深い闇に包まれた。

弟さんにお金を借りることはできないの？　そうすれば、京都になんか行かなくて済むのに……。

夢のような暮らしに胸躍らせる少女を演じる裏で、何度も心で問いかけた。

口には出さなかった。伯父がそうしない理由が、少女にはわかっていた。自分が伯父の実の娘ならば、どんな状況になっても見放されることなどないということを……。

――じゃあ、私、宿題があるから、部屋に行くね。

伯父夫婦の窺《うかが》うような視線から逃れるように、少女は明るく言い残して席を立った。これ以上その場にいると、哀しみに打ち震える胸の内を見透かされてしまいそうで怖かったからだ。

少女は、瞼《まぶた》を開け、大きなため息を吐くと天を仰いだ。山桜の花びらの隙間から覗《のぞ》く空は、まるで少女の心境を代弁しているかのように、濃灰色の雲に覆われていた。

東京とも、もうすぐお別れだ。一ヵ月後に、伯父の弟が少女を迎えるために上京する。中学生となる来月から、見知らぬ街、見知らぬ家、見知らぬ親のもとで生活する実感が、少女にはいまだに湧《わ》かなかった。

噴水の水音に交じり、なにかの鳴き声が聞こえた。少女は瞼を開き、耳を澄ました。また、聞こえた。クゥ〜ン、クゥ〜ンという哀しげな犬の声。

少女は、鳴き声を頼りに視線を街路園内に巡らせた。正面。噴水の周囲の植え込みで、視線を止めた。クリーム色の毛をした子犬が、植え込みに身を隠すように躰《からだ》を丸めていた。

少女はベンチから腰を上げ、子犬に駆け寄った。後脚に鼻面をくっつけた子犬は、小刻みに震えていた。近くに飼い主らしき人影は見当たらず、首輪も嵌《は》めていなかった。

「かわいそうに。お前も独りなの？」

空気も凍りつきそうな寒々とした街路園内でひとり蹲《うずくま》る子犬に、少女は自分の境遇を投影した。

子犬が、上目遣いに少女をみつめ、力なく尾を振った。

円《つぶ》らな瞳に、むくむくとした躰。垂れた大きな耳に、短い体毛。脇腹に、小さな黒いシミがあった。よくみると、それは十字架の形をしていた。

動物好きの少女ではあったが、ペットを飼った経験はなく、子犬の犬種がなんであるか、または雑種なのかさえわからなかった。

「寒いでしょう。いま、あったためてあげるからね」

少女は語りかけながら、子犬の腋《わき》に両手を差し入れて抱き寄せた。不意に子犬が、キャン、と悲鳴のような鳴き声を上げた。

「どうしたの……あら、怪我をしてるじゃない」

子犬の右脚の太腿《ふともも》がパックリと裂け、周辺の毛が血で赤く染まっていた。

「どうしよう……」

少女は、子犬を抱いたまま途方に暮れた。辺りには、誰もいない。街路園内を右往左往する少女の頰に、冷たいなにかが触れた。少女は、ふたたび天を仰いだ。

濃灰色の空に舞う白い花びら。いや、花びらではなく雪だ。春の淡雪。忘れ雪……。

記憶の扉が、ゆっくりと開いた。三年前の春。庭先の花壇に水を撒《ま》く母の手伝いをしていたときも、前触れもなく淡雪が舞い落ちてきた。

――名残の雪、雪の名残、雪涅槃《ゆきねはん》、涅槃雪、雪の終わり、終雪、忘れ雪……。春に降る雪、降り終いの雪の呼びかたよ。春の雪はね、気温も地面の温度も高くなるから積もらずに、儚《はかな》く消えてゆくことから淡雪や細雪《ささめゆき》とも呼ばれているのよ。厳しい冬がようやく去り、春の足音にみなが胸躍らせているときに、ある日突然、視界に舞う雪片。ママはね、春の雪が大好きなの。とくに、忘れ雪って名前がね。おばあちゃんが、いつも言っていたわ。春に雪が降ったときに願い事をすれば、必ず叶《かな》うって。地面に触れた瞬間に消えゆく忘れ雪は、願い事を天に持ち帰って叶えてくれるって。

――忘れ雪は、どうして願い事を叶えてくれるの？

――さあ。それはおばあちゃんも言ってなかったな。ママが思うには、願い事を叶えてもらった人が、来年も春に雪が降るのを心待ちにするからじゃないかしら。きっと、忘れ雪は寂しがり屋なのよ。私を忘れないで、ってね。

母の微笑が、少女の胸を締めつけた。そのときは、願い事を思案している間に、忘れ雪が止んでしまった。以降三年間、忘れ雪が降らなかったこともあり、少女は母の話を忘れていた。

溶けた雪片の水滴で、子犬の躰が濡れた。少女の両腕の中で震える子犬の薄く開かれた口からは、白い吐息が漏れていた。いまは、忘れ雪の存在が恨めしかった。

「ちょっと、待っててね」

少女は、子犬をそっとベンチに下ろした。ジャンパーを脱ぎ、子犬の小さな躰を包み、抱き上げた。ベンチに腰を下ろし、ジャンパーごと子犬を抱き締めた。

寒さは、感じなかった。少女の頭は、傷ついた子犬をどうするかで一杯だった。

家に連れて帰るわけにはいかない。動物病院は近所にあるが、お金がない。ジャンパーから顔だけ出した子犬は、眼を閉じ、苦しげに鳴いていた。このままでは、子犬が死んでしまう。どうすればいいの？

「ママが言っていたわ。願い事をすれば叶えてくれるって。このコを助けてっ」

涙声で、少女は叫んだ。腕にかかる子犬の体重が、増したような気がした。もう、鳴き声を上げる力もないのか、子犬はぐったりと首をうなだれ、少女の手の甲に顎《あご》を乗せていた。

願いは、叶いそうになかった。躊躇《ちゅうちょ》している場合ではない。家に連れ帰り、伯父に動物病院へと連れて行ってもらうしかない。

「どうしたの？」

意を決した少女がベンチから腰を上げようとした瞬間、背後から声をかけられた。心臓が跳ね上がった。少女は素早く涙を拭《ふ》き、恐る恐る背後を振り返った。誰にも、泣いているところをみせたくはなかった。視線の先。黒いダウンコートを着た青年が、街路樹の隙間から顔を覗かせていた。

真一文字に伸びた濃く太い眉《まゆ》、くっきりとした二重瞼、柔和ないろを宿した漆黒の瞳《ひとみ》。声の主は、近所で何度かみかけたことのある青年だった。どこの誰かは知らない。もちろん、言葉を交わしたこともない。ただ、ダウンコートの下から覗く紺のブレザーとグレイのスラックスで、青年が高校生だろうことはわかった。

「このコが、怪我をしているの」

立ち上がり、毅然《きぜん》とした態度で少女は言った。心の震えを、青年に悟られたくはなかった。

「ほら、風邪を引くから、これを着て」

言いながら、青年は、彼のダウンコートを脱いで少女の肩に優しくかけた。ぶかぶかのダウンコートに包まれた少女の凍えた躰に、青年の温もりが心地好く染み渡った。

「よし、こっちにおいで。ラブラドール・レトリーバーの子犬だね。名前は、なんて言うんだい？」

ベンチに腰を下ろし、少女から子犬を受け取った青年が訊《たず》ねた。

「わからないの」

「え？　どうして？」

「誰かに、捨てられたみたい」

少女の言葉を聞いた青年の端整な顔に、軽い驚きのいろが広がった。

まずいことを言ってしまったのだろうか？　他人の顔色を窺《うかが》う生活に慣れた少女の心に、微《かす》かな不安が芽生えた。

「私、なにか変なこと言った？」

うわずりそうな声のオクターブを下げ、少女は平静を装い訊ねた。

「いや。ただ、純血種の犬が捨てられるなんて珍しいと思ってね。ラブラドールっていうのはイギリスの犬で、もともとは鴨なんかの水鳥を捕まえる鳥猟犬だったんだよ。だから、泳ぎがすっごくうまいんだ」

青年は、膝上《ひざうえ》に乗せた子犬の頭から背中、そして腰へとゆっくりと右手を這《は》わせ、左手で耳の後ろを揉《も》みながら言った。

いままで苦しげにしていた子犬が、心地好さそうに眼を細めた。みている少女までもが、つられて眼を細めてしまいそうな手の動き。

青年が、犬を扱い慣れていることは、犬好きであることは、その手慣れた動作と愛情に満ちた眼差《まなざ》しでわかった。

「へえ～。このコ、そんなに凄《すご》い犬だったんだ。でも、犬のことに詳しいのね？」

青年の驚きが自分と無関係なことがわかって、少女はほっと胸を撫《な》で下ろした。

「僕の父は、獣医だからね」

青年が、眩《まばゆ》いほどの白い歯をみせて笑った。

「獣医って、動物病院のお医者さん⁉」

思わず、少女は大声を上げた。今度は、少女が驚く番だった。

怪我をした子犬を抱いて途方に暮れていた少女の眼前《まえ》に現れた青年が、獣医の息子。出来過ぎの偶然に、少女は頰を抓《つね》りたい衝動に駆られた。

「そう。ここから歩いてすぐの桜木《さくらぎ》動物病院っていうのが、僕の家なんだ」

少女は、ふたたび驚いた。桜木動物病院は、少女の家から歩いて数分ほどの場所に建つ四階建てのビルだ。学校とは正反対の方向なので滅多に足を延ばさないが、砧《きぬた》公園に遊びに行く際に何度か建物の前を通りかかったことがあった。薄いピンク色の壁を持つかわいらしいビルなので、印象深く記憶に残っていた。

「どれどれ。怪我の状態をみないとね。ほら、ここに寝てごらん」

青年が、優しく声をかけながら膝上で子犬の躰《からだ》を横に向け、右脚の太腿を凝視した。声同様に、優しい眼差しだった。

「ちょっと痛いけど、我慢してね」

青年は子犬の眼をみつめながら語りかけ、太腿の傷口の周囲にそっと指を這わせた。子犬の右脚がピクリと反応したが、鳴き声は上げなかった。

子犬を介抱する青年の横顔に、少女は見惚《みと》れた。その瞳の、声音の、指先のすべてが優しく、慈しみに満ち溢《あふ》れていた。

「裂傷だね。針金かなにかに、引っかけたんだろう。でも、みかけより傷は深くないから大丈夫だよ」

子犬から離した優しい瞳を少女に向け、青年が微笑んだ。

不意に、胸の裏側が熱くなり、息苦しくなった。なぜだかわからない。こんなことは、初めてだった。

「わかるの？」

掠《かす》れ声で、少女は訊ねた。熱に浮かされたように、頬が火照っていた。

「一応、獣医の子供だからね。さ、ワンちゃん。僕の家で傷の手当てをしようか」

柔和な眼差しを少女から子犬に戻し、青年はベンチから腰を上げた。

少女は、子犬を抱く青年を見上げた。濃灰色の空から舞い落ちる白い花びらが、青年の軽く後ろに流された黒髪に、紺のブレザーの肩に触れては溶けることを繰り返した。

——春に雪が降ったときに願い事をすれば、必ず叶《かな》うって。地面に触れた瞬間に消えゆく忘れ雪は、願い事を天に持ち帰って叶えてくれるって。

鼓膜に蘇《よみがえ》る母の言葉。

「ほら、どうしたんだい？　凍っちゃうぞ」

柔和な眼差し、引き込まれそうな深い瞳、弧を描く唇から零《こぼ》れる眩いほどの白い歯……

少女の瞳を捉《とら》えて放さない、青年の笑顔。

もしかしたら、本当に忘れ雪が願い事を叶えてくれたのかもしれない、と少女は思った。

◇　　　　◇

若草色のソファ、そこここでお座りする犬の置物、壁にかかったどこかの高原の水彩画、ガラステーブルの小さな花瓶に挿された薄桃色のスイートピー、低く流れるクラシック……。

桜木動物病院の細長い待合室は、外観同様に清潔で、とてもかわいらしかった。

少女の向かいのソファでは、養母とそう歳の変わらない派手な厚化粧の女性が、心配げな顔でチワワを抱いていた。

チワワは、女性の腕の中で枯れ枝のように華奢《きゃしゃ》な躰をぐったりと預けていた。ときおり首を擡《もた》げ、零れ落ちそうな大きな瞳を甘えたように女性に向けている。

「お母さんに、電話しなくてもいいの？」

少女の隣に座る青年が、壁かけ時計に視線を投げつつ言った。膝上には少女のジャンパー。少女は、マリア公園で借りた青年のダウンコートを着たままだった。

寒いわけではない。待合室は、暖房がほどよく利いている。

ぶかぶかのダウンコート。温かなダウンコート。青年のダウンコートを着ていると、深い安心感に包まれた。

「文化祭の準備で遅くなるって知ってるから、大丈夫」

嘘。伯父《おじ》夫婦には、文化祭の準備のことを告げてはいない。壁かけ時計の針は、あと少しで午後六時。いつもは、二時間前には帰宅している。

しかし、連絡すれば、子犬を拾ったことがバレてしまう。養母は決して怒ったりはしないが、この心地好い一時《ひととき》を邪魔されたくはなかった。

青年が隣にいるだけで、鼓動がはやくなり、口内がからからに乾いた。だから、少女はずっと正面のチワワに視線を預けていた。青年の瞳《ひとみ》を直視すれば、きっと少女は赤面してしまう。

「勝ち気な女の子」のオブラートに包まれた己の気が、そのじつ、チワワのように小さく、臆病《おくびょう》なことを少女は知っている。

「文化祭か。いま、何年生？」

青年の問いかける言葉に、ひどく幼い相手に向けられたような響きがあるのを少女は感じ取った。

制服を着ていないので、中学生にみられないのは仕方がない。足もとに置いた赤いランドセルが、少女が小学生であることを決定づけていることもわかっている。

だが、子供のように扱われることに少女は激しい抵抗を覚えた。

「六年生。でも、よく中学生に間違えられるわ」

視線をチワワから青年に移し、少女は澄まし顔で言った。

本当だった。大人びた顔立ちと百五十センチを超える背丈。一年生のときから記念撮影時はいつも後ろの列。クラスメイトの家に遊びに行くと、必ず上級生に間違えられた。

「じゃあ、四月から本当の中学生だね」

屈託のない笑顔。青年の言葉に、他意がないのはわかっていた。高校生が、小学生に接する態度。それが、少女を不満にさせた。

「子供扱いしないで。あなたのクラスメイトの女子と、なにも変わらないんだから」

少女は、自分の言葉に驚きを覚えた。それ以上に、拗《す》ねている自分が信じられなかった。拗ねるは甘えると同義語。伯父夫婦にも、こんな自分をみせたことなどなかった。

高校生とはいえ、伯父夫婦からみれば青年も子供だ。でも、青年には、その瞳同様に一切を包み込む深いなにかを感じた。

青年を眼前《まえ》にすると、思いとは裏腹に、ついかわいげのないことを言ってしまう。

不意に、不安が込み上げた。四つも五つも年上の青年に、あなた、などと言って、生意気だと思われはしなかっただろうか？

「ごめんごめん。悪気はなかったんだ」

変わらぬ笑顔で少女に詫《わ》びる青年が、気を悪くしているふうはなかった。

大きな安堵《あんど》感に微かな寂寥《せきりょう》感。少女の知っているクラスの男子ならば、ムキになって言い返してきたことだろう。青年の大人的な対応が、少女との歳の差を感じさせた。

気ままな思考の旅を中断した。マリア公園からずっと、青年のことばかりに思惟《しい》を巡らせる自分に少女は戸惑った。

青年とは、一時間ほど以前《まえ》に言葉を交わしたばかり。それも、傷ついた子犬を助けてくれただけ。獣医の息子ならば当然のこと。少女にとっての青年は、子犬の命の恩人。怪我の手当てが終われば、それでさよなら。

少女は、自分に言い聞かせるように胸奥で繰り返した。

「手術、痛いかな？」

子犬が、待合室の奥の部屋に入って十分が過ぎていた。奥の部屋には青年が子犬を連れて行ったので、中の様子はわからない。

メスで切られたりしているのだろうか？

眩《まぶ》しいライト、青い手術服を着た医者達、麻酔をかけられ手術台に横たわる子犬……。

考えただけで、足が震えた。少女は、青年に悟られぬように重ね合わせた掌《てのひら》で両膝《りょうひざ》を押さえた。

「手術なんて大袈裟《おおげさ》なものじゃないよ。二、三針縫うだけだから、心配しなくても大丈夫」

青年の温かな眼差し、心地好い声音。少女の心を緊縛していた不安と恐怖が、雪片のように溶けてゆく。

「それより、ワンちゃんを、どうする気だい？」

青年の言葉の意味。すぐにわかった。子犬は捨て犬。怪我が治ったところで、戻る家はない。ふたたび子犬を街路園に置き去りにすることなど、少女にはできない。まさか、青年に飼ってほしいと頼むわけにもいかない。なにより、少女自身が子犬と離れたくなかった。

結論。伯父夫婦に頼むしかない。

だが、家計が苦しく少女を弟夫婦の家に引き渡そうとしている伯父夫婦が、納得してくれるだろうか？

決めた。最初で最後のわがままを伯父夫婦に言うことを。たらい回しの生活。それくらいの権利は、少女にはあるはずだった。

「もちろん、私が飼うわ」

胸内の不安をおくびにも出さずに、少女は言った。

「お父さんとお母さんは、動物は好き？」

「ええ。とっても」

本当は、知らなかった。動物好きかどうかだけではなく、食事の好みも、趣味も、そして、少女をどう思っているのかも……。

「そう。それはよかった」

柔和な微笑。青年を騙《だま》しているようで、心苦しかった。

ドアの開く音。深緑の手術服を着た中年の男性が、子犬を抱いて現れた。濃い眉《まゆ》と柔和な眼もとが、青年にそっくりだった。

「お待たせ。ほら、元気になったよ」

言いながら、男性、恐らく青年の父親が、子犬を少女の膝上にゆっくりと乗せた。右脚の太腿《ふともも》には、真新しい包帯が巻かれていた。

男性の言うとおり、子犬はすっかり元気を取り戻し、ちぎれんばかりに尻尾《しっぽ》を左右に振り、少女の顔をペロペロと舐《な》めた。

「三針だけ、縫ったからね。抜糸は一週間後。化膿《かのう》止めの粉薬を五日ぶん出しておいたから、一日二回、朝と夕方に食餌《しょくじ》に混ぜてあげればいい。もし、粉薬の匂いを嫌って食餌を食べなかったら、ヨーグルトに混ぜて歯茎に塗れば大丈夫。傷が治ってくるとむず痒《がゆ》くなってくるから、齧《かじ》らせないように気をつけてね。あと、このコは八週齢、つまり、生後二ヵ月前後で、母犬からの免疫が少なくなってくる頃だから、一週間後の抜糸のときにワクチン接種を行うから、お母さんに伝えておいてね」

青年同様に温和な眼差しでみつめ、優しく語りかける男性の説明を聞く少女の胸に不安が広がった。

薬代や治療費にいくらかかるのだろうか？　伯父夫婦に、そんなことを頼めるはずもない。記憶を探った。少女の財布の中には、七百円とちょっとしかなかった。

「お金のことは、気にしなくていいんだよ。事情は、一希《かずき》に聞いているから」

カズキ……。青年の名前。脳内で、何度も繰り返した。

「でも、それじゃ……」

「そのぶん、一希に仕事をやらせて返してもらうから。いい口実ができて助かったよ」

穏やかに目尻《めじり》に皺《しわ》を刻む男性。舌を出しておどけてみせる青年。

陽光を吸ったふかふかの布団に包まれたような心地好さ。堅く閉ざされた心の扉がゆっくりと開く。母の腕の中でまどろんでいたあの日、父の広い背中におぶわれていたあの日。無邪気な自分。素のままでいられた自分。

忘却しかけていた幸福感、凍てつきかけていた安堵感が胸を震わせた。熱を持つ涙腺《るいせん》。唇を嚙《か》み、堪《こら》えた。泣けない。本当の己をさらけ出すわけにはいかない。

青年も男性も、自分の家族ではないのだから……。

「ありがとうございます。でも、必ず、お金はお返ししますから」

素直になれない自分。かわいげのない自分。

わかっていた。心のままに口を開けば、嗚咽《おえつ》が漏れ出すことを。

怖かった。ふたりの優しさを受け入れることが。その優しさは、すぐに消え去る蜃気楼《しんきろう》。明日になれば、青年も男性も少女のことなど忘れてしまう。

「じゃあ、お嬢ちゃんが大人になったら、出世払いで返してもらおうかな。さて、と。その話はおいといて、この紙袋の中に、『子犬の育てかた』という本と、一週間ぶんのドッグフードが入っているから。わからないことがあったり子犬の様子がおかしかったら、遠慮なく電話しといで」

気を悪くしたふうもなく、男性は、あくまでも温和な表情を崩さずに紙袋を青年に手渡した。

「一希。お嬢ちゃんを、家までお送りしなさい」

「いえ、ひとりで帰れますから大丈夫――」

青年に、伯父《おじ》夫婦をみられたくはない、というより、子犬を眼にした伯父夫婦の困惑した表情をみられたくはなかった。

「手が三本あるのかい？」

少女の言葉を遮り、青年が悪戯《いたずら》っぽく笑った。

たしかに、青年の言うとおり子犬を抱くことで少女の両腕は一杯だった。しかも、ちょっとした辞典並みに分厚い本と缶詰のドッグフードが入った紙袋はみるからに重々しく、とてもひとりで持てそうにもなかった。

青年とは、家の前で別れればいい。そうすれば、伯父夫婦に会わなくても済む。

少女は、一度子犬をソファに下ろしランドセルを背負うと、ふたたび子犬を抱き上げた。

「じゃあ、お言葉に甘えて息子さんに送って頂きます。いろいろと、お世話になりました」

少女は、ペコリと頭を下げ、故意に、大人達の言葉遣いで礼を述べた。紙袋同様に持ちきれないほどの愛情を注ぐ、青年と男性にたいして距離を置くとでもいうように。

「さあ、行こうか?」

青年の手にランドセルを押され、少女は玄関へと向かった。スニーカーを履き、振り向いた少女はもう一度男性に頭を下げた。

相変わらずの温和な微笑が、少女の背中を見送った。

◇　◇

いつの間にか、忘れ雪は止んでいた。空は闇色を増し、周囲の家々の窓からは明かりが漏れていた。

「環境が変わって子犬も疲れているから、今日は、おとなしく寝かせること。子犬は限度がわからないから、構えばいつまでも遊び続けるけど、それで病気になっちゃうコもいるから気をつけて。寝床は、できれば家族の姿がみえる位置に作ってあげてね。普通は、貰《もら》われてきたばかりの子犬は、母犬の匂いが染みついたタオルなんかをそばに置いとくと安心するんだ。とくに、このコは捨てられて寂しい思いをしているから、たっぷりと愛情を注いでね。トイレのしつけかたは本に書いてあるけど、今日だけは、うまくいかなくても絶対に叱ったり大声を上げないように。知らない家に預けられるときは、人間でも凄《すご》く不安なものだろう? 子犬も、同じなんだよ」

青年の言葉に、少女は深く頷《うなず》いた。

伯父夫婦に引き取られると決まったとき、少女は不安で堪《たま》らなかった。底無しに心細く、底無しに両親が懐かしく……。そして、それなりに自分の心に折り合いがつき始めた矢先に、ふたたび、少女は見知らぬ土地の見知らぬ家族のもとに引き取られることになった。

西用賀通り。あと数十メートルも歩けば、家に到着する。

重い足取り。憂鬱《ゆううつ》な心。濡《ぬ》れたアスファルト。泥が付着した少女のスニーカーの爪先。スニーカーと歩調を合わせる、青年の革靴。

俯《うつむ》き加減の少女の唇から漏れるため息が、白い吐息となって凍えた空気に霧散した。

伯父夫婦は、少女のわがままを聞いてくれるだろうか？　もし、どちらかが大の犬嫌いだったら？　願いを聞いてくれても、伯父の弟夫婦はどうだろうか？　子犬とともに、少女を引き取ってくれるだろうか？

少女の不安をよそに、どんどんと家は近づく。腕の中で、少女のジャンパーに包まれ寝息を立てる子犬。きつく抱き締め、柔らかな背中の毛に頬ずりをした。

離れたくない。街路園に捨てられていたこのコなら、少女の気持ちをわかってくれる。少女の寂しさを、わかちあうことができる。

蕎麦屋《そばや》の暖簾《のれん》。少女は歩を止めた。交差点を右に曲がれば、少女の家。あと一ヵ月だけは……。

「どうしたの？」

少女の顔を覗《のぞ》き込む青年。不安顔から弾ける笑顔へ。表情のスイッチを切り替え、少女は顔を上げた。

「ここまでいいわ。家は、もうそこなの。今日は、本当に、ありがとう」

「え? いきなり子犬を連れて帰ったらびっくりするだろうから、僕のほうから事情を説明するよ」

「そんなことしたら、余計にびっくりするわ。もう、ボーイフレンドができたのか、ってね」

悩みなど、ひとつもないとでもいうふうな屈託のない声。無邪気な笑顔。束の間、眼を丸くしていた青年が、残酷過ぎる温かな微笑を湛《たた》え、本当に大丈夫? と訊《たず》ねた。もちろん、と答える少女。

あくまでも、子供らしく、能天気に。

「もし、だめだって言われたら、引き取り手がみつかるまでウチで預かってもいいからね」

言って、青年が子犬を少女の腕から抱き取った。意味がわからず立ち尽くす少女に、コート、と微笑む青年。

「あ、いけない」

少女はランドセルを下ろし、ぶかぶかのダウンコートを脱いだ。

吹きつける冷風。凍える躰《からだ》。凍える心。沸き上がる哀切。母犬から引き離される子犬の心境。目の前にいる青年が、すごく遠くに感じた。

　ダウンコートを握り締める掌《てのひら》に、力が入った。気を抜けば、への字になりそうな唇。無理やり、弧を描いた。青年は、ただの近所のお兄さん。いままでと同じ生活に戻るだけ。なにも変わらない。いつもと同じ。少女は、自分に言い聞かせた。

「はい」

　ダウンコートを差し出した。クラスメイトに借りた消しゴムを返すように。あっさりと、淡々と。

　ランドセルを背負い、紙袋の把手《とって》に右腕をとおし、子犬を受け取った。ジャンパーに残る青年の温もりごと、子犬を抱き締めた。

「じゃあ、ここで」

　少女の頭と子犬の頭を撫《な》で、片手を上げる青年。温かく、大きな掌。震える胸。震える涙腺《るいせん》。懸命に、微笑みを返す少女。薄闇に零《こぼ》れる青年の白い歯。青年の背中が視界から消えるまで、立ち尽くし、見送る少女。

　呼び止めたかった。駆け出したかった。我慢した。明日からは、同じ町内に住む高校生と小学生。偶然に、顔を合わせるだけの関係。そして一ヵ月後、京都に行けば、その偶然もなくなり、青年が少女を思い出すこともないだろう。

　青年の背中が、完全に闇に呑《の》み込まれた。勝ち気で快活な女の子を演じる必要はなくなった。

頬を濡らす止めどない涙が、子犬の毛に落ちて弾《はじ》けた。

◇　◇

「遅かったじゃない。心配した——」

言葉尻《ことばじり》を呑み込んだ養母の視線が、少女の胸もとに吸い寄せられた。

半畳ほどの沓《くつぬ》脱ぎ場。くたびれた焦げ茶の革靴。伯父の革靴。鼓動が駆け足を始めた。

「どうしたの？　その犬？」

養母の顔に広がる驚愕《きょうがく》に交じった困惑を、少女は見逃さなかった。

「公園に捨てられてて、かわいそうだったから……ねえ、飼ってもいいでしょ？」

いきなり、少女は切り出した。なにげないひと言。どこの家庭でもありがちな頼みごと。でも、少女にとっては、校舎の二階から飛び下りるほどの勇気を要した。

「飼うって……あなた……」

養母の困惑のいろが増した。襖《ふすま》の開く音。廊下を軋《きし》ませる足音。ふたりの声を聞きつけた伯父《おじ》が、革靴同様にくたびれた顔で現れた。

はやまる鼓動の駆け足。胸壁を激しくノックする心音。

伯父の覇気のない澱《よど》んだ眼が養母に、次に少女に、最後に子犬に向けられた。

「どうしたんだ？　その犬？」

養母がしたのと同じ質問を投げる伯父。養母にしたのと同じ説明をする少女。

「このコを、飼いたいの……」

今度は、校舎の三階から飛び下りる勇気。大きく見開かれる、色濃い隈《くま》に囲まれた伯父の瞼《まぶた》。説得の言葉を模索するかさかさに乾いた唇。

「お前も、ウチの経済状態を知っているだろう？　犬は縫いぐるみと違って、お金がかかるんだぞ？　ウチには、そんな余裕はないんだ」

一年前よりかなり細くなった躰を抱き締めるように腕組みをした伯父が、諭し聞かせるように掠《かす》れ声で言った。

仕事から帰ったばかりなのか、伯父は、ワイシャツにスラックス姿だった。

だらしなく緩むネクタイ、ぶかぶかのウエスト、昔より目立つ喉仏《のどぼとけ》、げっそりとこけた頬、散らばる無精髭《ぶしょうひげ》が、伯父のセリフに十分な説得力を与えた。

萎《な》えそうになる気持ち。このコは自分の分身。青年の分身。このコがいれば、支え合って生きてゆける。心で繰り返し、奮い立たせた。

「近所の獣医さんが一週間ぶんの餌もくれたし、世話も私がする。面倒は絶対にかけないから、お願い……」

初めての頼みごと、初めて告げた本心。熱願した。唇をわななかせる伯父を潤む瞳《ひとみ》でみつめながら。

「わがままばかり言うんじゃないっ。一週間ぶんの餌を貰っても、残りの三週間はどうするつもりなんだ!?」

「あなた、なんてことを」

伯父の怒声。慌てふためく養母。剝《む》き出しの本音。切り裂かれる心。残りの三週間……この家を出るまでの期間。

「わがままばかり、言ってないっ。このコを飼えないなら、私、京都になんて行かないっ。この家も出るっ」

自分でも驚く大声。ビクン、と波打つ子犬の躰。ガタガタと震える両足。からからに干上がる口内。蓄積した不安と哀しみを吐き出すことで、ボロボロに傷ついた心のバランスをかろうじて保った。

「お前——」

「あなた、もう、やめてください。いいじゃないですか、犬くらい飼っても。まだ子犬だから、餌代だってたいしてかかりませんよ」

養母の援護射撃が、少女への憐《あわ》れみからきているとわかっていても、嬉《うれ》しかった。

眉間《みけん》に縦皺《たてじわ》を刻む思案顔の伯父。少女は祈った。天国にいるはずの両親に。

「世話は自分でやること。京都の叔父《おじ》さんがだめだと言ったら、そのときは諦《あきら》めること。それが約束できるなら、飼ってもいい」

「ほんと!?　ありがとう!　よかったね。ウチにいていいって!」

少女は、嬉しさのあまり、歓喜の声を張り上げた。大声にびっくりした子犬が、耳をピンと立て、愛らしい眼をまんまるにした。

両親が死んで一年。初めて、少女は心底から笑った。

◇　◇

二階。四畳半の和室。狭く、薄暗く、寒々とした部屋。黒ずんだ畳、天井のシミ、ピタリと閉まらない押し入れの引き戸、異様に青白い蛍光灯……そのすべてが嫌いだった。

とりわけ、壁にかかった冥《くら》い顔をした女性の肖像画は、どの位置にいても哀しげな瞳で少女を追い求めているようで怖かった。

でも、これからは違う。窓際の勉強机の隣。養母がくれた段ボール箱で作った犬小屋。敷き詰めた古毛布の上で躰を丸める子犬の存在が、少女の部屋と心を明るくした。

すやすやと寝息を立てる子犬。鼻先にはステンレスのボウルがふたつ。ひとつは水用、ひとつが餌用。少女よりひと足はやい食事。どちらのボウルも、きれいに舐《な》め上げられていた。

化膿《かのう》止めの粉薬は、青年の父に言われたとおりにペースト状のドッグフードに混ぜた。少女は不安だった。もし食べてくれなければ、ヨーグルトに練り込んで子犬の歯茎に塗らなければならない。少女の家には、ヨーグルトはなかった。だが、少女の心配をよそに、子犬は五分もかからずにボウルの中身を平らげてくれた。

子犬に寄り添うように腹這《はらば》いになり、少女は、青年の父から貰《もら》った「子犬の育てかた」を開いた。

本は、生後七週齢から、二十二ヵ月までに細かく分類されていた。

温和な声音。記憶を探った。青年の父親は、たしか、子犬は生後二ヵ月前後だと言っていた。

生後七週齢―八週齢のページを開いた。

大好きな母犬から離され、周囲の環境が大きく変わった子犬は不安で堪らず、その上、移動などで疲れているので、静かに休ませてください。

――環境が変わって子犬も疲れているから、今日は、おとなしく休ませること。寝床は、できれば家族の姿がみえる位置に作ってあげてね。

鼓膜に優しく蘇《よみがえ》る青年の言葉。熱く火照る頬。締めつけられる胸。慌てて、少女は活字に視線を戻した。

幼犬時は日に三、四回の食事を与えます。離乳食、犬用ミルク、ドライフードをふやかした物など、好みに応じて選んでください。この時期の子犬は、消化機能が不十分なのでおやつは与えないでください。

成犬になるにつれて、食事の回数は減らしていくらしい。

少女は、貪《むさぼ》るように活字を追った。自分がいなければ、このコは生きてゆけない。誰かに……それが人間でなくても、求められる、必要とされることが嬉しかった。

トイレのしつけ。寝起き後と食後、そして寝る前に、設置したトイレに連れて行き、排尿するまで根気よく待つ。その際に、排泄《はいせつ》行為に集中できないのでみつめないこと。

排便のシグナルは、床の匂いを嗅《か》ぎながらくるくると回る動作をしたとき。すぐにトイレに運ぶか、間に合わなければ新聞紙を広げる。

上手にトイレの中で排泄できたら褒めてあげ、時間の赦すかぎり遊んであげる。失敗したら、叱ったり声を荒らげずに、事務的に汚物を処理する。子犬にはなぜ叱られたかの理由がわからず、飼い主との信頼関係を築く手立てを失ってしまう。成功したときと失敗したときの違いに気づき、子犬は飼い主に褒めてもらい、喜んでもらうためにトイレで排泄するようになる。

少女は、活字から眼を離し、思案に暮れた。

学校に行っている間、このコはひとりきり。少女が帰ってくるまで、食事やトイレを我慢させるわけにはいかず、また、できるわけがない。

子犬の面倒は自分でみると伯父に宣言した手前、頼みづらいが、犬小屋とトイレを一階に移し、養母に面倒をみてもらうしかない。

ページを捲《めく》った。病気について。この章には、青年の父が言っていたように、母犬の免疫が低下する時期なので動物病院でのワクチン接種が必要だと書いてあった。

――一週間後の抜糸のときにワクチン接種を行うから、お母さんに伝えておいてね。

一週間後のワクチン接種。太鼓のリズムを取る鼓動。浮き足立つ心。また、青年に会えるかもしれない……。

「ご飯の用意ができたわよ」

階下から少女を呼ぶ養母の声。少女は、青年一色に染まりかけた思考のチャンネルをオフにして、本を閉じ、立ち上がった。

無意識のうちに、スキップを踏んでいた。

◇　◇

いつもと同じ二股《ふたまた》のわかれ道、いつもと同じ不安げな表情で手を振る沙織、いつもと同じ弾《はじ》ける笑顔で手を振り返す少女。

いつもと違うのは、昨日とは打って変わった晴天の碧空《あおぞら》のように晴れ渡る少女の心。自分を待っていてくれる存在に、少女の胸と足取りは弾んだ。鉄のサンダルを履いたように重い足取りで歩いていた桜並木を、少女は子馬のように駆けた。強張《こわば》るふくらはぎ、上下に揺れるランドセル、バクバクと音を立てる心臓。近所の蕎麦《そば》屋《や》のおばさんに切れ切れの声で挨拶《あいさつ》し、少女は、玄関のドアを勢いよく引いた。

「ただいまっ、クロス」

クロス。三時限目の国語の授業中に、閃《ひらめ》いた名前。子犬の脇腹に浮かぶ、十字架模様の痣《あざ》が決め手となった。クロスは雄犬だが、きっと少女は、雌犬でも同じ名前にしただろう。

「お帰りなさい」

襖《ふすま》から顔を覗《のぞ》かせる養母。養母の足もと。廊下を、ゴム毬《まり》のように弾みながら駆け寄るクロス。まるでスケートリンク上の初心者のように、四肢をあちこちに泳がせるクロス。駆け寄るというよりも、滑っている、という表現がぴったりの不安定な足運び。ちぎれんばかりに尻尾《しっぽ》を振りつつ突進するクロス。腰を屈《かが》めて、両腕を広げる少女。もちろん、クロスという名前に反応しているわけではない。

「いいコにしてた？　そんなにはしゃいだら、傷口が開いちゃうよ」

クロスを抱き上げる少女。少女の顔を舐め回すクロス。諭しながらも、少女は嬉しかった。そして愛《いと》しい。自分の帰りを待ち侘《わ》び、歓迎してくれるクロスが。

「クロスって名前にしたの？」

微笑ましくふたりの抱擁《ほうよう》をみつめていた養母が訊《たず》ねた。

「そう。いい名前でしょ？　それより、おトイレ、大丈夫だった？」

怖々と、少女は訊ね返した。結局、クロスは少女が家を出るまで目を覚まさず、トイレを見届けることができなかった。

「一回目はお漏らししちゃったけど、二回目からは大丈夫」

微笑を崩さない養母に安堵《あんど》しかけた気持ちに、新たな不安が込み上げた。

「怒っちゃった？」

努めて無邪気に、さりげなく訊《き》いた。内心は、苦手な算数の答案用紙を受け取るときのように、ビクビクと、オドオドとしていた。

「失敗したときは事務的に、うまくいったときは褒めて遊んで、でしょ？」

おどけ口調の養母の言葉に、少女は心の底から破顔した。養母には昨夜寝る以前《まえ》に、本からの受け売りの知識でトイレのしつけかたと食事の量を説明し、自分が学校に行っている間の世話をお願いしていた。ドッグフードに、化膿止めの粉薬を混ぜることを伝えたのは言うまでもない。

「ありがとう!」

言い終わらないうちに、少女は養母の脇を擦り抜け、階段へと駆け上がった。二階。少女の部屋。クロスとランドセルを下ろした。勉強机の抽出《ひきだし》。一番下の抽出。スケッチブックと筆箱を取り出した。スケッチブックの黄色い表紙を捲った。

近所の猫、道端に放置された自転車、茶の間のちゃぶ台、沓脱《くつぬ》ぎ場に並ぶ伯父《おじ》の革靴、庭先に咲くパンジー、隣の家の金木犀《きんもくせい》の木、蕎麦屋の暖簾《のれん》、通学路の桜並木、マリア公園の噴水……。

伯父夫婦に引き取られてからの一年。一日も欠かさず、スケッチブックに向かった。眼に入るものの一切が、対象になった。対象は、なんでもよかった。

絵を描いているときは、無心になれた。孤独を忘れられた。昔から、絵を描くのが大好きだった。一年生のときから、図工はずっと5をもらった。

両親がいるときも、暇があればスケッチブックを開き、鉛筆を握った。でも、いまのように毎日ではなかった。昔より、絵を描くことが好きになった、というわけではない。ただ、あのときは、スケッチブックを閉じても孤独は訪れなかった。

伯父夫婦の家にきてから、七冊目のスケッチブック。一枚一枚に記された日付。欠かしたことのない習慣。二日間の空白。一昨日と昨日の日付が抜けていた。

三日前の夜。トイレに起きた際に耳にした伯父夫婦の会話。京都に住む弟夫婦の家に預けられる話。ショックで、一昨日も昨日も孤独を紛らわす気さえ起きなかった。

今日は違う。無性に、絵を描きたかった。クロスを描きたかった。孤独から眼を逸《そ》らす目的でなく、心の底からなにかを描きたいと思ったのは、両親を失って以来初めてのことだった。

お尻《しり》を左右に振り、少女の爪先を甘噛《あまが》みするクロス。

「はいはい。いま、散歩に連れてってあげるからね」

クロスに笑顔を投げ、お気に入りの赤いリュックにスケッチブックと筆箱を詰めて背負った。椅子の背にかかったジャンパー。今日の陽気ならいらない。が、思い直して手に取った。

「さあ、おいで」

言いながら、少女は腰を屈め、ジャンパーにクロスを包み込んで抱き上げた。

◇　◇

幼きキリストを抱いた、聖母マリア像を正面にしたベンチ。いつもの指定席。膝上《ひざうえ》に開かれたスケッチブック。画用紙の中。ベンチの上で、ジャンパーにくるまり躰《からだ》を丸めるクロス。ほぼ、スケッチは完成していた。あとは、気になるところにぼかしを入れるだけ。

家を出たのが、三時半頃。多分、一時間以上はスケッチブックに向かっていたはずだ。時計はない。でも、スケッチの進み具合でだいたいの時間はわかる。

スケッチブックから、少女の横に視線を移した。画用紙の中と同じ恰好《かっこう》で蹲《うずくま》るクロス。

マリア公園にきてからずっと、クロスは眠りっ放しだ。

「子犬の育てかた」に、子犬は一日の大半を睡眠に充てる、と書いてあった。少女にとっても、動かない対象は好都合だった。

鉛筆を筆箱にしまい、スケッチブックを閉じた。ゆっくりと頭をうしろに倒した。

流れる景色。淡紅色の山桜の花びらとコントラストをなす、昨日とは打って変わった抜けるような青空。昨日とは打って変わった少女の心。大きく深呼吸をした。降り注ぐ陽光を吸い込むとでもいうように。

顔を正面に戻した。右斜め前のベンチには、カップルがひと組。寂しくはなかった。今日は、自分にも恋人《クロス》がいる。

噴水を取り囲む植え込み。優雅に咲き乱れる色とりどりの花々。鼻孔に忍び込む土と花の香り。見慣れた光景。嗅《か》ぎ慣れた匂い。だが、マリア公園の植え込みで咲き誇る花々がこんなにも美しく、こんなにも優しい匂いを放っていることに、いままでは気づかなかった。

風に乗る鐘の音色。五時を告げる合図。ハイテンポになる心音。少女は、背後を振り返った。桜並木の合間から覗く街路に眼をやった。

どこまでも優しく、どこまでも深い漆黒の瞳《ひとみ》。穏やかな弧を描く唇。クラブ活動をやってなければ、昨日と同じ帰路を辿《たど》れば、もうすぐ……。

「クロスの絵を描きにきたんだから。それに、ほとんど毎日、公園にきてるわけだし…

……」

思考を止め、少女は自分に言い聞かせるように独り言《ご》ちた。

クロスの絵が目的なのは本当。毎日のように公園にきているのも本当。でも、昨日以外は、五時の鐘を聞く以前《まえ》に帰宅していた。

クロスの絵にぼかしを入れるのは、自宅でもできる。もう、ここにいる理由はない。

心の声とは裏腹に、少女の腰は上がらない。街路に投げる視線が離れない。濃紺のブレザーとグレイのスラックス姿の高校生が通るたびに、跳ね上がる心拍。制服の主が捜し求めている人物でないとわかるたびに、零《こぼ》れるため息。

十何人目かの高校生。何度も思い浮かべた顔。胸壁を乱打する鼓動。熱が広がる頰。弾かれたように、少女は顔を正面に戻した。

心で綱引きする期待と不安。気づいてほしい。でも、昨日と違う態度をされるのが怖い。

不意に、肩を叩《たた》かれた。もちろん、少女には誰だかわかっていた。小さく息を吸い、少女はうしろを振り返った。

「ワンちゃんは元気？」

柔和な眼差し。眩《まばゆ》いほどの白い歯。昨日と変わらぬ笑顔。

「あれ？　どうしたの？」

初めて気づいたふうを装い、少女は言った。

「学校の帰りだよ。君は、このコと散歩？」

言いながら、青年がベンチに座り、クロスの頭から首筋、そして背中へと掌《てのひら》を這《は》わせた。優しく、柔らかな手つきで。

「それもあるけど、絵を描いてたの」

散歩とスケッチ、そして……。少女は、もうひとつの目的を悟られぬよう、スケッチブックを開いてみせた。

「うまいね。そっくりだよ」

感嘆する青年の声に、クロスが耳をぴくぴくと動かし、ゆっくりと眼を開けた。

「おはよう、クロス」

少女は、とろんとした視線を周囲に泳がせるクロスに声をかけた。

「クロスって名前にしたの？」

青年が訊《たず》ねた。

「うん。脇腹に、十字架みたいな痣《あざ》があるでしょう？」

「なるほど。いい名前だね」

「よかったね。褒められたよ」

少女はクロスに微笑みかけ、前脚のつけ根に手を入れて抱え上げた。両前脚は少女の肩に。ちょうど、向き合うような恰好。

「その抱きかたは、だめだよ」

言いながら、青年がクロスを抱き取り、少女の膝上に置いた。

「だめ……って？」

少女は、疑問符を青年に投げた。

「犬はね、本来、群れで生活する動物で、本能的にリーダーを求める生き物なんだ。子犬同士で、互いの尻尾《しっぽ》や足先を噛んだり、上になったり下になったりしてじゃれ合っているのをみたことないかい？　遊びをとおして、子犬は相手と自分のどっちが優位かを探っているんだ。肩に前脚を乗せるのは、子犬が飼い主に乗っている、つまり、優位な体勢にいる、という意味になってしまうから、君をリーダーとして認めなくなってしまう恐れがあるのさ。だから、クロスと遊んでいるときも、絶対に君が下になるような体勢はだめだよ」

「私、別にリーダーなんかにならなくてもいい。クロスとは、お友達だもの」

膝上でお座りするクロスが、不安げに辺りを見回し、哀しげに鼻を鳴らした。

「そう。君とクロスは友達だ。リーダーになるというのは、犬にたいして偉そうにすることとは違うんだよ。犬から尊敬される立場って言えばわかるかな？　尊敬できるリーダーがいることで、犬は安心して生活を送れる。君がリーダーにならなければ、クロスがリーダーになってしまう。それは、クロスにとってとてもかわいそうなことなんだよ」

春の陽光に負けない温かな眼差し。優しい声音。青年に聞こえるのではないかと思うほどに高鳴る鼓動。

「どうして？」

平静を装い、少女は訊ねた。視線を青年からクロスに移した。聞き分けのないときめきから逃げるように。

相変わらず不安げなクロス。落ち着きなく首を巡らすクロス。クーン、クーンと鼻を鳴らすクロス。いったい、どうしたのだろうか？

「犬の成長は、人間の何十倍もはやくてね。クロスは生まれてまだ二ヵ月そこそこで、人間だと五歳くらい。でも、あと三ヵ月経てば十五歳。君の歳を追い越してしまう。生後一年になれば人間でいう成人式を迎える歳、つまり二十歳にあたり、僕も追い越されてしまう。当然、体重もどんどん増えて、成犬は三十キロ前後になるんだ。いまはやんちゃでもかわいさで赦してもらえるけど、成犬になったらそうはいかない。クロスはじゃれついているつもりでも、小さな子供や赤ちゃんが相手だと大怪我をさせてしまうかもしれない。犬っていうのはね、子供、とくに赤ちゃんの独特な動きをみると狩猟本能を刺激されるんだ。人間だと思わないで、ウサギや猫と同じにみてしまうってこと。でも、尊敬しているリーダーが大事にしている赤ちゃんであれば犬も従う。赤ちゃんのことだけじゃなく、それは全部の行動に繋《つな》がっていく。ようするに、君がリーダーになることで、人間と共同生活していく上でのルールをクロスに教えるってことなんだ。人間と同じで、大人になってから慌てて言うことを聞かせようとしても無理だからね」

クロスにもかわいそうなこと……。

たしかに、青年の言うとおり、クロスが事件を起こしたら一緒にいられなくなる。もしかしたら、処分……。

脳内に渦巻く悍《おぞ》ましく残酷な二文字に、鳥肌が立った。

「どうしたらいいの!?　クロスが殺されちゃうのはいやっ」

思わず、涙声で叫んだ。身を硬くするクロスを抱き締める少女の胸に、羞恥《しゅうち》が広がった。ひどく子供っぽく、滑稽《こっけい》にみられたのではないかと後悔したが、突き上げる衝動に抗《あらが》えなかった。

「ごめんごめん。誤解させちゃったね。クロスは、殺されたりしないから安心して。ただ、僕が言いたかったのは、飼い主との信頼関係がなかったら大きな事故に繋がる可能性があるってことと、そうなったら、クロスを飼えなくなるかもしれないってことなんだ」

「クロスと離れるのもいや。どうしたらリーダーになれるか教えて!」

まるで駄々っ児。ふたたびの後悔。青年に大人にみられたい想い。青年に甘えたい想い。相反する感情の間で、少女の気持ちは振り子のように揺れた。

「父からの受け売りだけど……」

気恥ずかしそうに言うと、青年は尊敬されるリーダーとなるための訓練法を語り始めた。

訓練その一。飼い主の眼をみつめ、いつでも飼い主に注目することを教える。初めのうちは、食べ物を使って子犬の視線を誘導する。瞳《ひとみ》が合ったら、にっこり笑って褒めることを繰り返す。

訓練その二。毎日数回抱き上げる。抱き上げる行為は、子犬よりも飼い主が強いことを意味するらしい。注意点は、子犬の前脚を両肩に乗せる恰好《かっこう》で抱かないこと。理由はさっきの説明でわかっていた。

訓練その三。子犬がなにかを求めてきたとき、たとえば頭を撫《な》でてほしいと擦り寄ってきたときなど、すぐに要求に応えてはいけない。要求にすぐに応えると、子犬が己をリーダーだと勘違いするらしい。必ず、お座り、伏せなどの号令を出してから、要求に応えてあげること。

訓練その四。子犬のみている前で一緒に食事をする場合は、必ず飼い主が先に食べること。群れで生活する犬は、グループで獲物を仕留め、まずは最初にリーダーが食べるらしい。

驚きの連続だった。それまでの少女は、犬を飼うことを、もっと単純に考えていた。一緒に遊んで、散歩させて、食事を与え、排泄《はいせつ》の世話をするだけで十分だと思っていた。

「そして最後に、訓練その五のマズルコントロール。これができるようになったら、子犬からリーダーだと認められた証拠だよ」

「マズルコントロール?」

聞き慣れない言葉に、少女は鸚鵡《おうむ》返《がえ》しに訊ねた。

「マズルっていうのは、犬の鼻先と口の周辺のこと。ようするに、子犬の鼻から口にかけてを掌で包み込むようにすることをマズルコントロールっていうんだ。母犬は、子犬の鼻先を口でくわえて教育する。『私の口は大きくて力強いので、あなたを外敵から護れます。

だから、指示に従ってね』って意味があるんだよ。飼い主の掌は母犬の口の役目ってわけさ」

　怖い夢をみて眠れなくなったときに、母は、いつも少女を抱き締めてくれた。温かく柔らかな胸。懐かしい石鹸《せっけん》の匂い。母の腕の中に身を任せているときの少女は、とても穏やかな気分になれた。

「試してみてもいい？」

　青年が、もちろん、と微笑んだ。少女は、左手を怖々とクロスの鼻先に近づけた。小さな掌で、鼻先を包み込んだ瞬間……弾《はじ》かれたように頭を振るクロス。少女の掌を振り払うクロス。身を震わせ、怯《おび》えたように鼻を鳴らすクロス。

「クロス……どうしたの？」

　少女の声も震えていた。指先も、膝《ひざ》も、そして心も……。

「ボスへの道は甘くないってことね」

　舌を出し、少女はおどけてみせた。潑剌《はつらつ》とした笑顔を青年に向けた。少しも、気にはしていないというふうに。

　気にしていた。哀しかった。ショックだった。友達になれたと思っていた。違った。クロスの心は、堅く閉ざされていた。伯父《おじ》夫婦にたいしての、少女のように。

「ちょっと、いいかな？」

　言って、青年がクロスを抱き上げた。膝に乗せたクロスの鼻先を、大きな掌で包んだ。

少女のときと同じに、激しく頭を振り、掌から逃れるクロス。青年は驚いたふうもなく、小刻みに震えるクロスを優しく抱き寄せ、背中を撫でた。ひたすら、愛情深い眼差しを注ぎながら。

「君が嫌われたわけじゃない。いまのコは、誰にも心を赦さない」

クロスの背中に掌を泳がせつつ、青年が言った。見抜かれていた。青年は、少女の気持ちを察し、マズルコントロールをしてみせたのだ。

青年の思いやりに熱くなる胸。反面、込み上げる羞恥。

「別に、そんなこと気にしてないわ。ただ、びっくりしただけ」

ガラス細工の心を覆い隠すオブラートが、かわいげのない少女を演じさせた。

「そう。ならよかった。マズルコントロールをさせない子犬は、母犬から無理やり引き離されたり、心ない飼い主から体罰を受けて心に傷を負ったりして、人間を信用できなくなっているのが原因なんだ。クロスが体罰を受けていたかどうかはわからないけど、少なくとも、心優しい飼い主ならば捨てたりはしない。まだ子犬だから無邪気にみえても、クロスの心が傷ついているのは間違いないと思う。それに、この公園は、クロスにとって哀しい思い出しかない場所だしね。クロスは、また捨てられるんじゃないかと怯えているんだよ」

マズルコントロールをする以前《まえ》から、元気がなく、それでいてそわそわと落ち着きがなく、哀しげに鼻を鳴らしていたクロス。謎が解けた。

なにも知らずに自分は……。胸が張り裂けそうな思い。込み上げる自責の念。溢《あふ》れ出す憐憫《れんびん》。

「私、クロスの気持ちも考えずに、こんなところに連れてきちゃって……。ごめんなさい、クロス」

涙声で、少女は詫《わ》びた。罅割《ひびわ》れた虚飾のオブラートの隙間から、内気で、多感で、泣き虫な少女の素顔が零《こぼ》れ出した。頬伝う涙が、スケッチブックの表紙に落ちて弾けた。我慢して、我慢して、我慢して。少女は、自分に言い聞かせた。青年に、素の自分をみせたくはなかった。内気で、多感で、泣き虫な女の子など、誰も好きになってはくれない。

「それでいいんだよ。クロスには、マリア公園は哀しい場所ではなく、愉しい場所ってことを植えつけたほうがいい。君のやっていることは謝るどころか、とてもいいことなんだ。だから、これからもクロスを連れてきて、いいイメージで一杯にしてあげてほしい。これは、慰めでもなんでもなく、本当のことだよ」

にっこりと微笑む青年。いつだって青年は、温かな眼差しで少女をみつめ、穏やかな声音で少女に語りかけてくれる。青年の優しさに、少女の痩《や》せ我慢は決壊した。堰《せき》を切ったように、嗚咽《おえつ》と涙が唇と瞼《まぶた》から溢れ出した。

霞《かす》む視界が流れた。青年の胸に飛び込む少女。泣きじゃくった。まるで二歳児のように。頬伝う涙を舐《な》め取るクロス。背中を撫でる温かな掌。止めどない涙。激しさを増す嗚咽。

クロスのことだけではない。ずっと抑制してきた孤独が、胸奥に封印してきた憂いが、一気に噴出した。

青年の大きな胸は父を彷彿《ほうふつ》とさせ、柔らかな掌は母を彷彿とさせた。

このまま、時間《とき》が止まってほしい……。両親の腕に抱かれながら、少女は願った。

◇　◇

唇が濡《ぬ》れた。くすぐったい感触。小鳥の囀《さえず》り。眼を開けた。窓から差し込む麗《うら》らかな光を背に、少女を見下ろすクロス。

弾かれたように、少女は枕もとの目覚し時計をみた。午前八時二十分。遅刻。跳ね起きた。クロスが弾んだ。はしゃいだ。クロスの右の太腿《ふともも》。包帯はない。傷痕《きずあと》は、顔を近づけなければわからないほどに薄くなっていた。

急がなければ……立ち上がる以前《まえ》に、勘違いに気づいた。

今日は日曜日。ほっと、胸を撫で下ろした。そして思い直した。今日が月曜日でも、少女は遅刻にはならない。京都行きが決まっている少女は、四月に入ってから一度も中学校に登校していない。

ふたたび、仰向《あおむ》けになる少女。クロスが首を傾げ、そして小さく吠《ほ》えた。朝食の催促。

「おはよう、クロス。いま起きるから、もう少し待っててね」

眠いわけではなかった。ただ、今日という一日を受け入れたくなかった。そばにはクロス。清々《すがすが》しい朝の陽光。心地好い小鳥の歌声。快晴の日曜日。

いつもなら、心浮き立つ日曜日。なのに、窓越しに見上げる抜けるような青空と正反対に、暗雲広がる少女の心。

窓から、視線を勉強机の卓上カレンダーに移した。四月の十三日。あれから一ヵ月。つまらなそうに伏せるクロスの躰《からだ》は、ひと回り大きくなっていた。名前の決め手になった、脇腹に浮かぶ十字架型の痣《あざ》も、以前より濃くはっきりとしてきた。お饅頭《まんじゅう》みたいに丸く短かった鼻先も、少しだけ伸びたような気がする。クロスは十二週齢。人間で言えば六歳。小学校に入学する頃だ。

三週間前に一回目のワクチン接種と抜糸を、三日前に二回目のワクチン接種を済ませていた。気を回してくれた養母が、伯父に内緒でお金を渡してくれたが、二回ぶんのワクチン接種代と抜糸のお金を、青年の父は受け取らなかった。

病院に払うはずだったお金を、餌代に回しちゃだめ？

抜糸と一回目のワクチンを受けに行った日、少女は養母に事情を話し伺いを立てた。初めて桜木動物病院に行った際に、青年の父に貰《もら》ったペースト状のドッグフードは三週間前になくなっていた。

――クロスには、マリア公園は哀しい場所ではなく、愉しい場所ってことを植えつけたほうがいい。

青年の言うとおり、一ヵ月間、雨の日を除いて、毎日マリア公園にクロスを連れて行った。遊んだ。

最初の頃は、哀しげに鼻を鳴らしベンチから下りようとしなかったクロスだが、一週間を過ぎたあたりから活発に園内を走り回るようになった。ほぼ時を同じくして、マズルコントロールを嫌がらないようになった。クロスは、哀しい過去を克服しつつあった。少女に心を開きつつあった。少女をリーダーとして認めつつあった。

嬉《うれ》しかった。青年も喜んでくれた。少女がマリア公園を訪れるたびに、青年も現れた。というより、青年の下校時間に合わせて少女は街路園に通った。

午後五時を告げる鐘の音が、待ち遠しかった。鐘が鳴って三十分以内に、決まって青年に声をかけられた。あくまでも、クロスの散歩だけが目当てのふうを装いつつも、少女の心は激しくときめいた。

いつもの時間、いつもの公園、いつものベンチに並んで座り、園内を跳ね回るクロスを眺める青年と少女。

取り留めのない話。青年の穏やかな声音。優しい眼差し。深い瞳《ひとみ》。素っ気なく振る舞う少女。態度とは裏腹に火照る頬。締めつけられる胸。

どちらが言い出したわけでもなく、三十分ほど公園で過ごし、帰路をともにするのがふたりの日課になった。

この一ヵ月で、青年について少女が知ったこと。青年は高校二年生。少女より五つ上の十七歳。四人家族。弟がひとり。趣味は読書。得意科目は理科の生物で、苦手科目は英会話。好きな食べ物はハンバーグ。嫌いな食べ物は納豆。

生物に英会話。少女が習っていない課目を耳にして、青年との距離を感じて寂しくなってしまう自分。好物や嫌いな物を聞いて、大人っぽい雰囲気を持つ青年の子供の部分を垣《かい》間《ま》みたような気がして、少しだけほっとする自分。

自分について、青年に話したこと。三人家族でひとりっ子。趣味はスケッチ。得意科目は図工と国語。苦手科目は算数。好きな食べ物はカレーライス。嫌いな食べ物はひじき。

両親が死んだことは話さなかった。話せなかった。みるからに心温かそうな青年の父。それだけで、青年の家庭が幸福だろうことは少女にも想像がついた。コンプレックス。それだけが理由ではない。両親の死を、伯父《おじ》夫婦に引き取られた話をしてしまえば、京都に行くことも……。

三日前。二回目のワクチン接種が終わった日の公園で、青年が言った。

——三回目のワクチン接種は、四週間後だからね。

四週間後は、東京にいない。三回目のワクチン接種は、京都の動物病院で受けることになる。

そのとき、喉《のど》まで出かかった言葉を少女は呑《の》み込んだ。

怖かった。驚きも哀しみもなく、あっさりと受け入れられることが。怖かった。じゃあ、もう、会えないね、のひと言を聞くことが。

少女は、掛け布団を頭から被《かぶ》り、きつく眼を閉じた。そうすることで、時間《とき》の流れを拒否するとでもいうように。ふたたび眠りに入れば、今日という日が訪れないとでもいうように……。

明日の朝。十時に、京都の叔父《おじ》夫婦が少女を迎えにくる。青年は、いつもと変わらずに授業を受けている頃だろう。そして、いつもと変わらずに下校時にマリア公園を覗《のぞ》くに違いない。

少女がいなければ、青年はどう思うだろう？　次の日も、そのまた次の日も、公園を覗くだろうか？　伝えなければならない、と焦りつつも、ずるずると今日まできてしまった。

でも、伝えたからといって、それでどうなるの？　青年にとっては、下校時にマリア公園に寄らなくなるだけの話。患犬の飼い主がひとり、減るだけの話。

マリア公園での三十分。少女には、忘れることのできない特別な時間。特別な日々。青年は違う。クロスがもうひと回り大きくなる頃には、京都に行った女の子の存在は跡形もなく消え去っていることだろう。

脇腹を撫《な》でる柔らかく温かな感触。眼を開けた。布団の中に潜り込んだクロスが、隣で蹲《うずくま》り、おなかの上に乗せた顔を少女に向けていた。愛らしくまるい黒真珠のような瞳が、心配げに少女をみつめていた。

「お前は一緒だよ。ずっと、一緒だからね」

少女は、クロスを抱き締めた。ワン、とひと声吠えるクロス。

もちろん！　それより、ご飯まだ？

少女には、そう言っているように聞こえた。

◇

◇

物哀しく風に乗って響き渡る、午後五時を告げる鐘。寂しげに空に彷徨《さまよ》う、花びらを失った山桜の枝。まるで、少女の心のよう。

視線を空から地面に。足もとを埋め尽くす淡紅色の絨毯《じゅうたん》。視界を掠《かす》める影。顔を上げた。噴水の花壇の周囲を気紛れに舞うモンシロ蝶《ちょう》を追うクロス。

少女は、孤独な自分を受け入れてくれた、そして、クロスと青年との出会いの場となったマリア公園を瞳に焼きつけるようにゆっくりと見渡した。

聖母マリア像を正面にみるいつものベンチに座る少女のほかに、人影はなかった。首を後ろに巡らせた。背後の桜並木。東京にいれば少女が着るはずだったセーラー服に身を包んだ女子中学生のグループが、声高に喋《しゃべ》りながら通り過ぎてゆく。

顔を正面に戻した。腕に抱く幼きキリストに慈愛に満ちた眼差しを注ぐ聖母マリア像をぼんやりとみつめた。

ここへ、くるつもりはなかった。黙って、青年の前から消えるつもりだった。でも、無意識のうちに、少女の足はマリア公園へと向いていた。余計に、別れがつらくなると知りながら……。

少女は、腰に巻いたウエストポーチにそっと手を置いた。リュックと同じ、お気に入りの赤。ウエストポーチの中には、クロスが排便したときのビニール袋とミント味のキャンディがふたつ、そしてある物が入っていた。

半年前に、デパートの玩具《がんぐ》売り場で眼にしたある物。少女は、おもちゃとは思えない美しい輝きを放つある物にすっかり魅了された。二ヵ月ぶんのお小遣いを貯めて買ったある物は、少女の宝物だった。

宝物を持ってきた理由。少女は、あることを決意していた。それは、少女にとって死ぬほどの勇気が必要だった。でも、思いきって踏み出さなければ、きっと後悔する、ということが少女にはわかっていた。

相変わらずモンシロ蝶を追い回していたクロスが不意に立ち止まり、少女をみた。いや、正確には少女の背後。

振り返らずとも、クロスの瞳が誰をみつめているのかがわかった。尻尾《しっぽ》を振り、顔を斜めに向けながらクロスが駆け寄った。

「今日は、あったかいね」

言いながら、青年が隣に座った。缶ジュースをくれた。オレンジジュース。ありがとう。少女は言った。自分のぶんの缶コーヒーのプルタブを引き、ひと息に呷《あお》る青年。上下に動く喉仏が、大人を感じさせた。

「本当は、私も缶コーヒーがよかったな」

コーヒーは好きでも嫌いでもない。背伸びしたくて、言ってみただけ。

「ごめん。今度は、缶コーヒーにするよ」

屈託のない青年の笑顔。白い歯が、眼にシミた。柔和な眼差しが、胸を抉《えぐ》った。

「ううん、いいの」

好対照に、表情を曇らせる少女。今度はない。青年とこうして会うのも、今日で最後。

「どうしたの？」

怪訝《けげん》そうに、少女の顔を覗き込む青年。

「え？　なにが？」

少女は、慌てて笑顔を取り繕い、頓狂《とんきょう》な声で質問を返した。

「なんだか、哀しそうな――」

青年の足もとにじゃれつくクロス。青年は言葉の続きを呑み込み、クロスに向かって右手を伸ばした。待て、の仕草。クロスが、もどかしそうに身を振りながらお座りをした。すかさず、クロスを膝上《ひざうえ》に抱き上げ頭を撫でる青年。子犬がなにかを求めてきたときは、お座りか伏せをやらせてから要求に応える、というリーダーになるための訓練その三を青年は自ら実行してみせた。そして、子犬がちゃんと指示に従えたら、必ず褒めることも。それは、自分も同じ。

この一ヵ月で、クロスはすっかり青年に懐いていた。

「ずいぶんと、元気になったね」

「クロスは元気よ」

思わず口をつく本音。首を傾げ気味に、少女に窺《うかが》うような視線を向ける青年。

「もちろん、私も元気よ」

背筋を舐《な》める冷や汗。無理に浮かべた作り笑い。京都行きを告げるチャンスだったのに。

込み上げる後悔。

「セーラー服には慣れた？」

青年は、少女が中学生になったと知っている。質問に、深い意味がないことはわかっている。しかし、まだ一度もセーラー服に袖《そで》を通したことのない少女の鼓動は駆け足を始めた。

「よく、わからない」

言葉を濁した。嘘を吐《つ》くのはいやだった。少なくとも、着たことがないので、わからないというのは嘘ではない。

「それよりさ、将来は、獣医さんになるの？」

少女は、話題を変えた。質問をした目的。考えただけで、口の中がからからになった。オレンジジュースで喉を潤した。甘酸っぱい味が舌先に広がった。

「そのつもりだよ。幼い頃から、動物に囲まれて育ってきたし。ほかに、特技がないからね」

青年は、冗談っぽく言うと笑った。少女は、笑えなかった。ある物が入ったウエストポーチに置いた掌が汗ばんだ。

「獣医さんになるのは何歳のとき？」

熱に浮かされたように、少女は質問を続けた。

「大学の獣医学部は六年だから、二十四歳。僕はいま十七だから、七年後ってことになる。

もちろん、ストレートで合格すればの話だけどね」

「恋人とか、いるの？」

さりげなく切り出した。缶コーヒーを口に含んだ青年が噎《む》せた。少女もまた、緊張と羞《しゅう》恥《ち》に窒息してしまいそうだった。

ずっと気になっていたこと。もう、あとには退けない。

「どうしたの？　藪《やぶ》から棒に？」

眼をまんまるにして、青年が訊《たず》ねた。

「いいから、いいから。恋人はいるの？」

子供の無邪気な好奇心を装い、質問を重ねる少女。でも、缶ジュースを持つ両手は震え、心臓が口から飛び出してしまいそうだった。

「恋人なんていないよ。犬や猫しか、相手にしてくれないから」

青年の口もとが綻《ほころ》んだ。安堵《あんど》に、少女の口もとも綻んだ。それも束の間。次なる言葉。決意の実行。缶ジュースをベンチに置いた。ウエストポーチのファスナーを開けた。手を差し入れ、ある物を握り締めた。強張《こわば》る頬。干上がる口内。少女は深く息を吸い、気を静めた。ありったけの勇気を掻《か》き集めた。

「しようがないわね。私が、結婚してあげる」

弾《はじ》ける笑顔を向け、さらりと言った。口をぽっかりと開ける青年の右手を取り、掌に握り締めたある物、ガラス玉がちりばめられたおもちゃの指輪を薬指に嵌《は》めようとした。青年の薬指は太く、入らない。仕方なく、少女は小指に指輪を嵌めた。

「これは、婚約指輪。私、明日、京都に引っ越すの」

勢いに任せて、少女は言った。あくまでも、平然と、淡々と。

「え？　明日？」

「そう。明日」

「ずいぶん、急な話だね。そっか……寂しくなるな」

青年の表情が曇り、声のトーンが下がった。

「本当？　本当に、私がいなくなると寂しい？」

「もちろん」

即座に答える青年。嬉《うれ》しかった。胸が弾んだ。

「じゃあ、約束してくれる？　あなたが獣医さんになった七年後の、三月十五日のいつもの時間に、このベンチで待ち合わせをするの」

「なんで、三月十五日なんだい？」

「私とクロスが出会った日。そして、私とあなたが出会った日。あなたは、七年後の三月十五日にその指輪を持ってきて、私に結婚を申し込むの」

少女は、ひと息に喋《しゃべ》った。明日、遊びに行く待ち合わせをするように、さらりと、陽気に。

大胆な告白。信じ難い言動。屈託のない表情とは対照的に、悴《かじか》んだように震える両膝。

パンク寸前のガラスの心。気を抜けば、泣き出してしまいそうだった。

「僕が君に結婚を？」

青年が、小指で陽射しを反射してきらめくおもちゃの指輪をしげしげと眺めながら、呆《あっ》気《け》に取られたように言った。

「そう。いいでしょ？　私みたいな美人候補生を逃すと、絶対に後悔するから」

構わない。図々しい子だと、思われただろうか？　変な子だと、思われただろうか？

なんて図々しい子だと、思われただろうか？　とにかく、青年に自分の気持ちを伝えたかった。

少女は、弾ける笑顔で片目を瞑《つむ》ってみせた。顔で笑って、心で泣いた。

「わかった。七年後の三月十五日のマリア公園。いつもの時間に、君を迎えにくるよ」

風に靡《なび》くウエーブのかかった髪。柔和に下がった濃く太い眉《まゆ》。温かな眼差し。深く、優しい瞳《ひとみ》。穏やかな声音。穏やかな弧を描く唇。青年のすべてが、哀しいほどに残酷だった。

「約束だからね？」

弾ける笑顔を保ちつつ、右手の小指を立てる少女。少女の細く小さな小指に、おもちゃの指輪が嵌まった青年の小指が絡んだ。小指を通して、青年の温もりが少女の躰《からだ》に広がった。

青年の膝上に抱かれるクロスが、指切りをするふたりの手をペロペロと舐めた。

「こら、くすぐったいじゃないか」

努めて明るい口調で言うと、少女は指切りを解き、クロスを抱き寄せ立ち上がった。本当は、ずっと、そのままでいたかった。でも、これ以上青年の眼前《まえ》にいると、笑顔を保ち続ける自信がなかった。いまは泣けない。哀しみに暮れる時間は、これからたっぷりとあるのだから。

「もう、帰るの？」

「うん。明日の用意とか大変だから。いままで、いろいろとありがとう」

「礼なんていらないよ。僕が、好きでやったことだから。クロス、京都に行っても、いいコにするんだぞ」

ベンチから腰を上げた青年が、少女に抱かれるクロスの頬を両手で挟み、優しく声をかけた。青年との別れなど知らずに大喜びするクロスの尻尾《しっぽ》が、少女のおなかをパタパタと叩《たた》いた。

「じゃあ、君も、頑張って」

青年が、クロスの頬から離した手を、そっと少女の頭上に乗せた。

「約束、忘れないでね」

子供相手に交わした約束。自分に接する青年の仕草をみて、それはわかった。そして、淡く儚《はかな》い約束が、七年という時間《とき》の流れに呑《の》み込まれてしまうだろうことも。

「ああ、忘れないよ」

夕陽が、青年の髪を黄金色に染めた。温かな微笑。優しい声音。への字になりそうな唇を吊り上げ、少女はこくりと頷《うなず》いた。

二歩、三歩と、笑顔を向けたまま後退《あとじさ》り、踵《きびす》を返した。振り返りたい衝動を堪えて、少女は駆け出した。涙に霞《かす》む視界。風に流される嗚咽《おえつ》。少女は、ひたすら駆け続けた。

七年後の再会。たとえ果たされない約束でも、現在《いま》、この瞬間の青年の気持ちに偽りがなければ、それでよかった。

第一章

［1］

約六坪のスクエアな空間。中央に手術台、手術台の脇には動物の呼吸、心拍、体温を表示するオペモニター、反対側の脇にはスタンド式の麻酔器、麻酔器の横には輸液ポンプ器、術衣やオペ器具を殺菌する滅菌器、鉗子《かんし》、剪刀《せんとう》、メス類が載ったステンレス製の台車、手術台の真上の天井には、五つのライトが円形に連なる無影灯。

手術室。動物看護士の金井静香《かないしずか》が、桜木にキャップを被《かぶ》せ、マスクをかけた。静香は続いて、キャップと同色のグリーンの術衣を広げた。桜木は、母親に洋服を着せられる子供のように、前方に突き出した両腕を術衣の袖《そで》に通した。

桜木はまだ、洗浄を終えていない。細菌だらけの掌《てのひら》で、滅菌状態の術衣に触れるわけにはいかなかった。

出入り口のドア脇の洗面所で、桜木は消毒液を使い入念に手を洗った。すかさず、もうひとりの看護士の中里信一《なかざとしんいち》が蛇口を閉めた。

無精をしているわけではない。洗浄後に蛇口に触れると、せっかく滅菌した掌や指先に菌が付着してしまうからだ。

オペには、未滅菌者と滅菌者の、ふたりの助手がいるほうが望ましい。

メス、鉗子、ガーゼ、シーツ、手術台などをはじめとする手術室内の器具、機器、備品などはもちろん滅菌済みだが、蛇口のように未滅菌の物もあるからだ。

人手が足りないときは、手を洗ったあとにグローブを嵌《は》めて蛇口を閉め、菌が付着したグローブを捨ててから新たな滅菌済みのグローブを嵌める、ということもやるが、一刻を争うオペの際は非常に効率が悪い。

蛇口以外にも、たとえば胃を切開したときなどに、飛散した内容物が無影灯と呼ばれるオペ用のライトの角度調節のグリップに付着することもある。人間、動物を問わずに、胃の中は細菌の宝庫だ。

無影灯の角度を調節しようにも、滅菌者の自分や看護士が細菌塗《まみ》れのグリップに触れるわけにはいかない。かといって、胃を切開中の自分や、内容物を腹腔《ふっこう》内に撒《ま》き散らさないように支持糸で胃袋を吊り上げている看護士がグリップを取り外して滅菌している暇はない。

もし、どちらかの手が空いていたとしても、滅菌器でグリップを滅菌するのに三、四十分はかかるし、グリップを取り外した者は手袋を交換しなければならない。

だが、未滅菌者がいれば、光を当ててほしい場所に、瞬時に無影灯の角度調節をしてくれるというわけだ。

桜木は、静香からタオルを受け取った。むろん、滅菌済みなのは言うまでもない。十分に水気を吸い取ったタオルを中里に渡し、桜木はグローブを嵌めた。

耳孔内に忍び込む、苦しげな鼻声と乾いた咳《せき》。振り返った。視線の先。手術台の上で、不安げに四肢を震わせる雄のシェルティー。シェルティーが座らないように、伸ばした両手で腹部を支える静香。

桜木は、シェルティーが驚かないように、ゆっくりと手術台に歩み寄った。故意に、眼を合わせず、横から近づいた。

犬は、真正面に立たれることや視線を合わせることを嫌う。それらの行為を、本能的に攻撃の合図と受け取るのだ。

ただでさえ、見知らぬ場所で、見知らぬ人間に囲まれてナーバスになっているシェルティーを刺激したくはなかった。

物言わぬ患者。そう、動物は、口を利けない。人間のように、痛み、恐怖、不安を言葉にして訴えることができない。いつだって、代弁するのは飼い主。だが、その代弁は非常に曖昧《あいまい》かつ抽象的であるのがほとんどだ。

――近頃、よく吐くんです。

飼い主が診療室に座って、物言わぬ患者の代わりに症状を訴えることを主訴という。しかし、あくまでも客観的な観察が故に、飼い主の主訴は参考にはなっても決め手にはならない。

嘔吐《おうと》の症状がみられる病気は、それこそ枚挙にいとまがない。

たとえば、気管支炎などの呼吸器の病気、胃潰瘍《いかいよう》、胃拡張、腸閉塞《ちょうへいそく》などの消化器の病気、腎不全《じんふぜん》などの泌尿器の病気、白血病などの血液の病気、そして、寄生虫などの病気。

ざっと数え上げただけで、これだけの病気の疑いが出てくる。

むろん、視診、触診を経て、必要とあらばレントゲン検査、尿検査、血液検査などを行うので、最終的にはひとつの病気に絞られるのだが、動物が物を言わない事実に変わりはない。どれだけ完璧《かんぺき》な臨床所見を行ったつもりでも、なにかを見落としていないとはかぎらないのだ。

だからこそ、常に桜木は、病院にくる動物達のどんな些細《ささい》な反応にも気を配っている。

人間ならば、検査結果に異常なし、と医師に言い渡されても、でも胃が痛い、頭痛がする、眩暈《めまい》がする、と抗弁できる。再検査を要求できる。その結果、やはり異常なし、となるかもしれないし、一度目の検査で見落としていた病巣が発見されるかもしれない。

だが、動物は違う。獣医師が異常なしと判断すれば、胃が痛かろうが頭痛がしようが、そこで終わりだ。

物言わぬ患者の一挙手一投足に人間同様の、ある意味、口が利ける人間に接するとき以上の最大限の注意を払う。それが、獣医師である自分の務めだと桜木は思っている。

「怖くないからね、ロイド」

桜木は、壁に留めた初診受付カードのペット名の欄に眼をやり、シェルティーの名前を呼んだ。名前を呼んであげることで、少しでも気を落ち着かせるのが目的だ。

そっと、ロイドの背後に回った。喘息《ぜんそく》患者のような咳を繰り返すロイドの膨脹した腹部が気になったが、いまは頭から追い払った。

飼い主がロイドを桜木動物病院に連れてきたのは、咳や腹部の膨脹が理由ではない。理由。肛門《こうもん》から突出した、湿り気を帯びた円筒状の腫脹《しゅちょう》物。長さ約五センチ、直径約三センチの薄桃色をした腫脹物は、直腸が反転したものだ。

桜木は、飼い主が受付カードを書いている間に、すぐにロイドを手術室へと運んだ。本来、桜木動物病院では、受付カードをもとに飼い主の主訴を聞き、カルテを作成し、問診、視診、聴診、触診へと移る。

飼い主の目線でみた症状の説明が主訴であるのにたいし、診察を経て獣医師が判断することを臨床所見といい、この段階で必要とあれば検査に移行し、検査の結果次第ではオペに入る、という流れだ。

だが、ロイドの場合は、主訴、臨床所見、検査の流れを経なくとも、ひと目で直腸脱とわかった。

直腸脱とは、文字通り、直腸が肛門から脱出したものだ。消化管内の寄生虫が引き起こした慢性の下痢などで肛門括約筋が緩んだり、出産時の怒責、つまり、いきみなどが主な原因となっている。

ロイドは雄犬なので、出産時のいきみはありえない。となると、寄生虫が原因の下痢という可能性が高い。

取り敢えず、検査はあと回しだ。とにもかくにもいまは、ロイドの脱出した直腸を肛門に押し戻すことが先決だ。

飼い主がすぐに異変に気づき病院に運んだことで、ロイドの直腸脱は程度の軽いものだった。

ロイドの湿り気を帯びた薄桃色の直腸は、肛門から露出して時間が経っていないことを意味する。露出時間が長くなれば、犬が舐《な》めたり、地面に座って擦りつけたりして汚染、損傷する。その結果、直腸は赤黒く鬱血《うっけつ》、腫大し、最後には壊死《えし》してしまう。壊死した直腸は肛門に押し戻すことは不可能で、切断手術ということになる。

「ロイド。少しの我慢だからね。ハンカチを頼む」

桜木は、角張ったえら顔を蒼白《そうはく》にした中里に声をかけた。中里が、ロイドの露出した直腸に気分を悪くしているのは明らかだった。太い眉《まゆ》の下のどんぐり眼は、吐き気のためか赤く潤んでいた。

中里は、桜木よりふたつ下の二十三歳。彼は半年前、去年の九月までペットショップのトリマーだった。中里は、彼が飼っていた猫を病気で死なせたのをきっかけに、桜木動物病院が出した動物看護士募集の求人広告をみて電話をかけてきた。

中里は、そのいかつい顔と学生時代に野球部で鍛えた百八十センチを超える頑強な体躯《たいく》からは想像がつかないような、こまやかな気配りを持つ心根の優しい青年で、それこそ、虫も殺せない男だった。

だが、病気か怪我をしている動物が相手の動物病院では、そのデリケートさが災いすることも多い。

トリマー時代には無縁だった、血や内臓を眼にすることが大の苦手の中里には、静香のようにオペの助手を任せるまでには至らなかった。オペのとき以外は極力、彼には受付や経理といった生々しい現場とは無関係な業務に携わらせていた。

反対に、中里より一歳上の静香は、フランス人形のような愛くるしい顔立ちと華奢《きやしや》な躰《からだ》をしているが、破裂した肺をみようが切開した胃をみようが、眉ひとつ動かさない。

静香が、非情だというわけではない。その逆だ。一歩手術室を出た静香は、家を恋しがる入院中の子犬に、勤務時間を大幅に過ぎてもつき添うような情に深い女性だ。

高校を卒業後に専門学校で動物介護の勉強をした静香は、桜木が獣医学部に通う傍らに父、清一郎《せいいちろう》のもとで研修医として働いていた二年前に、彼女が卒業した専門学校の紹介で桜木動物病院に動物看護士として就職した。

動物看護士とは、獣医師の指導のもとで傷病動物の看護や診療の補助をなす仕事、つまり、人間の病院でいうところの看護師にあたる。最近では、アニマルヘルステクニシャン、略してAHTと呼ばれることが多い。

しかし、看護師と違って動物看護士には国家試験で資格を取る必要はない。逆を言えば、誰にだってなれる職業だ。しかし、ただ、動物好きというだけでは務まらない仕事だ。

一瞬の判断ミス、一瞬の介護ミスが取り返しのつかない事態を招く動物病院では、獣医師に指示されたことをロボットのようにこなすだけの人間は失格だ。

犬と猫の異なる性質、異なる躰の仕組み、異なる病気、異なる治療法、健康な動物とそうでない動物の違い、飼い主への適切な飼育指導及び保健衛生に関する指導……。

獣医師並みとはいかないまでも、獣医師の眼が届かないとき、手が回らないときにフォローできる程度の知識は必要だ。

その点、静香は申し分なかった。何事にも動じないプロ意識、動物にたいしての深い愛情、獣医師顔負けの知識。

同様に動物看護士という肩書きを持ってはいるが、トリマー上がりの中里と、専門学校でしっかりと基礎を叩《たた》き込まれた静香を同じ土俵で比較することはできない。

だが、そんな中里も静香の勧めで、会員数三百人の日本動物看護学会が主催するセミナーやシンポジウムに参加し、研修や情報交換に努めている。中里は中里なりに、立派な動物看護士になろうと努力している。

動物への深い愛情と仕事への前向きな姿勢があるかぎり、桜木は彼を見限ったりはしない。獣医師と動物看護士は車の両輪のようなもの、というのが自分の持論だ。

中里が、ハンカチをロイドの鼻に軽く当てた。無心に、匂いを嗅《か》ぐロイド。中里が手に持つハンカチは、ロイドの飼い主のものだ。

犬や猫、とくに犬は、飼い主の匂いがついているものがそばにあると安心する。

それは、飼い主の所有物でなくてもいい。適当なものが見当たらないときは、病院のタオルやガーゼを待合室にいる飼い主に触ってもらう場合もある。

犬の嗅覚《きゅうかく》は、数キロメートル先の匂いをも嗅ぎわけることができる。それは、鼻腔《びこう》内の粘膜に分布する嗅細胞と呼ばれる感覚細胞の数に関係している。

犬の嗅細胞の数は、二億二千万個。たいして、猫は一千万個、人間は僅《わず》か五百万個。つまり、単純計算で犬は猫の二十倍、人間の四十倍以上の嗅覚を持っているのだ。

故に、飼い主が軽く触れただけの物でも、犬はその匂いを嗅ぎわけられる、ということだ。

桜木は、噴霧器に入った生理食塩水をロイドの脱出した直腸に吹きかけ、次に、ガーゼで生理食塩水を軽く拭《ふ》き取り、ステロイドの軟膏《なんこう》を塗った。ビクリと反応する後肢。ロイドの躰が硬直した。

「すぐに終わるよ。大丈夫だからね、ロイド」

注射を怖がる幼子に語りかけるように、桜木は声をかけながら人差し指と中指をそっと直腸に当てた。慎重に、慎重に肛門《こうもん》内に指を押し入れた。

身震いし、呻《うめ》き声を上げるロイド。ロイドの鼻にハンカチを当てる中里が、もう片方の手で背筋を撫《な》でた。中里の手は、腰から下にはいかない。犬は、尻尾《しっぽ》に触れられることを殊の外嫌う。尻尾は視界に入らないので、不安になるのだ。

第二関節まで、指を挿入した。力を入れ過ぎると、粘膜を傷つけたり脾臓《ひぞう》や胃を圧迫させる恐れがあった。押し入れるとき同様に、ゆっくりと指を引き抜いた。

桜木は、束の間、ロイドの肛門を凝視した。括約筋の締まり具合を観察した。場合によっては、ふたたび脱腸しないように肛門を一日だけ縫いつける必要があったが、ロイドは大丈夫のようだ。

「これでよし。よく頑張ったね。偉いぞ」

ロイドを褒める桜木。頰に、静香の視線を感じた。桜木は、静香の視線に気づかぬふうを装い、ロイドの体液に濡《ぬ》れたグローブを外した。ダストボックスに捨てた。洗面所で手を洗った。背後で、相変わらず乾いた咳《せき》を繰り返すロイド。手術台を振り返った。

「ちょっと待ってくれないか」

ロイドを抱きかかえ、飼い主のもとに連れて行こうとする静香を桜木は呼び止めた。

静香の両腕の合間から食《は》み出る太鼓腹。喉《のど》に詰まった魚の骨を吐き出すかの如く大口を開けて咳《せ》き込むロイド。

もし、桜木の予感が当たっていれば、ロイドは直腸脱などとは比較にならないほどの危険な状態だ。

「ロイドを立たせてくれないか」

桜木の言葉に怪訝《けげん》そうな表情を浮かべながらも、静香はロイドを手術台に戻した。背後から回した両手を前脚のつけ根に差し入れ、万歳の恰好《かっこう》で立たせた。桜木は、ロイドの腹を下から押し上げた両手を一気に離した。独特の弾みかたをする太鼓腹。やはり、腹水が溜《た》まっていた。

「先生、もしかして……」

心配げな表情で、静香が言った。静香は、自分の行動の意味を悟っていた。中里は、わけがわからずに佇《たたず》んでいる。

「ああ。恐らく、フィラリア症だろう」

フィラリア症は、蚊の媒介によって感染し、心臓、肝臓、腎臓《じんぞう》、肺臓などに様々な障害を及ぼす恐ろしい病気だ。

フィラリアはソーメン状の寄生虫で、成虫になると二、三十センチにもなる。フィラリアの成虫は、主に心臓の右心室や肺動脈に複数寄生する。

結果、フィラリアの分泌、排泄《はいせつ》物、また、虫体自身が障害となり、肺動脈の硬化症を引き起こしてしまう。そのため、心臓に負担がかかり、心不全及び全身の臓器が鬱血《うっけつ》状態になり、肝不全、腎不全など種々な機能不全に陥り、極めて死亡率が高い。

咳や腹水の具合から察して、ロイドのフィラリア症はかなり進行しているとみて間違いない。

腹水が溜まる原因は、フィラリアの成虫が血管内に詰まって血液の流れが悪くなり、鬱血し、血管壁から血液成分の一部や水分が漏れてしまうことで引き起こされてしまうのがほとんどだ。

ロイドのような症状を呈するまでに、通常は数年はかかる。

桜木は、壁に留められた受付カードに眼をやった。フィラリアの予防接種の欄に視線を移した。いいえの文字を囲むボールペン。最後に、生年月日の欄。平成七年の一月十五日。ロイドは現在七歳。人間ならば約五十歳。

桜木は、受付カードからロイドに視線を戻した。口から零《こぼ》れ出そうなため息を呑《の》み込んだ。犬は、人間の感情を読み取る天才だ。自分の懸念が、ロイドに伝わるのはまずい。

すべてに、納得がいった。フィラリアの感染率は、ひと夏経過した犬が四十パーセント、ふた夏経過した犬が七十六パーセント、三夏経過した犬が八十パーセントとなっている。蚊がうようよとしている室外で飼われた、六夏を経過した老犬。しかも、ロイドはフィラリアの予防接種を受けていない。これでは、感染しないほうが奇跡だ。

「ちょっとみせてね」

言いながら、桜木はロイドの下瞼《まぶた》を軽く引っ張った。アッカンベーの状態。白っぽい可視粘膜。正常な血圧の犬の可視粘膜はピンク色をしており、高血圧の犬は赤く充血している。

ロイドの可視粘膜の色は、低血圧を意味している。心臓の働きが弱っている関係で貧血状態になるというのが、末期のフィラリア症を患った犬の共通した症状だ。ロイドも、例外ではない。

「静香君。ロイドを検査室に頼む。中里君は伊東《いとう》さんに、検査の結果が出るまで待てるかどうかを訊《き》いてきてくれないか？」

手術室に隣接する五坪ほどの検査室には、X線診断装置、超音波診断装置、遠心機、血球計数器、尿分析装置、血糖値測定器などが設置してある。

手術室と検査室の機器は、一年前に桜木が、父、清一郎から院長の座を受け継ぐ際に、大部分を最新式のものに一新していた。二十年前の開業時から使われていた機器はどれも消耗が激しく、満足のいく治療や検査を行うには心許《こころもと》なかったからだ。

また、食生活が豊かになり、医療技術の高度な進歩で平均寿命が延びた人間同様にペットも長生きするようになり、高齢化社会と飽食時代の弊害として、歯槽膿漏《しそうのうろう》、糖尿病、腎臓病、心不全、脳梗塞《のうこうそく》、癌といった、戦後間もない頃には考えられなかった人間の成人病さながらの病気も増加した。

必然的に、動物病院の設備機器も従来の旧式では対応できなくなり、獣医師自身も増えた病気の数だけ、より幅広い知識と高度な技術を求められる時代となった。

ロイドに疑いのあるフィラリア症は、数十年前までならば人間の結核と同じく不治の病とされていた。しかし、獣医学の進歩により、現在では末期的症状でも注射による駆虫により五十パーセントの確率で助かるようになった。が、裏を返せば五十パーセントは死ぬという、死亡率の高い危険な病気のひとつだ。

フィラリア症に感染している犬は、フィラリアの成虫が放出した抗原が血液中に循環している。抗原の有無は、診断キットで検出する。妊娠検査やエイズ検査と同様の方法だ。

診断キットを用いれば、僅《わず》か五分で信頼性の高い結果が得られるが、感染を百パーセント検出できるとはかぎらない。故に、レントゲン検査、超音波検査、心電図検査、各種臓器機能の検査といったものを必要とする。

桜木は、壁かけ時計に眼をやった。午前十一時五分。

すべての検査結果が出るまでに、急いでも二時間前後、予想通りにロイドがフィラリア症に感染していれば、注射で駆虫しなければならないのでさらに二、三十分はかかる。

伊東光枝《みつえ》というロイドの飼い主は、来客があるので正午までに二子玉川の自宅に戻らなければならないと、問診の際に桜木に告げていた。

伊東光枝がロイドを連れて訪れたときは、まだ十時を回ったばかりだった。軽度の直腸脱だったので、主訴と臨床所見を含めても一時間もあれば十分、というのが桜木の判断だった。現に、脱出した直腸を腹腔《ふっこう》内に戻すまでは三十分そこそこで終わった。

飼い主の主訴である直腸の脱出は解決したので、このままロイドを返してもよかった。しかし、獣医師として、放置すれば手遅れになるかもしれない、既に手遅れかもしれない物言わぬ患者を素知らぬ顔で見放すわけにはいかなかった。

「もし、待てないというのなら、取り敢えずロイドを預かる。万が一、検査の結果、フィラリア症に感染していなければ、あとからご自宅にお届けすると伝えてくれ。駆虫するとなれば、どの道入院が必要だから家には帰れないからね」

中里が頷《うなず》き、手術室をあとにした。

駆虫剤を注入すれば、確実にフィラリア成虫は死ぬ。が、問題はその後だ。フィラリア成虫の死骸《しがい》が心臓の弁膜や肺動脈に詰まり死に至る可能性があるからだ。

清一郎が院長の時代は、フィラリア症の末期状態の犬の心臓を切開し、虫体を摘出していた。最近では、どこの動物病院でも、とくに都心の動物病院では駆虫剤の注入が一般的になっているが、数百匹レベルの虫体が寄生していた場合には桜木も心臓の切開手術に踏み切ることもある。

だが、人間がそうであるように、動物も高齢になればなるほど大手術を行った場合に生命の危険がつき纏《まと》う。ロイドは七歳。老犬と呼ばれる年齢に加えて、フィラリア症の進行により衰弱した体力で、二時間は要する心臓の切開手術に耐えられるとは思えない。

手術室のドアが開いた。中里の表情が強張《こわば》っていた。

「どうした？」

「いえ……その……。お金がないから、検査や入院は結構だと……」

大きな躰《からだ》を小さく丸め、中里が言いづらそうに言った。

「なんだって？ 命にかかわる問題なんだぞ？」

ロイドが怯《おび》えないよう、桜木は跳ね上がりかけたオクターブを絞った。

「そう言ったんですが、とにかく、三千円以上は払えないの一点張りで……」

桜木は、診療室での記憶を呼び起こした。

五十代前半と思《おぼ》しき伊東光枝は、開口一番に費用のことを訊《たず》ねてきた。通常の飼い主は、費用のことよりも先に飼い犬の症状を訴えるものだ。

病状が視診の段階で明らかだったので、桜木は軽度の直腸脱の治療費である三千円を伊東光枝に告げた。額を聞いたときの、眉間《みけん》に縦皺《たてじわ》を刻む彼女の苦々しい表情が印象的だった。

伊東光枝が身につけた高価そうなスーツと派手な装飾品から察しても、彼女が三千円の治療費も支払えない生活を送っているようにはみえなかった。

ただ、ロイドの毛玉だらけの被毛をみていると、伊東光枝が飼い犬にたいして無関心であることが窺《うかが》えた。主訴時の伊東光枝のロイドをみる眼差《まなざ》しに愛情は感じられず、表情から驚きは窺えても、心配は窺えなかった。

これだけフィラリア症が進行するまでには、激しい咳《せき》や喀血《かっけつ》、食欲の減退などの症状がみられたはずだ。少しでも飼い犬にたいして関心のある飼い主ならば、もっとはやい時期に動物病院の門を叩《たた》いている。しかし、伊東光枝の主訴は、直腸の脱出についてのみだった。

そう。ロイドに無関心の彼女も、ひと目でわかる直腸脱だけは放置できなかった。それは、ロイドの身を案じるというよりも彼女の驚愕《きょうがく》。恐らく、これが傍目にはわかりづらい内臓面の病気ならば、伊東光枝がここに訪れることはなかったに違いない。

「検査費用も入院費用も、分割払いでいいと言ってきてくれないか?」

「それも言いました。フィラリア症をこのまま放置すれば、手遅れになってしまうとも。

だけど、飼い主の私が決めることだから、の一点張りで……」

「わかった。費用はこっちで持つから、取り敢えずお引き取り願ってくれ」

込み上げる義憤を呑《の》み下し、桜木は中里に言った。

「え？　また……ですか？　これ以上、噂が広がったらまずいですよ」

中里が、困惑する気持ちはよくわかる。

桜木動物病院は、無料で治療してくれる。中里が、ある飼い主から聞いた噂。その飼い主の言葉の信憑《しんぴょう》性は定かではないが、たしかに、自分は診療費が払えない飼い主を断ったことがない。そのせいかどうかわからないが、桜木動物病院には、他の動物病院で診療を断られたという飼い主があとを絶たない。

今日は三月十八日。今月も既に、桜木は雑種の犬と猫を一匹ずつ無料で診療した。犬も猫もノミの刺咬《しこう》でアレルギー性皮膚炎を起こし、掻《か》き壊しにより皮膚がケロイド状に爛《ただ》れていた。桜木は二匹にステロイド剤を打ち、抗生物質を出した。

飼い主はそれぞれ別だったが、共通していたのは、子供が親に内緒で犬や猫を連れてきたということと、ともに家に金銭的余裕がなく、動物に高い治療費を払うなんてとんでもない、という考えを持っている親だったこと。

犬猫問わず、雑種を飼っている家は、子供が拾ってきたり、知人から譲り受けてきた場合が多い。故に、室外で飼うのはあたりまえ、食餌《しょくじ》は人間のご飯の残り物で十分、という具合で、健康面、衛生面には無頓着《むとんちゃく》な面が見受けられる。

もちろん、雑種を飼っている飼い主のすべてがそうだとは言わない。あくまでも、血統書付きの犬猫を高い代金を払って買った飼い主に比べれば、の話だ。

だが、雑種だろうと血統書付きだろうと、同じ動物に変わりはない。家が貧乏だからといって、飼い主が無関心だからといって、動物を苦しめていいはずがない。動物も、人間同様に尊い生命の持ち主だ。彼、彼女らの生きる権利を奪うことなど、誰にもできはしない。

「ロイドに責任はないんだ。これが人間の子供なら、親がなんて言おうが命を救おうと最善を尽くすだろう？　中里君。動物は、所有物でも玩具《おもちゃ》でもなく、痛みも感じれば苦しみも感じる、僕達と同じ生き物なんだよ」

――一希。動物はな、愛玩《ペット》動物ではなく、人生のパートナーなんだ。

清一郎の口癖。清一郎は、愛玩《ペット》動物という言葉を殊の外嫌い、常に伴侶動物《コンパニオンアニマル》と呼んでいた。じっさい、清一郎は、動物界のシュヴァイツァーと来院客に呼ばれるほどに、診療に訪れる動物にたいして献身的だった。

清一郎は、患者が捨て犬だろうが捨て猫だろうが、訪れた飼い主が支払い能力のない小学生だろうが、損得抜きに診療した。

検査に使う試薬も、注射液も、処方する薬も、積もり積もれば馬鹿にならない。それこそオペとなれば、多大なマイナスが生じる。

直接的な損失ばかりでなく、ただ働きをしている間にこなせるだろう正規の患者の診療時間が潰《つぶ》れていることを考えると、その損失は計り知れないものになる。

だが、清一郎の頭には、目の前で苦しむ動物達をいかに救うか、しかなかった。生命《いのち》には貧富も、清濁も、高下等もない。そう、清一郎の考える獣医師像とは、善人も罪人も分け隔てなく照らす太陽の如き存在であらなければならなかった。

桜木は、そんな父を尊敬していた。いま思えば、桜木動物病院が無料で診療してくれるという噂が広まったのは、清一郎の頃からに違いない。

もちろん、広がった噂は無料診療についてばかりではない。清一郎の懇切丁寧な診療と優れた技術を聞きつけ、神奈川や千葉から訪れる来院客も珍しくはなかった。だからこそ、ただ働きを繰り返しながらも、桜木動物病院は無借金経営でこれたのだ。

大学を卒業したての二十五歳の自分が僅《わず》か一年の見習い期間を経ただけで院長としてやっていけるのも、清一郎が築き上げた信用という名の財産があるからだ。大学を出て最低五、六年はどこかの動物病院で修業したのちに独立を考える、というのが通常の流れだ。

だが、独立できるだけの技術と知識を身につけても、開業するとなれば店舗や設備投資などの資金面の問題がある。資金面をクリアできたとしても、来院客の確保の問題がある。

当然のことながら、来院客の数が多いほどに経営は安定する。動物病院の収入は、なにも病気や怪我の治療にかぎったことではない。むしろ、フィラリア予防の投薬、ジステンパーなどの予防接種、各種健康診断などの定期的な収入が大きい。どれだけの数の動物の主治医であるかが物を言う。

動物病院は、一般の企業のように資金力に物を言わせて派手な広告で集客するというわけにはいかない。

たしかな技術と真心の籠《こも》った対応。一にも二にも信用。信用が来院客を優秀な営業マンに変え、口こみで評判は広がる。

その点、桜木は恵まれていた。店舗も設備も受け継ぐことができ、信用についても清一郎が広めてくれた。残る技術と知識の問題も、幼い頃から傷つき、病におかされた動物達に囲まれて育ち、中学生、高校生のときには手術室で父のオペを日々見学し、大学の獣医学部に入学してすぐに助手を任されていた桜木は、一般の獣医師よりも遥《はる》かにはやくから現場を経験している。

たとえるならば、一般の獣医師が二十歳をすぎて相撲部屋入りした新弟子ならば、自分は、十四、五歳の頃から父である親方に稽古《けいこ》をつけてもらっていた息子、といったところだ。

しかし、清一郎の域には、技術的にも人間的にも、まだまだ及ばない。

「先生。お言葉を返すようですが、伊東さんは治療費が払えないわけではないですし、無料で診療するのは、ほかの飼い主さんのことを考えるとどうかと思いますが……」

中里が、薄情者というわけではない。ただ、彼はよくいえば几帳面《きちょうめん》、悪くいえば杓子定規《しゃくしじょうぎ》に物を測るところがあった。

「先生が言っていることは、そういうことじゃないの。いま、なにを優先しなければならないかってこと。こうしている間にも、ロイドは苦しんでいるのよ。そこが、先生が飼い主さんに慕われているところじゃない」

自分の言葉を代弁する静香が、中里から自分に零《こぼ》れそうな大きな瞳《ひとみ》を移した。

桜木は、静香の瞳が苦手だった。看護士が尊敬する獣医師をみる瞳。が、その瞳に宿っている思い詰めたいろが、獣医師としての自分に向けられているものではないことを桜木は知っていた。

——彼女から聞いたときにはショックだったけど、相手が兄貴じゃ仕方がねえよ。お袋似の俺と親父似の兄貴じゃ、端《はな》から勝負にならねえな。

無理に浮かべた微笑。瞳の奥の哀切。五つ違いの弟、満《みつる》の自嘲《じちょう》的な言葉が鼓膜にリフレインした。

思考を止めた。回想している暇はない。

とにもかくにも、いまはロイドの検査と治療が先決だ。

手術室をあとにする中里の背中に、頑張って、と声をかけた静香が検査室にロイドを運んだ。

◇　◇

桜木病院の二階。入院室。五坪の空間。入院室といっても、人間のようにベッドが必要なわけではないので、この程度のスペースで十分だった。

壁際に設置された、大型のキャビネットのようなステンレス製の入院ケージ。上段に小型犬用のケージが九室、中段に中型犬用のケージが六室、下段に大型犬用のケージが三室。因《ちな》みに、ウサギやフェレットなどのエキゾチックアニマルや猫が入院するときは、小型犬用のケージを使用する。

現在入院しているのは、上段のケージに子宮蓄膿症《ちくのうしょう》を患ったシー・ズーの雌《めす》五歳と、重度の肝炎を患ったパグの雄《おす》十三歳、中段のケージに十五分前にフィラリア成虫駆虫の注射を打ったロイド、下段のケージにリンパ肉腫《にくしゅ》、いわゆる白血病のゴールデン・レトリーバーの牡七歳の合計四匹だ。

子宮蓄膿症のシー・ズーは入院三日目。昨日、細菌感染により膿汁《のうじゅう》が貯留した子宮と卵巣の摘出手術を行った。術創……手術の傷口の具合は良好だった。抗生物質の点滴投与で様子をみながら、白血球数が平常値に戻ればあと三日ほどで退院となる。

肝炎のパグは入院七日目。入院初日に抗生物質、利胆剤、強肝剤の点滴投与を開始した。三日前に、処方食と呼ばれる人間でいうところの病院食を与えたが食欲はなかった。白血球数、肝酵素《しょくじ》（ｇｏｔ、ｇｐｔ、ａｌｐ）、電解質のチェックをしながら食欲の回復を待つ。通常の食餌の八十パーセントくらいを食べれるようになり、血液検査の数値が平常に戻れば退院となる。高齢で体力の回復に時間がかかることを考えると、あと二週間は入院が必要だ。

リンパ肉腫のゴールデン・レトリーバーは入院三日目。昨日から、抗癌剤投与のプログラムを開始した。四種類の抗癌剤を、一日一種類、順番に二週間に亘《わた》って静脈注射しながら、一日置きに血液検査を行う。容体が安定したら退院となるが、その後も、隔週二日の入院を六週間繰り返し、抗癌治療を続ける。

そしてロイドは、今夜の峠を超えれば、明日からは心機能の強化と腹水の排出を目的とした強心剤と利尿剤の投与を開始する。順調に回復すれば、四、五日で退院できる見込みだ。

桜木は、中段のケージに視線をやった。極度の緊張と恐怖から解放された安堵《あんど》からか、ロイドはケージに入ってすぐに寝息を立て始めた。

視線を、ケージから腕時計に移した。午後一時五分。桜木は、ケージの扉の柵《さく》の隙間に鼻面を押しつけるゴールデン・レトリーバー、レオンの顎《あご》の下をそっと撫《な》でてやり、隣室へと移った。

ドアを開けた瞬間に、テレビCMの声が鼓膜に雪崩《なだ》れ込んだ。

「どうです？　ロイドは」

丸テーブルに座る静香が、テレビの画面から視線を離して桜木に訊《たず》ねた。静香は、術衣から桜木動物病院の文字が胸もとに入ったピンクのユニフォーム姿に戻っていた。桜木と中里の男性陣は同じ七分袖《そで》のスタイルだが、色は薄いブルーだった。夏になれば、半袖のユニフォームに衣替えする。

「ぐっすりと眠っている」

言いながら、桜木はテレビを背にする席、静香の正面に腰を下ろした。静香の横では、躰《からだ》に似合わぬおちょぼ口にウィンナーを運ぶ中里。静香の手製弁当は、もう既に半分以上空になっている。

手術室と同じ五坪の空間は宿直室となっていた。ビルの三階と四階が桜木の自宅になっているとはいえ、予断を許さない状態の患者の容体が急変したときに備えてだ。彼、彼女らは、人間の患者のように異変を感じたからといって訴えることもブザーを押すこともできない。

丸テーブルの背後には、パイプベッドが設置されている。動物の容体によっては、宿直室に数日間泊まり込むことも珍しくはない。一時間ごとに目覚し時計をセットし、患者の様子を覗《のぞ》きに行くという繰り返しだから、満足な睡眠は望めない。

本当はもうひとり獣医師を雇い、日勤夜勤の交代制にするのがベストだが、いまはそれだけの経済的余裕がなかった。

桜木動物病院は、他の動物病院よりも診療費が安い。入院費用も、小型犬が一泊二千円、中型犬が三千円、大型犬が四千円となっている。もちろん、病種によって点滴、注射、検査などの費用は別途にかかるが、平均的な動物病院でも桜木動物病院の二倍から三倍の費用を取っている。中には、小型犬の入院費用が一泊一万円という動物病院もある。

これだけの設備を整えながらもそれができるのは、ひとつには自宅で開業しているので家賃がかからないことと、もうひとつは人件費を抑えているからだ。自分が楽をするために、診療費を値上げして来院客に負担をかけたくはなかった。

「やっぱり、すぐに検査して正解でしたね」

静香が、サンリオのキャラクターがプリントされたふたつのハンカチの包みのうち、大きいほうの包みを桜木に差し出しながら言った。

「まったくだ」

予想通り、フィラリア抗原検出の診断キットは陽性の反応を示した。ロイドのフィラリア症は、これも予想通りにかなり進行していた。X線像では、フィラリア成虫の多数寄生による心臓と肺動脈の拡大、心不全による腹水と胸水が確認された。直腸脱の原因も、寄生虫による下痢で肛門《こうもん》括約筋が緩んだのではなく、フィラリア症特有の激しい咳《せき》でいきんだことだった。

桜木は、ロイドに駆虫剤のほかに強心剤を注射した。フィラリア成虫の寄生で衰弱したロイドの心肺機能を活性化させるのが目的だった。

「待っててくれたのかい？　昼休みが終わっちゃうから、先に食べててもよかったのに」

桜木は、小さなほうのハンカチの包みを開ける静香に言った。

ロイドの検査と治療に時間がかかり、午後の診療開始までにもう一時間なかった。桜木動物病院の診療時間は、休診日の水曜を除く月曜から金曜までの平日が、午前診療が午前十時から正午までで、二時間の昼休みを挟んだ午後診療が午後二時から七時まで、そして土日祝日は午前診療が平日と同じで、午後診療が五時までとなっている。

尤《もっと》も、自宅が動物病院なので二十四時間営業のようなものだ。病気や怪我は、日と時間を選んではくれない。旅行にでも行ってないかぎり、桜木はたとえそれが夜中であろうが友人といるときであろうが診療するようにしている。桜木は、外出の際は必ず受付電話を携帯電話に転送していた。

「ひとりで食べる食事は、味けないでしょ？」

静香が小首を傾げ、大きな瞳を細めた。オペの際にキャップの中に隠されていたロングヘアの毛先が、胸もとに刺繍《ししゅう》された桜木動物病院の文字に触れていた。

「ずるいなぁ、先生ばっかり。僕は、味けなくてもいいってわけですか？」

拗《す》ねてみせる中里。もちろん、冗談。中里は、静香の想いを知っている。

「お弁当を作ってあげてるだけ、有り難いと思いなさい」

キッと、中里を睨《にら》みつけてみせる静香。これも本気ではない。

桜木は、微笑を湛《たた》えながらハンカチを解いた。ハンカチ同様のサンリオのキャラクターがプリントされた弁当箱が、ふた箱重ねられていた。

蓋《ふた》を開けた。おかずの弁当箱。ハンバーグに玉子焼きにウィンナー。片隅には、アルミホイルに入ったイチゴと缶詰のみかん。

もうひとつの弁当箱を開けた。白米に載ったテリアの姿を象《かたど》った海苔《のり》。海苔製のテリアの影絵の周囲にちりばめられた、草原をイメージしたふりかけ。まるで、遠足時の幼稚園生の弁当のよう。

「いつも、悪いね」

桜木は、ハンバーグに箸《はし》を伸ばしながら言った。

「お味は、どうですか？」

大きく垂れ気味の瞳《ひとみ》。低めだが形のよい鼻。子供向け番組のお姉さんのような透き通った声音。静香は看護士としても優秀だが、保母さんがよく似合う、と桜木は思う。

「おいしいよ」

お世辞ではない。大根下ろしに紫蘇《しそ》のドレッシングを絡めた、和風ハンバーグ。ハンバーグは、洋風、和風問わずに子供時代からの桜木の大好物だった。清一郎から聞いたのだろう、静香はそのことを知っている。

ハンバーグという単純な料理だからこそ、作り手の腕が如実に表れる。料理はオペと同じ。切開、縫合といった基本的手技に獣医師の腕が問われる。

「よかった」

無邪気に童顔を綻《ほころ》ばせた静香が、弁当箱の包みを解き始めた。オペ中の何事にも動じない毅然《きぜん》とした彼女とは別人のようだった。

術衣を着ているときの冷静沈着な静香と、術衣を脱いだときの十代の少女然とした静香のギャップに、桜木はいつも驚かされてしまう。

「先生、みてくださいよ。この扱いの差を」

桜木の中指並みの太い人差し指で白米を指した中里が、いかつい肩を大袈裟《おおげさ》に竦《すく》めてみせた。

中里の弁当の白米に載った海苔はテリア型ではなく正方形で、ふりかけもなかった。

むろん、中里は真剣に愚痴を零《こぼ》しているわけではない。静香の自分への想いは、中里だけではなく清一郎も知っている。静香もまた、それを隠そうという気はないらしく、むしろ、中里が冷やかすのを愉《たの》しんでいるふうがあった。

静香が手製弁当を差し入れるようになったのは、桜木が院長になった一年前の頃から。ひとりぶんもふたりぶんも同じ手間。それが、弁当を差し入れたいと希望する彼女の理由だった。

桜木は、静香の好意に甘えることにした。動物達の容体に合わせたこの仕事は、休憩時間の正午になったからといって、即昼食、というわけにはいかない。入院中の犬が発作を起こしたり、車に撥《は》ねられた猫が運び込まれたりしたならば、昼食が夕食の時間帯になることも珍しくはない。

そんなときに、配達時間の定まらない出前や病院を空けなければならない外食は非常に不都合だ。その点、弁当が用意してあれば、空いている時間に、動物の容体を眺めながら食することができる、というわけだ。

最初のうちは、弁当の差し入れは業務を円滑に運ぶための静香の善意だと思っていた。いや、善意であることに違いはない。だが、ほかにも理由があった。

桜木が獣医学部を卒業した去年の三月半ばのこと。静香は、映画に行くはずだった友人の都合が悪くなり、代わりに桜木を誘った。

その日は休診日だったということと、入院している動物がいなかったということもあり、桜木に断る理由はなかった。

有楽町で上映されたその映画は、人気ハリウッドスターが共演することで話題の恋愛物らしく、平日の昼間にもかかわらず立ち見客まで出る超満員だった。

だが、もともと芸能関係に疎い桜木には、ふたり合わせてギャラがウン十億という豪華共演にも興味はなく、また、甘くせつない悲恋の物語という月並みなストーリーも相俟《あいま》って、特別に素晴らしい作品とは思えなかった。

たしか、様々な障害に襲われながらも絆《きずな》を深めゆく愛し合うふたりが、ようやく結ばれるかという段階で病魔に引き裂かれる、というような内容だった覚えがある。

どちらかといえば涙腺《るいせん》が緩く、子供向けのアニメ映画をみても涙する桜木だが、なぜかその映画だけはどうしても作り物の感が拭《ぬぐ》えずに感情移入できなかった。

静香は違った。上映中にずっとハンカチを手放さず、もう片方の手では自分の手をきつく握り締め、クライマックスでの悲劇のシーンでは、あたりを憚《はばか》らずに大声で泣いた。

桜木は、オペ中の冷静沈着な彼女と術衣を脱いだときの無邪気な彼女、そしてもうひとつ、情熱的な彼女の貌《かお》を知った。

内心、映画館で手を握られたときに桜木は困惑した。その行為に特別な意味があるのではないかと考えた。しかし、それは、隣席に座るのが自分ではなく本来のチケットの持ち主である友人だったとしても同じだったに違いない、と桜木は思い直した。

だが、思い違いではなかった。桜木と静香は、映画館を出て数寄屋橋《すきやばし》通りのイタリアンレストランで夕食を摂った。桜木はイタリアンハンバーグとコーヒー、静香はムール貝のピラフとワインのロゼ。

桜木は、酒も煙草もやらない。映画についての感想を述べ合い、店を出たときにはあたりは夕闇に包まれていた。

静香の自宅は、桜木と同じ用賀。実家は国分寺。就職が決まったと同時に、静香は桜木動物病院から数百メートルほどの砧公園近くのマンションへと越してきたのだ。

ふたりは、用賀駅で降り、ライトアップされた山桜の並木道を歩いていた。それは、突然の出来事だった。住民にマリア公園と呼ばれる街路園の前に差しかかったとき、不意に、静香が体当たりするように桜木に抱きついてきた。

——先生が好き……。

掠《かす》れた声で、静香は呟《つぶや》いた。しかし、桜木を見上げる静香の瞳には、か細く震える声とは裏腹に強い決意のいろが宿っていた。

桜木は悟った。自分が静香の友人の代役ではなかったことを。端から静香が、この瞬間のために映画のチケットを用意していたことを。

——悪酔いしたんじゃないのかい？

強張《こわば》る頰の筋肉を無理やり従わせた作り笑い。努めて、桜木は明るく振る舞った。なんとか、話を冗談に持っていきたかった。

——あの娘を嫁に取った男は、幸せ者だ。

清一郎の口癖。漠然とした言い回しの中にも、清一郎が静香を息子の嫁にしたいのだろうことが窺《うかが》えた。

かわいらしく、気立てがよく、料理上手で、しかも看護士とくれば、獣医師の結婚相手として、これ以上の女性はいないのかもしれない。

静香が、魅力的な女性であるのは事実だ。だが、桜木の中では、魅力的な女性とかけがえのない女性はイコールではない。静香は桜木にとってかけがえのない人でもある。しかし、それは看護士として、という意味であり、女性として、という意味ではない。

——本気にしました？

棒立ち状態で戸惑っていた桜木の背中から腕を離した静香が、無邪気に破顔した。

——映画のヒロインになったつもりで、先生をからかっただけです。

思い詰めた者だけが持つ、独特の翳《かげ》りのある瞳。弧を描く唇とは対照的に、静香の眼は笑っていなかった。

女性の気持ちに鈍感な自分にも、静香がからかっているのでないことくらいはわかった。

桜木は、静香の芝居に乗ったふりをした。そうするしかなかった。彼女の想いを受け止める自信も術《すべ》も、桜木にはなかった。

結局、その日は互いに何事もなかったふうを装い、それぞれの家路に着いた。翌日からは、いままでどおりに獣医師と看護士の関係に戻った。だからこそ、映画、ミュージカル、ショッピングと、その後の静香の誘いに応じた。断れば、なにかがあったことを認めることになる。

しかし、初めて映画に行ったときのように、静香から想いを告白されることはなかった。

「わかった、わかった。それで、中里君は何形の海苔《のり》がいいの？　ワニ形？　蛇形？」

「先生はテリアで俺は爬虫類《はちゆうるい》ですか？」

頓狂《とんきよう》な中里の声に、爆笑する静香。

一年前のことなど記憶のどこにもない、とでもいうような静香の笑顔。ただ、ときおり、自分をみつめる静香の熱に潤んだ眼差しが、彼女の想いが当時と変わりないことを証明していた。

「しかし、あの人、勝手だな」

独り言のように呟く中里。静香の爆笑が止んだ。

中里が苦々しくいうあの人とは、伊東光枝。桜木は、ロイドの検査と駆虫が終わったあと、彼女の携帯電話に電話を入れた。

一週間の入院と今夜が山であることを告げる桜木に伊東光枝が返した言葉は、元気になったら連絡をして、のひと言だけだった。

「診療費と入院費に、いくらかかってると思ってるんですかね？」

中里が、憮然《ぶぜん》とした表情で言った。

中型犬のロイドの入院費用は一泊三千円。一週間で二万一千円。レントゲン検査を含む各種検査が一万五千円。駆虫剤と強心剤の注射が一万五千円。締めて五万一千円が、桜木動物病院の持ち出しとなる。

だが、そんなことはどうでもよかった。桜木がやりきれないのは、彼女のロイドにたいする気持ち。もしかしたならば命を落とすかもしれないというロイドを、伊東光枝が気にかけているふうはなかった。

「ロイドが、退院したらどうするんです?」

玉子焼きを摘んだ箸《はし》を宙に止める静香。不安げな声音。彼女の言わんとしていることは、よくわかる。

「一度、じっくり伊東さんと話してみるよ。それで、もし、彼女にロイドを育てる気がないのなら、取り敢えずウチで預かるしかない」

桜木の言葉に、静香が嬉《うれ》しそうに口もとを綻《ほころ》ばせた。

ロイドが山を超え、フィラリア症が完治しても伊東家の飼育環境ならば、ふたたび再発する可能性がある。問題なのは、飼育環境だけではなく彼女の心。

なにも、体罰や傷つけることだけが動物虐待ではない。愛情も与えられず、世話もしてもらえず、鎖に繋《つな》がれているロイド。これも立派な虐待だ。

桜木動物病院では、過去にも捨て犬を一時的に引き取り、犬の専門誌に、子犬差し上げます、の広告を打って飼い主を募ったことがあった。

「でも、引き取り手がないでしょう」

中里の言うことは、一理も二理もあった。生後数ヵ月の子犬ならまだしも、七歳の老犬を好んで引き取る者はいない。

「そうなったらなったで、僕が育てるさ」

本気だった。心なき飼い主に育てられるほど、動物にとって悲惨なことはない。

現在の日本は、高齢化と少子化などの社会現象が後押しし、空前のペットブームを迎えている。以前ならば集合住宅でのペットの飼育は禁止というのが常識だったが、「ペット可」のマンションが続々と建築されている。

だが、一方で、「矢鴨事件」に代表される残酷な動物虐待が増加しているのも事実だ。なぜに、このような矛盾が生じるかといえば、それは、飼い主の動物にたいする意識の問題だ。玩具《おもちゃ》を買う感覚。そう、空前のペットブームを支えている飼い主達の多くは、動物をその名の通りに愛玩動物《ペット》としてみている。

玩具感覚で動物を飼う最も顕著な例として、近年、フェレット、ワニ、ヘビなどのエキゾチックアニマルの増加が挙げられる。

十年前までは、犬猫以外の動物が動物病院に連れてこられることなど滅多になかった。極稀《ごくまれ》にあったとしても、せいぜいウサギ程度だった。だが、エキゾチックアニマルの飼育増加に比例してその種類もバラエティーに富むようになった。

桜木動物病院を訪れる動物の比率を大まかに判断すると、犬が六割、猫が三割、そしてエキゾチックアニマルが一割となっていた。つまり、十匹のうち一匹はエキゾチックアニマルということになる。

エキゾチックアニマルが急増した原因の一番は、別名サイレントアニマルと称されるように、鳴かないことにあった。

ペットの飼育を容認するマンションが増えたといっても、全体数に比べればまだまだだ。内装が汚され、傷つけられるリスクを計算し、「ペット可」のマンションは一般のマンションより家賃が高めなのも特徴だ。

ペットは飼いたいが、高い家賃を払えない。必然的に、「ペット不可」のマンションでも飼えるペット、換言すれば、大家や周囲の住人にバレないペットを求めるようになるのだ。

エキゾチックアニマルの人気の原因は鳴かないこと以外に、その容貌《ようぼう》にある。フェレットや子供のワニは、犬や猫とは違った独特の愛嬌《あいきょう》がある。ペットショップで彼、彼女らを目の当たりにして、思わず顔が綻んでしまう、という気持ちはわからないでもない。

しかし、これらのエキゾチックアニマルにたいして、伴侶《はんりょ》として接している人々がどれほどの数いるだろうか？

たしかに、癒《いや》しにはなるかもしれない、うるさくはないかもしれないが、本来、アフリカや中南米の大自然で生活している極めて野生的な動物を狭いマンションの一室で、さらにケージや水槽に入れて飼うことは、人間のエゴ以外の何物でもない。

サイレントアニマルだけではなく、犬や猫にしても同じだ。

そもそも桜木は、清一郎同様に、ペットという呼びかたに疑問を感じている。動物を飼うという感覚ではなく、十年から二十年を共にする伴侶として考えなければ、また、そう考えられない者は飼い主になる資格はない。

「そのうち、病院が『ムツゴロウ王国』状態になっちゃいますよ」

軽口を叩《たた》く中里。表現がおかしく、桜木は思わず噴き出した。

正面。てっきり笑っていると思っていた静香の、真剣な眼差しが桜木の双眼を射抜いた。

「あ、今夜からだったんだ！　忘れてた」

テレビに眼を向けていた中里が、唐突に大声を張り上げた。

桜木は、ゆっくりと振り返った。画面の中では、自分とそう変わらない年齢の男女が口論している場面が映し出されていた。どうやら、ドラマの予告編のようだった。

「このドラマを、みたかったのかい？」

「もちろんですよ。いまをときめく春日豊と新山千影が初共演するんですから」

頬を上気させ、興奮気味の中里を桜木はしげしげとみつめた。

「あ、もしかして先生、ふたりを知らないんじゃないでしょうね!?」

桜木は頷いた。テレビの中の男と女。初めて聞く名前。初めてみる顔。

「信じらんないなぁ、もう。いま、一番旬な男優と女優ですよ？　ウチの七十のじいちゃんだって知ってますよ」

中里が、呆《あき》れ顔で言った。彼が呆れるのも、無理はないのかもしれない。自分は、あまりテレビをみない。ドラマだけではなく、いまどんな歌が流行《はや》っているのか、どんな番組をやっているのかも知らない。

「先生の眼には、動物達しか入ってないのよ」

ぽつりと、静香が呟《つぶや》いた。中里にとっては、なにげないひと言。自分は違う。静香が訴える言外の意味。一年前の抱擁《ほうよう》。告白。思考を止めた。相変わらず桜木の双眼を捉《とら》える静香の眼差し。

インタホン。昼休み時間と知りながらベルを鳴らす来院客。急患に違いない。腕時計をみた。一時四十分。午後の診療開始まで、まだ二十分ある。が、病魔や怪我は時間を選びはしない。

食べかけの弁当をハンカチで包み、桜木は席を立った。

「さ、行こうか」

腰を上げ、どちらにともなく桜木は言った。静香の視線から逃れるようにドアを出た。

［2］

腕時計の針。午後九時三分。ロイドが眠りに入ったのを見届け、桜木は入院室の明かりを消した。隣室に向かった。無人の宿直室。静香も中里も、一時間前に既に帰宅していた。

壁際の三人用のロッカー。左端に中里、中央に金井、右端に桜木のネーム。扉を開けた。ユニフォームを脱ぎ、芥子《からし》色のコーデュロイのスラックスに黒のトレーナーに着替えた。階段を上るだけの帰宅に、いちいち着替えるまでもないが、ユニフォームには様々な細菌が付着している。

宿直室の明かりはそのままにした。ロイドは今夜が山。食事とシャワーを済ませたら、すぐに戻ってくるのだ。

ドアを閉めた。階段を使った。三階。観音開きの白木のドア。カギを開けた。

「ただいま」

言いながら、ドアを引いた。眼前に広がる漆黒。明かりをつけ、沓《くつぬ》脱ぎ場にサンダルを脱いだ。桜木をお座りの姿勢で出迎える、ブロンズ製のブルドッグ。スリッパを履き、冷え冷えとした廊下を進んだ。

あの事件があってから、廊下だけではなく、すべての部屋の空気が冷えきり、重々しく沈澱《ちんでん》していた。

清一郎が居住している三階は三LDK。洋間が三室にダイニングキッチン。かつては、この三LDKのスペースに親子四人が住んでいた。

廊下の右側の手前のドアが八畳の書斎、奥のドアが十五畳のリビングとダイニングキッチン、左側の手前のドアがトイレ、奥のドアが洗面室兼浴室、突き当たりの最奥のドアが六畳の寝室。

迷わず桜木は、書斎のドアを開けた。

鼓膜に忍び込むクラシック、書棚に囲まれたスクエアな空間、琥珀《こはく》色のダウンライト……室内を包む哀切なオブラート。

「今日は、遅かったな」

白革のリクライニングチェアに深く身を預け、膝上《ひざうえ》に開いた本の活字に視線を走らせていた清一郎がゆっくりと首を巡らせた。

鼻上にずらした老眼鏡越しに、柔和に下がる外人並みのくっきりとした二重瞼《ふたえまぶた》。高く通った鼻梁《びりょう》。桜木の彫りの深い顔立ちは、父譲りだった。幼い頃はよくハーフに間違われ、クラスメイトにからかわれたものだ。

「重度のフィラリア症の駆虫をした犬がいてね。眠りつくまで、様子をみてたんだ。今夜は、二階に泊まりになる」

桜木は、清一郎の正面のひとり掛け用のソファに腰を下ろしながら言った。清一郎は、そうか、と呟くと、中指で老眼鏡を押し上げて、ふたたび本に視線を戻した。

院長の座を退いてから、清一郎はめっきり口数が少なくなった。多くの飼い主と動物を癒してきた心温まる笑顔も影を潜め、躰《からだ》もひと回り小さくなったような気がした。

清一郎は、まだ還暦を迎えたばかり。老け込むような歳でも、病を患っているわけでもない。

妻、奈美子《なみこ》の死。葬儀の席での、息子、満に浴びせられた罵倒《ばとう》。

心の病。そう、清一郎は精神的に病んでいた。

奈美子は、清一郎とは対照的な純和風の顔立ちをした女性だった。対照的なのは、顔立ちだけではなかった。地味で朴訥《ぼくとつ》な父にたいして、派手好きで奔放な母は決して家庭的とはいえなかった。

桜木動物病院のピンクの外壁も、母の意見だった。病院なんだからベージュやグレイの落ち着いた色がいいと渋る清一郎に、どうせお金をかけるならかわいくて目立つほうがいいに決まっている、と奈美子は言って聞かなかった。

人と争うことをなにより嫌う清一郎が、奈美子の意見を聞き入れたのは言うまでもなかった。

フラメンコ、乗馬、カラオケ、フラワーアレンジメント。多趣味な奈美子は複数のサークルに通い詰め、常に仲間に囲まれていた。

自宅のリビングは連日連夜に亘《わた》ってパーティー状態で、アルコールの匂いが充満し、声高な笑い声とハイボリュームの音楽に溢《あふ》れ返っていた。

清一郎はといえば、奈美子に文句ひとつ言うわけではなく、朝から晩まで診療室と入院室で動物相手に仕事に明け暮れていた。

清一郎が奈美子を無視していた、というのとは違った。昼間から酒を飲み、子供の帰宅時間には決まって酔い潰《つぶ》れていた妻の背中に毛布をかけ、優しく介抱する清一郎の瞳《ひとみ》は愛情に満ち溢れていた。

桜木が小学生の頃、ふたりが熱烈な恋愛の末に結ばれたことを奈美子に聞かされた。その夜の奈美子は酔っていた。いや、その夜も、といったほうが正しい。桜木の記憶の中の奈美子は、いつも酒臭く、投げやりな微笑を浮かべ、哀しげな眼をしていた。

――母さんの飼っていたマルチーズが大怪我をして、動物病院に駆け込んだのがきっかけ。当時あの人は、新宿の動物病院で働いていたの。あの人は、手術が終わったあとも、麻酔が切れて苦しむジョンを、ジョンっていうのは母さんの飼っていたマルチーズのことなんだけど、一生懸命に励ましていた。私、いままでにあんなに優しい眼差しをした男の人をみたことがなかった。母さんのひと目惚《ぼ》れ。私、この人と一緒になれたら必ず幸せになれると信じて疑わなかった。でも、違った……。

――お父さん、優しくなくなっちゃったの？

桜木の無邪気な質問に、どこか遠くをみるように視線を流浪させていた奈美子が首を横に振り、力なく笑った。

――そうじゃないの。父さんは、いまも優しいわよ。温かくて、愛情一杯で、決して怒らないし。でもね、母さんにだけじゃないの。父さんは、誰にたいしてもそう。とくに動物にたいしてはね。それが、つらいの。母さんのことだけを、みててほしいのよ。

――お父さんがみんなや動物に優しかったら、どうしてお母さんはつらいの？

奈美子は、アルコールと涙で赤く潤んだ眼を、束の間、疑心顔の自分に向けた。そして、泣き笑いの表情になり、自分をきつく抱き寄せ呪文《じゅもん》のように繰り返した。

——あなたが大人になったらわかるわ。きっとわかる。きっとね……。

奈美子の言うとおり、大人になったいま、清一郎と同じ獣医師となったいま、彼女の言わんとしていることが理解できた。

母は、寂しかったに違いない。父に、もっと眼を向けてほしかったに違いない。ときには、そんなことじゃだめじゃないか、と叱ってもらいたかったに違いない。

孤独を紛らわすために、酒を話し相手に選んだ奈美子を責める気はない。だが、桜木の知るかぎり、清一郎は妻を深く愛していた。

ただ、愛情表現が苦手なだけ。動物が相手だと素直に感情を表すことができても、人間、とくに女性相手にはどう接すればいいのかわからなくなってしまうのだ。

自分は、清一郎によく似ている。だからこそわかる。

——先生の眼には、動物達しか入ってないのよ。

静香は言った。否定はしない。しかし、彼女のことが眼に入っていないわけではなかった。自分でもわからなかった。静香にたいして、つき合う気がないことをはっきり告げるべきかどうかを。だが、はっきり告げるもなにも、静香に具体的ななにかを言われたわけではない。

「どうした？　浮かない顔して。なにか心配事でもあるのか？」

清一郎が、本から離した視線を自分に向けていた。

「そうか。まあ、お前はベストを尽くしたんだ。万が一のことがあっても、気に病むことはない」

嘘ではないが、浮かない顔の原因はロイドではない。

「ああ、ちょっと、入院している犬のことをね。駆虫後の容体が心配なんだ」

自分に語りかける、というよりは独り言のように呟《つぶや》き、清一郎はページを捲《めく》った。

清一郎が熟読する書物。背表紙はみるまでもない。恐らく、哲学関係の本。桜木は、フランス映画のワンシーンのようなセピア色した室内に視線を巡らせた。

書棚を埋め尽くしているのは、半分が獣医学関係の医学書。そして、三年前に奈美子がこの世を去ってから貪《むさぼ》るように読み漁《あさ》り出した魂や死後の世界についての書物が残る半分の棚を占めていた。

奈美子は、桜木が獣医学部に在学中に交通事故で死んだ。

酒酔い運転。自宅からすぐ近くの世田谷通りの交差点で、赤信号を無視して右折した奈美子の車は大型トラックと正面衝突した。

即死だった。大学病院の霊安室で面会した奈美子は両足を失い、判別がつかないほどに顔が崩壊していた。

清一郎は変わり果てた妻との再会に、声と顔色を失った。我を取り戻した清一郎は、肉塊と化した奈美子の顔に頰を押し当て人目も憚《はばか》らずに号泣した。奈美子の血で顔をまっ赤に染めて泣き喚《わめ》く清一郎。いつも柔和で穏やかな清一郎の、あんなに取り乱した姿をみたのは初めてだった。

奈美子の死後、清一郎はすっかり覇気がなくなった。まるで、魂が抜け落ちたように。

――動物の命は救えても、妻の命は救えなかった……。

霊安室を出る際に清一郎が絞り出すように呟いた言葉が、彼の底無しの苦しみを代弁していた。

妻を孤独から救えなかった自分。妻を酒浸りにした自分。清一郎は、奈美子を殺したのは自分だと己を追い詰めた。罪悪感の海に溺《おぼ》れた。

――親父が犬っころばっかし相手にしてるから、お袋は死んだんだっ。あんたが殺したんだよっ！

葬儀の席で、満は激しく清一郎を罵倒した。息子からの痛烈なひと言に、清一郎の良心の呵責《かしやく》に拍車がかかった。

それでも、清一郎は、桜木が獣医学部を卒業し、一人前の獣医師となるまでは、青息吐息の責任感で院長の務めを果たした。なにかに憑《つ》かれたように、己の持ち得るすべての技術を桜木に伝授した。

桜木もまた、哀しみを押し殺し術衣に袖《そで》を通す父の心を察し、必死に技術を修得した。技術だけではなく、清一郎の物言わぬ患者にたいしての深い愛情を受け継いだ。

そして、一年前。己の役目は終わったとばかりに、清一郎は院長の座を桜木に譲り、隠居生活へと入った。

「なにか、食べたの?」

「ああ。朝の残り物をちょっとな」

　朝の残り物。桜木の作ったエビピラフ。本当は、桜木は朝はコーヒーにトーストだけで十分だった。だが、桜木が勤務中になにも食べる物がなければ、清一郎は一日を読書とコーヒーだけで済ますことだろう。

奈美子なきあと、最初のうちは気分転換の散歩に出るついでに外食をしていた清一郎も、ここ数ヵ月は引き籠《こも》り状態になっていた。

放っておけば、リクライニングチェアで餓死するのではないかと心配になるほど、清一郎は出無精になっていた。

桜木も、ただ手をこまねいていたわけではない。大学時代に臨床心理学を専攻していた友人の精神科医に相談した。

――いまは、無理になにかをやらせようとしないほうがいい。いずれ、なにかをやる気になる。それまで、本人のしたいようにやらせて、温かく見守ってあげてほしい。

友人が言うには、清一郎の症状は一種の鬱《うつ》状態だという。鬱病の患者には、励ましたりはっぱをかける行為は厳禁らしい。よかれと思った周囲の励ましやはっぱがプレッシャーとなり、無気力な自分を追い込む結果となり、病状が悪化する恐れがあるという。

桜木は、友人のアドバイス通りに清一郎を静観することに決めた。鬱病といっても、自分から清一郎の症状を伝え聞いた友人の話ではまだ初期の段階で、薬物療法などの必要はないらしかった。

「じゃあ、コーヒーを淹《い》れてくるよ」

桜木は、腰を上げながら言った。

「お前も疲れてるんだろう？　私のことは気にしなくていいから、上に行ってシャワーでも浴びなさい」

上。四階は、桜木と満の居住空間。奈美子の死後、満は家庭内別居のように三階に姿を現さなくなった。

桜木と五つ離れた満は高校を中退後、定職を持たずにバイト先を転々としていた。いまは新宿のクラブで働いていると、二週間前に本人から聞いた。清一郎と満の関係は三年前の葬儀での一件から冷えきっていたが、兄弟の仲は悪くはなかった。といっても、仲睦《なかむつ》まじいわけでもない。顔を合わせたときに、差し障りのない会話をする程度だ。

「どうせ、食事を先にするつもりだから。台所に行くついでだよ」

清一郎に気を遣わせないように、努めて軽く言った。台所に行くつもりだったのは本当だが、少しでも清一郎のそばにいてやりたかった。口にこそ出さないが、清一郎が満との関係に心を痛めているのが手に取るようにわかる。

書斎を出た。隣。リビングのドアを開けた。電灯のスイッチを入れた。三階は、書斎以外の室内の明かりはいつも消えている。

寒々とした部屋。無人の部屋。応接テーブルにうっすらと積もる埃《ほこり》。清一郎が、リビングに足を踏み入れることは滅多にない。

十五畳の洋間に隣接する六畳のダイニングキッチン。コーヒーメーカーを取り出し、フィルターをセットした。コーヒー豆を挽《ひ》いた粉を二杯ぶん入れる。清一郎の好きなキリマンジェロ。もちろん、昔の話。いまの清一郎には、キリマンジェロもインスタントも変わりない。水を注ぎ、コーヒーメーカーのスイッチを入れた。

ガス台のフライパン。蓋《ふた》を開けた。冷えたエビピラフ。朝の残りの量と、ほとんど同じ。恐らく清一郎は、小皿一杯ぶんを食べたか食べないか。零《こぼ》れるため息。火をつけ、温め直した。冷蔵庫から、麦茶のペットボトルを取り出した。グラスに移した。フライパンのまま、エビピラフをダイニングテーブルに運んだ。

ひとりきりの食事。侘《わび》しい食事。昔は、奈美子が、満が、清一郎が、食卓を囲んでいた。フライパンに、直接スプーンを入れた。食欲はなかったが、無理してエビピラフを掻《か》き込んだ。獣医師という仕事はみかけよりもハードで、体力がないと務まらない。

最後のひと口を麦茶で流し込み、フライパンとグラスを洗った。すぐに洗浄するのは、職業病なのだろう。

コーヒーメーカーから立ち上る香ばしい匂い。ふたつのマグカップにコーヒーを移した。清一郎はブラック。自分は砂糖を小匙《こさじ》一杯。いつもは自分もブラックなのだが、疲労気味の肉体が糖分を必要としていた。

台所を出た。リビングから書斎へ。清一郎は桜木が部屋を出る以前《まえ》と同じ椅子で、同じ恰好《かっこう》で、同じ本を読んでいた。ページを捲《めく》る動作がなければ、彫像と見紛《みまが》うようだった。

「悪いな」

活字に視線を貼りつけたままマグカップを受け取り、清一郎が言った。桜木はソファに腰を下ろし、コーヒーを啜《すす》った。疲れきった細胞に砂糖の甘さが心地好く染み渡る。低く流れるクラシックに耳を傾けた。

バッハのインヴェンション&シンフォニア。桜木の好きな曲。聴き慣れた流麗なメロディも、なぜか物哀しく感じてしまう。

ページを捲る乾いた音と、秒針が時間《とき》を刻む音がやけに大きく聞こえた。桜木は、ソファに深く背中を預け、眼を閉じた。両手に包んだマグカップを口もとに運んだ。

なにを話すわけでもない。いつものこと。予定がないときは、二時間でも三時間でもこうしている。その二、三時間の間、言葉を交わさないことも珍しくはない。それでよかった。動物もそうだが、誰かがそばにいるだけで安心するものだ。

今夜は、十時には宿直室に戻るつもりだ。いまは九時半。シャワーを浴びる時間を差し引いて、あと十五分は大丈夫だ。できるかぎり、清一郎のもとにいてあげたかった。

「金井君は、元気かな?」

思い出したように、清一郎が口を開いた。

「元気だよ。彼女は、本当によくやってくれている」

「そうか。あの娘はいいコだ。金井君を、嫁にもらったらどうだ?」

シャワーを浴びてきたらどうだ、とでもいうように淡々とした口調で訊《たず》ねる清一郎。思わず、桜木は噎《む》せた。コーヒーの飛沫《しぶき》が、コーデュロイのスラックスに茶褐色のシミを作った。

「なんだい？　藪《やぶ》から棒に？」

言葉とは裏腹に、桜木にはわかっていた。清一郎の真意を。

静香には、来院客がいないときにたびたび清一郎の様子をみに行ってもらっていた。ときには昼ご飯を作りに、ときにはアドバイスを受けに。

「器量もいいし、気立てもいい。それに、食事もうまいしな」

本に視線を落としたまま、清一郎は相変わらず淡々とした口調で言った。

静香ができた女性に違いはないが、それだけならばほかにもいる。

清一郎が静香との結婚を勧める理由。それは、彼女が看護士であるからにほかならない。

「それはそうだけど、結婚なんて話が飛躍し過ぎているよ。万が一僕にその気があっても、これぱっかりは相手あってのことだからね」

桜木は、肩を竦《すく》めておどけてみせた。

「彼女は、お前に気がある。それは、わかっているんだろう？　私は、お前に同じ失敗を繰り返させたくはないんだよ」

清一郎が顔を上げた。冥《くら》く哀切な瞳《ひとみ》。堪《たま》らず、桜木は清一郎から視線を逸《そ》らした。マグカップから立ち上る湯気を、ぼんやりとみつめた。

私と同じ失敗……。

清一郎の言う失敗とは、恐らく奈美子との結婚生活。二十四時間を動物達の救済にあてた夫を理解できずに、孤独の海で溺死《できし》した妻。

己と生き写しの性格と同じ職を持つ息子の人生を、清一郎が危惧《きぐ》する気持ちはよくわかる。三年前の事故を引き摺《ず》っているのは、清一郎ばかりではない。

母の死以来、桜木は女性にたいして臆病《おくびょう》になっていた。もともと自己表現が苦手で口下手な自分は、学生時代から恋愛沙汰《ざた》には奥手なほうだった。初めて女性とつき合ったのは二十歳のとき。同じ大学の獣医学部の生徒だった。

きっかけは、彼女にノートを貸したことだった。お礼に、と食事に誘われ、桜木も気軽に応じた。彼女は、笑顔が魅力的な女性だった。同じ志を持っている者同士ということもあり、ふたりのウマは合った。話も弾んだ。ごく自然な流れで、ふたりは男女の仲になった。

が、彼女の話題が動物関係から逸れる割合が増えるほどに、桜木の口数は減った。

講義をサボって、どこかに遊びに行かない？　獣医学部って、医学部と違ってもっと楽だと思ったのに。獣の臭いが躰《からだ》に染みついちゃって、クラブとかで変な顔されるのよね。

彼女を知るにつれ、桜木は微妙な温度差を感じ始めた。それは、彼女も同じ。

彼女は、講義を休みがちになった。二日に一度は自宅にかかってきていた電話も、週に一回、月に一回と間隔が空いた。

交際が始まって三ヵ月が過ぎた頃、破局は訪れた。ある日の午後、大学近くの歩道で、男性の腕にしなだれかかるようにして歩く彼女をみかけた。男性は同じ大学の医学生で、桜木も顔を知っていた。

怒りも失望もショックもなかった。彼女が自分と疎遠になった理由が、はっきりとしただけ。同時に、自分の気持ちも悟った。自分と同じ目線だと思っていた彼女に好感を抱いたのは事実だが、そこに恋愛感情はなかったことを。

以降、何人かの女性に告白されたが、あとにも先にも交際したのはそのときの彼女ひとりだけだった。

自分は、高級車に乗っているわけでも、ユーモアに富んでいるわけでも、多彩な趣味を持っているわけでもない。口を開けば動物の話。自分が女でも、つまらない男だと思う。

もし、彼女と結婚していたならば……。母の遺影と向き合うたびに、桜木は縁起でもないことを考えた。彼女が奈美子と同じ末路を迎えるとまでは言わないが、少なくとも幸福にはなれなかっただろう。

問題は、彼女でなく自分にある。誰とつき合っても結果は同じ。自分は、家庭を持つタイプではない。

「金井君なら、お前の仕事に理解がある。そうはみつからない相手だと思うがな」

追い討ちをかけるように、清一郎が言った。歓迎できる内容ではないが、いつになく口数が多いのは喜ばしい兆候だ。

金井君なら、お前の仕事に理解がある。言外の意味。奈美子のように、なることはない。たしかに、看護士である静香なら、何日泊まりが続こうがどれだけ忙しかろうが理解を示してくれる。理解を示すだけでなく、ともに時間を共有できる。

「とにかく、僕はまだ二十五だし、結婚なんてはやいよ。そんなことより、桜木動物病院の地盤を固めないとね」

本音だった。が、それだけが理由ではない。両親の二の舞いを踏まないために、という目的で相手を選ぶのはとても不純な気がした。

「そろそろ、部屋に戻るよ。なにか、やることは？」

マグカップにコーヒーを半分以上残したまま腰を上げ、桜木は訊ねた。清一郎は小さく首を横に振り、俯《うつむ》いた。読書を再開した。

ふたたび彫像となった清一郎の肩にそっと手を置き、桜木はリビングを出た。

◇　　◇

ドアを施錠した。サンダルを脱ぎ、廊下に上がった。鼓膜に流れ込む、アップテンポの音楽。この時間に満がいるのは珍しい。いつもは六時頃に家を出て明け方に戻ってくる生活。同じ階にいながらこの一週間、満と顔を合わせてなかった。

四階の造りは、清一郎の住む三階の三ＬＤＫよりひと部屋狭い二ＬＤＫ。桜木が十畳の、満が八畳の洋間を使用している。バスルームとトイレは共同だ。

正面向かって手前のドアが満の、奥のドアが自分の部屋だった。

桜木は、満の部屋の前で足を止めた。ドアから漏れ出すハイボリュームの音楽。ノックした。返事はなかった。もう一度、ノックした。やはり、返事はない。音楽で、聞こえないのだろう。

ノブを摑《つか》んだ。回った。「入るぞ」。声をかけながら、桜木はドアを引いた。

「満、今日は仕事……」

言葉尻《ことばじり》を呑《の》み込んだ。跳ね上がる心拍。凍《い》てつく視線の先。霧のように立ち籠《こ》める紫煙。ガラステーブルに散乱するビールの空き缶にスナック菓子の袋。ガラステーブルの横。壁際のダブルベッド。満の背中に食い込む、ピンクのマニキュアが塗られた爪。投げ出された白い太腿《ふともも》。太腿の間で上下する臀部《でんぶ》。アップテンポのリズムに交錯するなまめかしい喘《あえ》ぎ声。

満に組み敷かれた、茶に髪を染めた派手な顔立ちをした女性が熱く潤んだ眼を桜木に向けた。女性は驚いた様子もなく、自分に顔を向けたまま、満にひと言ふた言なにかを告げた。女性の視線を追うように、満が振り返った。

「なんだ。兄貴か」

女性同様に落ち着いた口調で、満が言った。吊り気味の一重瞼《ひとえまぶた》の周囲が、ほんのりと赤らんでいた。女性は胸もとを隠そうともせずに上体を起こし、煙草に火をつけた。

「悪い。ノックをしたんだが……」

桜木は眼を逸らし、踵《きびす》を返した。

「なにか、用だったんじゃないのか？　入れよ。いいだろ？　恵？」

「いや、ひさしぶりに顔をみようと思っただけだから」

振り返らず言葉を返し、桜木は部屋を出た。ドアに背中を預け、ひとつ大きな息を吐く。まだ、鼓動が早鐘を打っていた。

桜木は、ドアから背中を引き剝《は》がし、自室へと向かった。電灯のスイッチを入れた。闇を呑み込む蛍光灯の明かり。壁を埋め尽くす書棚が、視界に広がった。

書棚の中はすべて、獣医学関係の本ばかり。窓際に備えられたデスクの上にも、カルテや問診表のコピーが所狭しと溢《あふ》れ返っていた。

子供の頃、いつもみていた父の書斎にタイムスリップしたようだった。

クロゼットから、着替えの下着を取り出した。バスルームは、桜木の部屋と廊下を挟んだ正面にある。ノブに手を伸ばそうとしたときに、いきなりドアが開いた。

「風呂《ふろ》か？」

急いで駆けつけたのだろう、赤のスエットパンツだけを着けた満が、桜木が右腋《みぎわき》に抱えた下着に視線をやりながら言った。鎖骨と肋骨《ろっこつ》が浮き出る上半身。満は桜木と同じ百七十八センチだが、体重は十キロほど軽かった。

満の左右の手には煙草と灰皿、そして缶ビールが握られていた。どちらも、桜木の部屋にはない物。どうやら、弟は兄と久々の会話をする気らしい。

「女の子は？」

言いながら、桜木は満の首筋に眼をやった。色白の肌に浮き出る、唇の形をした赤紫の鬱血《うっけつ》。

「もう、帰したよ。入っていいか？」

背を丸め、交差した両手で肩を擦《こす》りつつ訊《たず》ねる満。口からは紫煙のような白い息。三月も半ばを過ぎたというのに、今年の春は二月並みに寒かった。聞き分けのない冬が、春の訪れを頑《かたくな》に拒んでいるとでもいうように。

桜木は頷《うなず》き、満を部屋に招き入れた。ガスヒーターのスイッチを入れた桜木は、セーターを満に放った。

「サンキュ」

小さく呟《つぶや》いた満はセーターに袖《そで》を通し、ベージュ色のカーペットに胡座《あぐら》を掻《か》いた。

「しかし、いつきても色気のない部屋だな」

缶ビールのプルタブを開けながら室内に視線を巡らせていた満が、呆《あき》れ口調で言った。

苦笑いを返し、桜木は満と向き合うようにベッドに腰かけた。

満が呆れるのも、無理はない。書棚とデスク以外は、ワンドアの冷蔵庫と小さなＣＤコンポだけ。テレビさえもない。尤《もっと》も、自室にいるときは寝るかカルテをみている自分には、それで十分だった。

「ほんっと、兄弟とは思えねえよな」

缶ビールを呷《あお》り、独り言《ごと》ちる満。

たしかに、満の言う通りだった。母譲りの切れ上がった目尻《めじり》と涼しげな眼もとを持つ満が、初対面の人間に冷たい印象を与えるのにたいして、父譲りの南国系の彫りの深い顔立ちをした自分は温厚にみられがちだ。

似ていないのは、顔だけではない。

争い事が苦手な兄とは対照的に、気が短く喧嘩《けんか》っ早い弟。人づき合いが下手な兄とは対照的に、社交的な弟。何事もこつこつと積み重ねるタイプの兄とは対照的に、一足飛びに物事を成し遂げようとする弟。地味で平穏な生活を好む兄とは対照的に、派手で刺激的な生活を好む弟。

なにからなにまでが正反対。清一郎と奈美子のように。

それでも、中学に通っている間の満は、やんちゃなところはあったがごく普通の少年だった。満の生活が荒《すさ》み始めたのは、奈美子が死んだ三年前から。

髪を染め、煙草を吸うようになり、外泊が多くなった。悪い仲間とつき合っているだろうことは、傍目にもわかった。

無断欠席、喫煙、喧嘩。担任教諭からの呼び出しに、清一郎は何度も学校に足を運んだ。が、桜木の知るかぎり、父が息子の素行に関してなにかを言った場面をみたことがなかった。満が、勝手に高校を中退したときも、やはり清一郎は黙認した。

満には、父のそんな態度が己への無関心に思えたのだろう。が、それは違う。深夜のひっそりとした診療室で、何冊もの求人雑誌に眼を通す清一郎の姿を何度かみかけたことがあった。

父とは、そういう人だった。

「今日は仕事は？」

「これの休みに合わせたのさ。俺は仮病だ」

満が小指を立て、悪びれるふうもなく言った。

「彼女も、同じ店で働いているのか？」

同じ店。新宿のクラブ。店の名前も住所も、桜木は知らない。

「ああ。誰彼構わず股《また》開く売女《ばいた》だが、俺にゃ似合いの女だ」

自嘲《じちょう》気味に笑う満が、指先に挟んだ煙草を翳《かざ》してみせた。桜木は頷きながら、満の言葉を脳内で反芻《はんすう》した。

売女……。つまり、客に肉体を売る仕事。クラブということで、席にホステスがつき酒を出すだけだとばかり思っていたが、どうやら違ったようだ。

「仕事は、順調にいってるのか？」

本当は、別のことを聞きたかった。

どんなことをやっている店なのか？　どんな人間が経営しているのか？　危険はないのか？

「脂ぎったヒヒおやじに酒出すのに、順調もなにもねえよ。それよか、兄貴のほうこそうまくいってんのか？」

「まだ父さんのようにはいかないけれど、それなりに頑張ってるさ」

「そうじゃねえよ。俺が訊《き》いてんのは、金井さんとの件だよ」

吐き捨てるように言うと、満は紫煙を勢いよく宙に吐き出した。

——大ニュース！　彼女、兄貴のことを好きだってさ。

約一ヵ月前の深夜。酒に酔った満が桜木の部屋に現れ、おどけ口調で言った。その日満は、仕事を終えた静香を外で待ち伏せ、彼女への想いを打ち明けたらしい。

酔いに任せて陽気に振る舞う満が、みかけほど酒を飲んでいないだろうことはすぐにわかった。満もまた、その言動とは裏腹に、自分や清一郎と同じく不器用な男だった。

——獣医師と看護士。お似合いじゃねえか？　兄貴は顔もよくて、学もあり、仕事もできて、優しいときてる。俺はといえば、コワモテで、学も腕に職もなく、思いやりのかけらもない。誰がどうみたって、勝負にならねえよ。

必要以上に呂律《ろれつ》をもつれさせる弟に、返す言葉がみつからなかった。そんなことはないさ。そう呟くのが精一杯だった。

心では、溢《あふ》れ出さんばかりの励ましの思いが渦巻いていた。が、言葉でどう表現すればいいのかわからなかった。

その夜、桜木は飲めもしない酒につき合った。いまと同じこの部屋で、同じように向き合い、途中何度も胃の中の物を戻しながらつき合った。朝方、酔い潰《つぶ》れた満に毛布をかけ、頭蓋骨《ずがいこつ》が割れそうな頭痛に苛《さいな》まれつつ、ふらつく足取りで診療室に向かったのだった。

「もしかして、まだつき合ってないのか？」

窺《うかが》うような視線を投げる満。

「静香君とは、仕事上のつき合いだけだ」

満の視線を受け止め、桜木はきっぱりと言った。今夜は、弟と腹を割って話すいいチャンスなのかもしれない。

「彼女に、そのことを言ったのかよ？」

桜木は、ゆっくりと首を横に振った。

「だと思ったぜ。鈍いんだよ、兄貴は」

満が、いらついた仕草で煙草の吸差しを灰皿に捻《ひね》り潰した。

「毎日、同じ職場で、何時間も顔を合わせる彼女の身にもなってみろよ。その気がないならないで、はっきり言えよ」

「しかし、彼女につき合ってくれと告白されたわけじゃないし、なにをどう言えばいい？」

「ったく、女心ってもんがちっともわかってねえな。兄貴は思いやりのつもりかも知れねえが、女にとっちゃ、その気がないのに優しくされることほどつらいものはねえ。いいか？　犬や猫なら同じように愛情を与えてやりゃいいかもしれない。だがな、女は違う。好きな男に優しくされりゃ、その優しさを独占したくなる。自分だけをみつめてほしくなる。兄貴のやってることは、親父と同じだ。一番残酷なことをやってんだよ」

満の言葉が、胸を抉《えぐ》った。

「そうだな。お前の言うとおりかもしれない。でも、父さんは違うと思うな。父さんは、母さんを深く愛していた。もちろん、お前のことも」

桜木は、満の赤く充血した眼をみつめつつ言った。赤く充血しているのは、ビールばかりが理由ではない。清一郎への怒り。弟の父への誤解を、このへんで解いておきたかった。

「笑わせんな。親父が愛してたのは仕事だ。跡継ぎで大事にされていた兄貴にゃ、俺とお袋の気持ちなんかわからねえさ。あいつがお袋のことを深く愛していたんなら、なんであんなことになるんだよ？　なんであんな死にかたしなきゃならねえんだよ⁉」

眼を剝《む》き、声を荒らげた満が、缶の底をカーペットに叩《たた》きつけた。飛散したビールの白い泡が、ところどころにシミを作った。

満の激憤と悲痛に歪《ゆが》む顔に、あのときの満が重なった。あのときの満。霊安室で、無残に変わり果てた奈美子の遺体に縋《すが》りつき泣きじゃくる満。呆然《ぼうぜん》自失と立ち尽くす清一郎に向けられた満の眼は憎悪に満ち、とても子が親をみる眼とは思えなかった。

「たしかに、父さんと一緒にいる時間はお前や母さんよりも長かったかもしれない。だが、だからといって、僕だけが大事にされていたってことはない。父さんは、いつもお前や母さんのことを気にかけていた。長い時間顔を突き合わせていたからこそ、僕にはわかる。父さんは、あの性格だから、お前達にうまく気持ちを伝えられなかっただけなんだ」

「わかりたくもねえな。お袋を放ったらかしにして犬っころの相手してる親父の気持ちなんてよ」

ビールのスチール缶を片手で握り潰した満が、勢いよく腰を上げた。

「もう、行くのか?」

桜木の呼びかけに、ノブに手をかけた満が歩を止めた。

「ああ。しょせん兄貴は、親父と同種だ。俺とは、話が嚙《か》み合わねえ。欠陥だらけの俺やお袋と違って、兄貴も親父も完璧《かんぺき》だよ。完璧な人間といると、欠陥だらけの人間は自分の駄目な部分ばかりが眼について、救われるどころかどんどん追い詰められちまう。兄貴達には、俺達の惨めな気持ちなんて一生かかってもわからねえよ」

言い残し、満が部屋を出た。灰皿でくの字に折れる煙草の吸い殻に、桜木はぼんやりとした視線を投げた。

――兄貴達には、俺達の惨めな気持ちなんて一生かかってもわからねえよ。

兄貴達、俺達、という満の言葉に、桜木は埋めようのない兄弟間の、父子間の深い溝を感じた。

桜木はベッドから腰を上げ、鉄下駄を履いたような重い足取りでバスルームへと向かった。

［3］

診療室。静香から受け取ったロイドのレントゲンフィルムを、桜木はデスクの正面の壁にかけられたシャウカステンに挟んだ。

モノクロの影像。一週間前に認められた腹水と胸水の貯留を意味する白い影は、きれいに消えていた。

桜木は、レントゲンフィルムから腕時計に視線を移した。午前十時十七分。

「よし。今日の午後に退院だ。伊東さんに、連絡を入れてくれないか？」

「迎えにきてくれるといいですね」

憂いに満ちた表情で言うと静香は、診療室をあとにした。

一週間前に直腸脱で運び込まれたロイドだったが、頻繁に出る乾いた咳《せき》と異様に膨脹した腹部から、桜木は彼が重度のフィラリア症に冒されている可能性が高いと睨《にら》んだ。

桜木は、中里を通してロイドの飼い主である伊東光枝に検査と入院の必要があると伝えたが、信じられないことに彼女は、これ以上の費用は払えないからと断りの返事を返してきた。

放置すれば間違いなく命を落とすロイドを見捨てられるはずもなく、結局、一切の費用を桜木が負担するという形で伊東光枝には納得してもらったのだった。

駆虫したフィラリア成虫が心臓の弁膜や肺動脈に閉塞《へいそく》することもなく、ロイドは一命を取り留めた。予定より退院が二、三日延びはしたが、心肺機能も順調に回復し、いまでは食餌《しょくじ》を催促するまでに元気を取り戻した。

――迎えにきてくれるといいですね。

静香が心配するように、あの様子では、伊東光枝がロイドを引き取りに現れるかどうかは微妙だった。最悪の場合、静香や中里に宣言したように桜木動物病院でロイドを預かり、新しい飼い主を募るつもりだった。

デスクチェアに腰を下ろした。右手の窓からは、環状八号線の向こうに砧公園を囲む街路樹が見渡せる。

桜木は、静香が淹《い》れてくれたコーヒーを啜《すす》りながら、入院予定表を手に取った。

子宮蓄膿症《ちくのうしょう》のシー・ズーは、白血球数も平常値に戻り、六日ぶんの消炎、化膿《かのう》止めの抗生物質を処方し、四日前に退院した。昨日、術創のチェックに訪れたが、傷口はきれいに塞《ふさ》がっていた。明後日に抜糸の予定だ。

肝炎のパグは入院二週間目を迎えている。got、gpt、alpの検査結果も良好で、十日前までは処方食を与えてもまったく口をつけなかったが、いまでは通常の食餌の五十パーセントまで食べれるようになった。八十パーセントまで食欲が回復することが退院の目安となる。

残るもう一匹の、リンパ肉腫《にくしゅ》のゴールデン・レトリーバーは入院十日目。八日前から抗癌剤投与のプログラムを開始しており、血液検査の結果も良好だ。このまま状態が安定すれば、あと六日ほどで退院できるだろう。

ノック。恐らく静香。伊東光枝の返事を伝えにきたのだろう。

「どうぞ」

入院予定表から眼を離さず、桜木は言った。

「よう、元気か？　相変わらずむさくるしい診療室だな」

予想に反する声。男の声。桜木は、顔を声の主に向けた。

キャメル色したイタリアブランドのダブルスーツに包まれた百八十センチの長身。毛先が肩に触れそうなオールバックの長髪。浅黒い肌。切れ上がった涼しげな眼もと。

ドアに背を預け、スラックスのポケットに両手を突っ込みスラリと伸びた足を交差させた気障《きざ》な恰好《かっこう》で佇《たたず》む男。

「鳴海《なるみ》じゃないか？　どうした、こんな時間に？」

鳴海昌明《まさあき》。大物政治家の息子。叔父《おじ》が院長を務める川崎の和泉《いずみ》共立病院の研修医。高校時代からの友人。

自分と鳴海は、高校では偶然にも三年間通して同じクラスだった。申し合わせたわけではないが、大学も同じ。が、学部は別々。獣医学部の桜木にたいして、鳴海は医学部だった。

「夜勤明けだよ。昼に、女と渋谷《しぶや》で待ち合わせてな。中途半端に時間が空いたから、暇《ひま》潰《つぶ》しに寄っただけだ」

ニヒルな笑みを片頬に貼りつけた鳴海が、悪びれたふうもなく言った。

納得した。メンズファッションの雑誌から抜け出たような鳴海の出立ちは、どうみても夜勤明けの研修医にはみえなかった。

桜木は、ドア口で立ち尽くす鳴海に、主訴の際に来院客が使用する椅子を勧めた。診察台の脇を、躰《からだ》を横にし両手を上げて通り抜ける鳴海。

「いつになっても、この獣の臭いだけは好きになれないな。ヴェルサーチに染みついてしまうよ」

鳴海は、スーツに付着した犬の被毛を掌《てのひら》ではたきながら、ポケットから取り出したハンカチを椅子に敷いて腰を下ろした。

「だったら、こなければいいんだ」

「いっつも犬猫ばっかりが相手じゃ気が滅入ると思って、きてやってるんだ」

言って、鳴海が歯磨粉のCMモデル並みの歯並びのいい白い歯を覗《のぞ》かせた。

「そりゃどうも」

桜木も、おどけて頭を下げてみせた。

プレイボーイ、クール、気障、動物嫌い。鳴海を知る者は、口を揃えて言うだろう。自分とは、すべてにおいて好対照の男。本来なら、決して友人に選ぶことのないタイプ。が、鳴海は、派手な外見や鼻持ちならない言動からは想像がつかないような心根の優しい面を持ち合わせていた。

高校一年の夏休み。桜木は、鳴海から自宅に遊びにこいと誘われた。ゼミがあるからと断ったが、いつになく鳴海は執拗《しつよう》だった。仕方なしに鳴海の自室に足を運んだ桜木を待ち

「まあ、座れよ」

構えていたのは、驚くことに三匹の子猫だった。

底にタオルを敷き詰めた段ボール箱に身を寄せ合う子猫は生後一ヵ月そこそこで、ひどく痩《や》せて衰弱していた。

――近くの空き地に、捨てられてたんだ。餌をやってもミャアミャア鳴くばかりで食べないし……。まったく、いい迷惑だぜ。

バツが悪そうに事情を説明する鳴海の困惑顔が、昨日のことのように脳内に蘇《よみがえ》った。

そのとき、鳴海が子猫に与えていたのは明太子。餌を食べないのも、無理のない話だった。

結局、三匹の子猫は桜木が自宅へと連れ帰ったのだった。

子猫のとき同様に迷惑そうな顔をして、傷ついた雀を両手に包み込んで桜木動物病院に運んできた、ということもあった。

桜木にはわかっていた。迷惑な顔をするのは、鳴海特有の照れ隠しであることを。

たしかに、鳴海は動物が嫌いだ。いや、嫌いというよりも苦手にしている。幼い頃に近所の柴犬《しばいぬ》にふくらはぎを咬《か》まれて二針縫ったと、鳴海の母から聞いたことがあった。

だが、鳴海は、傷ついたり捨てられたりしている動物をみていると放っておけない心の優しい男だった。シャイが故に、つい素っ気ない態度を取ってしまう。彼が、誤解を受けやすいところだ。

「で、今日は誰とデートなんだ？」

桜木は、軽口を飛ばした。不思議と、鳴海といると気が楽になる。

――鳴海さんと一緒のときの先生は、なんだか別人みたい。

ことあるごとに、静香は言った。自分でも、そう思う。一見正反対のふたり。が、本質は似た者同士。鳴海は桜木にとって、誰よりも気心の許せる相手だ。

「おいおい、ずいぶんとご挨拶《あいさつ》だな。ま、たしかに、今日の相手はお前の知らない女だ」

専門学校生、OL、保母。どこで知り合うのか、桜木が聞かされているだけでも鳴海は三人の女性とつき合っていた。ということは、四人目の彼女。

「失礼します」

診療室に入るなり、静香がはや足で桜木のもとに歩み寄った。すぐ横に座る鳴海の姿が眼に入らないはずはないが、まるで透明人間のように無視を決め込んでいた。

静香は、鳴海を嫌っている。気持ちは、わからないでもない。一途《いちず》で潔癖な静香に、この二ヵ月の間に違う女性を三人も伴い現れた移り気な男を受け入れろというのは無理な話だ。

「伊東さんは、夕方にロイドを迎えにきてくださるそうです」

「そうか、それはよかった」

「じゃあ、私、食餌の用意をしてきます」

食餌の用意。入院患者達の処方食。化学的治療も大事だが、旺盛《おうせい》な食欲に勝る薬はない。

「頼んだよ」

踵《きびす》を返した静香が、悲鳴を上げた。悲鳴の原因。静香の臀部《でんぶ》を撫《な》でる鳴海の右手。

「安産タイプだな」

「なにするんですか！」

からかい口調の鳴海を睨《にら》みつけた静香が、耳朶《みみたぶ》を朱に染めて抗議した。

「その気の強いところがまた、男の狩猟本能をくすぐるんだよな〜」

静香は蔑視《べっし》を鳴海に残し、逃げるように診療室をあとにした。

「悪ノリしすぎだぞ。彼女は、冗談が通じるタイプじゃないからほどほどにしとけよ」

口で言うほど、桜木は気にしていなかった。言動は女たらしそのものだが、鳴海にはどこか品があった。彼に育ちのよさを感じるのは、父親が次期総理大臣候補と言われる与党の現幹事長であり、母親が老舗《しにせ》の華道の家元という家庭環境に関係があるのかもしれない。

一千坪近い敷地面積を有する鳴海邸に桜木が初めて足を運んだのは高校一年生のとき。和服姿で出迎えてくれた母親は、凛《りん》とした気品を漂わせている魅力的な女性だった。

父親にも一度会ったことがあるが、テレビや新聞で眼にするやり手で高圧的なイメージからはかけ離れた、物腰の柔らかい紳士という印象を受けた覚えがある。

鳴海は桜木と同じふたり兄弟の次男。七つ違いの兄は父親の数多い私設秘書の中のひとりで、鳴海と違って地味で堅実なタイプだった。将来は、父親の跡を継ぎ政界に打って出るらしい。

——俺には、国家を治療することはできない。人間の肉体が精一杯だ。

兄の話をするたびに、決まって鳴海はそう言った。もちろん、兄への皮肉ではない。かといって、兄を尊敬しているわけでもない。鳴海は、素のままの気持ちを言っただけだ。桜木の知るかぎり、鳴海兄弟の仲はよくも悪くもない、といったところだ。いまもそうなのかは知らないが、当時はふたりともメイドにお坊ちゃまと呼ばれ、メイドをばあやと呼んでいた。

「冗談が通じない相手をその気にさせたら厄介だぞ」

不意に、それまでの悪戯《いたずら》っぽい眼差しから一変した真剣な瞳《ひとみ》で鳴海が言った。予期せぬ鳴海の言葉に、桜木は返事に詰まった。

「図星だな？」

ふたたび、鳴海の顔に悪戯っぽい笑みが舞い戻った。

鳴海との間で、静香に関する話題を出したことはない。が、女性の心理にかけては自分より一枚も二枚も上手の鳴海が、週に一回は桜木動物病院に顔を出す鳴海が、静香の想いを見抜いても不思議ではない。

そして桜木は、静香にたいして自分がどう接するべきかの相談相手としてこれ以上ない最適な人間が眼前にいることに気づいた。

——兄貴は思いやりのつもりかも知れねえが、女にとっちゃ、その気がないのに優しくされることほどつらいものはねえ。

満の手厳しい言葉。あれから一週間。静香との間に、なにがあったわけでもない。これまでと同じように、彼女は優秀なパートナーであり、優秀な看護士だった。

しかし、彼女がそつなく仕事をこなせばこなすほどに、桜木の胸内で罪悪感が膨脹した。満の指摘が正しいことは、自分にもわかっていた。が、意識して彼女に優しく接したことは一度もない。看護士が静香ではない別の女性でも、自分は同様に接することだろう。

その性格が、静香を傷つけているだろうこともわかっていた。だからといって、いまさら急に態度を変えるのは不自然だ。第一、そんなことをしたら静香にたいして失礼ではないか？　だが、静香の想いを知っていながら、うやむやにしている事実に変わりはない。

出口なき堂々巡り。鳴海なら、導いてくれるかもしれない。

「その件で、相談したいことがあるんだ」

桜木は、デスク上の来院客の予約表に眼をやり、午前の欄が空白なのを確認してから切り出した。静香は、二階の入院室で犬達に食餌《しょくじ》を与えたのちにシーツの交換もあり、あと三十分はかかるはずだ。

「あのコとつき合ってくれなんて頼みごとは無理だぜ。もう、手一杯だからな」

軽口を飛ばす鳴海に打ち合わず、桜木はいま自分が置かれている状況を話した。

去年、静香に誘われて行った映画の帰り際に、抱きつかれて好きだと言われたこと。静香が、すぐにそれを冗談だと訂正したこと。毎日、弁当を作ってくれること。先週、満に言われた言葉。自分が彼女に恋愛感情を抱いてないこと。

できうるかぎり、詳細に説明した。

「答えは簡単だ。つき合えばいいじゃないか」

桜木の話にじっと耳を傾けていた鳴海が、こともなげに言った。

「そういうわけにはいかない。いまも、静香君にたいしては特別な感情はないと言ったばかりだろう？」

「その特別の感情ってやつが、つき合ってみたら出てくるかもしれないじゃないか？　どうせお前は、そんな無責任なことはできないなんて言い出すんだろうが、女ってのは、お前が考えているほどやわでも純でもない。たとえお前に恋愛感情がなくても、彼女はつき合ってほしいと思ってるさ。なぜだかわかるか？　自信があるからさ」

「自信？」

「そう、自信だ。その自信は、料理の腕かもしれないし、ルックスかもしれないし、セックスかもしれない。あるいは、もっと別のなにかかもしれない。なんにしても、彼女はお前が振り向きさえすれば虜《とりこ》にできるという自信を持っている。たとえれば、プロの釣り師のようなものだ。一度狙いを定めたら、自分の腕と勘を信じて一時間でも二時間でも忍耐強く、じっと待ち続ける。一年前、自分の想いを告白した際のお前の困惑を敏感に察知した彼女は冗談だとごまかし、それ以来モーションをかけてこない。押せばお前が引くってことを悟ったのさ。だから彼女は、作戦を変更した。お前が食いつくまでは、絶対に竿《さお》を動かさないってな。釣られてやればいいんだよ。お前だって、彼女を嫌いじゃないんだろう？　つき合ってみて、それでも気持ちが変わらなければ別れればいい。彼女だって、つき合った上でお前が手に入らないとわかったら、諦《あきら》めもつくさ。心配しなくても、彼女は仕事を辞めたりはしないよ。何事もなかったように、看護士を続けるだろう。さっきも言ったが、女ってのはしたたかで強い生き物さ。なんせ、お腹の中に一年近くも赤ん坊を宿しても耐えれる忍耐力を神様から授かっているわけだから、男なんかよりずっと強い」

「お前の言っていることが当たっているとしても、好きでもない女性とつき合うことなんてできないよ」

「相変わらず、青臭いっていうか融通が利かないっていうか……」

自慢の長髪を手櫛《てぐし》で掻《か》き上げながら、鳴海が呆《あき》れたように言った。

「お前、昔とちっとも変わってないな。高一のときの奈良岡と高見、高二のときの野村、それから高三のときの……」

鳴海が並べ立てる名前。自分に好意を寄せてくれた女性の名前。直接に告白してきた者、ラブレターをくれた者、友人を通して想いを伝えてきた者。

その中で、つき合った女性はひとりもいない。

「みんなかわいいコばかりだったのに……。男子は、お前のことホモなんじゃないかって言ってたんだぜ。尤《もっと》も、流したのは俺だけどな」

言って、鳴海が悪戯っぽく笑った。柔和に垂れ下がる涼しげな眼もと、零《こぼ》れる白い歯。ときおり覗《のぞ》かせる無邪気な素顔。女性が、鳴海を放っておかない理由がわかるような気がする。

「ま、とにかくだ。あんまり難しく考える必要はない。戦前の片田舎じゃあるまいし、男女の関係になったから結婚しなきゃならないってわけじゃないんだし。男なんだから、つまみ食いのひとつやふたつ、どうってことないだろ？　いままでのお前が、異常すぎたんだよ。そんなことで悩んでたら、俺なんか胃が穴だらけになってしまうよ」

異常かどうかはさておき、鳴海の言うことは一理ある。据え膳《ぜん》食わぬはなんとやら、というような諺《ことわざ》があるように、自分が一般的な男性像からするとかなり特殊なタイプであるのだろうことは否定しない。自分のような男を、天然記念物と言うのだろう。

だが、これぱっかりはどうしようもない。鳴海や周囲になにを言われようが、自分には、軽い気持ちで女性とつき合うことなどできはしない。

甲高いブザー。電話機の内線ボタンを押し、受話器を取った。中里だった。喧嘩《けんか》で胸部を怪我した猫の予約。飼い主の希望は午後二時。OKの返事を出し、受話器を置いた。

「忠告はありがたいが、僕の答えは変わらない。静香君に自分の気持ちをはっきり告げるべきかどうか、それを聞きたいんだ」

鳴海が長いため息を吐き、小さく首を横に振った。

「そのうち、世のモテない男どもに殺されるぞ。言うだけ無駄か。ま、そういうところがお前の魅力でもあるがな。俺、もう行くわ」

腰を上げる鳴海。尻《しり》に敷いていたハンカチを二、三度宙ではたき、胸ポケットへと捩《ね》じ込んだ。

「おい、まだ、返事を聞いてないぞ」

桜木は、ドアに向かう鳴海の背に声をかけた。

「ガキじゃないんだ。自分で考えろ」

片目を瞑《つむ》る鳴海。ウインクがこれほどサマになる男はそういない。

鳴海の背中が消えるのを見届けた桜木は、椅子の背凭《せもた》れに深く身を預けた。

「ガキじゃないんだ、か」

桜木は、呟《つぶや》いた。まったくだ。大きく息を吐き、腰を上げた桜木は診療室を出て、入院室へと向かった。

◇　　　◇

ロイドを抱いた静香とともに、桜木は待合室に出た。壁かけ時計に眼をやった。午後四時三分。

細長いスペース。両サイドに若草色の長ソファ。天井のスピーカーから低く流れるクラシック。

ソファで足を組み週刊誌を捲《めく》っていた女性が、桜木の姿を認めると気怠《けだる》げに立ち上がった。作り笑いを頬に貼りつけ、自分に歩み寄る。初診の際と同じ派手なスーツ。薄茶に染めた髪。まっ赤な口紅。きつい香水の匂いが鼻孔につく。

「世話になったわね」

伊東光枝が、まったく感情の籠《こも》らない口調で言った。微《かす》かな怒りが、鎌首を擡《もた》げた。微かな怒り。自分にたいしての、ぞんざいな態度にたいしてではない。もちろん、診療費を立て替えたことにたいしてでもない。

桜木を不快にさせたのは、彼女のロイドにたいする気持ち。

ロイドが末期のフィラリア症になるまで放置していた飼い主。命にかかわる問題なのに、診療費を出し惜しみロイドを連れ帰ろうとした飼い主。生死を彷徨《さまよ》っていたロイドが入院中、ただの一度も電話をかけてこなかった飼い主。

そしていま、久々の再会にもかかわらず、ロイドの頭を撫《な》でようともせず、優しい言葉のひとつもかけようともしない飼い主。

「さ、行くわよ」

伊東光枝が、静香に抱かれるロイドに手を伸ばした。桜木は、やんわりと彼女の手を遮った。

「まだ、薬の説明をしていません」

「あら。治ったんじゃないの？」

頓狂《とんきょう》な声を上げる伊東光枝を、きっと睨《にら》みつける静香。

「伊東さんっ。そんな無責任な――」

「静香君」

桜木は、伊東光枝に食ってかかろうとする静香を制した。受付カウンターに座っている中里が弾《はじ》かれたように振り返り、不安げな視線で事の成り行きを見守っていた。

「なんなのよ!? この病院は、お客にたいしてそんな口の利きかたをするよう教育してるわけ!?」

伊東光枝が静香を指差しながら、桜木に詰め寄った。

「彼女が怒るのも無理はありません」

「なんですって!? 看護師が看護師なら、医者も医者ね!」

「落ち着いて、話を聞いてください。ロイドの心臓には、百匹近くのフィラリア成虫が寄生していました。心肺機能も著しく低下し、あと数日処置が遅れていたら命を落としていたかもしれません。なんとか駆虫には成功しましたが、まだ安心はできません。いままでのような飼育環境だったら、また、フィラリア症に感染するでしょう。そして今度感染したら、間違いなくロイドは死にます」

桜木の言葉に、伊東光枝の濃いアイシャドウで塗られた瞼《まぶた》が微かに見開かれた。

「いいですか? フィラリア症は、ミクロフィラリアという感染子虫を持った蚊に刺されることが原因で発生する病気です。屋内で飼われている犬ならばまだしも、ロイドは屋外でしょう? 屋外の飼育で、蚊にさされない方法はありません。だから、飼い主さんの十分な配慮が必要になるんです。今日処方した薬は、感染子虫を持った蚊に刺された場合を想定しての予防薬です。朝と夜の食餌《しょくじ》のあとに、一錠ずつ飲ませてください。そして、毎年春には、必ず動物病院で血液検査を行ってください。伊東さん。ロイドだって、私達と同じに痛みも苦しみも感じるんですよ。もし、あなたが重い病気にかかったら、心細くなり、誰かに助けを求めたくなるでしょう？　でも、ロイドのように誰からも相手にされなかったら？　苦痛や孤独を、誰にもわかってもらえなかったら？」

伊東光枝が、桜木から視線を逸らした。

「これからは、愛情と思いやりを持って接してあげてください。約束してくださいますね？」

柔和な口調。物静かな声音。腰に手を当て横を向く伊東光枝を、桜木は穏やかな視線でみつめた。

「伊東さん」

「わかったわよ。で、薬はどうやって飲ませればいいのよ？」

ふてくされたように、伊東光枝が言った。右手に持った携帯電話を、ストラップでぶらぶらと揺らしながら。

「ありがとうございます。一週間後に、もう一度検査をしますので、必ずいらしてくださいね。静香君。伊東さんに説明を」

桜木は言い残し、診療室をあとにした。二階へと上がった。

入院室。ケージには、もとからいる肝炎のパグとリンパ肉腫《にくしゅ》のゴールデン・レトリーバー、そして午前中、鳴海がきている際に予約の電話が入ったアメリカン・ショートヘアの雄猫《おす》の三匹がいた。

予約通り、午後二時に寺内君子という五十代の女性が診療室に現れた。

猫の名はケンタロウ。飼い主の主訴によれば、ケンタロウは一昨日の午後に姿を消し、今朝戻ったという。胸に怪我をしているケンタロウをみて、慌てて電話帳で調べた桜木動物病院に電話をかけてきた、というわけらしい。

猫には、犬と違って放浪癖がある。

発情期に牝《めす》猫のフェロモンに引き寄せられるため、プライベートエリアを見回るため、狩猟本能を刺激されるため。その理由は様々だ。

猫の放浪はだいたいその日のうちに終わるものだが、ときとして、気づかぬうちに遠くまで足を運びすぎ、ほかの猫のプライベートエリアに迷い込んだ末に喧嘩《けんか》になることがある。

動物病院に運び込まれる猫のほとんどが、喧嘩による咬傷《こうしょう》だ。

ケンタロウも例外でなく、猫同士の喧嘩で胸部に咬傷を負っていた。咬傷そのものはたいしたことはなかったが、二日間の放浪で細菌感染を起こし、傷口が化膿《かのう》していた。

桜木はまず、レントゲン検査により化膿が肺まで達していないかをチェックしたのちにオペに入った。傷口を切開し、排膿《はいのう》、洗浄を行った。

猫同士の喧嘩による咬傷の場合、かえって治癒が遅くなるので滅多なことで縫合はしない。術創の洗浄と化膿止め、鎮痛剤の抗生物質の点滴投与を繰り返し、問題がなければ一週間前後で退院となる。

上段の小型犬用のケージの左端。胸部に包帯を巻いたケンタロウが桜木の姿を認め、ケージの隅に後退《あとじさ》り身を硬くした。

拡大した瞳孔《どうこう》。横に倒れた耳。鼻面より前に向くひげ。だらりと垂れ下がる尾。恐怖と警戒を表すサイン。

くつろいでいるときの猫の眼は細められ、瞳孔が縮小し、耳はまっすぐに屹立《きつりつ》し、ひげはうしろに倒れ、尾はゆっくりと上下している。

概して、猫は犬よりも警戒心が強く、とくに飼い主以外の人間には心を開かない。故に、診療の際は飼い主につき添ってもらうことが多い。

寝そべっていたパグ、ゴエモンがケンタロウとは対照的に扉に擦り寄り、短い尾を振った。ステンレス製のボウルの中。処方食のドッグフードは三分の一ほどまでに減っていた。だいぶん、元気が出たようだ。

桜木は、ケンタロウの隣のゴエモンのケージの扉を開けた。ゴエモンの皺々《しわしわ》の顔を優しく両手で包み込み、飛び出したまんまるな眼を覗《のぞ》き込む。数日前まで黄色く濁り、充血していた眼球は透明感を取り戻し、かさかさに乾いていた鼻も湿り気を帯びていた。

桜木は、ボウルを取り出し、ゴエモンの左前脚に固定された留置針を確認した。留置針とは、プラグつきの針のことだ。

人間とは違い、動物は注射や点滴の際にじっとしていない場合が多いので、あらかじめ静脈に刺通した留置針のプラグに注射や点滴の針を刺通する、というわけだ。

「さ、おとなしくするんだよ。今日一日我慢すれば、点滴は終わりだからね」

優しく語りかけながら、桜木は留置針のプラグに点滴の針を刺通した。ゴエモンに語りかけたとおり、食欲もかなり出てきたので、明日の血液検査で異常がなければ、抗生物質、利胆剤、強肝剤を投与する点滴治療は終了だ。

扉をロックした。ケージ脇の輸液ポンプハンガーに、輸液バッグをかけた。輸液量のタイマーをセットした。〇・一ミリリットル単位の流量設定が可能な輸液ポンプは、開始と同時にブザーがなり、設定した輸液量に達すると自動的に終了する。

桜木は、下段のケージに眼をやった。一時間前に抗癌剤の投与を済ませたゴールデン・レトリーバーのレオンは、前脚に顎《あご》を乗せてぐっすりと寝入っていた。ボウルの中の処方食は、きれいに平らげられていた。ボウルを取り出すのはあとにした。睡眠は、食餌と同様になによりの薬だ。

「伊東さん、いま、お帰りになりました」

振り返った。仏頂面でドア口に佇《たたず》む静香。

「どうした？」

訊《き》きながら、伊東光枝の件だろうことはわかっていた。桜木も、ロイドを返したものの、彼女がきちんと面倒をみるかが不安だった。

もし、一週間後の検査に伊東光枝が現れなければ、自宅に出向いて様子を窺《うかが》うつもりだった。

「あの人、嫌いです。なぜ、あんな人と仲良くするんです？」

束の間、桜木は考えた。仲良くするんです？　という言葉から察すると、どうやら静香の仏頂面の原因は伊東光枝ではないらしい。

「鳴海のことか？」

静香が、小さく顎を引いた。その大きな瞳《ひとみ》には、嫌悪のいろが宿っていた。

「私にはわかりません。どうして先生みたいな立派な人が、女の人を泣かせるようなろくでもない人と友達なのかが」

「人間、みた目じゃわからないもんだよ。鳴海のほうが、僕なんかよりもずっと立派な人間かもしれない」

擁護とは違う。少なくとも鳴海は、女性にたいして自分の心を素直に打ち明けている。並行してつき合っている女性にも、それぞれの存在を伝えている。そこに、まやかしはない。それに引き換え自分は……。

「いいえ、わかります。二股《ふたまた》も三股もかけるような人は、ろくでなしに決まってます。あんな人が医者だなんて、私、信じられません」

いつになく過激で厳しい言葉。毅然《きぜん》とした表情の静香をみて、不意に桜木は、中学時代の女性教諭のことを思い出した。

桜木のクラスの担任だったその女性教諭は公明正大な人物で、とても優しく、生徒からも親しまれていた。が、一度、小田切という男子生徒が期末考査の数学の試験中に、桜木の答案用紙をカンニングしたのを発見した瞬間に別の貌《かお》をみせた。

ホームルームの時間に、小田切を見せしめのように教壇に立たせ、人間のクズ、最低、卑怯者《ひきょう》、と耳を覆うばかりの罵詈雑言《ばりぞうごん》を浴びせた。

いつもの穏やかな顔とは打って変わった般若の如き面相で詰《なじ》り続ける女性教諭の拷問に、耳朶《みみたぶ》を赤く染め、俯《うつむ》き涙を流す小田切の姿に桜木は堪らず、右手を挙げていた。

――僕が、答案用紙をわざとみえるようにしたんです。

本当だった。桜木は、小田切が自分の答案用紙を覗きみていることを知っていた。そして、彼が今度の試験で赤点を取れば父兄の呼び出しがあることも。

カンニングが、決して褒められた行為でないことはわかっていた。だからといって、人間のクズだとは思わない。小田切は勉強嫌いだが、絵は抜群にうまかった。桜木は、絵が大の苦手だった。美術の時間に桜木は、小田切にデッサンを手伝ってもらったことが何度かある。もちろん、美術の教諭には内緒でのことだ。

他人の力を借りた小田切が人間のクズであるならば、その意味では自分も同じ。たまたま、期末考査の対象になる教科とならない教科の違いだけ。

桜木は、自らも美術の時間にデッサンを小田切に手伝ってもらったことを明かし、彼を罰するのならば自分も、と訴えた。

だが、女性教諭は自分の告白を無視して、その日のうちに小田切の母親を職員室へと呼び出し、小田切は校長訓告というペナルティを科された。

猟犬、盲導犬、介護犬、競走犬、作業犬、警察犬。犬種によって得意分野が様々なように、人間も得手不得手があって当然だ。五十メートルまでならば馬よりはやい競走犬の王様、グレイ・ハウンドも、不得手な介護業務をやらせたら失敗の連続だろう。逆に、不自由な飼い主の手足となり献身的に尽くす優秀な介護犬が、ドッグレースに出場したら大差のシンガリ負けなのも言うまでもない。

「たしかに鳴海の女性関係は派手かもしれないが、その部分だけをみて彼のすべてを判断するのはどうかな？　僕は鳴海を高校時代から知っているけど、あんなに気の優しい奴はそういないよ。あいつは、ああみえても捨て猫を拾ってきたり傷ついた小鳥を介抱したりしてね」

言って、桜木は思わず噴き出した。静香が、怪訝《けげん》そうに眉《まゆ》をひそめた。子猫が食餌《しょくじ》を食べないと、おろおろする鳴海の姿を思い出したのだった。

「それとこれとは別ですっ。あの人、私のお尻《しり》を触ったんですよ!?　これは、立派な犯罪です！」

静香が、頬を朱に染め抗議した。

「おいおい、犯罪は言い過ぎじゃないか？　小学生の子供みたいなもんだよ。ほら、男の子は、気になる女の子の髪を引っ張ったりスカートを捲《めく》ったりするだろう？　それと同じだよ」

桜木は言った。あくまでも、笑みを絶やさずに。

「先生は、誰のことも悪く言わないんですね。誰にだって優しい。私には無理です。私は、先生のように寛容になれません。鳴海さんを受け入れることなんてできない。でも……」

俯き加減の静香が、いら立たしげに言葉を切った。ある予感が、桜木の心に重くのしかかってきた。

「でも、愛する人のためなら、どんなことだって受け入れます」

意を決したように顔を上げる静香。潤む瞳。への字に引き結ばれた唇。予感は当たった。

話題を変えようとあれこれ思索する自分。逸らしそうになる視線。堪えた。思い直した。

室内にはふたりきり。受付カウンターにいる中里が、二階に上がってくることはない。ちょうど、いい機会なのかもしれない。

今度は、自分が意を決する番。肺奥深くに、酸素を送り込んだ。

「もし、その愛する人というのが僕であるならば、君の期待に応《こた》えることはできない」

絞り出すような声で、しかし、桜木はきっぱりと告げた。

静香の目尻が、大きく裂けた。不規則に揺れる黒目が、小刻みに震える睫《まつげ》が、眼球に盛り上がる水滴が、桜木を激しく後悔させた。が、あとには退けなかった。

「それって……私を嫌いってことですか？」

静香の消え入りそうな掠《かす》れ声が、桜木の胸に爪を立てた。

「そうじゃない。君のことは好きだ。ひとりの女性として、魅力的だとも思う。ただ、正直、それは愛だとか、そういう感情ではないんだ」

ひと息に、桜木は思いを打ち明けた。ごめん、と呟《つぶや》き、視線を自分の爪先に移した。

残酷な言葉。仕方がない。鳴海のように割り切って女性とつき合うことができない以上、ずるずると答えを先延ばしにするわけにはいかない。

「謝る必要はありません」

無理に感情を押し殺したような声音。視線を、爪先から静香に移した。相変わらず静香の瞳《ひとみ》は潤んでいたが、さっきまでとは違い、力強い光が宿っていた。

「私、諦《あきら》めませんから。初めて先生と会ってから二年間、待ってきたんですもの。先生が振り向いてくれるまで、何年でも待ちます。心配しないでくださいね。公私混同はしませんから。これまでどおり、看護士の仕事はちゃんとやります」

桜木をまっすぐに見据え、静香はきっぱりと言った。眼前の静香は、一、二分前に消え入りそうな掠れ声を出していたか弱い女性と同一人物とは思えなかった。

――女ってのは、したたかで強い生き物さ。

鼓膜にリフレインする鳴海のセリフ。伊達《だて》に、女性遍歴を重ねているわけではないようだ。

「静香君――」

「私、一階に戻ります。中里君ひとりじゃ、心配ですから」

桜木の言葉を遮り、静香が踵《きびす》を返した。

ドアの向こう側に消える彼女の華奢《きゃしゃ》な背中を見送り、桜木は小さく首を振った。

静香がしたたかかどうかはさておき、取り残され、困惑している自分なんかよりもずっと強いのはたしかだ。

「まいったな」

桜木は、長い嘆息を漏らした。ケージの中で、ゴエモンが握り拳《こぶし》のような顔を右に傾げた。

［4］

とっぷりと陽の暮れた並木道。用賀駅前のスーパーへと買い出しに行った帰り道。両手に提げたビニール袋には、紙パックの牛乳、卵、ベーコン、食パン、レタス、サラダ菜、ピーマン、トマト、アスパラガス、青じそのドレッシングが入っていた。

左右のテニスコートから聞こえる、ラケットがボールを叩《たた》く乾いた音。コートを駆ける足音。歓声と笑い声。

中学校、高校、大学と、十二年間通った馴染《なじ》みの道。桜木は、百メートルばかりのこの並木道を歩くのが好きだった。

闇空をバックにした山桜の花びらがテニスコートの照明に浮かび上がり、とても幻想的だった。

昔は、毎日のように歩いた並木道。獣医師になってからは、週に一度歩けばいいほうだった。

「こんばんは、先生」

反対側の歩道から、挨拶《あいさつ》を投げる青年。右手から伸びたリードの先。街路樹の根っこをひしゃげた鼻で嗅《か》ぎ回るフレンチ・ブルドッグ。

「やあ、アポロは元気になったかい?」

桜木は歩を止め、青年に問いかけた。青年は、たしか今年の春に高校を卒業するはずだった。

青年が、血便が出たと、アポロを連れて桜木動物病院を訪れたのが約一ヵ月前。検査の結果、アポロはウイルス性胃腸炎だった。幸い、アポロの病状は軽度なもので、かつ、壮年期で体力もあり、僅《わず》か三日の入院で回復した。これが老年期の犬ならば、最悪、命を落とすこともある。

ふっくらとした体軀《たいく》、機敏な動き。遠目にも、その後アポロが順調なのはわかった。

「はい。おかげさまで」

「水溜《みずた》まりなんかを飲ませないように、気をつけるんだよ」

頭を下げる青年の姿が、バスに遮られた。桜木は、歩を踏み出した。

「お買い物ですか?」

数メートルも歩かないうちに、今度は正面からウエスト・ハイランド・ホワイト・テリアを連れた主婦に声をかけられた。

犬の名はローズ。二ヵ月ほど前に、ダニが原因のアレルギー性皮膚炎にかかり、背部一面の被毛が抜け、露出した表皮に膨疹《ぼうしん》が発現していた。

ふたたび立ち止まった桜木は腰を屈《かが》め、いまではすっかりと生え揃った彼女の背中を撫《な》でてやりつつ、主婦との世間話に花を咲かせた。

「じゃ、失礼します。ローズ、元気でね」

桜木は腰を上げ、主婦とローズに別れの言葉を投げた。

この辺りは砧公園が近いこともあり、犬を飼っている人が多い。そのほとんどが、桜木の顔見知りだった。犬や猫を飼っている近所の住民達が桜木動物病院を訪れるのは、怪我や病気ばかりが理由とはかぎらない。定期検診やワクチン接種などの予防に関しての来院のほうが、むしろ割合的には多い。

桜木は、腕時計に眼をやった。午後八時二分。今日は猫同士の喧嘩《けんか》による胸部咬傷《こうしょう》で運び込まれたアメリカン・ショートヘア以外に来院客はなく、珍しく定時の午後七時きっかりに診療は終わった。

――公私混同はしませんから。これまでどおり、看護士の仕事はちゃんとやります。

入院室で宣言したとおり、静香は何事もなかったように業務をこなした。手際よく、無駄なく、献身的に。

自分の気持ちを伝えたならば、静香は仕事を辞めるのではないかという不安は杞憂《きゆう》に終わった。だが、根本的な問題はなにも解決していない。

――私、諦めませんから。先生と初めて会ってから二年間、待ってきたんですもの。先生が振り向いてくれるまで、何年だって待ちます。

静香の、強い決意が込められた瞳が蘇《よみがえ》った。

言うだけのことは言った。自分には、彼女の想いまで諦めさせる権利はない。

自分に言い聞かせつつ、桜木はゆっくりと歩を進めた。左手にみえる街路園。足を止めた。桜木の視線の先。近所の住民からマリア公園と呼ばれる所以《ゆえん》となった、幼きキリストを抱く聖母マリア像がライトアップされ、とても幻想的だった。

「クロス！」

聖母マリア像に見入る桜木の背後で、女性の叫び声が聞こえた。

振り返った。赤いリードを引き摺《ず》り、並木道を桜木に向かって全力で横切る大型犬。眼を凝らした。クリーム色のラブラドール・レトリーバー。急ブレーキを踏む車。路面を軋《きし》ませるタイヤの摩擦音。夜気を切り裂くクラクションの合唱。競い合うように浴びせられる怒声と罵声《ばせい》。

一生懸命に歯を食いしばり、桜木に駆け寄るラブラドール。桜木は反射的に買い物袋を放り投げ、両手を広げて腰を屈めた。体当たりするように胸に飛び込んだラブラドールが、ちぎれんばかりに尾を振り、桜木の顎《あご》、頬、唇、鼻先を舐《な》めた。

桜木は困惑しながらも、ラブラドールを抱き留め、首筋を撫でてやった。

困惑。仕事柄様々な犬の行動をみてきたが、飼い主を振り切り、見ず知らずの人間を目がけて通りを全力疾走で横切り親愛の情を示すというパターンは初めてだった。

口角から舌を出し、荒い息を吐くラブラドール。よくみると、ラブラドールは老犬の域に差しかかっていた。七歳か八歳、そんなところだろう。

「すいません、すいません」

熱《いき》り立つドライバー達に頭を下げつつ、駆け足で通りを横切る女性。恐らく飼い主。薄闇でよくみえないが、まだ若い。

「気をつけないと、危ないぞ」

桜木は両手でラブラドールの頰を挟み、優しく語りかけた。

「ごめんなさい」

頭上から、声が降ってきた。柔らかく透き通った声に釣られるように顔を上げた。

息を吞《の》んだ。ブルージーンズに赤いスエードのジャケット。セミロングの黒髪とコントラストをなす抜けるような白い肌。ネコ科の動物を彷彿《ほうふつ》とさせるアーモンド型の瞳。その瞳は少年のように涼しげであり、しかし、慈しみに満ち溢《あふ》れていた。

「危なかったですね」

我を取り戻した桜木は、女性に笑顔を向けた。平静を装っているつもりが、頰の筋肉は強張《こわば》り、声がうわずっていた。

桜木は、かつて経験したことのない己の感情の変化にうろたえた。

「いつもはこんなこと……」

女性が、開きかけた口を噤《つぐ》んだ、というよりも声を失った。

切れ上がった目尻《めじり》を大きく見開き、薄いピンクのルージュが引かれた唇を半開きにし、自分の顔をまじまじとみつめていた。

不意に、たとえようもない不安が込み上げた。なにか、変なことを言ってしまったのだろうか？　それとも、自分の感情の変化を悟られてしまったのだろうか？

「どうか、しましたか？」

怖々と、桜木は訊《たず》ねた。

「え？　あ、ああ……。いつもは、こんなことをするコじゃないのに……。どうしたの、急に？」

言って、女性が腰を屈め、ラブラドールに問いかけた。首を傾げるラブラドールの頭を撫でる細い指先が、微かに震えていた。

「このコの名前は、なんていうんです？」

女性が、弾《はじ》かれたように顔を上げた。思わず引き込まれてしまいそうな漆黒の瞳が、揺れているような気がした。

「クロス……クロスっていうの」

女性は、一回目は聞き取れないほどの小さな声で、が、二回目ははっきりと力強く言った。そして、窺《うかが》うように桜木の双眼をみつめた。

その眼差しの意味するところが、桜木にはわからなかった。いや、意味などないに違いない。自分が、どうかしているのだ。

女性を眼前《まえ》にした瞬間から、いつもの自分とは別の自分が顔を覗《のぞ》かせた。跳ね上がる脈拍と心拍。動転する思考。生まれて初めての経験。

桜木は、女性の視線を受け止めながら、自分の異変を分析した。

彼女は、はっとするほどに美しかった。その美しさに、魅了されたことは否定しない。

だが、それだけではない。

美しいだけの女性ならば、これまでにもいた。自分は、外見に惹《ひ》かれるタイプではない。現に、高校、大学時代に桜木に告白してきた女性の中には、彼女に劣らない美貌《びぼう》の持ち主がいた。静香にしても、道で擦れ違えば男性が振り返るような魅力的な女性だ。

しかし、彼女には、ほかの女性にはないなにかがあった。彼女をみていると、初めて会ったばかりなのに、なぜか無性に懐かしい気持ちになる。ずっと以前から知っていたような、不思議な親近感が込み上げるのだった。

「いい名前ですね」

言いながら、桜木はクロスの耳の裏を揉《も》んだ。心地好さそうに、眼を細めるクロス。頬に視線を感じた。桜木は、ゆっくりと首を横に巡らせた。眩《まぶ》しそうに細めた眼を、自分とクロスに向ける彼女。

「あなた、獣医さんなの？」

唐突に、彼女が訊ねた。その言葉遣いと口調は、恐らく自分より年下であり、また、初対面である彼女に相応《ふさわ》しいものではなかったが、不思議と違和感も嫌悪感もなかった。

たとえるならば、屈託ない幼子の物言い。小さな子供に彼女と同じ物言いをされて、失礼だと腹を立てる大人はいない。

彼女の場合は幼子と違い、どこからみても凛《りん》とした大人の女性の雰囲気を漂わせていたが、ふとした仕草や表情に無邪気な少女の素顔が垣間《かいま》みえるのだった。

「え？　どうして、わかるんです？」

驚きを隠せず、桜木は訊ねた。

「わかるわよ。あなたの、クロスに接する態度をみていればね」

彼女が悪戯《いたずら》っぽく笑い、片目を瞑《つぶ》った。

「態度って――」

「深雪《みゆき》、大丈夫か？」

桜木の言葉を遮る男性の声。後方を振り返る彼女の視線を追った。並木道を挟んだ歩道。路肩に駐車された、紺色のメルセデスの脇に立ち尽くす、長身をダブルスーツに包んだ男性。長髪のオールバック。人の好さそうな目尻が垂れた細い眼。自分より年上なのは確実だが、まだ三十にはなっていないだろう。

男性は、彼女の恋人なのか？　それとも兄？　詮索《せんさく》モードに入ろうとする思考を止めた。いったい自分は、なにを考えている？　男性が彼女の恋人だろうが兄だろうが、自分には関係のないことだ。

「いま行くわ」

立ち上がり、言葉を返した彼女が桜木に顔を戻した。

「ここを通りかかったら、急にクロスが窓ガラスに爪を立てて吠《ほ》え始めたの。おしっこがしたいのかな、と思って車を降りたらあなたに向かって一目散。どうしてかしらね？」

無邪気に破顔し、クエスチョンを投げかける彼女。が、瞳《ひとみ》は笑っていなかった。

無垢《むく》、清楚《せいそ》、哀切。僅《わず》か十分にも満たない会話の中で、彼女は様々な貌《かお》をみせた。

「僕も、正直、びっくりしました」

「本当に、わからない？」

両手を腰に回した恰好《かっこう》で、微かに首を傾げる彼女。頷《うなず》く自分。瞬間、彼女の顔が曇ったのを桜木は見逃さなかった。

「獣医さんがわからないんじゃ、私にわかるわけないか」

どうしたんです？　桜木が声をかける間もなく、弧を描く唇から白い歯を覗かせて彼女が笑った。

「じゃ、これで」

彼女が、右手を差し出した。反対側の歩道にいる男性の眼が気になり、桜木は躊躇《ためら》った。

「気にしないで。あの人、やきもち焼くタイプじゃないから」

鼻梁《びりょう》にきゅっと皺《しわ》を寄せた彼女が、あっけらかんと言った。

あの人……。やはり、男性は彼女の恋人だった。

針先で突かれたように、胸がチクチクとした。そんな自分を、桜木は叱責《しっせき》した。

桜木は、そこここに拡散する平常心を掻《か》き集め、右手を出した。彼女の手を握った。力を入れると壊れてしまいそうな華奢《きゃしゃ》な指先が、微かに震えていた。寒いのだろうか？

「じゃあ」

桜木は、微笑んだ。微笑みを返す彼女の右手の握力が増した。

「行くよ、クロス」

握手を解いた彼女が、飛びきりの笑顔を桜木に投げ、そして踵《きびす》を返した。

「クロス？」

並木道を渡ろうとした彼女が歩を止めた。桜木は視線を、彼女からクロスに移した。乱れる歩様。宙に浮く左後肢。アスファルトにシミを作る赤い滴。桜木は、クロスに駆け寄り腰を屈めると、左後肢を腋《わき》に挟んで足裏をみた。

肉球に突き刺さるガラス片。彼女が、小さく悲鳴を上げた。

「道路を渡るときに、踏んでしまったんでしょう。ウチの病院は、すぐ近くです。お時間がなければ、取り敢えず僕がクロスをお預かりして治療しますが、どうしますか？」

「私も行くわ」

「え……しかし……」

桜木は、心配げな表情でこちらの様子を窺う男性にちらりと視線を投げた。

「平気よ。彼の車で、送ってもらうから。クロスをお願い」

躊躇《ちゅうちょ》する桜木を急き立《せ》てるように言うと、彼女はアスファルトに放置された買い物袋を拾い上げ、クルリと背を向けた。桜木はクロスを抱え上げた。ずしりとした重量感。ラブラドールの成犬は、三十キロにもなる。すぐ近くといっても、桜木動物病院までは二百メートル以上ある。彼女が言うように、車で送ってもらうのは正解だ。

「すいませーん、通してください。すいませーん」

買い物袋を持った両手を頭上で大きく振り、行き交う車を停めながら桜木を先導する彼女。その凜とした容貌《ようぼう》からは想像のつかない子供っぽい仕草に、思わず桜木は口もとを綻《ほころ》ばせた。

クラクションと怒声の波を掻きわけつつ、ふたりは反対側の歩道に到着した。

「どうしたんだい？」

男性が、柔和に垂れた細い眼を大きく見開き、クロスと自分を交互にみやり、そして最後に彼女で視線を止めた。

「クロスが、怪我しちゃったのよ。それで、この方にお願いして治療してもらおうと思って」

「あなたは、獣医さんなんですか？」

男性が、よく通る低い声音で訊《たず》ねた。

「はい。ここから数分の、桜木動物病院の院長をやってます」

「院長!?　まだお若いのに、すごいですね」

男性が、大袈裟《おおげさ》に両手を広げて驚いてみせた。が、いやな感じはしなかった。

「いえ。院長といっても、ふたりの看護士を合わせて三人でやっている小規模な病院ですから」

「人数は関係ありませんよ。その若さで尊い命を救う仕事に携わり、なおかつ、きちんと病院を運営なさってるんだから立派なもんですよ。私、南《みなみ》と申します。深雪さんのお父上が経営なさっている、東洋観光ビジネスの外食産業部の部長を任されております」

東洋観光ビジネスは、桜木もテレビのCMなどで知っていた。ホテル業や飲食業を幅広く営む上場企業だ。

深雪という女性が、東洋観光ビジネスのオーナーの娘とは驚きだった。

「大変ですね」

桜木は、微笑みながら言った。気の利いた言葉のひとつでも返したかったが、自分は南のように弁が立たない。

「いえいえ、東洋観光ビジネスの部長と言えば聞こえはいいですが、西麻布のフレンチレストランの一マネージャーですから。よかったら、今度一度お店に食事にいらしてください」

折り目正しい挨拶《あいさつ》。好青年然としたさわやかな笑顔。南と深雪。お似合いの、カップルだった。

「さあ。車へどうぞ」

南が素早く、メルセデスのリアシートのドアを開けた。クロスを抱いたまま、桜木は車に乗り込んだ。深雪が、あとに続いた。ドアを閉めた南が、最後にドライバーズシートに乗り込んだ。

「深雪、あとで、連絡するからね。じゃあ、先生、クロスをよろしくお願いします」

ドライバーズシートの窓から顔を出した南が右手でハンドルを切りながら、左手を軽く上げた。闇に消え行くメルセデスのテイルランプを、桜木は深雪と並んで見送った。

◇　◇

桜木動物病院に移動する車中で、南の携帯電話に仕事の電話が入り、急遽《きゅうきょ》彼は西麻布のフレンチレストランに向かうことになった。客との間でトラブルが起こったらしいが、南は慌てた様子もみせずに冷静に対処していた。

「行きましょうか」

桜木は深雪に声をかけ、エントランスに向かった。正面玄関のシャッターは下りているので、診療室に通じる裏口から入るつもりだった。

クロスを片腕で抱え、スラックスのポケットをまさぐった。キーケースを取り出す。ドアの鍵穴《かぎあな》にキーを差し込んだ。乾いた解錠音が静まり返ったエントランスに響き渡った。

ノブを回した。引いた。

「さ、どうぞ――」

振り返った。言葉《ことば》尻《じり》を呑《の》み込んだ。深雪はいない。

桜木は、エントランスを出た。路上に立ち尽くし、じっと建物を見上げる深雪。月明かりを受ける、憂いに満ちた横顔。

「あ、ごめんなさい。とってもかわいい建物だから、つい……」

ペロリと舌を出した深雪が、小走りに駆けてきた。エントランスの廊下を刻むヒールの音。

「どうかしました?」

「どうぞ、お入りください」

電灯のスイッチを入れた。漆黒を切り取る青白い明かり。

「買い物袋、ありがとうございました。そのへんに、置いてください」

深雪が頷《うなず》き、買い物袋を診察台に載せた。

診療室を横切り、手術室へ。あとに続く深雪。手術室の明かりもつけた。

「ちょっと、クロスの相手をお願いします」

桜木は、クロスを手術台に乗せ、物珍しそうに手術室を見渡す深雪に声をかけた。洗面所で、消毒液を使い入念に手を洗った。細菌が手に付着しないよう、肘《ひじ》で蛇口を閉めた。タオルで水気を拭《ぬぐ》い、グローブを嵌《は》めた。

「そんなに時間はかかりませんから、診療室でお待ちください」

「ここにいても、いい?」

「僕は構いませんけれど、大丈夫ですか?」

桜木は訊ねた。血をみて気分が悪くなる者は少なくない。

「私、そんなにヤワじゃないわよ」

胸を張る深雪に微笑みを投げ、桜木はふたつの噴霧器を手に取った。波打つ透明の液体とワインレッドの液体。生理食塩水とアルコールで希薄した消毒液。

「クロスの躰《からだ》に、触ってもらえますか?」

生理食塩水の入った噴霧器を片手に、桜木は言った。小首を傾げ、顔に疑問符を貼りつける深雪。

「そうすると、犬は安心するんですよ。頭でも首でも、どこでも構いませんから」

「納得」

弾《はじ》ける笑顔。深雪が、横からクロスの首を包み込むように抱き締めた。そっと、頭頂に頬を乗せる。眼を細めるクロス。

桜木は左手でクロスの左後肢をくの字に曲げ、生理食塩水を肉球に噴霧した。付着した血と泥が流れ落ちるまで、噴霧を繰り返した。ビクリと、クロスの躰が強張《こわば》った。

「怖くないよ、クロス」

深雪の優しい声音。クロスに注がれる慈しみに満ちた眼差し。桜木は、深雪の横顔に見《み》惚《と》れる己を叱咤《しった》した。

小さく頭を振り、視線を深雪からクロスの肉球に戻した。

一センチほどの裂傷。傷口に光るガラス片。瞬間、局所麻酔を打つべきかどうか迷ったが、やめにした。麻酔を打てばその場は楽だが、切れたときに苦しむことになるからだ。

「すぐに、終わるからね」

クロスに語りかけながら、続いて桜木は消毒液を噴霧し、アリス鉗子《かんし》を手にした。鉗子の左右の刃先はギザギザになっており、ちょうど鮫《さめ》の歯のようになっている。鉗子の刃先を傷口に近づけた。小豆《あずき》大のガラス片。慎重に摘んだ。手術台に着いた三肢を踏ん張り、痛みを堪えるクロス。ゆっくりと鉗子を持つ右手を引いた。

「あとは、消毒するだけだよ。偉かったぞ」

桜木の言葉が伝わったように、尻尾《しっぽ》を振るクロス。口もとに微笑を湛《たた》え、眩《まぶ》しげに細めた眼で自分とクロスをみつめる深雪。並木道でも、彼女は同じ眼をしていた。

桜木は、摘出した血色のガラス片をステンレス製の膿盆《のうぼん》に放った。カラン、という乾いた音が静寂な手術室に響き渡る。

桜木は、鉗子を鉗子立てに戻した。クロスの傷口にもう一度消毒液を噴霧し、ガーゼで水分を拭《ふ》き取ったのちに、抗生物質の軟膏《なんこう》を塗った。クロスの怪我は、縫合するほどの傷ではない。

新しいガーゼを肉球に当て、テープで止め、包帯を巻いた。

「いま、薬を処方しますので、こちらへどうぞ」

グローブを外し、クロスを抱き上げた桜木は手術室を出た。診療室に向かった。

「さ、楽にして」

桜木は腰を屈め、クロスを床に横たわらせた。

「お座りになって、お待ちください」

深雪に来院客用の椅子を勧め、桜木は待合室に向かった。受付カウンターの奥。薬剤室のドアを開けた。明かりをつけた。三坪ほどの空間。桜木は、三日ぶんの化膿《かのう》止め、消炎剤、鎮痛剤を薬袋に入れ、診療室に戻った。

クロスの脇にしゃがみ、背中を撫《な》でていた深雪が顔を上げた。

「お待たせしました」

言いながら、桜木はクロスを挟む恰好《かっこう》で深雪と同じようにしゃがんだ。

「大きいほうが化膿止めで、小さいほうが消炎剤、そしてオレンジ色が鎮痛剤です。毎食後、三回にわけて飲ませてください」

薬袋から取り出したタブレットを指差しつつ、桜木は説明した。

「薬の飲ませかた、わかります？」

「粉薬は飲ませたことあるけれど、錠剤は初めてだわ」

「みててください」

桜木は、右掌《みぎて》でクロスの鼻梁《びりょう》を覆い、親指と人差し指を上顎《うわあご》から口内に差し入れた。いやがる素振りをみせず、クロスが大きく口を開けた。マズルコントロールが、よくできた犬だった。

マズルコントロールとは、鼻梁、吻《くちさき》、口唇《くちびる》を掌で包み込むようにして行う訓練だが、概して犬は、鼻の周囲に触れられるのを嫌がる生き物だ。

母犬は、子犬の鼻面を口でくわえることで、自分がリーダーであることを示す。母犬のもとから離された子犬は、新しいリーダーを捜し求める。故に、飼い主は母犬の代わりにリーダーとなるために、子犬のマズルを支配しなければならないのだ。

「こうやって口を開かせたら、素早く錠剤を舌の上に載せます。そして……」

桜木は、クロスの口内にタブレットを放り込むまねをして口を閉じさせると、左手で喉《のど》を上下に擦った。クロスが、ゴクリと生唾《なまつば》を飲み込んだ。

「ほら、いま、喉をゴクっとやったでしょう？　犬は、喉を擦られると条件反射でそうなるんですよ」

「おもしろい！　私もやっていい？」

手を叩《たた》き、はしゃぐ深雪。眼をまんまるにし、首を傾げるクロス。思わず、口もとが緩んだ。桜木は頷いた。

深雪が、そっと伸ばした右手でクロスの喉を擦った。ふたたび、生唾を飲み込むクロス。

「おもちゃにしちゃって、ごめんね」

口先を丸め、クロスが小さく吠《ほ》えた。ノープロブレム、とでも言っているようだった。

「おいくら？」

ジャケット同様の赤いスエードのショルダーバッグから財布を取り出し、深雪が訊《たず》ねた。

「お金は、結構です」

「そういうわけには、いかないわ」

「本当に、結構ですから」

　不意に、深雪がくすりと笑った。

「ごめんなさい。つい、思い出しちゃって」

「なにを、です？」

「昔、あなたによく似ている人を知ってたの」

「僕に？」

「さ、行きましょ？」

　深雪が立ち上がり、唐突に言った。

「え？　どこに……ですか？」

「お食事、まだでしょう？　治療のお金の代わりに、なにかご馳走《ちそう》するわ。いやとは言わせないわよ」

　診察台の上の買い物袋にちらりと視線を投げた深雪が、悪戯《いたずら》っぽい口調で言った。

「でも、クロスが……」

　本当はクロスのことよりも、南という男性の存在が気になっていた。

「一時間ほど、預かって頂ける場所ない？」

　さらりと、深雪が言った。子供の率直さ。不思議と、深雪の言葉に図々しさは感じなかった。

「二階の入院室のケージでよければ、開いてますけど」

「決まり。私、外で待ってるから。安心したら、なんだかお腹が減っちゃった。ね？　いいでしょ?」

アーモンド型の瞼《まぶた》の奥の、漆黒の瞳《ひとみ》。引き込まれそうな瞳。断りのセリフを探していた桜木だったが、抵抗も虚しく思わず頷《うなず》いてしまった。

「はやく、ね?」

片目を瞑《つぶ》り、跳ねるような足取りで踵《きびす》を返す深雪の背中を、桜木は放心状態で見送った。

◇　◇

桜木動物病院から徒歩数分の、環八通り沿いのファミリーレストランの店内は、家族連れや若いカップルで八割がた埋まっていた。

桜木と深雪は、入り口脇の窓際の禁煙席で向かい合っていた。

「本当にありがとう。ねえ、桜木さんはいつも、あんなことをやるの?」

運ばれてきたばかりのレモンスカッシュにシロップを入れながら、深雪が訊ねた。桜木の眼前《まえ》には、ブラックのコーヒー。

「あんなことっていうのは?」

カップを口もとに運ぶ手を宙で止め、桜木は質問を返した。

「クロスみたいに怪我した犬をみつけたら、連れ帰って治療するってこと」

「ええ。職業病なのか、放っておけなくて」

「優しいのね」

グラスの脚を両手で押さえてストローに口をつけた深雪が、上目遣いに桜木をみつめた。

「獣医師なら、誰だってそうですよ」

熱を持つ頬。桜木は、深雪から視線を逸らしコーヒーを啜《すす》った。

「あ、自己紹介まだだったたね」

思い立ったように、深雪が言った。言われてみれば、彼女について知っているのは、深雪という名前だけだった。

「名前は、橘深雪。東都美術大学の芸術学部、絵画学科の二年。歳は二十歳。生まれは東京。現在は、渋谷のペット可の二DKのマンションでクロスとふたり暮らし。両親は京都。ついでに、好きな食べ物はカレーで嫌いな食べ物はひじき。あなたは？」

いきなり話を振られ、桜木は戸惑った。もともと、女性とふたりきりで会話することに、桜木は慣れていなかった。しかも、深雪はつい一時間ほど以前《まえ》に会ったばかりの女性だ。

「さ、はやく」

また、あの眼差し。躊躇《ちゅうちょ》と困惑を瞬時に消し去ってしまう、一切の抵抗心を奪い去ってしまう、魅惑的な瞳。

「桜木一希。桜木動物病院の院長で、歳は二十五歳。自宅は病院が入っているビルの四階で、父と弟と同居。好きな食べ物はハンバーグで、嫌いな食べ物は納豆。こんな感じで、いいですか？」

桜木の自己紹介の間、ずっと眼を閉じていた深雪が、おもむろに瞼を開いた。

底無しに、哀しげな瞳。今日、何度目だろう。好奇心に満ちた無邪気な眼をしていたかと思えば、なにかを懐かしむように遠くに視線を泳がしているときもある。そして、いまのように物憂く沈んだ瞳……。

どの彼女が、本当の彼女なのだろうか？　それとも、どの彼女も、本当の彼女なのだろうか？

思考の車輪を止めた。自分は、こんなところでなにをしている？　彼氏のいる女性にあれこれと思惟《しい》を巡らせ、自己紹介までしている。

肥大する罪悪感が、桜木の良心を責め立てた。

「彼女はいるの？」

「え？」

桜木は、思わぬ質問にコーヒーを噴き出しそうになった。

「彼女ぐらい、いるんでしょ？」

冷やかすような口調で質問を重ねる深雪。三日月型に弧を描く瞼の奥の瞳からは、哀しげないろは消えていた。

深雪の言動には、会ってからずっと驚かされっ放しだった。唐突、大胆、快活な女性。が、いやな気はしなかった。むしろ、どちらかといえば消極的な自分とは正反対の、ストレートに感情を表現する彼女の振る舞いに、心地好ささえ覚えた。

「いませんよ」

「怪しいぞぉ。本当かなぁ？」

悪戯っぽい微笑を浮かべた深雪が、桜木の顔に向けた人差し指をクルクルと回した。

「嘘なんて、吐きません」

真顔で否定する自分に気づき、桜木は自嘲《じちょう》した。

彼女は、クロスを無料で治療した自分へのお返しに、食事に誘っただけ。会話を弾ませるために、からかっているだけ。なにより、彼女には南という素敵な恋人がいる。なのに、真剣になるなんて、滑稽《こっけい》もいいところだ。

桜木は、緊張と羞恥《しゅうち》に干上がった喉《のど》をコーヒーで潤した。

「ふぅん。じゃあ、最近別れたとか？」

グラスの中の氷をストローで掻《か》き回す深雪。相変わらずの悪戯っぽい微笑。

「僕を好きになってくれるのは、動物だけですよ」

桜木は、冗談めかして首を竦《すく》めてみせた。

「嘘！」

ストローを動かす手を止め、深雪が叫んだ。への字に曲がった唇。小刻みに震える長い睫《まつげ》。桜木の瞳を射抜く強い眼差し。隣席の家族連れの客が、びっくりしたように自分と深雪に視線を注いだ。

「ごめんなさい、大声出しちゃって。あなたみたいな素敵な人だったら、恋人のひとりやふたりいるかと思って」

屈託なく破顔する深雪。鼻梁《びりょう》にきゅっと刻まれる縦皺《たてじわ》がかわいらしい。気ままで、表情がころころと変わり、摑《つか》みどころのない彼女。桜木は、深雪を猫のような女性だと思った。

「動物を相手にするだけの、つまらない男ですよ、僕は」

自嘲気味に言いながら、桜木は、ふと、深雪がもし自分の恋人だったならば……と考えた。

自由奔放な彼女は、単調な生活を送る自分にきっと退屈するだろう。そして、ある日、まさに猫のようにどこかに消えるに違いない。

桜木は、頭を小さく振った。自分はなにを考えている？　彼女は初対面の、しかも恋人がいる女性だ。馬鹿馬鹿しいにも、ほどがある。

「ううん。そんなことないわ」

今度は深雪が真顔になり、否定した。背筋をピンと伸ばし、桜木の瞳をじっと覗《のぞ》き込む深雪。早鐘を打つ鼓動。熱を持つ頰。桜木は堪らず、視線を手にしたコーヒーカップの中に落とした。

黒褐色の液体に映る自分の顔。恐らく、赤らんでいることだろう。

「ねえ、結婚しよっか？」

瞬間、桜木はコーヒーカップを落としそうになった。耳を疑った。桜木は顔を上げ、深雪の顔をまじまじとみつめた。

一点の曇りもない瞳《ひとみ》でみつめ返す深雪。胸壁を乱打する心臓。体内を暴走する血液。あんぐりと口を開けたまま、桜木は彫像のように固まった。

やはり、自分はからかわれている。数秒、または十数秒後に、本気にした？　と屈託なく笑うに違いない。

それにしても、悪い冗談だ。南が耳にしたならば、それこそ大変なことになる。

「あの――」

「お待たせしました」

桜木の言葉を遮るウエイトレス。たとえ冗談でも南さんに悪いですよ、というセリフを呑《の》み込んだ。

「ハンバーグ定食のお客様は？」

桜木は、小さく手を上げた。ウエイトレスが、桜木の眼前《まえ》にハンバーグ定食を、そして深雪の眼前《まえ》にポークカレーを置いた。

「おいしそう。いただきまぁす」

深雪は、胸前で軽く掌を合わせて、カレーを掬《すく》ったスプーンを口もとに運び始めた。桜木も、仕方なしにフォークとナイフでハンバーグを刻んだ。

桜木は、深雪の次の言葉を待った。もちろん、彼女の言ったことを本気にしているわけではない。ただ、冗談にしても、このままであるはずがない。

結婚しようか？　のあとになにもなしでは、冗談にもなりはしない。

彼女のひと言が気にかかり、ハンバーグの味がわからなかった。そんな自分とは対照的に、深雪は細身の躰《からだ》に似合わぬ旺盛《おうせい》な食欲で、黙々とスプーンを運び続けていた。

結局、ふたりは無言のまま食事を終えた。

鼻の頭に浮かぶ汗を気にもせず、深雪はグラスの水をひと息に飲み干し、ふぅーっ、と大きな息を吐いた。

店に足を踏み入れたときに、男性客とウェイターの視線を独占するほど美しい女性《ひと》なのに、深雪には気取りや澄ましがなかった。そういうところが、桜木が彼女に惹《ひ》かれる部分なのかもしれない。

「あのさ」

深雪が、ナプキンで唇を拭《ふ》きつつ、ようやく口を開いた。無意識のうちに、桜木は身を乗り出していた。

「恋人が、魔女に魔法をかけられて蛇になってしまいました。あなたならどうする？　一、気づかないふりをする。二、なんとか魔法を解こうと努力する。三、自分も蛇になる。さあ、選んで？」

プレゼントをもらった子供のように、深雪が弾んだ声音で訊《たず》ねた。

肩透かし。期待していたものとは別の言葉。しかも、予想だにしなかった質問。深雪は、思いもよらぬことを、思いもよらぬときに言ってくる。

初対面の自分に結婚話をしたかと思えば、心理テストもどきの質問。桜木の常識を嘲笑《あざわら》うかのような、自由奔放な言動。

深雪の心が、読めなかった。が、新鮮かつ刺激的な彼女に、心地好さを感じている自分がいた。

「僕は、二番。なんとか魔法を解こうと努力する、ですね」

「そうだと思った」

深雪が、くすりと笑った。

「どうしてです？」

「クロスに接するあなたをみているとわかるわ。あなたは、とても優しく、芯《しん》の強い人。でも、一や三の優しさとは違う。一を選んだ人の優しさは、相手を傷つけないように、という弱者の優しさ。三を選んだ人の優しさは、蛇になった人とともに堕ち行こうとする、破滅的な優しさ。そして、二を選んだあなたは、決して諦《あきら》めず、醜い姿に変わり果てた恋人から眼を逸らさず、真正面から全力で魔法を解こうとする強者の優しさ」

「あなたは、どのタイプなんです？」

訊ねながら、桜木は記憶を巻き戻した。並木道での深雪。買い物袋を提げた両手を頭上に振り翳《かざ》し、車を停め、クロスを抱いた自分を先導する深雪。恐らく深雪は、自分と同じ二を選ぶに違いない。

「私は、一かな」

「え？　一、ですか？」

思わず、桜木は問い返した。行動的で常にストレートな深雪が、蛇になった恋人を傷つけないよう気づかぬふりをする一を選ぶとは意外だった。

深雪が、無神経だというわけではない。ただ、彼女なら、どんな状況でもへこたれずに、相手を励まし続けるタイプだと思っていた。

「もし自分が蛇になったら、最愛の人にそんな姿をみられたくはない。気づかないふりをしててほしい。だから、私には、恋人と一緒に闘う強さも、一緒に堕ちて行く勇気もないの」

深雪が力なく笑い、眼を伏せた。内気で多感な彼女。なにか、みてはいけないものをみた気がし、桜木も眼を逸らした。

甲高い電子音が、重苦しい沈黙を破った。

「はい、もしもし？　あ、うん。大丈夫だったわ」

電話の主。恐らく南。締めつけられる胸。キリキリと痛む胃。桜木は、小さく息を吐き平常心を掻《か》き集めた。

「うん、うん。わかった。すぐ行く。じゃあ」

「南さんですか？」

深雪が終了ボタンを押すのを待って、桜木は訊ねた。

「女の子がふたりも休んじゃったみたいで、応援に呼ばれたの」

「フランス料理、作れるんですか？」

「まさか。料理を運ぶだけよ。はい、これ」

両手を広げて首を竦《すく》めてみせた深雪が、一万円札二枚を伝票とともに桜木に渡した。

「三千円で、お釣りがきますよ」

「いいの。あまったお金は入院費に取っておいて」

「え?」

「だって私、ひとり暮らしなのよ。学校行っている間、足が不自由なクロスを放っておけないわ。でしょ?」

桜木の顔を覗《のぞ》き込む深雪が、ウインクした。

あの程度の傷ならば、本来、入院の必要はないが、桜木の気持ちはクロスを預かることに傾いていた。クロスが入院している間は、少なくとも彼女との繋《つな》がりを保てるという不謹慎な考えが頭にあったことは否定しない。

「クロスを預かるのは構いませんが、入院費を頂くわけにはいきません」

少しでもクロスの入院に私情が絡んでいる以上、深雪からお金をもらうことなどできはしない。

「じゃあ、入院費も借りね。明日、寄るわ。また、どこかで奢《おご》ってあげる」

言って、深雪が伝票と一万円札二枚を手に取り席を立った。放心顔で、深雪の背中を見送る自分。呼び止める間もなかった。

風のように現れ、風のように去ってゆく女性《ひと》。

ひとり取り残された桜木は、コーヒーカップを口もとに運んだ。

コーヒーは、すっかり冷めていた。

［5］

二階。宿直室。桜木は、ロッカーからユニフォームを取り出し袖《そで》を通した。口をついて出る欠伸《あくび》。昨夜は深雪のことが頭から離れず、ろくに睡眠が取れなかった。

「おはようございます」

振り返った。半開きの、入院室のドア。既にユニフォーム姿の静香が、ステンレス製のボウルを片手に立ち尽くしていた。入院患者達に、朝の食餌《しょくじ》を与えていたのだろう。

「おはよう。今日ははやいね？」

壁かけ時計に眼をやった。午前九時四十分。午前の診療は、十時からだった。

「間違って目覚しを三十分はやくかけちゃって……。それより、あのコ、どうしたんです？」

大きな瞳《ひとみ》をまんまるにした静香が、親指で後方を指した。質問の意味。すぐにわかった。

「ああ……。昨夜、買い物に出かけたときに、そのコが急に駆け寄ってきてね。どうやら、そのときにガラス片を踏んじゃったみたいなんだ」

そう、クロスは、まるで久々に再会した飼い主にそうするように、自分に向かって一直線に飛んできた。

「オペをなさったんですか？」

「オペといっても、ガラス片を取り出すだけの簡単なものだったけどね」

言いながら、桜木は入院室に移った。上段のケージの、アメリカン・ショートヘアのケンタロウにパグのゴエモン、下段のケージの、ゴールデン・レトリーバーのレオンに、そしてクロス。みな、一心不乱にステンレス製のボウルに顔を突っ込んでいた。

旺盛《おうせい》な食欲。外傷のクロスとケンタロウは食欲があって当然だが、レオンとゴエモンは順調に回復している証。

「また、無料奉仕ですか？」

静香が、クロスに視線を投げて微笑んだ。不意に、鼓動が駆け足を始めた。

傷ついた動物を通りすがりにみつけたら、無料で診療するのはいつものことだ。

桜木は、自分に言い聞かせた。

「悪い癖だね」

桜木は、頭を掻いた。なにもやましいことはないのに、頬が強張《こわば》り、声が掠《かす》れた。

「そこが先生のいいところだって、言ったじゃないですか。このコの飼い主さん、なにか用事があったんですか？　入院するほどの傷じゃないですよね？」

「彼氏から電話がかかってきて、店を手伝うとかなんとかで、急に出かけなければならなくなったんだ」

南から深雪の携帯電話に電話がかかってきたのは、ファミリーレストランで。だが、静香にそのことは言えなかった。

「その飼い主さん、若い女性でしょう？」

窺《うかが》うような上目遣い。言葉に詰まる自分。

「え？　なぜだい？」

「だって、ほら」

ケージを指す静香の指先を、桜木は眼で追った。クロスの首に嵌《は》まる、赤い首輪。首輪からぶら下がるラインストーンの十字架。

「これは、年配の方のセンスじゃないです」

「なるほど」

大きな驚きと小さな狼狽《ろうばい》。桜木は静香の鋭い洞察力に、内心、舌を巻いた。

「センスがいいし、きっと、美しい女性《ひと》なんでしょうね？」

これも当たっている。むろん、口には出さず、桜木は曖昧《あいまい》な微笑を返した。

「入院費のほうは、どうするおつもりですか？」

静香が腰を屈め、ケージの隙間から差し入れた指でクロスの顎《あご》の下を擦りながらさりげなく訊《たず》ねた。上段のケージからはゴエモンが、自分も相手にしろとばかりにひしゃげた鼻を柵《さく》に押しつけて必死にアピールしていた。

静香の質問の言外の意味。診療費はともかく、入院費は当然もらうんでしょう？

「払うと言われたんだけど、僕が断ったんだ」

桜木は、ゴエモンの短い鼻梁《びりょう》を人差し指の腹で撫《な》でてやり、静香同様にさりげなく言った。

振り返らず、クロスをあやす静香。しかし、その背中は無言の抗議をしているようにみえた。

診療費や入院費を無料にすることで、過去に静香になにかを言われた覚えはない。いまもなにかを言われたわけではないが、明らかにいままでとは様子が違う。

女の直感。静香は、桜木の心の微妙な乱れを察知している。

桜木は、眼を閉じた。

深雪の悪戯《いたずら》っぽい瞳、冥《くら》く翳《かげ》った瞳、深く澄んだ瞳、屈託のない笑顔、憂いを帯びた微笑。光と影、子供と大人、少女と淑女が同居している深雪。

深雪と一緒にいたのは僅《わず》か二時間ほどだったが、その二時間は、自分の二十五年の人生で体験したことのないような刺激に満ちたものだった。

あんなに快活で、純粋な女性は初めてだった。あんなに飾り気がなく、美しい女性は初めてだった。そして、あんなに物哀しい眼をし、寂しげな微笑を浮かべる女性は初めてだった。

ベッドの中で桜木は、まんじりともせずに夜を過ごした。時間が経つほどに冴《さ》え渡る脳内に、深雪のひと言が渦巻いた。

——結婚しよっか？

大胆というにはあまりにも刺激的な、唐突というにはあまりにも衝撃的な深雪のひと言が、桜木から睡魔を奪い去った。

彼女が真剣に言っているのでないことは、考えるまでもない。深雪には、南という歴とした恋人がいる。電話一本で、彼の店に駆けつける彼女の行動が、ふたりの関係を物語っている。

あれは冗談。そう結論づけるのが、一番簡単な方法。でも、冗談は、相手に通じる物事であってこそ初めて成立する。

「もうあなたとは、別れるわ」、「え!?」、「冗談よ」。

たとえば、こんな会話が成り立つのも、両者がつき合っているからだ。それと同じように、深雪のあのひと言は、ふたりがつき合っているか、少なくとも自分が彼女を好きだということが相手に伝わっている場合にのみ冗談と成り得る。

自分が深雪に惹《ひ》かれたのは事実だが、そんな冗談を彼女が言うほどの関係ではない。なにしろ、ふたりは昨夜、初めて会ったのだから。

「先生、先生?」

眼を開けた。クロスのケージの前にいた静香が、いつの間にか、宿直室へと続くドアから顔を覗《のぞ》かせていた。片手にはコードレスホン。

「中里君からの内線です」

怪訝《けげん》そうに眉《まゆ》をひそめる静香。電話のベルも、静香が隣室に移動するのも、中里が着替えにきたのも、まったく気づかなかった。

苦笑いを浮かべつつ、桜木は静香に歩み寄りコードレスホンを受け取った。

「どうした？」

『鳴海さんがいらっしゃってますが』

「鳴海が？　診療室に通してやってくれ」

昨日のデートの報告だろうか？　連日に亘《わた》る訪問。また、静香の機嫌が悪くなりそうだ。

『あ、それから、橘さんというお客様もいらっしゃってます』

橘……深雪。コードレスホンを持つ五指に、力が入った。まだ、十時になったばかり。

深雪は、大学に行っている時間ではないのか？

「わかった。いま、行く」

桜木は平静な声を送話口に送り込み、スイッチを切った。驚くことも慌てることもない。

入院患者の飼い主が訪れただけの話だ。

「鳴海とクロスの飼い主さんがきたらしい」

浅く息を吸い、落ち着いた声音で静香に告げると桜木はドアに向かった。

「先生」

静香の呼び止める声。振り返った。自分の右手を指差す静香。桜木は、静香の指先を追った。

己の右手。コードレスホンを、握り締めたままだった。

◇　◇

診療室のドアを開けた。

「よう、はやくから悪いな」

淡いパープルのダブルスーツ。薄いイエローのネクタイ。ネクタイと同色のポケットチーフ。

相変わらずの伊達男《だておとこ》。気障《きざ》な仕草で片手を上げ、口もとに薄い微笑を湛える鳴海。浅黒い肌とコントラストをなす白い歯。眩《まぶ》しげに細めた涼しげな眼。肩口で微妙にカールした長髪の毛先。そのすべてが、まるで計算されたように決まっていた。

桜木は、鳴海に軽く頷《うなず》き、視線を横滑りさせた。

「昨夜は、どうも」

鳴海の横。来院客用の椅子に座る深雪に、桜木は微笑みかけた。

深雪が立ち上がり、鳴海の仕草と言葉をまねた。

「よう、はやくから悪いな」

隣で、苦笑する鳴海。

グレイのパンツスーツに、黒のエナメルのショルダーバッグ。首にはクロスとお揃いの十字架のペンダント。

昨日のカジュアルな服装とは打って変わった、大人っぽいコーディネート。カモシカのようにスラリと伸びた細い手足に、パンツスーツがよく似合う。

「大学のほうは?」

「クロスが心配で、午前中の講義、サボってきちゃった」

あっけらかんとした口調で、深雪が言った。

「桜木。この物まね上手なお嬢さんを紹介してくれよ」

鳴海が、自慢の長髪を両手で掻《か》き上げ、自分の腕を肘《ひじ》で小突いた。

「あ、こちらは橘深雪さんといって、ウチで治療している犬の飼い主さんで……」

「それは知ってるよ。昨日の夜、彼女の犬がガラス片を踏んじゃったんだろ？」

桜木は、疑問符が貼りついた眼で鳴海の顔をみつめた。

「私が話したの。準備中のプレイトがかかっていたから表でぶらぶらしてたら、鳴海さんに声をかけられて」

「そうだったんですか。すいません。営業時間をお伝えしなくて」

「いいの。待っていたのは五分くらい。顔パスの鳴海さんと一緒に、入れてもらったから」

無邪気に破顔する深雪。柔和に細められたアーモンド型の瞼《まぶた》。万力で圧縮されたように、胸が締めつけられた。

「俺が訊《き》いてんのは、お前と彼女の関係だよ」

悪戯っぽい笑み。ふたたび、鳴海が自分の腕を肘で小突いた。

「関係って……」

言葉に詰まる自分。熱を持つ耳朶《みみたぶ》。火照る頬。

「恋人よ。ね？」

桜木の腕を取り、弾《はじ》ける笑顔で同意を求める深雪。聴診器を当てているかのように、耳孔内で鼓動が反響した。

「え、いや……その……」

唐突な深雪の言動にたいしての驚愕《きょうがく》と南への後ろめたさがない交ぜになり、桜木は激しくうろたえた。

「おいおい、桜木。水臭いじゃないか。俺に内緒で――」

「失礼します」

自分を冷やかす鳴海の言葉を遮る、棘《とげ》を含んだ声。背後を振り返った深雪の顔が微かに強張《こわば》った。桜木も、ゆっくりと振り返った。

深雪以上に硬直した顔で立ち尽くす静香。きつく引き結ばれた唇はいろを失い、小刻みに震えていた。

「ごめんなさい……」

慌てて桜木から離れた深雪が、蚊の鳴くようなか細い声で静香に詫《わ》びた。下腹の前で重ね合わせた掌《てのひら》を、神経質に何度も組み替えている。自分の腕を取ったときの大胆かつ積極的な彼女は、どこにもいない。

「先生。昨日入院したコのガーゼの交換をどうなさいます？」

深雪には眼もくれず、静香が表情同様の硬い声で訊《たず》ねた。

「僕がやろう。傷口のチェックもしておきたいからね。こちらは、クロスの飼い主さんの橘さんだ。こちらは、看護士の金井静香君。動物の扱いにかけては、僕より詳しいくらいだ」

桜木は、診療室に漂う重苦しい空気を振り払うように、努めて明るい口調で互いの紹介をした。

「橘です。クロスの面倒をみて頂いて、ありがとうございます」

深雪が、ペコリと頭を下げた。

「仕事ですから」

愛想笑いを口もとに貼りつけ、静香が素っ気なく言った。深雪の敬語を聞くのも初めてだが、こんなに冷々とした静香をみるのも初めてだった。

「俺は鳴海です。いつも桜木がお世話になっております」

おどけ口調で、口を挟む鳴海。鳴海なりに、場を和ませようとしているのだろう。深雪が、プッ、と噴き出した。

「鳴海さん、私用なら休憩時間か診療時間が終わってからにしてくれませんか!?　ここは、動物の命を預かる大事な仕事場です。先生の部屋じゃないんですよっ」

静香のあまりの迫力に、弛緩《しかん》しかけた室内の空気が瞬時に氷結した。深雪の顔も氷結した。

静香が鳴海のことを快く思っていないのは事実だが、彼女のヒステリーの原因はそれだけが理由ではない。深雪の存在が、多少なりとも関係しているのは間違いない。

「まあまあ、静香君。僕が中里君に通してくれって言ったんだから」

「いいよ、桜木。お邪魔虫は退散しよう。これも待たせていることだしな」

小指を立て、鳴海がニヒルな笑みを片頬に浮かべた。

相手が、鳴海でよかった。女性との数々の修羅場を経験しているだろう鳴海にとっては、この程度のことは蚊に刺されたようなものに違いない。

「いいのか？　なにか、用事があったんじゃないのか？」

「いや、用事ってほどのことじゃないから。俺、今日は病院休みだから、夜、また出直すよ。九時に、アルカトロスでいいか？」

ドアに向かいつつ、訊ねる鳴海。

アルカトロス。用賀駅前のビルの地下一階にあるカクテルバー。

一度、鳴海が彼女とアルカトロスで待ち合わせているときに、暇潰《ひまつぶ》しに呼ばれたことがあった。ああみえても、鳴海はとても寂しがり屋なのだ。

その夜、鳴海の彼女は現れなかった。あとでわかったことだが、待ち合わせていた彼女というのは、昼間、鳴海が立ち寄った渋谷の喫茶店のウエイトレスだった。ようするにナンパだ。

鳴海にしても、女性の出現をさほど期待していなかったのだろうことは、渋谷でナンパした女性と用賀のバーで待ち合わせたことが物語っていた。

用賀ならば、デートが空振りに終わっても、自分を代役に指名できるからだ。

結局、自分と鳴海は、店が閉店する十二時まで男同士でグラスを傾けつつ昔話に花を咲かせた。

むろん、酒が飲めない自分のグラスの中が、ソフトドリンクだったのは言うまでもない。

「ああ。急患が入らないかぎり、大丈夫だ」

アルカトロスは地下にあるが、携帯電話の電波が通じる。桜木動物病院の代表電話を携帯電話に転送しておけば、万が一、急患が入っても十分で戻れるし、入院室の患者達の様子も、一、二時間なら清一郎にときおり様子をみてくれるよう頼める。

酒を飲むわけではないし、緊急のオペに影響はない。

「じゃあな、桜木。深雪ちゃん、また、機会があったら」

鳴海が自分に手を上げ、そして深雪にウインクを残し、診療室をあとにした。ウインクを返す深雪。

会って十数分で、親しげに深雪の名前を口にし、古くからの友人のように振る舞える鳴海の性格が少しだけ羨《うらや》ましかった。

「クロスに会ってもいい？」

鳴海の背中を見送った深雪が振り返り、桜木に言った。静香の眉尻《まゆじり》がピクリと吊り上がった。自分に敬語を使わない深雪の言葉遣いが気に入らないのかもしれない。

「もちろんです。ご案内しましょう」

言いながら、桜木はドアへと向かった。

「ペットシーツの交換がありますから、私も行きます」

言い終わらないうちに静香が自分を追い越し、診療室を出た。静香、桜木、深雪の順で階段を上った。

二階。入院室。ケージの奥で身を硬くし、じっと警戒の眼を向けるケンタロウ、鼾《いびき》をかいて熟睡するゴエモン、空のボウルを前脚で転がし遊ぶレオン、深雪の姿を認めてむっくりと起き上がるクロス。

深雪がケージに駆け寄り、腰を屈めた。桜木は、扉の南京錠を外した。激しく尻尾《しっぽ》を振りながら、深雪の腕の中に飛び込むクロス。

「いい子にしてた？」

クロスの頰を両手で挟み、幼子に語りかけるように深雪が言った。

「ちょっと、いいですか？　いま、薬を飲ませますから」

桜木は、薬袋片手に深雪の隣に腰を下ろした。

「あ、私が上げてもいい？　昨日、教えてもらったことを試してみたい」

深雪が、おねだりする子供のように掌を出した。ケンタロウのペットシーツを交換していた静香が、弾かれたように深雪をみた。

暗鬱《あんうつ》な眼差し。深雪は、静香の視線に気づいていない。もちろん、彼女の無邪気なひと言が静香を刺激したことも。

「どうぞ」

桜木は、ＰＴＰシートから取り出した化膿《かのう》止めと消炎剤のタブレットを深雪の掌に落とした。

「クロス。お薬だよ」

クロスの鼻梁《びりょう》を右掌で包み、犬歯の裏側に人差し指と親指を押し入れる深雪。大きく口を開けるクロス。深雪は、素早く舌の上に化膿止めのタブレットを載せるとクロスの口を閉じさせ、喉《のど》を上から下へと擦った。喉を上下させタブレットを飲み込むクロス。手を叩《たた》きはしゃぐ深雪。

深雪が消炎剤を同じ要領で与え終わるのを見届け、桜木はクロスを抱き上げた。診察台に乗せた。

「怖くないよ。傷口を消毒するだけだからね」

桜木は、優しくクロスに声をかけた。左脚。抱えた。包帯を解いた。血が滲《にじ》むガーゼを外した。赤黒い血の塊が付着する肉球。血は止まっていたが、傷口はまだ完全に塞《ふさ》がってはいない。

ステンレス製の台車から、イソジン液のボトルと脱脂綿を手に取った。ピンセットで摘んだ脱脂綿に、イソジン液を含ませた。傷口をそっと押さえた。次に、抗生物質の軟膏《なんこう》を塗り、新しいガーゼをテープで留め、包帯を巻いた。

「よし。終わったよ」

クロスの頭を撫《な》で、桜木は言った。

深雪の視線を感じた。顔を上げた。眩《まぶ》しそうに細めた眼。また、あのときの眼。昨夜も

深雪は、クロスの相手をする自分を同じ眼でみつめた。

不思議と、深雪のその眼をみると、懐かしい気分に包まれる。

以前から、彼女を知っているような……。以前にも、この情景をみたような……。

まるでデジャービュー。これは、既視感なのだろうか？

「明後日までには、包帯が取れるでしょう」

視線を逸らし、桜木は言った。これ以上彼女の瞳《ひとみ》をみていると、自分が自分でなくなりそうで怖かった。既視感などを持ち出すこと自体、どうかしている。

彼女には南がいる。素敵な恋人がいる。桜木は、胸内で呪文《じゅもん》のように繰り返し、傾きかけた心のバランスを懸命に保った。

「包帯が取れるまで、預かってくれる？」

「ええ。仕事ですから」

桜木は、仕事、と口にすることで自分に言い聞かせた。深雪も、来院客の中のひとり。ほかの飼い主達と、なにも変わらない。

静香が、ペットシーツを乱暴にゴミ袋へ捨てた。彼女にしては珍しい仏頂面が、まだ預ける気？　と語っていた。

「ありがと。じゃあ、私、そろそろ行くね。クロス、またね」

不穏な空気を察したのか、深雪は桜木に言うと、クロスの頭頂にキスをして踵《きびす》を返した。

「下まで送りましょう」

「いいの。ひとりで行けるから。あ、それより……」

深雪は桜木を遮ると、ショルダーバッグからボールペンとメモ用紙を取り出した。

「なにかあったら、連絡してね」

ちぎったメモ用紙を差し出す深雪。流麗な筆跡。十一桁《けた》の番号。桜木がメモ用紙を受け取ると、深雪は額に当てた人差し指と中指を宙に投げてドアの向こう側へと消えた。

桜木はクロスをケージに戻すと、ケンタロウの術創の洗浄、消毒、ガーゼ交換を行った。猫同士の喧嘩《けんか》による胸部の咬傷《こうしょう》はまだ傷口が塞がっておらず、若干の出血がみられた。今日一日出血が止まらないようならば、止血剤の投与を考える必要があった。

隣。無言で、ゴエモンのケージに新しいペットシーツを敷く静香。声をかけようにも、適当な言葉が見当たらない。気まずい雰囲気。重く硬質な空気が、入院室内に立ち込めた。

ケンタロウの右前脚の静脈に刺通した留置針のプラグに、輸液バッグのチューブをセットした。化膿止めと消炎剤の点滴投与。輸液ポンプのタイマーを設定し、桜木はレオンのケージに移った。

ケンタロウと同じく、右前脚の留置針に輸液バッグのチューブをセットした。慢性肝炎を患ったゴエモンの点滴治療は昨日で終了したが、レオンにはまだ、抗癌剤の投与が必要だ。

「鳴海さんとお似合いだわ」

排泄物《はいせつぶつ》で汚れたペットシーツやケンタロウの血が付着したガーゼを詰めたゴミ袋の口を縛りながら、ポツリと静香が呟《つぶや》いた。

「え?」

「あのコのことです。先生とは、昨日、初めて会ったばかりなのに、腕を組んだり馴々《なれなれ》しく話しかけたり……」

静香が、言葉を切り唇を噛《か》んだ。

あのコ、という言いかたに、静香が深雪を来院客として認めていないことが窺《うかが》えた。

「ああ……。正直、僕も驚いたよ。子供みたいに無邪気な女性なんだね、きっと」

「でも、あのコ、彼氏がいるんでしょう? それなのに、ほかの男の人に色目を使うなんて信じられないな」

診察台に消毒液を噴霧し、ダスターで拭《ふ》き掃除をする静香の横顔は、かつてみたことがないほどに険しかった。

「静香君。ロイドは、元気にしているかな?」

レオンの輸液ポンプのタイマーを設定し終わった桜木は、話題を変えた。敢えて、深雪を擁護することをしなかった。これ以上、静香を刺激するようなまねはしたくなかった。

「いるんですよね。学生時代にも、必ずああいうタイプのコが。男のコの眼前《まえ》では無邪気に振る舞って、媚《こ》びを売って、でも、同性にたいしては態度をガラリと変える。私、そういうコって大嫌い」

桜木の問いかけを無視し、深雪の中傷を続ける静香。彼女の深雪への攻撃は容赦がなかった。

「他人の悪口を言うのは、あまり好きじゃないな。今日は、いつもの静香君らしくないぞ」

桜木は静香に歩み寄り、やんわりと窘《たしな》めた。中傷の相手が深雪だから、というわけではない。昔から自分は、他人の陰口を言うのも聞くのも苦手だった。

「いつもの私って、どんな私です⁉」

突然、静香がダスターを診察台に投げつけ振り返った。

「好きな男性《ひと》への想いを押し隠して看護士に徹する私⁉　二年間ずっと好きな男性《ひと》が振り向いてくれるのを待つ私⁉　好きな男性《ひと》がすぐそばにいるのに……触れることもできない私……？」

思いの丈をぶつける静香の涙声が、引き結んだ唇が、華奢《きゃしゃ》な肩が震えた。

「静香君……。そんなつもりじゃなかったんだ。僕が悪かった。泣かないで」

桜木は静香の肩に手を置き、ハンカチを差し出した。

「どうして？　どうして先生はそうなの⁉　先生は残酷よっ。私のことをなんとも思っていないのなら、優しくしないで！」

絶叫し、ハンカチを床に投げ捨てる静香。鈍器で頭を殴られた衝撃。脳内で反響する静香の叫喚。鎌首を擡《もた》げる罪悪感。

「ごめんなさい……」

消え入りそうな声で言い、静香が桜木の胸に体当たりするように飛び込んできた。

「振り向いてくれなくても、先生が動物のことだけをみているのなら我慢できますっ。でも、でも、先生がほかの女性《ひと》を好きになるのはいや……先生を、誰にも渡したくないっ」

自分の胸を叩《たた》き、泣きじゃくる静香。

「落ち着いて、静香君。僕と橘さんはそういう関係じゃないし、彼女はお客さんだよ。君が考えているような感情を、僕は彼女に持っていない」

静香を宥《なだ》める意味と、自分に言い聞かせる意味。自分と深雪の関係については、自信を持って言える。しかし、自分の深雪にたいしての感情は……。

固く閉じた胸奥の扉を、桜木はノックした。

お前は、あの女性を好きになってしまったのか？

問いかけた。答えはなかった。わからない。自分でも、深雪をどう思っているのか、どうしたいのかが、わからなかった。

出口なき迷宮、答えなき自問、肥大する罪悪感。静香に、そして南に……。

隣室から聞こえる切れ切れのベル。内線電話。恐らく来院客を告げる中里からの電話。

静香を胸に立ち尽くす桜木は、救われた気分になった。そんな気分になった自分に、激しい自己嫌悪が込み上げた。

［6］

千鳥足のサラリーマン、居酒屋の前の路上で大騒ぎする学生グループ、もたれ合うように小洒落《こじゃれ》たネオン看板が立つ階段の脇を下りる若いカップル。

小洒落たネオン看板。アルカトロス。桜木は、カップルのあとに続いた。

「いらっしゃいませ」

蝶《ちょう》ネクタイをつけたボーイが、カップルに、少し遅れて自分に慇懃《いんぎん》な笑みを投げた。

琥珀《こはく》色のダウンライト。低く流れるジャズ。打ちっ放しのコンクリート壁に囲まれた縦長の空間。カウンターの背後には酒棚。酒棚に並ぶ、色形様々なライトアップされたボトルの数々。そここの壁に飾られた、ジャズミュージシャンのモノクロ写真。

桜木は、八割がた客で埋まった店内に視線を巡らせた。

十脚のスツールが並ぶカウンター席。カウンター席に平行して並べられた、八脚の丸テーブル。各テーブルには、脚の長いスツールが三脚ずつ。

最奥部のテーブルで、相変わらずの気障《きざ》な仕草で手を上げる男。桜木は、鳴海の座るテーブルへ歩を進めた。

「はやいな」

桜木は、腕時計に眼を落としながら言った。午後八時五十分。約束の時間より、十分はやい。

「女に、急用が入ってな」

　鳴海が、スライス・オレンジが飾られたタンブラーを傾けた。

　スクリュードライバー。ウォッカとオレンジジュースをステアしたカクテル。以前、アルカトロスにきたときも、鳴海は同じカクテルを飲んでいた。

鳴海が言うには、ジュースのように口当たりがよくついつい飲み過ぎてしまうこのカクテルは、レディ・キラーの異名を持ち、女性を酔わせて口説くにはもってこいの酒らしい。

鳴海にお似合いの酒だと、桜木は妙に納得したものだ。

「ジンジャーエールを」

メニューを差し出すボーイに、桜木は告げた。

「おいおい、ガキじゃないんだから、たまには酒をつき合ったらどうだ」

呆《あき》れたように言うと、鳴海はセーラムライトを口角に押し込んだ。スツールの背凭《せもた》れに片手を預け、足を組み、高価そうなシルバーの細長いライターを取り出す。くわえ煙草のまま首を前に出して穂先を近づける。

煙草の火のつけかたひとつを取っても、周囲の視線、もちろん女性の視線を意識しているのがわかった。ほかの男性がやったら鼻につく仕草も、鳴海がやるとサマになるから質《たち》が悪かった。

「で、なにか話があったんだろ?」

訊《たず》ねながらも、桜木にはおおよその見当はついていた。鳴海が持ちかける相談の九分九厘は女性絡みの話だ。

「ああ。お前に、協力してほしいことがあってな」

「協力？」

運ばれてきたジンジャーエールをストローで吸い上げ、桜木は鸚鵡返《おうむがえ》しに訊《き》いた。

「今日、渋谷で待ち合わせた女のことなんだけどな」

言葉を切った鳴海が、人差し指と中指のつけ根に挟んだ煙草を掌で顔を覆うようにして吸った。

鳴海は、その女性と会う以前《まえ》に、桜木動物病院に暇潰《ひまつぶ》しに立ち寄ったのだ。

「どうした？　うまくいかなかったのか？」

「いや、そういうわけじゃないんだが……ただ、堅くてさ」

「なにが？」

「身持ちだよ。なんせ、白泉女学園だからな。ほかの三人と違って、調子が狂っちゃうんだ」

ほかの三人とは、鳴海が並行してつき合っている彼女達のことだろう。

白泉女学園といえば、都内でも有数のお嬢様学校だ。たしかに、これまで鳴海がつき合ってきた女性のタイプとは違う。

「それで、僕になにを協力しろっていうんだ？」

桜木は、率直に疑問をぶつけた。ほかのことならばでき得るかぎりの協力は惜しまないが、女性に関することならばお門違いもいいところだ。

「でな、俺としては夜景を見渡せるようなムード満点の高層階のバーで口説きモードに入りたいんだが、初めてのデートでいきなり飲みに誘えるようなタイプじゃないし……。結局、明日、ディズニーランドに行くことになったんだ」

「珍しいな。お前がディズニーランドでデートだなんて」

本音。鳴海がディズニーランドでデートをするなど、詰め襟の制服を着た学生がクラブで飲んでいるのと同じくらいに不似合いだ。

それにしても、桜木にはいまだに、鳴海の目的がわからなかった。

「だろ？　彼女がどうしてもって聞かなくてな。おまけに、条件まで出されちゃってさ」

鳴海が、困惑顔で頭を掻《か》いた。

「条件？」

「そう。ダブルデートなら、って言うんだよ」

いやな予感。鳴海の目的の輪郭が、おぼろげながらみえてきた。

「桜木、お前もつき合ってくれないか？　明日は、病院の休診日だろう？」

いやな予感は当たった。しかし、当たったのは目的の輪郭だけ。相変わらず、核心はオブラートに包まれたままだ。

「病院は休みだが、それは無理だな。その彼女の言う条件はダブルデートだ。僕には、ディズニーランドに誘える女性はいないしな」

「いるだろう？」

タンブラーを口もとに運んだ鳴海が、意味深に笑った。

「静香君のことを言っているのなら無理だぞ」

——先生を、誰にも渡したくないっ。

午前中。入院室。自分の胸で泣きじゃくる静香。その後は、何事もなかったように中里と軽口を叩《たた》き合い、そつなく仕事をこなした静香だったが、安心はできない。

いままで二年間、彼女は同じように立派に看護士としての務めを果たしてきた。が、その胸の内には、表面からは窺《うかが》えない激しい想いが渦巻いていた。自分が考えていた以上に、静香は思い詰めていた。そんな静香の想いに拍車をかけるようなまねは、できはしない。

「彼女のことじゃないさ」

鳴海の思わせ振りな言い回しに、桜木の脳裏にある女性の顔が過《よ》ぎった。

「まさか、お前……」

「そう。まさかの深雪ちゃんだよ」

「冗談も休み休み言ってくれ。彼女はウチのお客さんで、昨日初めて会ったばかりだぞ？」

熱を持つ耳朶《みみたぶ》。桜木は、干上がる喉《のど》をジンジャーエールで潤した。

「だから？　お客だろうが会ったばかりだろうが、彼女をデートに誘うことと関係ないだろ？」

「それに、彼女には恋人がいるんだ」

鳴海から眼を逸らし、桜木は言った。すぐに後悔した。深雪をデートに誘えない理由を、わざわざ鳴海に説明する必要などないのに。これではまるで、南がいなければ深雪を誘いたいと言っているようなものだ。

「だから？」

ふたたび、疑問符を投げる鳴海。

「僕の話を聞いてなかったのか？　彼女には――」

「それは聞いたさ。問題は、お前が深雪ちゃんのことをどう思っているかだよ」

紫煙をくゆらせながら、探るような眼を向ける鳴海。耳朶の熱が、頬から首筋へと広がった。

「どうって……？」

言葉とは裏腹に、わかっていた。鳴海の言わんとしている意味が。

「まったく、面倒臭い男だな。お前と何年つき合っていると思ってるんだ？　深雪ちゃんといるときのお前の様子をみていると、彼女を単なるお客さんとしてみているかどうかくらい、すぐにわかるさ。初めてだよ。あんなに浮き足立っているお前をみたのは」

すべてを、見透かされていた。顔から、火が出そうだった。返す言葉が、みつからなかった。

「いいじゃないか。別に、彼氏がいたって。彼女、お前に惚《ほ》れてるぜ」

「そんなこと、あるわけないだろ」

思わず、声が大きくなった。隣の席のカップルが、訝《いぶか》しげに桜木をみた。

「今朝、病院の前で深雪ちゃんと会ったって言ったよな？　建物の前を、そわそわと行ったりきたりしていた彼女の顔。ありゃ、預けた犬を訪ねる飼い主の顔じゃなかったな。恋する女の顔だよ。女心を読むエキスパートの俺が言うことだから、間違いない」

鳴海が灰皿にセーラムの吸差しを押しつけ、得意げに言った。

無意識に、心ときめかせる自分がいた。思い直した。刹那《せつな》でも鳴海の予測が当たっていることを願う自分を、桜木は叱責《しっせき》した。

「もう、やめよう。さっきも言ったが、彼女には彼氏がいる。こんなこと、話しているだけでも彼氏に悪いよ」

人の好さそうな柔和に垂れた眼。歯切れのいい物言い。好青年然としたさわやかな笑顔。脳裏に浮かぶ南の顔に、桜木の良心が咎《とが》めた。ジンジャーエールの炭酸が、やけにきつく感じた。

「お前、明治生まれじゃないんだからさ」

呆《あき》れたように首を振る鳴海が、タンブラーを傾けた。

「いいコじゃないか、深雪ちゃん。美人なのに気取りがない。なにより、あの無邪気さがいいよ」

同感だった。さすがに、女性経験豊富なだけあり、ほんの僅《わず》かな時間で深雪の魅力を言い当てている。

「その話はやめようって言ったじゃないか。僕と彼女は、あくまでも獣医師とお客さんの関係なんだから」

努めて淡々と、桜木は言った。鳴海にではなく、自分にかけた言葉。

いまならまだ、どうということはない。クロスが退院すれば、それで終わり。数多い来院客のひとりとして、いつしか、時間《とき》の流れとともに彼女の存在は仄《ほの》かな思い出として風化することだろう。

「じゃあ、最後だから、これだけ答えてくれ。仮定の話だが、もし、深雪ちゃんがダブルデートをOKしたらどうする？」

「OKするわけないさ」

「だから、仮定の話だって」

執拗《しつよう》に食い下がる鳴海。桜木は、腕組みをして鳴海のたとえ話に思惟《しい》を巡らせた。深雪と、ディズニーランドでデート。たとえ話なのに、バクバクと高鳴る鼓動。感情の答えは決まっていた。が、たとえ話であっても、理性が感情の暴走を赦さなかった。

「いらっしゃいませ」

背後で、ドアベルとボーイの慇懃《いんぎん》な声が交錯した。

「仮定の話でも、僕は――」

「よう、元気？」

肩を叩かれた。聞き覚えのある、透き通った声音。振り返った。弾《はじ》ける笑顔で佇《たたず》む深雪。朝に会ったときと同じ、グレイのパンツスーツに黒のエナメルのショルダーバッグ。胸もとには、ダウンライトの琥珀《こはく》色を受けて光の粒子を振り撒《ま》くラインストーンの十字架のペンダント。

どうして彼女がここに？　ショート寸前の思考回路。なにがどうなっているのか、わけがわからなかった。

「あ、どうも」

自分でも恥ずかしくなるような、間の抜けた声。深雪が、自分と鳴海の間のスツールに腰を下ろした。

「深雪ちゃん。桜木が、明日君とディズニーランドでデートしたいんだってよ」

鳴海が、深雪に向かってウインクした。

「おい……」

桜木は、弾かれたように鳴海をみた。

「本当!?」

桜木は、胸前で掌《てのひら》を重ね合わせ歓喜の声を上げる深雪と、ニヤニヤと笑う鳴海の顔に交互に視線をやった。

「鳴海、お前、さっきの白泉女学園の彼女の話……」

「告白しよう。今日渋谷で会ったコは、キャバクラで働いているんだ。女子大生なんかじやない」

「じゃあ、身持ちが堅いとかダブルデートの条件を出されたっていうのは？」

「悪い。お前を誘い出すために嘘を吐いた。朝、お前が診療室に下りてくる以前《まえ》に深雪ちゃんの携帯番号を聞き出して、夕方、彼女に連絡を入れたってわけだ」

悪びれたふうもなく、鳴海が言った。桜木は口をぽかんと開き、鳴海の顔をまじまじとみつめた。

ようやく、疑問が氷解した。つまり鳴海は、自分と深雪のキューピッド役を買って出るために、ひと芝居打ったというわけだ。

「ごめんなさい。怒った？」

深雪が、桜木の顔を覗《のぞ》き込んだ。上目遣いに怖々と訊《たず》ねるサマは、まるで悪戯《いたずら》をみつかった子供のよう。

「怒ってなんかいませんよ。ただ……」

「こいつはね、深雪ちゃんの彼氏に気を遣っているんだよ」

言い淀《よど》む自分の心の言葉を、鳴海が代弁した。

「なんだ。そんなこと、気にしなくていいのに」

あっけらかんとした口調。深雪に言われると、本当にそんな気分になりそうで怖かった。

「そういうわけには――」

注文を取りにくるボーイ。桜木は、言葉を呑《の》み込んだ。メニューをみることもなく、深雪はマルガリータを注文した。

「南さんって人に、悪いですよ」

桜木は、改めて言い直した。

「あなたって、まじめな人なのね」

言って、深雪がクスクスと笑った。からかわれている、とは思わなかった。心に感じたことをオブラートで包まずストレートに口に出す。彼女は、そんな女性《ひと》だった。

「そう、こいつは、まじめっていうか、縄文時代の化石みたいに石頭でね」

横から、鳴海が口を挟んだ。

「昔から、何人もの女性が交際を申し込んでも断ってばっかり。いまだって、看護士の彼女が——」

「おい」

桜木は、慌てて鳴海を制した。

「なになに？　教えて？　看護士の彼女って、午前中、私が会った女性《ひと》でしょう？」

深雪が身を乗り出し、鳴海にせがんだ。

「彼女、静香ちゃんっていうんだけど、二年間、桜木のことを想い続けているんだ。二年間だぜ、二年間。なのにこいつときたら……」

「その話は、もう、いいじゃないか」

ふたたび、桜木は鳴海を制した。

「つき合ってなかったんだ……」

深雪が、ぽつりと呟《つぶや》いた。

「え？　どうして？」

鳴海が、不思議そうに訊ねた。桜木も同感だった。深雪の反応はまるで、以前から自分と静香のことを知っているように受け取れた。

「どうしてって……その、なんとなくそんな感じがしたの」

しどろもどろの深雪。珍しく、深雪は動揺していた。

「それより、明日、一緒に行こうよ？　ね？」

すぐにいつもの快活さを取り戻した深雪が、自分のトレーナーの袖《そで》を引っ張った。

深雪の瞳《ひとみ》。一切の抵抗心も理性も麻痺《まひ》させる、漆黒の瞳。脳裏を支配していた南の顔が、かげろうのようにぼやけてゆく。

食事に誘われた昨日と同じ。桜木は、みえない大きな掌で頭を押さえつけられたように頷《うなず》いた。

◇　　　　◇

「俺、そろそろ行くわ」

鳴海が、おぼつかない足取りで席を立った。明日、ダブルデートに自分を引っ張り出せたことがよほど嬉《うれ》しかったのか、鳴海はスクリュードライバーを五杯もお代わりし、顔を茹《ゆ》でダコのように赤く染めていた。

「なんだ、もう行ってしまうのか？」

腕時計の針は、午後十時を指していた。アルカトロスにきて、約一時間。深雪を交えての会話は、自分と鳴海の学生時代の話や彼女の大学の話で大いに盛り上がった。

といっても、大部分は鳴海の語る、自分が昔からいかに融通が利かない男であったか、口を開けば動物のことばかりであったかの暴露話に深雪がウケ、また、深雪が語る絵画学科の話について鳴海が質問する、という流れだった。

自分はといえば、鳴海の話に苦笑いを浮かべ、深雪の話に相槌《あいづち》を打つ、の繰り返しだった。

深雪は目黒にある私立の短大、東都美術大学を来月卒業する。卒業後、パリ6区にあるセザンヌ・アート大学に留学する者も多く、現在ヨーロッパで一番有名な日本人女流画家であるサチコ・ハナガタも、彼女が専攻する芸術学部のOBだという。

「ああ。あとは、ふたりで仲良くやってくれ。じゃ、深雪ちゃん、また明日」

もつれる舌で言い残した鳴海が、対照的な素早い動きで伝票を取り上げ踵《きびす》を返した。

みためほど、鳴海は酔ってはいない。桜木にはわかっていた。鳴海が、自分のために酔いどれのおせっかい男を演じていることを。

「うん。今日は、ありがとね」

深雪が、ふらつく足取りで出口へ向かう鳴海の背中に声を投げた。

「ノープロブレム」

振り向かず、片手を上げる鳴海。キャッシャーで会計を済ませ、地上へと消えた。

ナビゲータ役の鳴海がいなくなったとたんに、ふたりは言葉を忘れたように沈黙した。むくむくと鎌首を擡《もた》げる緊張。背筋を這《は》い上がる焦燥。話題を模索するほどに、白く染まる脳内。

沈黙の間、自分と深雪は、ともに二杯目のマルガリータとジンジャーエールを注文した。沈黙は続く。ちらりと、腕時計に視線を落とした。鳴海がいなくなって五分。まだ、そんなものだったのか。桜木には、五分が五十分にも感じられた。

歓声、嬌声《きょうせい》、高笑い。まるであてつけのように、周囲の客達は盛り上がっていた。

「いいお友達ね」

カクテルグラスの縁に盛られた塩を指先でなぞりながら、深雪が沈黙を破った。

「ええ。あんな奴ですけど、僕にとっては唯一、親友と呼べる男です」

会話が成り立ったことに心で大きな安堵《あんど》の吐息を吐きつつ、桜木は言った。

「それにしても、意外だったわね。鳴海さんの答え」

もし、恋人が魔法をかけられて蛇になったら……。

昨日、ファミリーレストランで深雪が自分に唐突に出した心理テスト。

一、恋人の気持ちを考え気づかないふりをする。二、諦《あきら》めずに恋人にかけられた魔法を解こうとする。三、自分も恋人と同じように魔法をかけられ蛇になる。

そのとき、自分は二を、深雪は一を選んだ。さっき、深雪に質問された鳴海が選んだ答えは三。深雪の言うとおり、恋人とともに堕ち行く三のイメージは鳴海に似合わない。

「あいつは、自分にないものに憧《あこが》れているんだと思います」

鳴海を指すと同時に、自分にも当て嵌《は》まること。鳴海のように、屈託なく深雪と向き合えたら……。鳴海なら、なんの躊躇《ためら》いもなく南のことを訊《たず》ねるだろう。

明日の午前十時。鳴海と彼女、自分と深雪は新宿の「アルタ」前で落ち合い、ディズニーランドへと向かう。

深雪にとって、これは歴とした浮気。南の存在を知っていながら応じた自分も同罪だ。鳴海に言わせれば、そんなことにいちいち罪悪感を感じること自体、縄文時代の化石なのだろうが、持って生まれた性格を急に変えられはしない。

「明日、迷惑だった？」

思い出したように、深雪が訊ねた。カクテルグラスを染める黄白色の液体をみつめながら。

「いいえ。ただ……」

桜木も、タンブラーの底から湧《わ》き上がる微細な気泡を眼で追いながら、言葉を濁した。

「ただ、なに？」

頬に食い込む視線。首を横に巡らせた。無垢《むく》な子犬の瞳。本当に深雪は、いろいろな貌《かお》を持つ女性だ。

「ただ、なぜ、僕と？」

訊ねた。南さんではなくて……という言葉を呑み込んだ。

「気になる？」

桜木は、小さく顎《あご》を引いた。

「昔、あなたによく似た人を知っていた、って言ったのを覚えてる？」

ふたたび、桜木は頷いた。深雪が自分から逸らした視線を、カクテルグラスの中で波打つ液体に戻した。

「とても優しく、素敵な男性《ひと》だった……」

ダウンライトの琥珀《こはく》色に彩られた、陰影深い深雪の横顔。なにかを懐かしみ、なにかを悔いているような横顔。カールする長い睫《まつげ》。グラスをみつめる瞳《ひとみ》。しかし、深雪の視線は、「自分と似ている男性」の面影を追うように、遥《はる》か彼方《かなた》に泳いでいた。

大切な思い出を記憶の中で抱擁《ほうよう》するとでもいうように、深雪が眼を閉じた。

桜木は、彼女をこんなに美しくせつない横顔にさせる男性……名も顔も知らない男性に微かなジェラシーを覚えた。
二、三分。そんなところだろうか。甘美なる追憶に思いを馳《は》せていたに違いない深雪が、おもむろに瞼《まぶた》を開いた。
「私を、暗闇から連れ出してくれた男性《ひと》。私の、とても、とても大事な男性《ひと》。初恋の、男性《ひと》だった……」

深雪の睫が、声が、カクテルグラスの脚を押さえる指先が震えた。

暗闇から……。桜木は、深雪の言葉を心で反芻《はんすう》した。

この女性《ひと》には、いったい、どんな過去があったのだろうか？

店内に低く流れるＢＧＭ。鼓膜と胸が掻《か》き毟《むし》られるようなジャズヴォーカリストの哀切な歌声が、いやになるほど深雪を包む空気に馴染《なじ》んでいた。

「その男性《ひと》とは……？」

言った端から後悔した。彼女の話に引き込まれ、つい、思いやりのかけらもない質問をしてしまった。

「別れたの……というより、離れたといったほうが正しいかな」

「彼がいま、どこにいるのかわからないんですか？」

詮索《せんさく》するのはやめろ。自分には関係ないことだとわかっていても、止まらなかった。

「その男性《ひと》は、すぐ近くにいる。だけど、すごく遠い……」

マルガリータのグラスに軽く唇をつける深雪。物憂く沈む横顔。

「連絡を取ってみたらどうです？」

おせっかいなのは百も承知。だが、言わずには、いられなかった。

「結婚しようって、約束したの。約束といっても、私の一方的な想いをぶつけただけだけどね。淡く、幼い想い。その男性《ひと》は、約束してくれた。私を迎えにきてくれるって。でも、彼は現れなかった……」

グラスから自分へと移した深雪の瞳。迷子になった子犬のような、寂しく、哀しげな瞳。胸が詰まった。できるものなら彼女を抱き締め、慰めてやりたかった。深雪が本物の子犬なら、迷わずそうしただろう。しかし、深雪は子犬ではない。人間の、大人の……恋人のいる女性。慰める相手は、少なくとも自分ではない。

恋人……南。いまでも深雪は、南よりもその男性を愛しているのだろうか？

――結婚しよっか？

昨夜の、深雪の唐突で衝撃的なひと言が鼓膜に蘇《よみがえ》る。

謎は解けた。なぜ彼女が、初めて会った自分に、そんな大それたことを言ったのかが。

それだけではない。彼女が自分に寄せる好意も、ときおりみせるどうしようもない哀切な瞳も、すべては、その男性の影を重ねていたと考えれば辻褄《つじつま》が合う。

その男性というのは、そんなに自分と似ているのだろうか？　顔が？　仕草が？　性格が？

思考を止めた。無意味なこと。どれだけ自分がその男性に似ていようとも、あくまでも別人。自分は、深雪の心に棲《す》む思い出の彼ではないのだ。

「ごめんね。湿っぽい雰囲気《びりよう》にしちゃって」

深雪が、鼻梁にきゅっと皺《しわ》を寄せるいつもの表情で、屈託なく笑った。明るく振る舞えば振る舞うほど、浮き彫りになる痛切。

「リンゴが描ければ、なんでも描けるのよ」

鳴海がいたときまで時間《とき》を巻き戻したように、深雪が明るい口調で言った。深雪が、デッサンのことを言っているのだろうことが、少し間を置いてわかった。

「ハイライト。明るい部分の面の繋《つな》がり。形の回り込み。稜線《りょうせん》。面の把握。反射光による質感。奥行き。影の表現。リンゴにはね、形、色、質、立体感というデッサンに必要なあらゆる要素が含まれているの。リンゴに代表される自然物は有機的な形をしていて、中心線を引いても絶対に左右対称にはならない。有機物特有の捩《ね》じれがあるの。反対に、瓶や缶みたいな無機物は一定の規則性があるから、簡単に正確な形を捉えることができる。つまり、無機物より有機物のデッサンを究めるほうが難しいってわけ。リンゴを描ければなんでも描けるっていうのは、そういうこと」

「素人考えだとリンゴなんて簡単に描けそうだけど、思ったより単純じゃないんですね」

じっさい、桜木は、デッサンの基本について、深雪の説明の半分ほどしか理解できなかった。

「もちろん単純にも描けるけれど、それじゃあ悪い意味で『絵』になっちゃうわ。果物なら甘酸っぱい匂いが漂ってくるような、動物ならいまにも駆け出してきそうな……。私は、難しくても無機物より有機物のほうが好き。大学の入試で、無機物か有機物を題材としたデッサンの実技試験があったの。テーマは自由。当然、有機物を選択したわ。実技試験以降も数えきれないほど絵を描いてきたけど、そのときの作品を超えるものは一枚もないわ」

絵の話をするときの深雪は、いつにも増していきいきとしていた。

「どんな絵を描いたんですか？」

話を合わせる意味でなく、彼女自身が最高傑作と認めるその絵がどんな絵なのか本当に興味があった。

「タイトルは、『青年と子犬』。ありふれてるでしょ？　モデルは、子犬時代のクロスと近所に住んでいた学生。昔の記憶を手繰りながら描いたの。本当は、題材が目の前になければいけないんだけどね。私には、記憶の中だけで十分だった。あのときの光景は、いまでも瞼の裏にしっかりと焼きついているわ」

薄いピンクのルージュが引かれた唇に弧を描き、瞼を閉じる深雪はとても幸せそうだった。

桜木は、深雪の長い睫に、高く整った鼻梁に、抜けるような雪肌に魅入られた。

少女のあどけなさと淑女の麗しさを、陽光の奔放さと月明かりの翳《かげ》りを、犬の無邪気さと猫の多感さを併わせ持った女性《ひと》。桜木は、この瞬間に、はっきりと自覚した。

自分は、この女性を愛しつつある。橘深雪という存在が、物凄《ものすご》い勢いで心を占領しつつある。

それがなにを意味するか、桜木にはわかっていた。

深雪のためにも南のためにも、そして自分のためにも明日を最後にしたほうがいい。感情の赴くままに突き進めば、ふたりを傷つけてしまう。

深雪が自分に視ているのは、思い出の騎士《ナイト》の幻。彼女を迎えに行く騎士《ナイト》は、自分ではない。

「いつか、あなたにその絵をみせれる日がくるといいな」

深雪がゆっくりと眼を開け、意味ありげな口振りで言った。

桜木は曖昧《あいまい》な微笑を返し、さりげなく視線をグラスの中の気泡に移した。

わかっていた。自分が「青年と子犬」を眼にする日は、永遠にこないだろうことが。

◇

◇

深雪を地下鉄のホームまで見送った桜木は、地上へと出た。彼女のマンションは渋谷区にある。渋谷までは、東急田園都市線で十五分ほどだ。一足先に帰った鳴海より一時間遅れて、ふたりはアルカトロスをあとにした。

冷たい夜気が、鋭利な刃物のようにトレーナー越しに肌を突き刺した。四月の足音がすぐそばで聞こえるというのに、今年の冬は聞き分けがなく、なかなか春にバトンを渡そうとはしない。

肌だけではなく、吹きつける冷風は桜木の心をも容赦なく切りつけた。

――明日、十時に「アルタ」前だよ。すっぽかしちゃだめだぞ。

くたびれ果てたサラリーマンの群れの中で、ひと際元気な声で言い残した深雪は、大きく手を振り、電車内へと乗り込んだ。電車がホームを滑り出してもなお、彼女は扉の窓ガラス越しに手を振り続けていた。桜木も手を振り返した。子供っぽい彼女に、口もとを綻《ほころ》ばせながら。

罪悪感とは裏腹に、ぐいぐいと深雪に引き込まれる自分がいた。禁断の果実を口にしたアダムの気持ちが、少しだけわかるような気がした。

タワースクエア脇の、美術館通りを歩いていたときに肩を叩《たた》かれた。振り返った。黒地にピンストライプ模様のダブルスーツを着た男。満は、息を切らしていた。

「どうした？　店は、休みか？」

満と向き合い、桜木は訊《たず》ねた。満とは、八日前に自室で話して以来だった。

「兄貴こそ、なにしてたんだよ？」

眉間《みけん》に刻まれた縦皺。棘《とげ》を含んだ剣呑《けんのん》な声音。もつれる呂律《ろれつ》。満は、酔っているようだった。

「ちょっと、鳴海達と会ってたんだ」

「金井さん泣かせて、女とデートか？」

桜木は、満の顔をまじまじとみつめた。満の形相が険しい理由がわかった。どうやら、深雪と一緒のところをみたらしい。

「デートってわけじゃないさ。それより、静香君を泣かせてって、どういう意味だ？」

「しらばっくれんなよっ」

満の怒声に、サラリーマンふうの通行人が驚いた顔で振り返った。鋭い視線で睨《にら》みつける満。弾《はじ》かれたように駆け去る通行人の背中に舌打ちを浴びせ、満が顔を自分に戻した。

「さっき、俺の携帯に彼女から電話があった。お兄さんのこと諦《あきら》めたほうがいいのかな、ってな。様子がおかしいから突っ込んで訊《き》いてみたら、客といい雰囲気らしいじゃねえか？　兄貴が誰といい仲になろうと知ったこっちゃねえが、それにしても、あんまりじゃねえかよ？　一年も二年も彼女に気を持たせておきながら、昨日会ったばかりの女とつき合うなんてよ？」

「で、あとを尾けたってわけか？」

「人聞き悪いこと言うなよ。連れと飲んでるところにちょうど電話が入って、家に戻ろうとしたら兄貴と女が駅に向かってるのを偶然みかけたのさ」

「そうか。変なことを言って悪かった。しかし、橘さんとは、お前や静香君が考えているような関係じゃない。それは、信じてくれないか」

　嘘ではない。自分と深雪の間には、なにもない。が、自分の心は……そう言えるだろうか？

「だったら、なんでこんな時間に客と会ってんだ？　え？　なんでもねえ客なら、なんで駅まで送るんだよ？　答えてみろよ？」

　矢継ぎ早の質問。詰め寄る満。たしかに、満の言うことはなにからなにまでが尤《もっと》もだ。予期せぬことだったとはいえ、今夜自分と深雪が取った行動は、獣医師と客の関係を大きく逸脱している。

　桜木は、なぜに今夜深雪と会うことになったのかの成り行きを、でき得るかぎり詳細に説明した。話の流れ上、彼女の初恋の男性に自分が似ているらしい、ということもつけ加えた。本当は満にそこまで話す必要はないのだが、深雪が誰にでも声をかける蓮葉《はすつぱ》な女性だと思われたくなかった。

「鳴海さんがおせっかい焼くってのも、兄貴にその気があるようにみえたからじゃねえのか？　とにかく、金井さんを哀しませるのだけはやめろよ。兄貴でも、彼女を泣かせたら俺が赦さねえからな」

吐き捨てるように言い残し、満が踵《きびす》を返した。路上駐車されているメルセデスに腕組みをして凭《もた》れかかり、こちらの様子を窺《うかが》っていたその筋の人間を思わせる風体の悪い男性のもとへ。

哀しんでいるのは、静香だけではない。弟もまた、満たされない想いを胸にもがき苦しんでいる。心の拠り所だった母の死、父との確執、自分にたいしてのコンプレックス、静香への叶《かな》わない恋情。

自ら進んで、荒《すさ》んだ人生を送ろうとしている満。堕ちゆくことで、底無しの虚無から眼を逸らそうとする満。

もし、静香が自分などではなく満を好きになってくれたら……。

虫のいい願い。わかっていた。だが、荒れ果てた満を救えるのは、彼の心根の優しい本来の姿を取り戻すことができるのは、彼女しかいないこともわかっていた。

下腹を震わせる排気音。満を乗せたメルセデスのテイルランプが漆黒に呑《の》み込まれるのを、桜木は危惧《きぐ》と懸念の宿る瞳《ひとみ》で見送った。

［7］

午後十一時。まるで、真冬に戻ったかのような凍えた空気。心なしか、並木道も寂しげだった。

両脇のテニスコートの照明も消え、色濃い闇に抗《あらが》う街灯の頼りない明かりが、桜木の心に巣くう寂寥《せきりよう》感に拍車をかけていた。

ひっそりと静まり返った並木道を刻むふたつの足音。桜木の隣。俯《うつむ》きがちに歩を進める深雪。つい二、三時間前まで、スプラッシュマウンテンで悲鳴を上げ、ミッキーマウスやドナルドダックを相手にはしゃいでいた彼女とは別人のようだった。

——クロスを、迎えに行くわ。

ディズニーランドをあとにし、鳴海の車に乗り込んだ深雪はぽつりと言った。東京に戻る車中でも、鳴海の冗談に笑顔をみせてはいたものの、深雪は虚ろな視線で移りゆく車窓の景色を追っていた。

クロスを迎えに行くわ。そのひと言に、桜木は彼女の決意を感じ取った。

深雪の決意。自分との別れ……。

別れ、といえるだけの関係かどうかはわからないが、桜木にとって深雪と出会ってからの三日間は、かつて経験したことのない刺激に満ち溢《あふ》れた特別な日々だった。

しかし、それでよかった。深雪が決意しなければ、自分が切り出すつもりだった。これ以上、彼女との関係を深めるわけにはいかなかった。

——外の空気を吸いたいから、ここでいいわ。

車が用賀駅に差しかかったときに、深雪が言った。

また会おう、という鳴海に深雪は微笑んでみせたものの、その横顔は物憂く沈んでいた。

それは、車を降り、ふたりで歩いているいまも変わらない。ずっと、彼女はなにかを思い詰めているように押し黙ったままだった。

声をかけたほうがいいのではないか、と言葉を模索しているうちに、既に並木道の中程……左手にマリア公園がみえてきた。

深雪の足取りが遅くなる。桜木は、立ち止まり、振り返った。

佇《たたず》む深雪。唇を真一文字に引き結び、聖母マリア像をじっとみつめる深雪。

「どうしたんです？」

聖母マリア像から自分に移した深雪の瞳。冬の雑木林のように寂しげな瞳。言葉が続かなかった。というより、彼女が纏《まと》う哀切なオーラに金縛りにあったように声を発することができなかった。

一メートルに満たない距離で、みつめ合うふたり。どのくらいの間、そうしていただろうか。頬にひんやりとした感触。触れた右手が濡《ぬ》れていた。

「あ、忘れ雪……」

弾む声音。深雪の唇から零《こぼ》れた白い吐息が風にさらわれた。

桜木は、天を仰いだ。漆黒の空からゆらゆらと舞い落ちる白い花びら。季節外れの雪。忘れ雪が降ったのは、たしか、七、八年振りのことだった。

不意に、駆け出す深雪。マリア公園に消える華奢《きやしや》な背中。桜木も、あとを追った。聖母マリア像を正面にみるベンチに腰かけ、空を見上げる深雪。純白の冬の忘れ物が、深雪の肌へと吸い込まれてゆく。

深雪が眼を閉じた。母の胸に抱かれる赤子のような、穏やかな、安心しきった顔。桜木は、深雪の眼前《まえ》に佇み、彼女を見下ろした。

ふと、雪が似合う女性《ひと》だと思った。それも、深雪という名前とは違い、冷たく荘厳な深い雪ではなく、淡雪、細雪《ささめゆき》の儚《はかな》く可憐《かれん》なイメージ……。

開きかかる口。思い直した。声をかけることで、彼女のなにかを邪魔したくはなかった。そのなにかが、なんであるかはわからない。ただ、深雪にとって、忘れ雪とマリア公園を結ぶなにかに、他人が立ち入ることのできない美しい思い出があるに違いない。

「春に雪が降ったときに願い事をすれば、必ず叶うって」

深雪が、眼を閉じたまま独り言のように言った。

「どうして、です?」

「地面に触れた瞬間に消えゆく忘れ雪は、願い事を天に持ち帰って叶えてくれる。寂しがり屋の忘れ雪は、願い事を叶えれば来年もまた自分を心待ちにしてくれるから、ということらしいの。『私を、忘れないで』ってね」

素敵な話だった。

「誰かが、言ってたんですか？」

「ママよ。ママも、おばあちゃんから聞いたらしいんだけどね」

ママ、という呼びかたも、深雪が言えば不思議と違和感がなかった。

深雪が、顔を空から桜木に向けた。さっきまで閉じられていた瞼《まぶた》はしっかりと見開かれていた。深雪が桜木の瞳を捉えたまま、ベンチから腰を上げた。漆黒の瞳、深い瞳に魅入られる自分。深雪の細腕が、しなやかに首に絡みつく。背伸びする深雪。ふたたび瞼を閉じた深雪の唇が、なにかを言いかけた自分の唇を塞《ふさ》いだ。

時間《とき》が止まった。白く染まる脳内。全身を駆け巡る甘美な電流。抗う間もない一瞬の出来事。瞬間、なにが起こったのかわからなかった。

深雪が唇を離し、瞼を開いた。長い睫《まつげ》に、光るものがみえた。眼を逸らし、俯く深雪。小刻みに震える細い肩。黒髪に触れては消える雪片。

「さ、クロスを迎えに行きましょう」

桜木の首から腕を解き、さっと踵を返す深雪。仔鹿《こじか》のように駆け出す彼女の背中を、桜木は呆然《ぼうぜん》と見送った。

◇　　◇

路面に落ちては消えてゆく冬の忘れ物を視線で追いつつ、桜木はゆっくりと歩を進めた。

「おーい、はやくぅ。遅いぞぉ」

建物の前で、大きく手を振る人影。マリア公園から走り去った深雪は、桜木よりひと足先に桜木動物病院へと到着していた。

自分を急《せ》かす深雪の声音や活発な影の動きから、彼女が公園での出来事を引き摺《ず》っているようにはみえなかった。

深雪との口づけ。彼女は、あの出来事をどう思っているのだろうか？　どうして、彼女はあんなことを？

いまになって両膝《りょうひざ》が震え出し、鼓動が高鳴った。

考えられることはひとつ。今夜、クロスを引き取ることで、深雪は過去を清算しようとしている。自分によく似た、思い出の彼のことを……。

彼女なりに、悩んでいたのだろう。南という恋人がいながら、忘れられない男性がいる。自分と会ったことで、深雪の心はいっそう揺れ動いた。

しかし、目の前に現れた男性は、思い出の彼とは違う。クロスを通じて知り合った、飼い主と獣医師。それ以上でも以下でもない関係。クロスの怪我が治れば、ふたりが顔を合わせる理由はなくなる。

だから、深雪はああすることで自分と折り合いをつけ、美しい記憶を胸奥深くに封印した。

深雪の口から聞いたことではないので、あくまでも勝手な憶測に過ぎない。でも、かぎりなく真実性の高い憶測。そうでなければ、自分にたいしての深雪の三日間の言動の説明がつかない。

深雪にひと目惚《ぼ》れされるほどの魅力があると思うほど、自分は自惚《うぬぼ》れ屋でも自信家でもない。彼女は、思い出の彼の面影を、自分に重ね合わせていただけの話。

激しく回転する思惟《しい》の車輪を止めた。どうにもならないこと。憶測が当たっていようがいまいが、自分と深雪の関係はこれまでだ。

思い出の彼を記憶の彼方《かなた》に葬った深雪が帰る胸は自分ではなく、南の胸だ。

「はやかったでしょう？ 子供の頃、駆けっこには自信があったんだ」

約五分遅れで我が家に到着した桜木に、深雪が自慢げに言った。

微笑んだ……つもりだった。強張《こわば》る頬、ヒクつく下瞼。深雪のように普通に振る舞うことが、桜木にはできなかった。

「中に、入りましょう」

深雪の眼をみずに言うと、桜木はエントランスに歩を進めた。階段を上った。二階。入院室へと。鍵穴《かぎあな》にキーを差し込んだ。ドアを開けた。

「どうぞ」

沓脱《くつぬ》ぎ場に足を踏み入れた桜木は電気のスイッチを入れ、ドア脇に身を寄せ、深雪を促した。

電気は、光量を絞ったダウンライトの明かり。いきなり蛍光灯をつけると、熟睡しているだろう動物達がびっくりしてしまうからだ。

「クロス、迎えにきた……クロス？　クロス⁉」

深雪の絶叫が、入院室の静寂な空気を切り裂いた。ゴエモンとレオンが、深雪に呼応するように激しく吠《ほ》え立てた。

「どうしました⁉」

「クロスが……クロスが……」

不吉な予感。桜木は、ケージの前で凍てつく深雪の横に駆け寄った。下段のケージ。なにかを訴えるように、甲高い声で吠え続けるレオンの隣。ぐったりと横たわるクロス。

桜木はケージのロックを解き、クロスを抱きかかえた。診察台へと運んだ。クロスをそっと横たわらせ、聴診器を手に取り胸部に当てた。微かな鼓動。太腿《ふともも》のつけ根に指を押し当てた。股動脈《こどうみゃく》の確認。指先に拍動が伝わらない。かなり、心機能が低下している。

クロスの下瞼を指で引っ張り、可視粘膜をみた。重篤状態を表す蒼白《そうはく》ないろ。ペンライトで瞳孔《どうこう》に光を当てた。ほんの微かな収縮反応。

どうしようもない絶望が、胸に込み上げた。

「桜木さん、お願い……クロスを助けてっ」

深雪の叫喚が、桜木を奮い立たせた。

「クロスの躰《からだ》に触れて、声をかけてあげてください」

涙に濡《ぬ》れた顔で頷《うなず》く深雪が、診察台に上半身を乗り出しクロスの首を抱き締めた。

「クロス……頑張って、死なないで……」

深雪の頬を伝う涙が、クロスの額を濡らした。薄目を開け、微かに尻尾《しっぽ》を振るクロス。深雪の声が、クロスに届いたのだ。しかし、それが精一杯のクロスの返事。力なく潤む瞳《ひとみ》には、もう、深雪の姿は映っていないことだろう。

底無しの哀切を振り払い、桜木は心電図をクロスの胸に設置した。口をこじ開け、酸素ボンベのチューブを気管に挿入した。注射器を手に取った。肋骨《ろっこつ》と肋骨の間。エピネフリン注射を、直接心臓に打った。

首を横に巡らせた。心電図のモニターに走る、不規則な波形。祈るような視線でモニターをみつめながら、左手で酸素ボンベのバッグの圧縮と解放を繰り返し、右手で心臓マッサージを施した。

「頑張れ、クロスっ。頑張れ、頑張れ、頑張れ！」

桜木の励ましも虚しく、モニターの波形に力がなくなってきた。

「クロスっ、逝かないでっ！　私を、ひとりにしないで!!」

深雪の絶叫。桜木は、モニターからクロスに顔を戻した。深雪の胸に抱き締められるクロスの薄目が、ゆっくりと閉じてゆく。酸素ボンベのバッグから手を離し、桜木は両手でクロスの胸部を押した。

額から滴る汗が、クロスの被毛を濡らす。桜木の荒い息遣いが、室内に響き渡る。痺《しび》れる前腕。歯を食いしばり、桜木は心臓マッサージを続けた。

静かに閉じる、クロスの瞼。絶句する深雪。振り返った。モニター内の波動が、波形から水平線《フラットライン》へと移り変わった。

頼む、頼む、頼む……。心で念じた。奇跡を祈った。藁《わら》にも縋《すが》る思い。両腕に生の息吹を込め、渾身《こんしん》の力でクロスの心臓に刺激を与えた。

残酷にも、心電図は直線のままモニターを駆け抜ける……。

「クロス、クロスっ、クロスっ！」

旅立つ魂を引き戻すとでもいうように、桜木は叫び、クロスの胸部を押した……というより、ほとんど掌《てのひら》を叩《たた》きつけていた。

耳孔内に谺《こだま》するヒューヒューという笛の音。いや、笛の音ではなく自分の息。

桜木は、両腕の動きを止め、ゆらりと上体を起こした。額から頬に伝う汗も流れるままに、呆然《ぼうぜん》と立ち尽くした。

深雪が、蒼白《そうはく》な顔で自分を見上げた。大きく見開かれた、切れ長の瞼《まぶた》の奥の瞳に盛り上がる水滴。怯《おび》え、震える瞳。心臓を素手で鷲掴《わしづか》みにされる思い。

桜木は、深雪から視線を逸らさずに、小さく首を横に振った。

「クロスは……クロスは死んじゃったの？」

消え入りそうな声で、怖々と訊《たず》ねる深雪。できるものなら、この場から逃げ出したかった。が、そんなことができるわけがなかった。自分のつらさなど、深雪の底無しの哀しみとは比べようもない。

「すいません……」

俯《うつむ》き、桜木は言った。ほかに、言葉が見当たらなかった。

「嘘……嘘でしょ？　ねえ、嘘だと言って……」

深雪の縋るような眼差し。桜木は、唇をきつく嚙《か》み締め、自分のスニーカーの爪先に視線を落とした。

「いや……いや……いやよぉーっ！」

号泣し、クロスに覆い被さる深雪。お願い、眼を覚まして、私を置いて行かないで。涙声で絶叫する深雪。

ただ、立ち尽くし、哀しみの底で喘《あえ》ぐ彼女を見守ることしかできない無力な自分を、桜木は呪った。

◇　　　◇

入院室内の沈鬱《ちんうつ》な空気を刻む秒針の乾いた音が、やけに大きく聞こえた。

診察台の上で横たわるシーツに覆われたクロスの亡骸《なきがら》を、泣き腫《は》らした瞼の奥から虚ろな視線でみつめる深雪。約一時間。深雪はひと言も口を開かずに、彫像のように同じ姿勢で椅子に座っていた。

「恐らく、急性心不全だと思います。高齢の犬が、急に激しい運動をしたときに発生しがちな病気です。一昨日の夜、全力疾走したことがクロスの心臓に負担をかけたのかもしれません。すいません。僕が、もっと彼の状態に気を配っていれば……」

悔恨に震える声音。深雪と並ぶ恰好《かっこう》で椅子に座る桜木は、両膝《りょうひざ》に置いた掌でスラックスをきつく握り締めた。

相変わらず、抜け殻の瞳を動かぬクロスに向ける深雪の耳に、自分の言葉が届いているのかどうかはわからない。届いたところで、無意味なことだ。どれだけ悔やんでも、クロスが生き返るわけではないのだから。

だが、深雪に言ったとおりに、もっとクロスの状態に気を配っていれば……股動脈の乱れ、可視粘膜の変色、心内雑音の聴取と、いくらでも彼の発するサインがあったはずだ。

クロスの心疾患に気づいていれば、低ナトリウム食を中心とした食餌療法《しょくじ》、強心剤の投与による薬物療法などで、悲劇を未然に防げたかもしれない。

自分の留守中に、入院室を覗《のぞ》いてくれるよう頼んでおいた清一郎から電話がなかったところをみると、少なくとも彼が見回っているときにはクロスに異常はなかったのだろう。

となれば、クロスに異変が起きたのは清一郎が最後に顔を出したあと、ということになる。清一郎にはまだクロスの死を伝えていないので、それが九時か十時かはわからない。

しかし、はっきりしているのは、自分が家を空けてなければ、発作を起こしたクロスにたいし早急な処置を取れたということ。

この三日間、自分の心が動物達よりも深雪に向いていたことは否めない。

罪悪感が、桜木を虚脱の底無し沼へと誘《いざな》った。

「クロスは、私がちっちゃな頃から、一番の理解者で、一番の友達だった」

深雪が、診察台をみつめながら、独り言のように呟《つぶや》いた。

「あれは、私が小学校五年生のとき。その日は、パパとママの結婚記念日だった。『帰りは七時頃になります。お留守番させてごめんね。深雪が大好きなイチゴのショートケーキを買ってくるからね』。学校から帰った私は、ママの書き置いた手紙で記念日のことを知ったの。七時を過ぎても、パパもママも帰ってこなかった。八時を過ぎた頃、インタホンのベルがなった。私は、膨れっ面を作って玄関に走った。もちろん、本気で怒ってたわけじゃないわ。ちょっと、拗《す》ねてみせようと思っただけ。ドアを開けたら、ママのお兄さん夫婦と知らない男の人がふたり、哀しげな顔で立っていた。子供心にも、なにか大変なことがあったと予感した。予感は当たった……。悲痛に顔を歪《ゆが》める伯父《おじ》さんの口から、一時間前に、パパが運転する車がダンプと正面衝突したことを聞かされた……。運転席にいたパパも助手席にいたママも即死。帰りが遅くなったパパが、信号を無視したのが事故の原因。幸福であるはずの日に、私は地獄に叩き落とされてしまったの……」

　深雪の瞳に、枯れたはずの涙が浮かんだ。

　結婚記念日に、両親が事故死。あまりにも残酷な神の演出に、桜木は言葉を失った。

「それから、私は伯父夫婦に引き取られた。ふたりとも、いい人達だった。でも、伯父の家が裕福ではないことを私は知っていた。私を引き取ることで、ふたりが両親の葬儀の席で言い争っていたことも……。とても、哀しかった。伯父夫婦に引き取られた私は、無邪気で快活な少女を演じた。ふたりにこれ以上の迷惑をかけたくなかったこともあるけれど、心を開けなかった。別の自分を演じていたのは、伯父夫婦の前だけじゃなかった。学校でもそう。クラスメイトも、担任の先生も、私を何事にもめげない勝ち気な女の子、と信じて疑わなかった。でも、クロスだけは違う。不安に怯える私を、孤独と抱擁《ほうよう》する私を知っていた。いつもそばにいて、慰めてくれた……」

深雪の語尾が、嗚咽《おえつ》に呑《の》み込まれた。

「じゃあ、南さんが言ってた東洋観光ビジネスのオーナーというのは……」

「そう。本当の父じゃないの。伯父さんの弟さん。私を引き取ってからすぐに、伯父の店の経営が悪化して……それで、弟さん夫婦の家に貰《もら》われて行ったの」

「そうだったんですか……」

深くため息を吐き、桜木は、哀切を貼りつけた深雪の整った横顔をみつめた。

てっきり桜木は、深雪をなに不自由のない環境で育った裕福な家庭の娘だと思っていた。いや、裕福な家庭で育ったのは事実だが、それは表面的な事柄。

両親の死。親戚《しんせき》間をたらい回しにされた幼少時代……。彼女は、その屈託のない笑顔の裏に、明るく振る舞う仕草の裏に、どうしようもない心の闇を抱えていたのだ。

「クロスと出会うことで、私はなんだって我慢できた。見知らぬ土地に行くことも、見知らぬ人に引き取られることも。つらいとき、哀しいとき、寂しいとき……いつもクロスは慰め、励まし、そばにいてくれた。そして、命と引き換えに私とあなたを……。最期までクロスは、私のために生きてくれた……」

シーツ越しにクロスを抱き締め、ふたたび深雪が激しく泣き崩れた。

クロスが、命と引き換えに深雪と自分を……どうしたというのだろうか？

気になったが、哀しみの底に溺《おぼ》れる深雪に、声をかけることができなかった。

「クロス……クロス……」

室内に響き渡る深雪の慟哭《どうこく》。自分には、深雪を慰めることも励ますこともできない。ふたりの間には、とても立ち入れそうになかった。

そっと腰を上げる桜木の腕を、シーツに顔を突っ伏したままの深雪が摑んだ。

「どこにも行かないで……私を、ひとりにしないで……」

桜木は、ふたたび椅子に腰を下ろした。腕に置かれた深雪の細く白い手に、そっと掌を重ねた。

どこにも、行きたくはない。いつまでも、君のそばにいたい。

心の声が言葉になることはないことを、桜木は知っていた。

◇　◇

深雪を乗せたタクシーのテイルランプが、闇に消えた。忘れ雪は、いつの間にか止んでいた。クロスを天に召す天使の、役目は終わったとでもいうように……。

桜木はエントランスへと引き返し、階段を上がった。入院室へ。ドアを開けた。さっきまで深雪が座っていた椅子に深く身を預けた清一郎が、クロスの亡骸にぼんやりと視線を投げていた。

シーツは、自分と深雪が出て行ったあとに取り去ったのだろう。クロスは、とても安らかな顔をしていた。

　桜木は、清一郎の隣に腰を下ろした。

「以前、どこかで会ったことがあるような気がする」

　クロスに視線を向けたまま、清一郎が呟いた。

「え？」

「このコの飼い主だよ」

　明日の夜、桜木の知り合いのペット霊園に行くことを約束した深雪がクロスと別れを惜しんでいるときに、清一郎が現れた。

　引退してからの清一郎が、眠れない夜に外の空気を吸いに、ときおり散歩に出ていることを桜木は知っていた。

　桜木が宿直室に泊まりのときに、ふらりと立ち寄ったことが何度かあった。今夜も、二階の明かりがついているのをみて覗きにきたのだろう。

　深雪は、弾《はじ》かれたように席を立ち、頬の涙を慌てて拭《ぬぐ》いながら清一郎に挨拶《あいさつ》をした。記憶を手繰るように深雪の顔をまじまじとみつめる清一郎の姿が印象的だった。

「ウチに診療にきたのは、初めてだと思うよ。少なくとも、僕がやるようになってからはね」

　桜木は言った。清一郎の院長時代は知らないが、もし深雪が以前に桜木動物病院を訪れたことがあるのなら、本人がそう言ったに違いない。

「痣《あざ》。あの痣に、見覚えがあるんだよな」

自分に、というよりは己自身に語りかけるように清一郎が言った。桜木は、清一郎の視線の先、クロスの右の脇腹の痣に眼をやった。

十字架の形をした痣。桜木も、初めてその珍しい形をした痣をみたときに、どこかでみた覚えがあると感じた。そのときは、清一郎の助手時代を含めて二千匹以上の犬をみてきたので、同じような痣を持った犬の記憶と混濁しているのかと気に留めなかった。

しかし、清一郎も同じように思っていたとなれば話は違ってくる。反面、父のもとでの修業時代にそのような痣を持った犬をみたのではないかという気もしてくる。

が、いまの自分には、そんなことはどうでもよかった。自分は、クロスを救えなかった。彼の心疾患を見過ごした自分は、獣医師として失格だ。

「一希。気に病むな。お前のせいじゃない」

自分の心を見透かしたように、清一郎が言った。

「人間もそうだが、突然死は防ぎようがないからな」

「でも、クロスの外傷を治療しているときに、僕はまったく気づかなかった。急性心不全を発生するくらいだから、クロスの心機能はかなり低下していたはずだ。父さんは、いつも言っていたよね？　目の前にいるのが足を骨折した動物でも、内臓を患っているかもしれない、と。物言わぬ患者の内なる声に耳を傾けろ、とね」

どんなに清一郎に慰めの言葉をかけられても、あの夜、自分の意識が深雪に向いていたことは否定できない。

「誰しも、完璧《かんぺき》な人間など存在しない。たとえば、読書と映画観賞を趣味に持つ人間がいるとする。訳があり、同時に読書と映画観賞をしなければならないとする。その人間は、どちらにもぐいぐいと引き込まれる。だが、読書だけのときよりストーリーが頭に入らず、映画観賞だけのときよりセリフが耳に入らない。だからといって、その人間が読書や映画観賞を疎《おろそ》かにしているとはかぎらない。その人間なりに、活字を追っているときは真剣だし、スクリーンをみているときも真剣だ。それが、人間ってものだ。完璧を求めて、読書だけを選べば映画を失う。逆もまたしかり。私をみていれば、わかるだろう？」

自嘲《じちょう》的に笑う清一郎。清一郎の言わんとしていることは、よくわかった。

獣医師と夫。清一郎は、獣医師であることに完璧を求め、妻を失った。もちろん、獣医師を選び、夫を放棄したということではない。

彼には、読書も映画も、換言すれば、動物達の命を救うことも奈美子との夫婦生活も、同じくらいに大切だった。ただ、不器用だっただけの話。

しかし、奈美子はそう受け取ってはくれなかった。自分が夫にとって不必要な人間だと思った。まるで、主に読まれなくなった小説のように。

「母さんの死こそ、父さんのせいじゃない」

桜木は、思い切って禁句を口にした。

——鬱《うつ》の患者には、励ましや慰めは逆効果になる。

友人の心理カウンセラーの忠告が鼓膜に蘇《よみがえ》る。桜木は、清一郎の横顔を窺《うかが》った。

目尻《めじり》に刻まれた深い皺《しわ》、生気が喪失した無機質な瞳《ひとみ》。肖像画のように変化のない清一郎の表情から、彼の心の動きを読み取ることはできなかった。

「まあ、いまは私のことはどうだっていい。獣医師だって、生身の人間だ。自責の念に苛《さいな》まれる必要はない。お前は獣医師としては器用だが、男としては不器用だ。楽な道も選択できるのに、苦しいほう、苦しいほうへと足を踏み出す。満もそうだ。ふたりとも、私自身をみているようだよ。自分の感じるままに生きなさい。好きなんだろう？　彼女のことが」

ゆっくりと首を巡らす清一郎。誰よりも重い十字架を背負うことを選択した男の冥《くら》く悲哀に満ちた眼が、桜木の瞳を射抜いた。抗《あらが》うことも、自分を偽ることもできなかった。桜木は深く息を吸い、見抜かれていた。

厳重にロックされた心のカギを解錠した。

「それが愛なのかどうかは、正直、僕にもわからない。ただ、彼女を、深雪さんを眼前《まえ》にすると、いつもの自分とは違う自分がいる。そんな自分に戸惑っている。戸惑っている自分が腹立たしくもある。彼女には、恋人がいるんだ。優しく、とても素敵な彼が……」

初めて、深雪にたいしての想いを口にした。ほんの少しだけ、心が軽くなったような気がした。だが、状況はなにも変わらない。深雪は、愛してはいけない女性なのだ。

「お前が、女性を愛せなくなってしまったのは私の責任だ」

「そんなこと――」

「いいから、聞きなさい。お前の心の奥深くには、母さんがいる。愛に飢え、孤独のうちに死んだ母さんがな。お前は無意識のうちに、女性に母さんの影を重ねてしまう。それは深雪さんという女性にだけではなく、金井さんにも、いままで出会ってきた女性すべてにだ。自分でも、知らず知らずのうちに感情にブレーキをかけてしまっているんだよ。愛する女性を、母さんのようにしてしまうんじゃないかとな。だからお前は、好きになるなない以前に、心の扉にカギをかけてしまう。女性を愛してしまう自分が怖いんだ」

そうなのかもしれない。桜木の頭の片隅には、常に奈美子がいた。思い出の中の奈美子は、決まって酒に酔い、涙に暮れていた。

――女性を愛してしまう自分が怖いんだ。

そう。自分は、恐れていた。清一郎の言うとおり、愛した女性が奈美子のようになることを。

「だが、深雪さんは違った。心の扉に、何度カギをかけようとしてもうまくいかない。初めての体験に、お前は困惑した。どうしていいのか、わからなくなった。問題なのは、彼氏の存在じゃない。もし彼氏がいなくても、お前は深雪さんを愛そうとする自分を制するだろう。一希。思うままに行動してみなさい。愛している。彼氏とはどういう関係なんだ？　このままではつき合えない。どういうつもりなんだ？　なんでもいいから、ストレートに想いを彼女にぶつけてみなさい。その結果、深雪さんは彼氏と別れるかもしれないし、お前がフラれるかもしれない。結果は重要じゃない。重要なのは、お前が心のままに生きれるかどうかだ。たしかに、お前は私に似ている。だが、私とは違う。深雪さんも、母さんとは違う」

絞り出すような声で、清一郎が言った。奈美子を引き合いに出す清一郎に、桜木は驚きの眼を向けた。父は、母の思い出の呪縛《じゅばく》に苦しむ息子を助けるために、自分にとって身を引き裂かれそうな言葉を口にした。

清一郎がひとつ大きなため息を吐き、眼を閉じた。とても、疲れているようだった。

無理もない。奈美子の死後、めっきりと口数が減った清一郎には、これだけの会話をすることも大変な労力を要するのだろう。

「よく、考えてみるよ」

父の思いを、無駄にしたくはなかった。それだけではない。明日、クロスの葬儀が終わったら、深雪との繫《つな》がりはなくなる。二度と、会うことはないだろう。

このままでは、後悔することが眼にみえていた。南のことを、深雪にはっきりと訊《き》いてみるつもりだった。思い悩むのは、それからでも遅くはない。

桜木は腰を上げ、クロスの亡骸《なきがら》に歩み寄った。シーツをかけようとした腕を宙に止めた。

安らかな、クロスの死に顔。不意に、込み上げる涙。なぜだかわからないが、古い友人を失ったような、無性に寂しい気分に襲われた。過去に多くの動物達との別れを体験してきたが、こんなことは初めてだった。

迸《ほとばし》る涙。きつく、瞼《まぶた》を閉じた。漏れ出る嗚咽《おえつ》。きつく、奥歯を嚙《か》み締めた。堪えれば堪えるほど、どうしようもない哀切が胸壁を乱打する。桜木の心の波動が伝わったのか、背後のケージでレオンとゴエモンが哀しげに鼻を鳴らした背後に気配。温かい掌が、優しく桜木の肩に置かれた。

限界だった。桜木は振り返り、父の胸で子供のように泣きじゃくった。

第二章

［1］

噴水の水音と夜風にそよぐ木々の音。無人のマリア公園。昨夜、深雪と口づけを交わす前に座っていた、聖母マリア像を正面にしたベンチ。

桜木の隣で、瞼《まぶた》を閉じる深雪。膝《ひざ》の上にはクロスの遺骨。

今朝、出勤してきた静香と中里は、入院室の診察台に横たわるクロスをみて息を呑《の》んだ。桜木は、清一郎が自室に戻ったあとも入院室に残り、クロスの亡骸《なきがら》とともに夜を明かした。翌日、深雪にたいして自分の気持ちをどう伝えるかを考えているうちに一睡もできなかった。

幸いなことに、オペがなかったので問題は起こらなかったが、人様の大事な動物の命を預かる仕事に徹夜で挑むなど、獣医師として失格だった。

診療時間が終わる午後七時きっかりに、黒のスーツに身を固めた深雪が現れた。動物の葬儀で、喪服に身を固めた飼い主をみるのは初めてだった。それだけ、深雪にとってクロスが大事な家族だったことが伝わり、桜木の胸は締めつけられた。

いつもの陽気さは陰を潜め、彼女は憔悴《しょうすい》しきっていた。ご迷惑をおかけしました、と静香と中里に頭を下げたきり、深雪は押し黙り、入院室の診察台でシーツに包まれたクロスの亡骸に寄り添っていた。

透けるような肌に色濃く貼りつく隈《くま》が、自分同様に一睡もしていないだろうことを物語っていた。

深雪が現れて十分も経たないうちに、手配していたペット霊園の小型の移動火葬車が到着した。車内で、火葬とセレモニーができるようになっているのだ。

クロスを運び出す業者のあとに続く自分と深雪の背中を見送る静香はなにか言いたげな顔をしていたが、結局、彼女が口を開くことはなかった。

馬事公苑近くのペット霊園に向かう移動火葬車の車内で、深雪は窓の外の移りゆく景色をぼんやりとみつめていた。

一時間ほどで、供養、火葬、納骨は終わった。セレモニーの間、深雪が涙することはなかった。魂を抜き取られたように、虚ろな瞳《ひとみ》でクロスの亡骸が火中に消えるのを見送っていた。

ペット霊園を出たのが八時半頃。小さく変わり果てたクロスを胸に抱く深雪と自分は、会話を交わすこともなく用賀駅までの道程を歩いた。

――少し、休んでいきませんか？

マリア公園の前に差しかかったときに、桜木は思いきって誘った。深雪は無言で頷《うなず》いた。

ベンチに並んで腰を下ろして、既に十五分が経つ。誘ってはみたものの、南のことを切り出すことができなかった。

相変わらず、深雪は眼を閉じていた。瞼の裏では、クロスが元気な姿で跳ね回っていることだろう。

桜木動物病院を訪れてからいままでの二時間、深雪はひと言も口を開かなかった。無理もない。この世で唯一の理解者を失ったのだから。

なにをしている？　はやく、南のことを切り出すんだ。

焦燥感が、尾骨から背骨へと這《は》い上がった。

しかし、いまの彼女は、クロスを失った哀しみで一杯だ。

弱気の虫が、鎌首を擡《もた》げた。

じゃあ、どうするつもりだ？　今夜深雪と別れてしまえば、それっきりになってしまうぞ？

焦燥感が、煮え切らない自分を叱咤《しった》した。

わかっている、わかっている、わかっている……。

逡巡《しゅんじゅん》、躊躇《ちゅうちょ》、迷い。焦れば焦るほどに、どうしていいのかわからなくなってしまう。

「ねえ？」

おもむろに瞼を開けた深雪が、足もとに視線を落としたまま桜木に問いかけた。

「なんです？」

桜木は、深雪のほうを向き、問い返した。

「私の……私の部屋にきてくれない？」

微かな躊躇《ためら》い。深雪がひとつ大きく息を吸い、早口に言った。相変わらず、視線は自分の黒いヒールの爪先をみつめたまま。その様は、言いづらいことを切り出す子供のよう。

「え？」

「クロスのいない部屋に、ひとりで帰るのはつらいわ……」

唐突な深雪の誘いに、桜木はうろたえた。誰かがいなければ耐えられないという深雪の気持ちはわかる。だが、深雪につき添うのは、慰めるのは、自分ではなく南の役目だ。

「橘さん――」

「深雪と呼んで」

「深雪さん――」

「お願い。イエスと言って」

顔を上げる深雪。爪先から移した視線。桜木の心を緊縛する、深雪の瞳。食事に誘われたときもデートに誘われたときも口づけを交わしたときも、抗《あらが》うことのできなかった魅惑的な瞳。

桜木にはみえていた。深雪の誘いに、頷くだろう自分の姿が。

◇　　　◇

「そこの建物の前でいいです」

タクシーの運転手に告げる深雪。窓の外。神宮前の住居表示プレイト。お洒落《しゃれ》なカフェやブティックが軒を並べる一角。スローダウンしたタクシーは、十階はあるだろう瀟洒《しょうしゃ》な煉瓦《れんが》造りのマンションの前で停った。

財布を取り出す自分を制した深雪が、五千円札を運転手に渡した。

深雪、自分の順にタクシーを降りた。腕時計に眼をやった。午後十時三分。

この時間、用賀ならば駅から一歩奥に入ると熟睡したように静まり返っているが渋谷は違う。学生風のカップルやサラリーマンとは明らかに違う人種がそこここに溢《あふ》れ返っていた。

「このマンションの八階が、私のお城」

おどけた口調で、煉瓦造りのマンションを見上げる深雪。アーチ型のエントランスの外壁に浮き出る、グランドステージ神宮の文字。

グランドステージ神宮は、「お城」という表現が冗談にならないほど立派な外観をしていた。

深雪と並び、エントランスに足を踏み入れた。左に、ブラインドが下がった管理人室の小窓。右に、五十世帯ぶんはあるだろうメイルボックス。

桜木は、歩を止めた。エレベータホールのそこここに点在する応接ソファ。なにかが、不自然だった。理由がわかった。普通のソファよりも、背が低いのだ。ソファというよりも、どちらかといえばクッションが置かれているようだった。

「居住者が、ペットと一緒にくつろげるようになっているの。雨の日なんて、ちょっとした公園状態よ。私は人づき合いが苦手だから、利用したことはないけどね」

自分の心中を見透かしたように、深雪が言った。このマンションが、ペット可だということを忘れていた。

犬とともにくつろげる空間。納得した。

深雪に続き、エレベータに乗った。1、2、3、4……移り変わるオレンジ色のランプを、無言でみつめるふたり。

深雪の部屋がある八階にランプが近づくたびに、緊張と後ろめたさが桜木を支配した。

音もなく、扉が開いた。外壁と同じ煉瓦造りの回廊。エレベータを降りた正面の突き当たりが、深雪の部屋だった。

ドアの両脇。足もとには、ウサギの形をしたプランターに入った観葉植物とエンジェルの石像が置かれていた。

ネームプレイトには、橘、とだけ書かれていた。

大学時代につき合っていた彼女の部屋にも、行ったことはなかった。深雪と出会った四日前には、まさかこんなことになろうとは夢にも思わなかった。

「さ、どうぞ」

ドアを開けた深雪が、桜木を促した。漆黒を取り払う柔らかな琥珀《こはく》色の明かり。大理石床の沓《くつぬ》脱ぎ場。広々とした玄関ホール。外観同様の高価な造り。

たしか深雪は、部屋の広さは二DKだと言っていた。神宮前という立地条件を考え合わせると、軽く家賃二十万円以上はするだろう。

ただでさえ、ペット可のマンションは一般のマンションよりも家賃を高めにしてあるのだ。普通、二十歳そこそこの学生には手が届かない物件だ。

「実家からの援助よ。変な想像、してたでしょ?」

深雪が、悪戯《いたずら》っぽく笑った。

変な想像とは、パトロンのことだろう。パトロンなどとは思いもしなかったが、もしかしたら南が、と頭を過《よ》ぎったのは事実だ。

「変な想像なんて、してませんよ」

桜木は、慌てて真顔で言った。おかしそうに自分をみている深雪の表情から、彼女がからかっているのだと気づき、桜木は口もとを綻《ほころ》ばせた。

「入って」

おじゃまします、と言って桜木は、玄関マットの上に並べられたパグの顔をしたスリッパを履き、深雪の背中に続いた。白ペンキ塗りの木枠にガラスが嵌《は》まった中ドアを開けた深雪が、振り返り自分の様子を窺《うかが》った。

深雪が自分の様子を窺った意味は、すぐにわかった。

二十畳ほどのフローリング床のスクエアな空間には、テレビとクロスが使用していたのだろう穴が開いたクッション、そして犬用のトイレしかなかった。

と残っていた。

フローリング床や壁のところどころには、家具が置かれていたと思われる跡がくっきり
「どこかへ、引っ越すんですか？」

桜木は、この部屋の状態を眼にしたら十人中十人がするだろう質問をした。

「その話はあとで。ま、どこでもいいから、適当に腰を下ろしてて。いま、コーヒーでも淹《い》れるから」

深雪は、クロスの遺骨が入った木箱を窓際のクッションの上にそっと置き、入ってきた中ドアとは別の中ドアに向かった。

「そこは、クロスのお気に入りの場所だったの」

哀しげに言い残し、深雪が中ドアの向こうへと消えた。

桜木は、クロスの遺骨の横に腰を下ろし、室内に視線を巡らせた。無意識に、南の匂いを嗅《か》ぎ取ろうとしている自分に気づき、慌てて視線の漂流を止めた。

深雪は、南のもとへ引っ越すのだろうか？　もしかして結婚……。ありえない話ではない。わざわざ自分をここへ呼んだのも、それを伝えるためかもしれない。

だとしたら、南との関係を聞き出そうとしていた自分は、とんだ間抜けだ。

「お待たせ」

深雪が両手に持つトレイ。二脚のコーヒーカップと牛乳の入ったグラス。腰を屈めた深雪はトレイを床に置き、牛乳入りのグラスをクロスの遺骨の前に置いた。

「子犬の頃から、ミルクが好きなコだった……」

誰にともなく呟《つぶや》き、深雪がクロスの遺骨に向かって正座した。眼を閉じ、胸前で合掌し、口内でなにかを唱える深雪。桜木も深雪に倣い、彼女の横に正座して合掌した。

「クロスの骨の一部を、マリア公園に埋めようと思うの」

合掌を続けたまま、深雪がぽつりと言った。硬くうわずる声音。哀しみのせいなのか。

「マリア公園に？」

「そう、マリア公園に」

「クロスの好きな場所だったんですか？」

訊《たず》ねながら、馬鹿な質問をしたものだと思った。深雪が住んでいるのは渋谷。クロスが、用賀まで散歩にくるはずがない。

「本当に、あなたはなんにも覚えてないのね……」

クロスの遺骨から自分に向き直った深雪が、物憂く沈んだ声で言った。底無しの哀しみを湛《たた》えた瞳《ひとみ》。哀しみの原因はクロスの死ではない。深雪は、クロスが死ぬ以前《まえ》にも何度も同じような瞳で自分をみつめた。

「ええ……っと……」

桜木は、深雪と出会ってからの四日間の記憶を懸命に手繰った。彼女の口から、クロスとマリア公園に関する話が出たかどうかを必死に模索した。

「もう、いいわ」

深雪が腰を上げ、漆黒の空をバックにした窓ガラスの前に立った。どうやら、彼女を怒らせてしまったようだ。しかし、どう思考を整理してみても、クロスとマリア公園の話を思い出せなかった。

「私ね、パリへ行くの」

いらついた口調の深雪。クロスの話を覚えていないことに、まだ怒っているのだろうか。

「旅行ですか？」

「留学よ。私の大学の友人の知り合いがパリに住んでいて、彼女のアパートメントにお世話になるの」

留学……。深雪の言葉が、桜木の頭蓋《とうがい》内で激しく跳ね回った。

昨夜、アルカトロスで、東都美術大学の卒業生の多くが、パリのセザンヌ・アート大学に留学するという話を聞かされていた。

しかし、自らがパリに行くとは、彼女はおくびにも出さなかった。

「いつから……です？」

動揺を押し殺し、桜木は掠《かす》れ声で訊ねた。

「四月の十一日。身の回り品は、最低限のものだけ残して、あとはパリに送ったわ」

深雪が努めて感情を抑え、平静を装っているのが手に取るようにわかった。

四月十一日といえば、あと二週間。僅《わず》か二週間で、深雪が日本からいなくなってしまう。

「どのくらいの期間、留学するんですか？」

「一年」

短く、深雪が言った。

「そうですか」

桜木も、平静を装い言った。が、言葉とは裏腹に桜木の心はさざ波立っていた。

「そうですか……って、言うのはそれだけ？」

振り向く深雪。咎《とが》めるような視線。棘《とげ》を含んだ声音。

返す言葉がなかった。胸内で膨脹するジレンマ。できるものなら、もっと気の利いた言葉をかけたかったが、桜木の立場ではそれしか言えない。

自分には、留学を決意した彼女に、行くな、という資格はない。

「南さんは、このことを知ってるんですか？」

「知らないわ。あの人には、黙って行くつもり」

深雪の返答が、桜木を混乱させた。当然、南は知っているものだと思っていた。

彼女の気持ちが、わからなかった。恋人である南にパリ行きの件を伝えず、会ったばかりの、恋人でもなんでもない自分を自宅に呼び旅立ちを告げる。わからないのは、パリ行きの件だけではない。

昨夜。マリア公園での口づけ。南という男性がいながら、なぜ？　やはり、思い出の彼が忘れられないのか？　思い出の彼を忘れられない自分が赦せなくて、南との別れを決意したというのか？

「南さん、哀しむと思います」

遠回しな謎かけ。深雪の表情を窺った。深雪が唇をきつく引き結び、自分の視線を射抜いた。いままでみせたことのない、厳しい眼差《まなざ》しだった。

「あなたはどうなの？　あなたは、哀しくないの？　私を、引き止めはしないの？」

深雪が自分に歩み寄り、詰問口調で言った。

哀しいに決まっている。引き止めたいに決まっている。が、それでどうなるというのだ？

深雪にとっての自分は、思い出の彼の幻に過ぎない。彼女のもどかしげな瞳に映るのは、この自分ではないのだ。

「僕は……」

縋《すが》るような眼で見下ろす深雪から視線を逸《そ》らし、桜木は言い淀《よど》んだ。

「だよね。あなたにとって私は、出会ってたった四日間の女。そんな私が、あなたの二十五年の人生に割り込もうだなんて、虫が好きすぎるよね。あなたには、私が知らない生活があるんだものね」

寂しそうに言うと、深雪はくるりと背を向けた。俯《うつむ》く彼女の華奢《きゃしゃ》な肩が小刻みに震えていた。

「そんなこと、ありません」

桜木は腰を上げ、深雪の背後に歩み寄りつつ力強く言った。

嘘でも慰めでもない。たったの四日間。その四日間に、自分の二十五年間の人生は完全に支配された。

自分でも、驚きだった。これが、鳴海ならばわかる。しかし、女性に関してあれほど慎重で消極的な姿勢を崩さなかった自分が、赦されるものならば彼氏のいる女性を手に入れたいと願っている。

異性を本気で愛することは、自分を破壊することだ。

なにかの本で読んだ誰かの言葉が、脳裏に蘇《よみがえ》る。

まさに、そのとおりだ。深雪を眼前《まえ》にした自分は、いままでの自分ではない。少なくとも、奈美子を失った以後の自分とは、明らかに違う。

「どうして……？」

深雪の肩の震えが、激しくなった。

「私はこんなにあなたを想い続けているのに……。どうしてあなたは、忘れてしまったの？」

子供のようにしゃくり上げつつ、深雪は言った。

自分が、深雪を忘れてしまった？　疑問はすぐに氷解した。

彼女が語りかけているのは、思い出の彼。クロスを失った哀しみに、深雪は倒錯している。曖昧《あいまい》になる現在と過去の、混濁する現実と思い出のボーダーライン。

不意に、深雪への愛《いと》しさが込み上げてきた。そっと、深雪の肩に手を置いた。躰《からだ》を反転させ、自分の胸に飛び込む深雪。堰《せき》を切ったように溢《あふ》れ出る涙。腕の中で泣きじゃくる愛しい女性《ひと》を、桜木はきつく抱き締めた。

「抱いて……私を……抱いて……」

深雪の両足は、ガクガクと震えていた。嗚咽《おえつ》交じりの切れ切れの声音に、桜木の躰が強《こわ》張《ば》った。彼女の言葉の意味するところが、抱擁《ほうよう》を指しているのではないことは明らかだった。

君は、誰の胸に抱かれているんだ？　誰に身を委《ゆだ》ねようとしているんだ？

心の叫びはサイレントボイス。

どうして、自分は彼に似てしまったのか？　そのおかげで深雪と近づけたのは事実だが、遠くなったのも事実だ。深雪との仲がどれだけ深まろうとも、幻は本物以上の存在になれはしない。

そんなこと、どっちでもいいじゃないか。幻であっても、彼女は自分を必要としている。その事実だけで、十分じゃないか。

魅惑的な囁《ささや》きが、躊躇《ためら》う桜木の背中を後押しする。深雪を抱き締める腕に力を込めた。翼を広げて飛び立とうとする理性。

踏み止どまった。ふっと、両腕から力を抜いた。泣き腫《は》らした瞼《まぶた》の奥……心細そうな視線で自分を見上げる深雪。

「いけません。あなたには、過去《おもいで》を忘れさせてくれる男性《ひと》がいる」

そう。深雪と新しい思い出を築くパートナーは自分ではなく、南だ。

「私のこと、嫌いなの……？」

恐る恐る、訊《たず》ねる深雪。桜木は、ゆっくりと首を横に振った。

「好き？」

幼子が母親に確認するような、不安げな声。無垢《むく》な瞳《ひとみ》に釣られるように、頷《うなず》く自分。

「だったら……なぜ？　なぜ、私を抱いてくれないの!?」

「南さんよりも初恋の彼よりも、先に出会っていたら……」

震える語尾。桜木は言葉の続きを……深雪への想いを込めた瞳で訴えた。

瞬間、切れ長の瞼を大きく見開いた深雪が表情を失った。すぐに眉《まゆ》が八の字に下がり、
涙が止めどなく溢れ出す。

「あなたが悪いのよっ」

室内の空気を切り裂く叫び。深雪が桜木の腕からするりと抜け、窓辺に走った。

なぜ？　という思いよりも、これですべてが終わってしまった、というせつない思いが、
桜木の心を支配した。

「帰って……」

深雪が、絞り出すような声で言った。とても、哀しげな背中。桜木は、伸ばしかけた腕
を宙に止めた。

彼女が怒るのも、無理はない。抱いて、のひと言に、どれだけ深雪は勇気を振り絞った

ことだろう。あのときの、彼女の両足の震え……。自分は、愛する女性《ひと》の切なる願いを拒否した。深く、彼女を傷つけてしまった。

「帰ってよっ」

涙声の絶叫。かける言葉が見当たらなかった。桜木は、踵《きびす》を返した。幻は、なにも言わず、静かに消えるもの……。

これで、よかったのだ。思い出という名の呪縛《じゅばく》に囚《とら》われていた深雪は、南のもとへ戻れる。

桜木は中ドアを抜け、玄関に向かった。後ろ髪を引かれる思い。背中を追いかける深雪の慟哭《どうこく》を未練とともに断ち切り、外へと飛び出した。

［2］

「ほら、静かにして、おとなしくするんだ」

診療室。診察台の上で激しく暴れる仰向《あおむ》けのハンターを、力任せに押さえ込もうとする中里。

桜木は、注射器を持つ腕を頭上に翳《かざ》し、出入り口に佇《たたず》みくすくすと笑う静香に目顔で合図した。

「選手交代よ」

静香が、中里の臀部《でんぶ》をポン、と叩《たた》き、ハンターの耳の裏を両手で優しく揉《も》んだ。

ハンターは、金栗色の美しい被毛を持つ雄のアイリッシュ・セターの五歳だ。ハンターの腹部は赤く炎症反応を起こし、無数の膨疹《ぼうしん》が発現していた。アレルギー性皮膚炎には主に、摂取した食物がアレルゲンになる食餌性《しょくじ》と、ハウスダスト、花粉、ダニなどのアレルゲンを吸引することが原因となるアトピー性がある。どちらも強い痒《かゆ》みを起こし、二次的な皮膚炎を併発することで区別がつきにくいが、ハンターの場合は下痢などの消化器症状が認められていることから、桜木は食餌性アレルギー性皮膚炎との診断を下した。

いままであれほど暴れていたハンターが、中里から静香に代わったとたんに四肢の力をぐったりと抜き、麻酔を打たれたようにおとなしくなった。

「注射を怖がるのは、人間の子供だって同じでしょ？　無理に押さえつけたら、よけいに怖くなるじゃない。まだまだ、修業が足りないぞ」

静香の言葉に、中里が大きな躰を小さく丸めて頷いた。

「よろしい。さ、先生、どうぞ」

おどけた口調で、静香が言った。静香は、ここ二週間機嫌がよかった。ちょうど、クロスがいなくなってから。むろん、クロスが死んで喜んでいる、というわけではない。深雪との繋《つな》がりが切れたこと。それが一番の理由だ。

ハンターの太腿《ふともも》のつけ根に、ステロイドの注射を打った。アレルギーには、副腎《ふくじん》皮質ホルモン剤の投与が効果的だ。

「静香君。一週間ぶんの薬を処方して」

アレルギー性皮膚炎は、最初の診療で注射を打ち、あとは自宅で継続的に薬を飲む。薬が切れたら再来院してもらい、その時点で炎症がひどくなっていたらもう一度ステロイドの注射を打ち、何日ぶんかの薬を処方する。薬が切れたら来院する。炎症がおさまるまで、その繰り返しだ。

幸い、ハンターの症状は軽度なもので、一週間後に来院するときはステロイドを注射する必要はないだろう。

桜木は、待合室の飼い主のもとへハンターを連れて行くよう静香に命じ、デスクに座った。中里も、診療室をあとにした。ひとりになった瞬間に、封印していた焦燥感がムクムクと鎌首を擡《もた》げた。

落ち着け、落ち着くんだ。

桜木は己に言い聞かせ、卓上のカレンダーに眼をやった。

四月十一日。あれから二週間。深雪が、パリへと旅立つ日。

――抱いて……私を……抱いて……。

震える声音、震える肩、震える両膝《りょうひざ》……。あのとき自分は、深雪の想いを受け止めることができなかった。

自室と診療室の往復。動物達の治療。いつもと変わらぬ生活を必死に維持してきたが、この二週間、深雪のことで頭が一杯だった。

ベッドで横になっているときも、食事をしているときも、来院客の主訴を聴いているときも、彼女の無邪気な笑顔が、寂しげな瞳が、屈託のない陽気な声が、胸を掻き毟《むし》る慟哭が、瞼《まぶた》から、鼓膜から離れなかった。

救いは、二週間の間にオペが必要な重症の動物がいなかったことと、レオン、ケンタロウ、ゴエモンが退院し、気を遣う入院患者がいなくなったこと。

桜木動物病院を訪れる動物のほとんどが、軽度な外傷や皮膚炎、そして予防接種といった、悪い言いかたをすれば散漫な集中力でもこなせるものばかりだった。

だが、いつまでも都合のいい偶然は続いてくれない。そのうち、一刻を争うような急患が運ばれてくる可能性だってある。

いや、そういう問題ではない。たとえ軽度な病状であろうが、常に全力で診療するのが獣医師ではないのか？　父のように、来院客から絶大な信頼を置かれる立派な獣医師になろうと誓ったのではないのか？

このまま深雪と別れてしまえば、一生、心に引き摺《ず》ってしまう。男としても獣医師としても、中途半端な人生を送ってしまう。

こうやってぐずぐずしている間にも深雪は……。

桜木は、壁かけ時計に眼をやった。正午を、二、三分回ったところだった。深雪の乗る便が夕方のフライトならば、まだ間に合う。

桜木は携帯電話を取り出し、メモリボタンを押した。深雪の番号を呼び出した。開始ボタンを押した。

オカケニナッタデンワハデンパノトドカナイバショニアルカ……。

虚しく繰り返されるコンピュータのメッセージ。

終了ボタンを押した。財布と携帯電話を手に持ち、席を立った。ドアが開いた。

「ハンターの飼い主さん、いま、お帰りになられました。先生。お昼にしましょうよ？」

静香が、ハンカチに包まれた弁当箱を翳した。

「悪い。今日は、ちょっと用事があるんだ。あとで、頂くよ。中里君とふたりで、食べてくれ」

なにかを言いかけた静香を残し、桜木は診療室を出た。ユニフォーム姿のまま通りに飛び出し、タクシーを拾った。

「渋谷の、神宮前にお願いします。高速を使ってください」

乗り込みつつ、運転手に告げた。渋谷まで、道路が空いていれば二十分そこそこで到着する。

自分は、なにをしようとしている？　いまさら、深雪に会ってどうするつもりだ？

自分でも、わからない。わからないが、とにかく、深雪に会いたかった。

桜木は、理性の叫びを無視し、感情の赴くままに任せた。

——重要なのは、お前が心のままに生きれるかどうかだ。

「心のままに……」

鼓膜に蘇《よみがえ》る清一郎の言葉を、桜木は呟《つぶや》いた。

◇　◇

見覚えのあるカフェ。見覚えのあるブティック。見覚えのある瀟洒《しょうしゃ》な煉瓦《れんが》造りのマンション。

桜木は、五千円札を運転手に渡すと釣りも受け取らずにタクシーを降りた。渋谷へと向かう車内で何度も深雪の携帯電話に電話をかけたが、電源が切られたままだった。

昼休みで賑《にぎ》わう人いきれを抜け、エントランスへと駆け込んだ。エレベータホールのソファで寝そべっていたミニチュア・ダックスフンドが弾《はじ》かれたように跳ね起き、飼い主らしき若い女性がびっくりしたような眼を向けた。

エレベータ。記憶を手繰った。八階ボタンを押した。

はやく、はやく、はやく……。上昇する階数表示のランプを、足踏みしながら追った。

扉が開いた。ドッグレースの犬のように飛び出した。正面。突き当たりのドア。大きく深呼吸をした。深呼吸をしたのは、乱れる息を整えるばかりが理由ではなかった。

インタホンのボタンを押した。沈黙。沸き上がる不安。もう一度、押した。黙秘を貫くスピーカー。膨脹する後悔。

無意識に、ドアノブに手を伸ばした。回した。カギは、かかっていなかった。躊躇《ためら》いながらも、ゆっくりと引いた。

「深雪さん？」

沓《くつ》脱ぎ場に足を踏み入れ、声をかけた。返事はない。正面。開け放たれた中ドアの先。リビング。スクエアな空間には、二週間前にはあったテレビもクロスのクッションもなかった。

間に合わなかった……。

底無しの虚脱感と哀しみが、桜木の張り詰めていた心に穴を開けた。

がっくりと首をうなだれ、踵《きびす》を返しかけた桜木の視界の隅を赤い影が過《よ》ぎった。視線を戻した。リビングの中央。なにかを覆う赤い布。忘れ物だろうか？

桜木は靴を脱ぎ、吸い込まれるようにリビングに歩を進めた。

赤い布の下から覗《のぞ》く四つ脚。なぜだかわからないが、無性に布の中身をみたい衝動が突き上げた。微《かす》かな罪悪感を胸に飼い馴《な》らしつつ、桜木は布に手を伸ばした。取り去った。

視界に飛び込む、イーゼルにかけられたキャンバス。赤い布が指先から、足もとにヒラリと落ちた。

時間《とき》の流れが止まった。モノクロフィルムのように、視界が色を失った。

「これは……」

自分の掠《かす》れ声が、どこか遠くから聞こえた。震える視線の先。キャンバスに描かれたデッサン画。桜の花開く公園に舞い落ちる雪片。ベンチで、膝上《ひざうえ》に乗せた子犬を温かな眼差しでみつめるブレザー姿の青年。

遠い昔に封印されていた記憶が、驚愕《きょうがく》とともに脳内に蘇った。

見覚えがあった。桜の樹にも、公園にも、ベンチにも、子犬にも、青年にも……。見覚えがあって当然だ。青年は高校生の自分であり、公園はマリア公園、そして、この絵を描いているのは……。

――タイトルは「青年と子犬」。ありふれてるでしょ？　モデルは、子犬時代のクロスと近所に住んでいた学生。昔の記憶を手繰りながら描いたの。本当は、題材が目の前になければいけないんだけどね。私には、記憶の中だけで十分だった。あのときの光景は、いまでも瞼の裏にしっかりと焼きついているわ。

アルカトロスで、瞼を閉じ、幸せそうに語る深雪。

激しい後悔の念と自分への憤りが、桜木を打ちのめした。

気づかなかった……。自分は、風のように目の前に現れた女性が、あのときの少女だったということを……。

キャンバスの隅に貼りつけられた薄い水色の封筒を、虚ろな桜木の視線が捉《とら》えた。そっと手に取り、封を開いた。四つ折りに畳まれた封筒と同じ水色の便箋《びんせん》に書き綴《つづ》られた流麗な文字を追った。

一希さんへ

この手紙は、クロスのお葬式の翌日、あなたがこの部屋にきた翌日に書いています。

私は、この手紙を書き終わったら、日本を発つ日まで友人の家に身を寄せます。念のために言っておきますけど、南さんの家じゃありません。彼は、私がパリに行くことを知らないのです。

私が出発までの二週間、友人宅に身を寄せると決めた理由は、あなたと会わないためです。

もしかしたら、二週間の間にあなたがここを訪れるかもしれない。誤解してほしくないのは、あなたを避けているわけではない、ということ。

避けるどころか私は、こうして手紙を書きながらも、あなたに逢《あ》いたくて逢いたくてたまらない。でも、いまのあなたには逢えない。「私」がいないあなたとは……。

「私」がいないあなたという意味は、この手紙を読んでくれているのならば、絵をみたはずだからわかるでしょう？

あの絵は、マリア公園での八年前のクロスとあなた。私は、小学校六年生だった。

両親を交通事故で一度に亡くしたこと、伯父《おじ》夫婦に引き取られたこと、伯父さんの店の経営が苦しくなって、最終的には伯父さんの弟さんの家に行くことになった話はしたよね？

そのときにも言ったけれど、当時の私は孤独だった。誰にも、心を開けなかった。

おまけに、ようやく慣れ始めた伯父夫婦の家にいられなくなり、一ヵ月後には京都行きが決まってしまい、私は不安のどん底だった。

クロスと初めて会ったのは、忘れもしない八年前の三月十五日。クロスは捨て犬で、噴水の植え込みの中で脚を怪我していたの。私もクロスもひとりぼっち。すぐに、仲良しになった。


——クロスと出会うことで、私はなんだって我慢できた。見知らぬ土地に行くことも、見知らぬ人に引き取られることも。つらいとき、哀しいとき、寂しいとき……いつもクロスは慰め、励まし、そばにいてくれた。

深雪は、入院室の診察台に横たわるクロスの亡骸《なきがら》を眼前《まえ》に、嗚咽《おえつ》交じりに語った。

熱を持つ涙腺《るいせん》。眼を閉じた。涙を堪《こら》え、記憶を八年前に巻き戻した。

脳内のディスプレイに、ダウンロードしたように、ゆっくりと、ゆっくりと、あのときの少女の輪郭が浮かび上がる。しかし、八年の歳月は、すぐに取り戻せはしない。少女の頃の深雪が、どんな顔をしていたかを思い出せず、そんな自分が腹立たしかった。

眼を開けた。震える視線で、文字を追った。

私は、怪我をしたクロスを抱いて途方に暮れていた。おまけに、何年振りかで忘れ雪も降ってきた。忘れ雪に願いをかけたら叶《かな》う、というママの言葉を思い出した私は、クロスを助けて、と祈ったわ。

正直、あまり信じてなかった。でも、奇跡が起きたの。

どうしたの？　不意に、背中から声をかけられた。下校途中のあなたが、クロスを救ってくれた。

大人びた仕草、三つ編みの髪、赤いジャンパー、アーモンド型の大きな瞳《ひとみ》、抜けるように白い肌……。

薄皮を剝《む》くように、記憶の靄《もや》が晴れてゆく。

八年前……。並木道を歩いていた自分は、雪の降る公園のベンチにぽつんと座る少女の小さな背中に声をかけた。

泣き出しそうな顔で振り返った少女は、ラブラドール・レトリーバーの子犬を抱いていた。少女は、自分の姿を認めると弾《はじ》かれたように立ち上がり、慌てて毅然《きぜん》とした表情を作り、このコが怪我をしているの、と訴えた。

必死に不安を悟られないよう強がってみせる姿が、昨日のことのように蘇《よみがえ》る。

桜木は、寒さに鼻をまっ赤に染める少女に、ダウンコートを貸してあげた。子犬の名前を訊《き》ねる自分に、少女はわからないの、と顔を曇らせた。子犬は捨て犬だった。自分が獣医師の息子だと知ると、少女は大声を上げて驚いた。

子犬は、右後肢の太腿《ふともも》を怪我していた。幸い浅い裂傷で、桜木は、子犬を自宅へと連れ帰り、清一郎に治療してもらったのだった。

自分も清一郎も、クロスの脇腹の十字架型の痣《あざ》に見覚えがあって当然だった。八年前に、同じ痣をみていたのだから……。

忘れ雪が降るマリア公園で出逢ったふたり。

深雪と口づけを交わした夜……。ディズニーランドからの帰り道、忘れ雪をみて弾む声を上げ、マリア公園へと駆け出した深雪。聖母マリア像がみつめるベンチに座り、空を見上げていた深雪。母の胸に抱かれるような、穏やかな、安心しきった顔をしていた深雪。

深雪は言った。

春に雪が降ったときに願い事をすれば必ず叶う、と。寂しがり屋の忘れ雪は、願い事を叶えれば来年もまた自分を心待ちにしてくれるから、と。

あのとき深雪は、マリア公園での自分との出逢いを思い出していたのだろう。そして忘れ雪の想いにたとえ、自分に訴えた。

私を、忘れないで、と……。

手紙を持つ手が震えた。眼の奥が熱くなり、深雪の文字が霞《かす》んだ。

救われたのは、クロスばかりじゃなかった。私も、あなたとの出逢いでどれだけ救われたことか。

私とクロスへの温かく柔らかな眼差し、優しい声音。あなたから貸してもらったダウンコートを着たときに、私の胸は激しくときめいた。クロスの治療が終わり、家まで送ってもらったときに、あなたが家の人に事情を説明してあげようか、とかけてくれた言葉、とても嬉《うれ》しかった。

私は、クロスの散歩やスケッチにかこつけて、毎日のように公園に出かけた。偶然を装って、あなたが声をかけてくれるのを待った。

でも、私は素直になれなくて、あなたにそんな素振りは見せなかった。子供にみられたくなくて、生意気なことばかり言った。

いま考えると、なんてかわいくない子だと思う。


桜木は、翌日、なにげなく公園を覗《のぞ》いた。前日と同じベンチに、少女と子犬はいた。怪我の様子が気になり、桜木はふたたび少女に声をかけた。

次の日も、その次の日も少女と子犬は公園にいた。いつの日からか、帰宅途中にマリア公園で少女と語らうのが桜木の日課のようになっていた。

知らなかった。深雪が、自分を待っていただなんて……。

いじらしさとせつなさがない交ぜになり、桜木の胸を締めつけた。


マズルコントロールの話、家族構成、趣味、得意科目、苦手科目、好きな食べ物、嫌いな食べ物。あなたは、いろいろなことを教えてくれた。あなたの話を聞いているときだけは、寂しいこと、つらいことのすべてを忘れられた。

桜木は、深雪と初めて会った夜、タブレットの飲ませかたを教える際に、クロスをマズルコントロールのできた犬だと感心した。まさか、自分が八年前に教えていたとは、夢にも思わなかった。

いまは違う。当時のことを、はっきりと思い出すことができる。

少女は、三人家族のひとりっ子、趣味はスケッチ、得意科目は図工と国語、苦手科目は算数、好きな食べ物はカレーライス、嫌いな食べ物はひじき。

そういえば、診療費の代わりに奢《おご》るからと誘われて行ったファミリーレストランでも、深雪はカレーをおいしそうに食べていた。

遅過ぎた。いまさらなにを思い出しても、もう彼女は戻ってこない。

底無しの後悔に苛《さいな》まれつつ、桜木は手紙を読み進めた。

でも、私の時間はどんどんなくなっていった。京都へ行く日が近づいてきた。カレンダーをみるたびに、泣きたくなった。

あなたには、言えなかった。親のいない子だと知られ嫌われることが、京都行きを告げ、じゃあ、もう会えないね、の言葉を聞くのが怖かった。

時間が止まればいいと思った。明日なんてこなければいいと思った。

今度の願いは、叶わなかった。あたりまえよね。時間を止めるだなんて、子供心にも無理だとはわかっていた。

ついに、その日がきてしまった。

私は、二ヵ月ぶんのお小遣いを貯めて買ったおもちゃの指輪を持って、公園に向かった。ある決意をして。

モンシロ蝶《ちょう》を追いかけていたクロスが、不意に立ち止まり、私に駆け寄ってきた。

今日は、あったかいね。

あなたは言いながら、私の横に座ってオレンジジュースをくれた。

本当は、私も缶コーヒーがよかったな。

あなたが缶コーヒーを飲むのをみて、私は背伸びして言ってみた。

ごめん。今度は、缶コーヒーにするよ、と、あなたは優しい眼差しで、屈託のない笑顔で言った。

明日には京都に行かなければならない私には、今度はない。あなたと会うのも、今日で最後。私は、深い哀しみに包まれた。

物凄《ものすご》い勢いで遡《さかのぼ》る記憶。鮮明に浮かぶマリア公園のベンチ。物憂い表情で俯《うつむ》く深雪。自分の足もとでじゃれつくクロス。

花壇に咲き乱れる花々の色、噴水の水音、宙を舞うモンシロ蝶……そのすべてが、脳裏に、鼓膜に蘇った。

――どうしたの？

どうしたの？

深雪の文字に、当時の己の声がリンクした。

――え？　なにが？

少女は、慌てて笑顔を取り繕った。

――なんだか、哀しそうな。

桜木は、言葉を切り、ブレザーのスラックスの裾《すそ》にじゃれ続けるクロスに右手を伸ばした。待て、の合図。もどかしげにおしりを振りながらお座りするクロス。頷《うなず》き、クロスを膝上《ひざうえ》に抱き上げる自分。

――ずいぶんと、元気になったね。

――クロスは元気よ。

力ない声。クロスは、という少女の言い回しが気になった。

――もちろん、私も元気よ。

無理に浮かべたような作り笑い。今日の少女は、いつもと様子が違う。

――将来は、獣医さんになるの？

少女が、話題を変えた。

——そのつもりだよ。幼い頃から、動物に囲まれて育ってきたし、ほかに、特技がないからね。

冗談を飛ばしてみたが、少女は笑わなかった。やはり、今日の少女はいつもと違う。

——獣医さんになるのは何歳のとき？

うわずった声で質問を続ける少女に、桜木は、疑問を感じながらも七年後の二十四歳だと答えた。

——恋人とか、いるの？

唐突な少女の言葉に、桜木は缶コーヒーで噎《む》せた。

——どうしたの？　藪《やぶ》から棒に？

眼をまるくして訊《たず》ねる桜木に、いいから、いいから、と無邪気に微笑んではいたが、少女の缶ジュースを持つ手は震え、頬は強張《こわば》っていた。

恋人はいない。桜木は、ありのままを答え、微笑みを浮かべた。釣られたように、少女も微笑んだ。しかし、すぐに強張った表情に戻った少女は、腰に巻いたウエストポーチからなにかを取り出し、大きく息を吸った。

——しようがないわね。私が、結婚してあげる。

さらりと言うと、少女は自分の右手を取り、掌《てのひら》に握り締めていたなにかを薬指に嵌《は》めようとした。

なにかは、ガラス玉がちりばめられたおもちゃの指輪だった。結局、指輪は薬指に入らず、小指におさまった。

——これは、婚約指輪。私、明日、京都に引っ越すの。

口をぽっかりと開けて驚く桜木に、少女ははや口で告げた。

——え？　明日？

桜木は、思わず訊ね返した。

——そう、明日。

——ずいぶん、急な話だね。そっか……寂しくなるな。

——本当？　本当に、私がいなくなると寂しい？

——もちろん。

嘘ではなかった。男兄弟しかいない桜木にとって、少女は、妹のようなものだった。この一ヵ月、毎日のように少女とマリア公園で会って語らうことが、桜木には楽しみのひとつになっていた。

少女の顔がぱっと明るくなり、満面に笑顔が弾《はじ》けた。

——じゃあ、約束してくれる？　あなたが獣医さんになった七年後の、三月十五日のいつもの時間に、このベンチで待ち合わせをするの。

——なんで、三月十五日なんだい？

——私とクロスが出会った日。そして、私とあなたが出会った日。あなたは、七年後の三月十五日にその指輪を持ってきて、私に結婚を申し込むの。

記憶の中の少女の顔が、手紙の文字が、涙で霞《かす》んだ。

もしかしたら、深雪は去年の三月十五日に……。

桜木は、貪《むさぼ》るように手紙を読み進めた。紙面に落ちる涙が、インクを滲《にじ》ませる。背中が波打ち、横隔膜が痙攣《けいれん》した。きつく引き結んだ唇から、零《こぼ》れ出る嗚咽《おえつ》。

最後の一枚を読み終えた桜木は、糸の切れた操り人形のようにがっくりと跪《ひざまず》き、両手を床に着いた。

フローリング床に、突然の夕立を受けたアスファルトのように水滴の斑模様《まだらもよう》が広がった。

◇　◇

ビデオの早送りのように、車窓を流れるビルの群れ。タクシーは、用賀へと向かう高速を走っていた。

午後一時二十五分。行きと同様に、道は空いていた。午後の診療が始まる二時までは十分に間に合う。

桜木は、「青年と子犬」のキャンバスを膝上に抱え、リアシートの背凭《せもた》れに深く身を預け、移り行くグレイの景色を抜け殻の視線で追った。

後悔なんて、生易しいものではなかった。できることなら、深雪と再会した日に戻ってやり直したかった。

そう、再会。忘れ雪のように唐突に現れた美しき女性《ひと》は、初対面ではなかったのだ……。

眼を閉じた。深雪の手紙に綴《つづ》られた、自分の忘却していたせつなき出来事が、瞼《まぶた》の裏に浮かび上がった。

京都での六年は、思い出とともに過ごした六年だった。見知らぬ土地、見知らぬ人達に馴染《なじ》めなかった私を励ましたのはクロスと、そして、あなたとの約束。

あなたは、あの日の約束をたわいない子供の気まぐれだと思ったんでしょうね？　きっと、一年も経たないうちに忘れてしまう。

それでもよかった。私にとっては、あの瞬間、あなたが約束してくれただけで満足だった。

私も、思い出だけで生きて行くつもりだった。そうしているうちに、本当の意味でいい思い出になると思っていた。

でも、中学、高校と、時が流れるほどに、思い出の中のあなたの存在はどんどん大きくなった。

私は、東京の大学を志望した。叔父《おじ》さんにたいしては、いい美術大学が東京に集中しているから、ということを表向きの理由にした。

それは嘘ではないけれど、私が東京の大学を選んだのは、もちろんあなたとの約束があったから。

七年前の、しかも小学生相手の約束をあなたが覚えているはずもないのに、それだけの理由で上京するだなんて馬鹿みたいでしょう？

自分でも、雲を摑《つか》むような話だとわかっていた。だけど、それでもよかった。私にとって重要なのは、約束の日、約束の時間、約束の場所に行くこと。もし行かなくて、あなたがきていたかもしれないと思ったら、一生後悔するから。

はっきりと事実を、この眼で確かめたかった。踏ん切りをつけたかったの。

あなたがマリア公園に現れなければ、思い出は思い出として胸の中にしまっておける。あなたなしの人生を、歩いて行ける。

志望校に合格した私は、三月からふたたび東京に住むことになった。

六年振りの東京。懐かしかった。その気になれば、私が住む渋谷からあなたの住む用賀まで三十分とかからずに行ける。

じっさい、行ってみるだけ、と自分に言い聞かせ、何十回となく用賀に足が向きかけた。声を聞くだけ、と言い聞かせ、何十回となく受話器を手に取り、桜木動物病院の電話番号を押しかけた。でも、我慢した。約束の日は一年後。これまで、六年間待ってきた。ここで行ったり電話をしたら、あなたを裏切るような気がしたの。

期待と不安。一年は、長くもあり、短かった。はやくきてほしいという気持ちと、いつまでもこないで、という気持ちが私の心を綱引きした。

その日がくれば、私の夢が終わるかもしれないと考えると、怖かった。

そんな私の思いとは裏腹に、時は着実に流れていった。

三月十五日。その日は、ついにやってきた。約束の三十分前、私とクロスは四時半にマリア公園に到着した。

懐かしい桜の樹、懐かしい噴水、懐かしい聖母マリア像、懐かしいベンチ……。

クロスも覚えていたのか、子犬のように公園内をかけずり始めた。

七年前と同じに、私は噴水を正面にみるベンチに座り、嬉《うれ》しそうにはしゃぎ回るクロスとともにあなたを待った。

クロスだけではなく、私も、小学生に戻ったような気分だった。

噴水の水音に耳を傾け眼を閉じると、高校生だったあなたが現れた。

私とクロスをみつめる温かな眼差しが、語りかける優しい声音が、瞼に、耳に、まるで、昨日のことのように蘇《よみがえ》った。

穏やかに、ゆったりと流れる時間に身を任せ、あなたとの再会を喜んだ。京都での暮らし、新しいクラスメイト、上京、大学生活、成長したクロス……。

あなたの知らない七年間を、空白の時を取り戻すとでもいうように、身振り手振りで話した。あなたは昔と同じに、興奮気味に語り続ける私の話を微笑みを湛《たた》えながら聞いてくれた。

風に乗った鐘の音が、約束の五時を告げた。でも、もうあなたは私の目の前にいる。

柔和な表情で、うん、うん、と私の話に頷《うなず》いている。

積もる話は、尽きることがなかった。永遠に、この瞬間が続いてほしいと私は願った。

不意に、クロスが鼻を鳴らした。

大好きなあの人と会えたのに、どうしてそんなに哀しい声を出すの？

あなたの膝上《ひざうえ》で寝そべるクロスに、私は訊《たず》ねた。クロスは声と同じに、とても哀しそうな瞳《ひとみ》で私をみつめた。


眼を開けた。琥珀《こはく》色の夕陽に染まっていた公園は、いつの間にか薄闇に包まれていた。

足もとにお座りするクロスが、哀しげな顔で私をみつめていた。

ベンチに座っているのは私ひとり。私には、クロスの表情の意味がわかっていた。

腕時計の針は、七時を回っていた。二時間以上、私は思い出の中のあなたと会話をしていた。

小さく息を吐き、私は腰を上げた。最初から、わかっていたこと。なんとか自分に言い聞かせようとする私と、もしかしたら、獣医師になっていないのかも、と淡い希望を持つ私がいた。

獣医師になっていなくても約束を覚えていたら、私を覚えていたらきっと迎えにくるはず、という否定的な声に押し潰《つぶ》されそうになりながらも、私の足は桜木動物病院へと向かおうとしていた。

とにかく、病院が存続しているかどうか、それだけでも確かめたかった。

公園を出ようとした足が凍《い》てついた。並木道で抱き合うカップル。私は、クロスのリードを引っ張り、反射的に桜の木陰に身を隠した。

頭の中が、真っ白になった。抱き合うカップルが、涙で霞んだ。

瞳の大きなかわいらしい女性を抱き留めている男性……ひと目でわかった。

あの頃より身長が高くなり、顔立ちも男らしくなっていたけれど、優しい瞳、温かな眼差しは昔のままだった。

でも、その瞳は、眼差しは、私の知らない女性に注がれていた。

嗚咽を堪え、私は別の出口から駆け出した。通りすがりの人達が、泣きながら走る私を怪訝《けげん》な顔で振り返った。堪えていた嗚咽が、堰《せき》を切ったように溢《あふ》れ出した。

どこをどう走ったか覚えていない。気づいたときは、タクシーの中だった。大声で泣きじゃくる私を、心配そうな表情でクロスがみつめていた。

半年が過ぎた。時がすべてを解決してくれる。私には、当て嵌《は》まらなかった。

ぽっかりと心に開いた空洞。どうしようもない哀しみ。

約束ともいえないような七年前の出来事を覚えていろというのが、あんなに素敵な男性に恋人のひとりもいないというのが、無理な話であることはわかっていた。

でも、頭ではわかっていても、たとえようもない孤独感が私を抜け殻にした。

大学の講義に出ているときも、友人と話しているときも、テレビをみているときも音楽を聴いているときも、頭からあなたと見知らぬ女性の抱擁《ほうよう》が離れなかった。

朝起きて、呼吸をして、食事をして、寝て、朝起きることの繰り返し。

いっそのこと、傷つくことも哀しむこともない人形になりたかった。


さらに二ヵ月が過ぎた。相変わらずの抜け殻の生活、無為な生活を送る私のもとへ、京都の叔父《おじ》から電話が入った。

『わしの会社に、優秀な男がおってな。南という男で、今度、西麻布にオープンするフランス料理店のマネージャーを任せることになった』

つまり、お見合い。叔父さんは、上京する部下に一度会ってほしいということだった。

叔父さんの電話の目的は、私に画家のまねごとなんかはやく止めさせて、将来の後継者の妻となってほしかったの。

あなたを忘れられないというのに、お見合いだなんて……。

心とは裏腹に、私は叔父にふたつ返事をしていた。

もしかしたら、あなたを忘れられるかもしれない。そんな不純な動機で、私は南さんとのお見合いを決意した。

お見合いの場所は、南さんがマネージャーを務める西麻布のフレンチレストラン。上京した彼の両親、京都の叔父夫婦を交えた六人が集まった。

結婚を前提に、ふたりの交際は始まった。

誰かとつき合えば、あなたを忘れられるかもしれない。その思いは、見事に裏切られた。

彼は誠実で、素敵な男性だった。でも、私の心は満たされなかった。

眼を閉じれば、そこにはいつもあなたがいた。南さんが私に優しくすればするほど、罪悪感が募った。

交際二ヵ月目のある日、彼は私にプロポーズをした。今度は、お見合い話のように即答するわけにはいかなかった。

もちろん、南さんに不満があったわけじゃない。ただ、ほかの男性とつき合うことで、皮肉にも、あなた以外の男性を愛せないということがわかった。

私は、曖昧《あいまい》な態度で返事を先延ばしにした。日増しに、彼の葛藤《かっとう》が強まるのが私にも伝わった。叔父からも、うまくいっているか？　と探りの電話が頻繁に入るようになった。

きっと、彼が叔父に相談をしていたんだろうけれど、私には南さんを責める気も資格もなかった。

悪いのは、愛もないのに彼との交際を始めた私なのだから。

だけど、どうしてもあなたへの想いを断ち切ることができなかった。

このままでは、私も彼もだめになる。私は、叔父にも彼にも内緒でパリの美術大学への留学を決めた。

あなたへの想いを断ち切り、彼との関係を清算するため。

とにかく、そのときの私には、日本を離れることしか頭に浮かばなかった。

あなたの面影が、匂いが残る日本を離れること。それが、最善の方法に思えた。


パリ行きまで一ヵ月を切ったあの日の夜。私の決意が、大きく揺らぐ事件が起こった。

二子玉川駅前の、叔父のイタリアンレストランを視察する彼につき添った帰り、用賀に差しかかったときのこと。

ハンドルを握る彼の横で、私の胸は密かに高鳴った。車が並木道に入った頃には、無意識に窓の外に視線を漂わせていた。

すぐに、私は視線を車内に戻した。そして、厳しく自分を叱責《しっせき》した。

あなたの面影を消すために、私はパリ行きを決意したのだから。

突然、リアシートのクロスが窓を引っ掻《か》き、激しく吠《ほ》え立て始めた。こんなことは、初めてだった。

トイレかもしれない。そう思った私は、彼に車を停めてくれるようにお願いした。車を降りた瞬間、クロスは物凄《ものすご》い勢いで駆け出した。私は、慌ててあとを追った。

並木道の向こうで、クロスは男性にじゃれついていた。なにがどうなっているのか、わからなかった。薄闇で、男性の顔ははっきりとみえなかった。

「ごめんなさい」。通りを渡った私は、腰を屈《かが》めてクロスをあやす男性に声をかけた。

「危なかったですね」。男性が顔を上げ、微笑んだ。私は、声を失った。

優しい声。深く、柔和な瞳。私の躰《からだ》は凍りついたように動かなかった。

「このコの名前は、なんていうんです?」。訊ねるあなたに、私はクロスの名を告げた。そして、あなたの瞳《ひとみ》を窺《うかが》った。

「いい名前ですね」。言いながら、あなたはクロスの耳の裏を揉《も》んだ。心地好さそうに、眼を細めるクロス。

あなたは、私のことも、クロスのことも覚えていなかった。

哀しみよりも、クロスと触れ合うあなたをみて、懐かしさが込み上げた。信じられなかった。いまこうして、クロスに優しく接するあなたを目の前にしていることが。

神様の悪戯《いたずら》なのか、クロスはあの日と同じように怪我をしていた。彼の車で、あなたの病院に行くことになった。あなたと彼が自己紹介するのを、私は複雑な気持ちで見守った。

なにも知らずに名刺を出す彼にたいしての疚《やま》しさ。屈託ない笑顔で名刺を受け取るあなたにたいしての哀しみ。

そう。あなたにとっての私は、偶然に出会った初対面の女性のひとりに過ぎない。

わかっていた。八年前の、僅《わず》か一ヵ月間の少女との出来事を、覚えていろというのが無理な話だということを。

私は、一縷《いちる》の望みにかけた。あなたが、目の前の女性があの日の少女であると思い出してくれることを。そして、心に決めた。

あなたの記憶が蘇《よみがえ》り、あなたがそう望むのならばパリ行きを止めることを。


彼は仕事に戻り、病院であなたとふたりきりになった。

怪我を治療するときのクロスをみつめるあなたの眼差し、語りかける声音、傷口に触れる指先は、とても優しく、慈しみに満ち溢《あふ》れていた。

気を抜けば涙に霞《かす》みそうになる私の視界には、昔となにも変わらないあなたがいた。

私は、あなたの前で積極的に振る舞った。治療費を無料にするというあなたを、お礼に、と強引に食事に誘った。あなたとの繋《つな》がりを失わないために、入院の必要もないのにクロスを預けた。鳴海さんと結託して、あなたとのデートにこぎつけた。

あの日の少女を思い出して、と心で叫び、ファミリーレストランで、病院で、カクテルバーで、ディズニーランドで、いくつものサインを出した。

すべてを忘れているあなたからしたら、出会ったばかりなのにいろんなことを言ったり訊《き》いたりする私を、なんて図々しい女だと思ったでしょうね？

でも、私には、あなたにどう思われるかを考えて行動する時間はなかった。

二日目に、私は桜木動物病院の診療室である女性と再会した。

いいえ、再会とは違う。私が一方的にみただけの女性だから。

ある女性は、看護士の静香さん。一年前、並木道であなたの胸に抱かれていた女性。

あなたの恋人……。

でも、その日の夜、カクテルバーで鳴海さんから意外な真実を聞いた。

静香さんは、あなたの恋人じゃなかった……。

嬉《うれ》しいというよりも、複雑だった。彼女が恋人じゃなかったところで、あなたの中に「私」がいないことは変わらない。

なにより、二年間あなたを想い続けているという彼女の気持ちを考えると、胸が痛んだ。報われぬ想い。私にはわかる。静香さんの、苦しい胸の内が……。

私は、ディズニーランドでのデートを最後の思い出に、あなたの前から姿を消すことを決めた。

ディズニーランドからの帰り道。クロスを迎えに行く並木道。私は、走馬灯のように駆け巡るたくさんの思い出のひとつひとつを嚙《か》み締めながら歩いた。

もう、あなたに投げかけるサインもなくなった。あと数分も歩けば、病院に到着する。クロスを連れて、それでさよなら。

四日前の出会いを初対面として、まったく新しい交際をすればいい、と思ったこともある。

だけど、それをやってしまえば、静香さんの想いを踏み躙《にじ》ることになる。四日間と二年間では重みが違う。あなたが、あの日の「私」を迎えにきてくれなければ、私はただの横槍《よこやり》を入れただけの女。

でも、私からは口が裂けても言いたくなかった。だって、あの日の約束は、あなたが私を迎えにきてくれる、というものだったから……。

不意に、天から舞い落ちる雪片。私は、眼を疑った。錯覚じゃなかった。

忘れ雪……。思わず、口にした私はマリア公園へと駆けた。いつものベンチに腰をかけ、空を見上げた。

頰に触れる冷たい感触。噴水の柔らかな水音。湿った土の匂い。草花の甘い香り。

眼を閉じると、そこには八年前の世界が広がっていた。

「クロス」と戯れる「私」がいる。「クロス」と「私」を優しい眼差しで見守る「あなた」がいる。

幸せだった。ママの言葉を思い出した。

春に雪が降ったときに願い事をすれば必ず叶《かな》う、という言葉を。

私は、忘れ雪に願いをかけた。あなたが、素晴らしい人生を送れますように、と。

そして、あなたに、さよならのキスをした。素敵な思い出を胸に、私はパリに旅立つはずだった。

……。

あなたも知っているとおり、クロスが死んだ。最愛の友、最愛の家族だったクロスがまた、私はひとり。心に広がる暗闇。私は、どうしていいかわからなくなった。

クロスは、八年前も、そして今回も、私とあなたを巡り合わせてくれた。

あのコは、あなたを覚えていたのね。車の窓からあなたの姿をみかけて、命懸けで私に教えてくれた。

その日の夜、クロスのアルバムを開いた。数えきれない思い出のひとつひとつを回想しているうちに、空が白み始めた。いまにも、写真の中からクロスが飛び出してきそうな錯覚に何度も襲われた。

一晩中、泣き明かした。一生ぶんの涙を出し尽くした。涙が涸《か》れた頃、一度は諦《あきら》めたあなたの記憶の扉をもう一度ノックしようと、私は決意した。

それが、私のために生まれ、私のために死んだクロスへのせめてもの償い……。あなたと結ばれることが、クロスの望みだった。

クロスのお葬式が終わった夜。私は、あなたを部屋に呼んだ。

その夜に、すべてを賭《か》けた。

でも、だめだった。あなたは、私のノックに応えてくれなかった。私は、クロスの願いを叶えてやれなかった。

クロスが生きていたならば、私は予定通りに黙って消えるはずだった。

だけど、小さくなった「クロス」をみているうちに、無意識にペンを握っていた。

真実はお墓の中まで持っていこうと思っていたけれど、クロスのため、そして私のため、最後の望みを託すことに決めた。

パリでの留学期間は一年。私は、留学が終了する直前の三月十五日に一度帰国します。

この日が、なんの日か、もうわかるよね？

そう、八年前に交わした約束と同じ日と同じ時間に、私はマリア公園のベンチであなたを待ちます。

といっても、あなたがマンションを訪ねていなければ、この手紙を読んでいなければ、私はまた待ち惚《ぼう》け。

もちろん、読んでくれていたとしても、その気がなければすぐに手紙を破り捨ててください。

あなたは優しい人。でも、同情だけはいやだからね。

もし、あなたが八年前と変わらない返事だったら、私を迎えにきて。

あなたが現れなかったら、今度こそ、本当にさよなら。私は、新しい人生を歩みます。

一年後の結果がどうであろうと、桜木一希という男性と出会ったことを、私は忘れ雪に感謝します。

長い手紙につき合ってくれて、ありがとう。

追伸　お兄ちゃん。お仕事、頑張ってね。

深雪

揺れる視界。振り返る運転手の怪訝《けげん》そうな顔が、涙で霞《かす》んだ。きつく噛み締めた歯から零《こぼ》れ出す嗚咽《おえつ》。波打つ背中。便箋《びんせん》の束を膝上《ひざうえ》で握り締め、桜木は鈍感すぎる自分を激しく責め立てた。

自責の声が渦巻く脳内に、次々と浮かぶ映像。

並木道で、診療室でクロスに声をかける自分を、桜木動物病院の建物を、ファミリーレストランで自己紹介する自分をみつめるときの深雪の、懐かしげな、それでいて寂しげな瞳《ひとみ》。

——結婚しよっか。

出会ったその日に、唐突に切り出した深雪。

——その男性は、すぐ近くにいる。だけど、すごく遠い……。

アルカトロスで、マルガリータのグラスを片手に物憂く沈む深雪の横顔。迷子になった子犬のような、寂しく、哀しげな瞳。

——あ、忘れ雪……。

ディズニーランドからの帰り道、何年振りかの忘れ雪に子供のように無邪気な声を上げ、マリア公園へと駆ける深雪。闇空から舞い落ちる白い花びらに包まれながら交わした口づけ……。深雪の伏せた睫《まつげ》に光る涙。

——本当に、あなたはなにも覚えてないのね……。

クロスの骨の一部をマリア公園に埋めるという言葉の意味がわからぬ自分を、底無しに哀切な瞳でみつめる深雪。

——私はこんなにあなたを想い続けているのに……。どうしてあなたは、忘れてしまったの？

パリ行きを告げる深雪を引き止めない自分に、彼女はしゃくり上げつつ訴えた。

眼を閉じた。深雪の涙に濡《ぬ》れた瞳が、うわずる声音が、瞼《まぶた》から、鼓膜から、離れなかった。

深雪を昔から知っていたような懐かしい感覚、何度もみせた哀しげな仕草、びっくりするような言動の数々、クロスが自分を目がけて駆け寄ってきた理由……。

真実を知ったいま、すべての謎が解けた。

クロスのおかげで、自分と深雪は再会した。深雪は自分に、八年前の少女の存在を必死に思い出させようとした。

自分は、なんてことを……。深雪の慟哭《さけび》に、気づいてやれなかった。

深雪が忘れることのできなかった思い出の彼は、ほかの誰でもなく、自分だったのだ……。

「お客さん、お客さん？」

眼を開けた。膝上で握り締めた拳《こぶし》に、落ちて弾《はじ》ける雫《しずく》。

「着きましたよ」

手の甲で涙を拭《ぬぐ》い、顔を上げた。窓の外。霞む視界。見慣れた、薄桃色の外壁。

桜木は、眉《まゆ》をひそめる運転手に五千円札を渡し、釣りを受け取った。タクシーを降り、駆け出した。涙顔を、運転手にみられたくなかったわけじゃない。

みつけなければ、ならないものがある。

桜木動物病院のガラス扉を避け、玄関に走った。いまは、中里にも静香にも会いたくなかった。階段を駆け上った。四階に到着したときには、激しく息が上がっていた。

ドアを開けた。スニーカーを脱ぎ捨てた。自室のクロゼット。衣服をかきわけた。段ボール箱を運び出した。もどかしげな手つきでガムテープを引き剝《は》がす。

使い古したグローブ、顕微鏡セット、作りかけのプラモデルの飛行機、黒紫色した石ころ、落書き帳、ビー玉、スーパーファミコンのゲームソフト、修学旅行先で買ったキーホルダー……。

いまはもう使うことのなくなった過去の宝物の数々を、次々と取り出した。

目的の物が、みつからなかった。背筋を這《は》い上がる焦燥感。桜木は、段ボール箱の中身をフローリング床に空けた。散乱する宝物の山を搔《か》きわけた。
四、五センチ四方の青い小箱。手に取り、開けた。詰め込まれた脱脂綿に埋まるおもちゃの指輪。震える指先で摘み上げた。銀メッキのリングにちりばめられたガラス玉が、蛍光灯の明かりを受けきらめいた。
——七年後の三月十五日にその指輪を持ってきて、私に結婚を申し込むの。

幼き深雪の声が、はにかんだ顔が、鮮明に脳裏に蘇《よみがえ》った。

子供の他愛ない言葉だと、軽く聞き流していた。軽い気持ちで、約束した。

しかし、深雪は、自分の無責任な約束を大切に育み、七年後、ふたりが出会った、クロスと出会ったマリア公園のベンチで待った。

現れるはずのない自分を、あの日の少女のままの純粋な心で……。

ふたたび、頰を伝う涙。ぼやける視界で、哀しく、美しく揺れるガラス玉の光輪。震える唇を割って出る嗚咽。

「約束する。今度は必ず、迎えに行くから……」

桜木は、八年前の深雪に涙声で誓った。

［3］

「先生に会いたいという方がいらっしゃってますが……」

診療室。午前十時五分。静香の強張《こわば》った顔が、その来客が鳴海ではないことを告げていた。

午前の診療が始まったばかりの、鳴海以外の来客の心当たりはなかった。

「誰？」

「会えばわかるって、教えてくれないんです」

桜木はデスクチェアから立ち上がり、待合室へと向かった。沓脱《くつぬ》ぎ場に佇《たたず》む男性をみて、桜木は息を呑《の》んだ。

濃紺のダブルスーツ。糊《のり》のきいたワイシャツの襟。柔和に垂れ下がった眼。南……。

好青年然とした印象は以前と変わらないが、その表情は硬かった。

「この前は、どうも、ありがとうございました」

桜木は、微笑みを湛《たた》え、頭を下げた。

「深雪が、どこに行ったか知らないか？」

押し殺した声で、南が単刀直入に切り出した。

「え……」

桜木は、返答に詰まった。深雪は、南にパリ行きを告げていない。が、嘘を吐くのも気が引ける。

「あの日、クロスをここに連れてきて以来、彼女と会ってないんだ。電話をしても、忙しいから、の繰り返し。一昨日までは繋《つな》がっていたのに、昨日から携帯電話も自宅の電話も止まっていた。おかしいと思って、今朝、深雪のマンションに行った。インタホンを鳴らしても返事がない。管理人から、深雪が引っ越したことを聞いたよ。桜木君と言ったね？あの日の翌日も、深雪はここを訪れたそうじゃないか？　それだけじゃない。腕を組んでいたらしいね？　君は、いったい、深雪とどういう関係なんだ!?」

振り返った。診療室の半開きのドアから様子を窺《うかが》っていた静香が、慌てて眼を伏せた。

最初から、南が敵意を剝《む》き出しにしている理由がわかった。

「すいません、深雪さんと、ふざけていただけで……」

「ほおう。ふざけ合うだなんて、ずいぶん親密な間柄じゃないか？」

南が、皮肉っぽい笑いを片頰に貼りつけた。しかし、怒りに燃え立つ瞳《ひとみ》は笑っていなかった。

「そんな、僕と深雪さんはそういう関係では——」

「僕と深雪さん？　おとなしそうな顔をして、ずいぶんと手がはやいな」

「南さん。そういう言いかたはやめてください。僕はともかく、深雪さんに失礼ですよ」

思わず、語気が強まった。すいません、と桜木は詫《わ》びた。

南が怒るのも尤《もっと》もだ。結果的に、自分がふたりの間に割って入った事実に変わりはないのだから。

「君に、深雪を庇《かば》う権利はない。彼女は、僕の婚約者だ。とにかく、教えてもらおうか？　深雪は、どこに越したんだ？」

両手を腰に当て、桜木を睨《にら》みつける南。待合室に充満する剣呑《けんのん》な空気。受付カウンターに座る中里が、強張った面持ちで事の成り行きを見守っていた。

「それは……言えません」

南が眼を剝《む》いた。どうやら、燃え盛る火に油を注いでしまったようだ。

知らない、と言ったほうが波風が立たないことはわかっていた。しかし、嘘は吐きたくなかった。清一郎の血。損な性分だが、仕方がない。

「言えない!?　それはどういうことだ？　君は耳がないのか？　僕は彼女の婚約者だと言っただろう!?　僕には、深雪の行方を知る権利があるんだよっ」

南の怒声に、自動ドアが開く音が交錯した。シー・ズーを抱いた初老の女性が、驚いた顔で立ち尽くした。

「南さん、お話の続きは表で。中里君、お客様を頼むよ」

言って、桜木は初老の女性に会釈を投げ、外へと出た。茹《ゆ》でダコのように顔を紅潮させた南を、ビルのエントランスへと促した。

朝から、男ふたりが路上で向き合うのは、あまり体裁のいいものではない。

「南さん。お気持ちはわかります。でも、深雪さんがなにも告げないで姿を消したということは、なにか理由があると思うんです。だから、僕の口からは……」

南と深雪を会わせたくない、というわけではなかった。むしろ、南との関係を清算したいのならば、本人の口から言うべきだと自分は思う。

だからといって、自分が勝手に彼女の行き先を南に告げていいことにはならない。人には、それぞれの事情がある。とくに男女の関係は、他人が口を挟むことではない。

「理由!? どんな理由があるというんだ!? 深雪が、僕に愛想を尽かしたとでも言いたいのか!?」

こめかみに十字型の青筋を浮かべ、親指で自分の胸を差しつつ詰め寄る南。

「そんなこと、言ってません。南さん、落ち着いてください」

「恋人が突然姿を消した。彼女は、婚約者である僕にではなく、会ったばかりの男に行き先を告げた。これが、落ち着いていられることか!? さあ、言いたまえっ。深雪はどこだ!? どこにいるっ!?」

南の両手が、ユニフォームの襟を摑《つか》んだ。前後左右に首が揺れた。

「やめてください、南さん……」

胸倉を摑みながら詰め寄る南。後退る自分。エントランスの壁に、背中を押しつけられた。絞めつけられる頸動脈《けいどうみゃく》。脳への酸素が遮断された。すうっと遠のく意識。

「てめえっ、なにやってんだっ！」

誰かの怒鳴り声。気管に雪崩《なだ》れ込む酸素。視界が揺れた。壁に摩擦される背中。臀部《でんぶ》に衝撃。桜木は、金魚のように口をパクつかせ、空気を貪《むさぼ》った。

眼前でもつれる四本の足。視線を上げた。南と揉《も》み合う、ピンストライプ地のスーツを着た男……満！

「き、君は誰だ？　いきなり、なにをするっ!?」

「うっせえっ！　てめえこそ、兄貴になにしやがるっ」

南のネクタイを鷲摑《わしづか》みにした満が、足をかけた。腰から崩れ落ちる南。すかさず馬乗りになった満の振り上げた右腕。桜木は立ち上がり、しがみついた。

「満、やめろっ」

「でも、この野郎はっ……」

「いいから、やめるんだっ」

桜木は、背後から満を羽交い締めにした。渾身《こんしん》の力を込めて、南から引き離した。

喉《のど》を擦りながら、南がゆっくりと立ち上がった。

「まったく……君の弟は獣だな」

乱れた髪を手櫛《てぐし》で整え、南が言った。

「なんだと!?」

南に突っかかろうとする満を、桜木は懸命に引き止めた。

「南さん、すいませんでした。お怪我は？」

「兄貴っ。こんな野郎に謝る必要はねえ！」

振り向き、満が眼を剝いた。

「ふっ……。兄貴が泥棒猫で、弟は狂犬か」

「てめえっ、ぶっ殺してやるっ」

物凄《ものすご》い力。羽交い締めの腕が解かれた。後方によろめいた。満が南に殴りかかろうとした瞬間……「満君、やめなさいっ」。

南の前で、両手を広げる静香。いつの間にか、中里も通りからエントランスを覗《のぞ》き込んでいた。

満の動きが、ピタリと止まった。唇を噛《か》み、振り上げた拳《こぶし》をゆっくりと下ろした。満には、ほかの誰よりも静香の言葉が効果的だった。

「兄貴となにがあったかは知らねえが、二度とツラをみせんじゃねえ。兄貴になにかしやがったら、俺が赦さねえからな！」

吐き捨て、踵《きびす》を返した満が階段を駆け上がった。

「今日のところは取り敢えず帰るが、僕は諦《あきら》めないぞ。また、日を改めて寄らせてもらう。

だが、覚えておけ。今度あのチンピラが手を出してきたら、警察に訴えるからな。金井君と言ったっけ？　僕の名刺を渡しておくから、深雪のことでなにかわかったら連絡をくれ。ここの院長は信用できないが、君は別だ」

最後に、自分を睨みつけ、南が踵を返した。

「先生……余計なことを言ってしまって、すいません……」

南の背中を呆然《ぼうぜん》と見送る自分に、静香が泣き出しそうな顔で言った。

「いや。君は本当のことを言っただけなんだから、謝る必要はない。南さんが怒るのも当然だよ」

慰めではない。静香は、真実を言っただけ。悪いのは自分だ。

「これ、私が持っていてもしようがないですから……」

洟《はなみず》を啜《すす》りながら、静香が南の名刺を差し出した。

「南さんは、君に渡したんだ。僕が預かるわけにはいかない。さ、それより、仕事に戻ってくれ。お客さんを、放りっぱなしなんだろう？　僕は、ちょっと満の様子を覗いてくるから。泣きやまないと、お客さんがびっくりするぞ」

桜木は、小刻みに震える静香の肩をポンと叩《たた》き、微笑みかけた。踵を返し階段を駆け上がる桜木の背中を、静香の号泣が追ってきた。

◇　◇

満の部屋のドア。ノックした。返事はない。ノブを回した。カギは、かかっていなかった。

「ちょっと、いいか?」

半開きのドアから顔を出し、桜木は言った。

壁際のベッドでスーツを着たまま仰向《あおむ》けになっていた満が、上半身を起こした。気怠《けだる》げな仕草で煙草を唇に挟み、入れ、とばかりに右手を振った。

そこここに散乱する競馬新聞や男性週刊誌を部屋の隅に積み重ね、桜木は床にあぐらを搔《か》いた。

「さっきは、すまなかったな。変なことに巻き込んでしまって」

「そんなことより、あいつと、なにがあったんだよ?」

言いながら満は腰を浮かし、ガラステーブル上を埋め尽くすビールの空き缶を片手で払い落とし、吸い殻が山となった灰皿を手にした。

桜木は、束の間躊躇《ためら》ったのち、深雪と会った夜まで記憶を巻き戻し、ぽつりぽつりと語り始めた。

クロスがいきなり駆け寄ってきたこと、ガラス片で足を怪我したこと、南の車でここまで送ってもらったこと、無料で治療をしたこと。

無邪気に笑ったかと思えば不意に哀しげな瞳《ひとみ》になる深雪のこと、お礼にファミリーレストランで食事を奢《おご》ってもらったこと、食事の際に、唐突に、結婚しようか? と言われたこと。

翌日、鳴海と飲んでいるカクテルバーに深雪が現れたこと、鳴海のお節介だったこと、深雪には、南以外に忘れられない初恋の男性がいること、ディズニーランドで鳴海達とダブルデートしたこと、帰りに、深雪と口づけを交わしたこと。

クロスが死んだこと、葬儀の帰りに、深雪のマンションへ行ったこと、南との関係を清算するためにパリの大学へ留学すると告げられたこと、抱いてほしいと言われたこと、南の存在が頭から離れず抱けなかったこと、深雪と気まずい別れになったこと。

深雪の旅立つ日にマンションへ行ったこと、深雪は既にいなかったこと、高校生だった頃の自分と子犬時代のクロスが描かれたキャンバスと手紙が置かれていたこと。

そして、手紙に綴《つづ》られていた真実を、桜木は語った。

せつない願いが込められた文面が脳裏に蘇《よみがえ》り、何度も、嗚咽《おえつ》が零《こぼ》れそうになった。

満は、桜木の話を聞いている間に四本の煙草を灰にし、冷蔵庫から取り出した缶ビールを二本空けた。

「へぇ～。映画になりそうな話じゃん。で、兄貴は、彼女を迎えに行くのか？」

茶化すように、満が言った。昔から満は、アニメやドラマで感動すると、照れ隠しで必ず軽口を叩いた。

「ああ、そのつもりだ」

「そっか。でも、なんであいつに本当のことを言わねえんだよ？　俺のほうが先に彼女と出会った。お前と別れたいから、彼女はパリに行った、って、言ってやればいいじゃねえか？　そうしろよ？　な？　兄貴が言えねえなら、俺が言ってやるよ」

満は、珍しく饒舌《じょうぜつ》だった。アルコールのせいもあるだろうが、色恋沙汰《ざた》とは無縁の仕事一筋の兄が、婚約者のいる女性を愛したという事実が、よほど嬉《うれ》しかったに違いない。

もちろん、自分が深雪とつき合うことにでもなれば、静香が満に眼を向けるかもしれない、という思いもあるのだろう。

しかし、桜木の眼には、唾《つば》を飛ばし子供のようにムキになる満の姿が、純粋に兄の応援をする弟の姿にみえた。

「気持ちはありがたいが、それはできない。先に出会ったといっても、それは彼女が小学生のときの話だし……。悪いのは僕だ。南さんは、被害者だよ」

「あんなこと言われたのに、頭にこねえのかよ!?　ったく、お人好しにもほどがあるぜ。とにかく、今度あいつがグダグダ言ってきやがったら、俺に任せろ。あの気取り済ました顔が変形するくらいに、ぶん殴ってやるからよ」

満は興奮気味に言うと、煙草に火をつけた。

昔から、そうだった。子供の頃から自分は、どんなに侮蔑《ぶべつ》的なことを言われても決して喧嘩《けんか》をしなかった。

怖い、というわけではない。人と争うのが苦手なだけ。どちらに非があろうと、口汚く罵《のの》り合ったり、殴り合ったりすることが耐えられなかった。

満は違った。気に障ることを言われれば、相手が上級生だろうが多人数だろうがお構いなしに喧嘩した。満の腫《は》れ上がった瞼《まぶた》を、裂けた拳を眼にするたびに、桜木は心を痛めた。

「僕のためを思ってくれるのなら、南さんのことは忘れてくれ。馬鹿なまねはしないと、約束してくれるな?」

桜木は、満の瞳を見据えながら穏やかに、しかし有無を言わせない口調で言った。

「わかったわかった。心配すんなって。俺は狂犬じゃねえんだからよ」

言って、満が破顔し、自分の肩をポン、と叩いた。

弧を描く唇とは対照的な満の冥《くら》く陰鬱《いんうつ》な瞳に、桜木は胸騒ぎを覚えた。

［4］

桜木は、ユニフォームを着たまま宿直室のパイプベッドに仰向けになった。壁かけ時計の針は、午後九時を回っていた。

今日は来院客が少なく、午後の診療時間が終わる七時きっかりに静香も中里も帰宅した。ふたりが帰ったあと、桜木はずっとこの室内にいた。入院室に、気になる患者がいるわけではない。

なにも、やる気が起きなかった。服を着替え、シャワーを浴び、食事を摂る。ただ、それだけのことがひどく億劫《おっくう》だった。

眼を閉じた。瞼の裏に浮かぶ、血相を変えた南の顔。

突然に消えた婚約者は、ほかの男性にだけ行き先を告げた。南が憤る気持ちは、よくわかる。

深雪は、南を愛してはいないと言った。パリへ留学するのも、南との関係を清算するためだと言った。しかし、なにをどう正当化しようとも、自分が横槍《よこやり》を入れたことに変わりはない。

南の気持ちを考えると、胸が痛んだ。だが、パリの大学の件を告げれば、南は彼女を連れ戻そうとするだろう。

幼い頃から自分だけを想い続けていた深雪を裏切るようなまねはできない。

零れ出るため息。満に言ったとおりに、一年後、自分は深雪を迎えに行くだろう。だが、南はどうする？　深雪には過去の話でも、彼は違う。南にとっては、終わった話ではないのだ。

ふたたび、大きくため息を吐いた。

解決法は、わかっている。自分が身を引けばいいだけのこと。しかし、それが無理な相談であることもわかっている。

深雪を愛してしまった自分。八年前の約束は関係ない。自分の深雪への想いは、同情や感傷ではない。あの夜、自分は深雪にひと目惚《めぼ》れしてしまった。

けたたましい電話のベル。急患かもしれない。自分の個人的悩みと、仕事を混同するわけにはいかない。桜木は、鉛が詰まったように気怠《けだる》い躰《からだ》をベッドから起こし、テーブル上のコードレスホンを手に取った。

「はい、桜木動物病院です」

『桜木先生は、いるかね？』

受話口から漏れる、低く嗄《しわが》れた濁声《だみごえ》。微かな関西訛《なま》り。直感で、電話の主が飼い主関係でないことがわかった。

「私ですが」

『わしは、京都の橘光三郎というものだ』

京都の橘……深雪の義父。しかし、どうして深雪の義父がここの電話番号を？

疑問符が渦巻く脳内に浮かぶ男の顔。南。疑問が氷解した。そして、深雪の義父が電話をかけてきた目的も。

「はじめまして。私、院長をやっております桜木一希と申します」

桜木は、動揺を押し隠し、努めて平静な声で言った。

『お前の自己紹介などに興味はない。ウチの南から話は聞いた。深雪の居所を教えてもらおうか？』

高圧的な態度。敵意を隠そうともしない剣呑《けんのん》な物言い。無理もない。義理とはいえ、手塩にかけて育てた娘が断りもなしに姿を消したのだから。

「聞いてください。深雪さんは、お義父《と》さんがご心配なさるようなことはしていません」

『お前に、お義父さんなどと呼ばれる筋合いはないっ。それに、心配するようなことをしていないなどと、どうしてお前にわかる？　突然に娘が姿を消して、心配ではない親がどこにいる!?』

橘光三郎の怒声が、桜木の鼓膜を震わせた。たしかに、橘光三郎の言うとおりだった。娘の身を案じる親にたいして、南のときのように、なにも言えない、では済まされない。

「深雪さんには、ある事情がありまして……」

桜木は、思いきって切り出した。本来は、自分の口から告げることではないが、深雪と連絡を取れない以上、仕方がない。

『なんだ? 言ってみろ』

「とても言いづらいことなんですが、深雪さんは、南さんとの関係を清算したいと……」

『南との関係を清算したいだと!? それは、どういう意味だ!?』

「私には、これ以上のことは言えません。詳しいことは、娘さんの口から直接聞いてください」

橘さんに連絡が入ると思います。近いうちに、深雪さん本人からお義父……いや、

『お前はいったい、深雪とどういう関係だ? 南はウチの有望な社員であり、深雪と結婚して将来はわしの跡を継ぐ男だ。深雪になにを吹き込んだ!? 深雪になにをした!?』

受話口の穴から唾《つば》が飛び出さんばかりに、橘光三郎が喚《わめ》き立てた。

「そんな……私は、なにもしていません」

『じゃあ、なぜ、お前にはすべてを告げ、わしや南にはなにも言わんで消えた。南に聞いた話では、深雪の犬が怪我したとかなんとかで、お前の病院で治療を受けたそうじゃないか? たったそれだけの関係の男に、親や婚約者には告げないことを打ち明けるなんて、

どう考えてもおかしいだろう⁉』

まったくだ。事情を知らない橘光三郎からすれば、納得できないことだらけなのだろう。深雪の不可解な行動を少しでも橘光三郎に納得させるには、八年前の出来事を話すしかない。

桜木は迷った。それを話してしまえば、確実に南の耳に伝わる。それに、話したからといって、橘光三郎がおとなしく引き下がるという保証はない。だが、ほかに方法はなかった。

「橘さん。話を聞いてください」

桜木は、クロスを介した八年前の出会いから、ふたたび、クロスが取り次いだ再会までを、記憶を手繰りつつ話した。

『くだらん』

桜木の話を聞き終わった橘光三郎が、吐き捨てた。

『そんな馬鹿げた偶然で、わしの娘の結婚と会社の将来をぶち壊すつもりか⁉』

熱《いき》り立つ橘光三郎。やはり、通じなかった。失望と後悔が、桜木の心を綱引きした。

「しかし、深雪さんは、ずっと私との約束を思い続けて――」

『もう、いいっ。そんな話は聞きたくないわっ。とにかく、居所を教えろ。深雪はどこだ？　どこに行った⁉』

「橘さん。私は、なぜ深雪さんが姿を消したのか、なぜ私に行き先を告げたのかの理由をお話ししました。深雪さんなりに、悩んだ末の行動だと思います。深雪さんを信じて、連絡を待ってあげてもらえませんか？」

桜木は、訴えるように言った。いくら会社の後継者を婿にしたいといっても、きっと、わかってくれるはず。血の繋《つな》がりがないとはいえ、深雪が橘光三郎の娘であることに違いはない。娘の幸福を願わない親などいない。

『お前も、話のわからん奴だな。どうしても娘の居所を教えないというのなら、わしにも考えがある。わしの会社の総務に、警視庁で部長をやっていた男がおってな。株主総会の総会屋対策というやつだ。暴対法が施行されてから、東京では奴らもおとなしくなったようだが、京都にはまだまだ荒っぽい輩《やから》が多くてな。その男に頼んで、一課の刑事をお前のもとに差し向けることもできる』

「刑事さんが私のところへ？　いったい、どういう意味です？」

『わしの娘を監禁した容疑で、お前を取り調べてもらうんだよ』

「監禁ですって？　私は、そんなことはしてません。さっき、お話ししたじゃないですか？」

『お前の戯言《ざれごと》を鵜呑《うの》みにするほど、警察は甘くはない。身の潔白を証明したいのなら、深雪の行き先を告げることだな』

勝ち誇ったように言うと、橘光三郎が嗄れ声で笑った。

橘光三郎は、自分が深雪を誘拐したなどと思ってはいない。

刑事を差し向ける狙い。自分に、深雪の居場所を喋《しゃべ》らせるため。

たしかに、深雪を監禁していないことを刑事に証明するには、手紙をみせればいいだけの話。が、それをやってしまえば、当然、刑事の口から深雪がパリの美術大学に留学していることが橘光三郎に伝わってしまう。

かといって、真実を伝えなければ、自分の立場が悪くなる。いや、自分の立場などどうだっていいが、桜木動物病院の院長が監禁罪の嫌疑をかけられたとなると、清一郎に迷惑をかけてしまう。

噂は恐ろしい。非があるなしにかかわらずに、警察が何度も桜木のもとに足を運ぶというだけで、周囲はあれやこれやと詮索《せんさく》し、色眼鏡でみるものだ。

とくに、信用を第一にする動物病院では、警察沙汰《ざた》は命取りだ。真実は二の次。ひとり歩きした噂は、客足を遠のかせるに十分の力を持つ。

長い年月をかけて清一郎が築き上げた桜木動物病院の信頼を、失うわけにはいかない。

「あなたは、私が深雪さんを監禁などしていないことをわかってらっしゃるはずです。橘さん。考え直して、頂けませんか？」

懇願した。動物病院は、清一郎のすべて。自分の問題で、彼の聖域を汚したくはなかった。

『考え直すのは、お前のほうだ。お前が、深雪の行き先を白状すれば解決する話だ』

取りつく島がなかった。深雪には悪いが、パリの留学の件を話すしかないのか？

「橘さん、深雪さんは……覚悟を決めて行動を起こしたんです。申し訳ありません」

やはり、言えなかった。ここで深雪のパリ行きを告げれば、恫喝《どうかつ》に屈し彼女を売ってしまうようで気が引けた。

『ふんっ、強情な男だ。勝手にするがいいっ。早速、明日刑事を向かわせる。吠《ほ》え面かいても知らんぞ！』

捨て台詞《ぜりふ》を残し、橘光三郎が電話を切った。

桜木は、ツーツーという発信音が虚しく零《こぼ》れるコードレスホンを呆然《ぼうぜん》とみつめ、立ち尽くした。

明日、刑事がここへ？　どうすればいい？　突《つ》っ撥《ぱ》ねてはみたものの、なにか考えがあるわけではなかった。

橘光三郎のあの鼻息からして、単なる脅しでないことがわかる。橘光三郎の会社に勤めるという警視庁の元刑事部長の人脈からすれば、捜査一課の刑事を動かすくらいはわけはないだろう。

ただ、後悔はしていない。脅されるような形で深雪の行き先を喋っていれば、それこそ、一生後悔したことだろう。

しかし、困ったことになった。桜木は、たとえ刑事が相手であっても口を割らないだろう。となれば、橘光三郎の言うとおり、自分への嫌疑は晴れない。

無意識に動く指が、ソラで覚えている十一桁《けた》の番号を押していた。コール音が、三回目の途中で途切れた。

『もしもし？』

「鳴海か？」

『おう、桜木か。どうした？』

どこかの店にいるのか、携帯電話のノイズに交じった嬌声《きようせい》と声高な話し声が聞こえた。

「ちょっと、相談したいことがあってね」

『ちょうどよかった。いま、アルカトロスで女と飲んでるんだ。よかったら、こっちにこいよ』

屈託なく、鳴海が言った。いつもと変わらぬ陽気な声音が、いまの桜木にはありがたかった。

◇　◇

漆黒が、ビデオの早送りのように流れて行く。環状八号線を右折したポルシェ・カレラGTが、熟睡したような閑静な住宅街を疾走した。

道幅の広い道路。両脇に建ち並ぶ豪邸。鳴海の実家……田園調布を訪れるのは約九年振りだった。

「いいのか？　こんな時間に」

桜木は、腕時計に視線を落としながら訊《たず》ねた。午前一時十二分。辺りの家々の窓の明かりは、ほとんど消えていた。

「気にするな。あの人は、この時間にならないと躰《からだ》が空かないんだ」

アルコールでほんのりと上気した顔を向け、鳴海が言った。

鳴海があの人と呼ぶのは、与党の現幹事長である父、鳴海善行《よしゆき》。政治に関しては素人の自分にも、与党の幹事長という職が想像を絶する激務だということくらいはわかる。躰が深夜にしか空かないというのは、決して大袈裟《おおげさ》な話ではないのだろう。

「そうか。悪いな」

「俺も、こんなことでもなきゃ実家に寄りつかないからちょうどいいんだよ」

言って、鳴海が白い歯を零した。鳴海は、渋谷の高級マンションに、悠々自適のひとり暮らしをしていた。

桜木がアルカトロスに到着したときには、鳴海の恋人の姿はなかった。逼迫《ひっぱく》した様子の自分のことを考えて、気を利かせてくれたに違いない。

桜木は、深雪が置き残した手紙の内容、婚約者を追って現れた南との満を巻き込んでのトラブル、そして、彼女の義父からの恫喝の電話を鳴海に話した。

相談といっても、解決策を期待していたわけではない。ただ、よき相談相手である清一郎には言えない内容だけに、頼るべき人間は鳴海しかいなかった。

――あの人が適任だな。

神妙な顔で話を聞いていた鳴海が、開口一番に言った。瞬間、桜木は鳴海の言葉の意味が理解できなかった。しかし、鳴海の父が大物政治家であるということを思い出し、鳴海の意図を察することができた。

橘光三郎の恫喝。捜査一課の刑事の嫌がらせを防ぐには、たしかに、鳴海の父以上の適任者はいない。

束の間、桜木は迷った。

鳴海が勧める方法は、ようするに圧力。恫喝してきたのは橘光三郎が先とはいえ、事を荒立てるようなことは極力避けたかった。

だが、自分の力で清一郎の名誉を守れない以上、鳴海の力を借りるしかなかった。

「いやぁ、あの深雪ちゃんが、小学生時代にお前をねぇ……。彼女のお前にたいしての態度をみていると、納得だがね」

鳴海が、頷《うなず》きながら独り言《ご》ちた。

「まさに、運命の女性《ひと》ってやつだな」

おどけ口調でウインクする鳴海。心で頷く自分。

「本気なのか？」

ステアリングを握る鳴海の横顔。一転して、真剣な声音。

「なにが？」

わかっていたが、訊ね返した。

「深雪ちゃんのことだよ」

「ああ、本気だ」

「警察のほうはあの人がなんとかしても、婚約者のことまでは無理だぞ。この先、永遠に父親と会わないわけにはいかないだろうし、来年の春に深雪ちゃんが戻ってきたら、ひと悶着《もんちゃく》起こるのは間違いない。しかも、その南って男は、東洋観光ビジネスの跡取りなんだろう？　父親も婚約者も、簡単に諦《あきら》めるとは思えないな」

「わかってるさ」

桜木は言った。

鳴海の言うとおり、警察の問題が解決しても、自分と深雪の問題が解決したことにはならない。

深雪にその気がないとはいえ、彼女には結婚を誓った相手がいる。南が、このまま黙って引き下がることはありえない。たとえ南が身を引いても、茨《いばら》の道は続く。

橘光三郎が、己に政治家を使って圧力をかけてきた男と娘の交際を認めることは万にひとつもないだろう。

「後悔はしないか？」

鳴海の言わんとしていることは、なんとなくわかる。

昔の出会いなど、交際のうちに入らない。マリア公園でクロスと戯れていた少女が過ごした八年間を、大人の女性へと変貌《へんぼう》するまでの過程を自分は知らない。

それは、高校生だった自分の思い出を抱擁《ほうよう》し生きてきた深雪にしても同じ。本格的な交際が始まった瞬間に、ふたりは、空白の時間《とき》の流れに戸惑うかもしれない。深雪が、思い出の中の自分と現実の自分とのギャップに戸惑うかもしれない。

不安があることは否定しない。しかし、それでもいい。先にどれだけの困難が待ち受けていようとも、いまは、一年後に深雪を迎えに行くことしか頭にない。

一年は長い。だが、深雪は八年間、自分の迎えを待っていたのだ。

桜木は、力強く頷いた。

「そろそろ、到着だ」

スローダウンするポルシェ・カレラ。サイドウインドウ越しに延々と連なる茶のタイル貼りの外堀。外堀の向こう側には、同じ茶のタイル貼りの外壁と玄昌石《げんしょうせき》の黒い屋根を持つ威風堂々としたたたずまいの建物が顔を覗《のぞ》かせていた。

「さ、行こうか」

エンジンキーを抜いた鳴海が、背を屈めてドライバーズシートを降りた。桜木も、シートベルトを外し鳴海のあとに続いた。

◇　　　◇

「お袋とばあやは、もう寝てるから。遠慮せずに、上がれよ」

畳四畳ぶんはありそうな沓脱《くつぬ》ぎ場。ふんだんに大理石を使った玄関に佇《たたず》む自分を、鳴海が促した。

ばあやとは、恐らく、お手伝いのことだろう。九年前、頻繁に鳴海の家を訪れていたときも、鳴海は五十絡みのお手伝いのことをばあやと呼んでいた。

「お邪魔します」

言って、桜木は靴を脱ぎ、広大な玄関ホールに並べられた黒いムートンのスリッパを履いた。高価そうな壺《つぼ》や絵画が両脇に飾られた廊下を、奥へと進んだ。

廊下の最奥の階段。二階の鳴海の部屋へと続く階段。懐かしい思いが込み上げる。

鳴海は、階段に背を向け廊下を右折した。歩を止めた。ダークな木質を活かしたドア。深く息を吸い、ノックした。

あの人、という呼びかたに表れているように、鳴海には鳴海善行が父だという意識が稀《き》薄《はく》なのだろう。

与党の幹事長職に就く彼が、現在の地位を築くまでに家庭を犠牲にしてきただろうことは想像に難くなく、鳴海がまるで議員会館を訪れる後援者のように緊張しているのも無理はない。

しかも、今夜は、友人のためとはいえ、鳴海は父に、警視庁もしくは警察庁に働きかけてほしいという陳情に訪れているのだ。

「どうぞ」

ドア越しに聞こえる、低くよく通る声。鳴海がノブを回し、ドアを開けた。

軽く三十畳はありそうなリビング。壁際のサイドボードの上に並ぶ胡蝶蘭《こちょうらん》の鉢と大型液晶テレビ。壁にかかった赤富士の絵。リビングの中央には、L字型に設置されたソファ。ガラステーブルを挟んだソファの正面の位置のアームチェアに背を預ける、ワインレッドのナイトガウンを羽織った初老の紳士。

「失礼します」

桜木は、柔和な笑顔を向ける初老の紳士……鳴海善行に頭を下げた。

「さ、座って」

鳴海善行が、表情同様に穏やかな声音でふたりに着席を促した。

鳴海、自分の順でソファに腰を下ろした。

アームチェアに座る鳴海善行の背後。カーテンが開け放たれた窓ガラス越しに望む庭園。ライトアップされた枝垂れ桜が、漆黒のスクリーンをバックに幻想的に浮かび上がっていた。

「夜分遅くに、申し訳ありません」

「なあに、気にせんでもいい。それより、やるかね？」

息子によく似た切れ長の目尻《めじり》を下げながら、鳴海善行が右手に持ったブランデーグラスを宙に翳《かざ》した。ガラステーブルの上には雫《しずく》の形をしたコニャックのボトル。知らない銘柄だが、高級酒なのは間違いない。

鳴海善行は、九年前に会ったときよりも後ろに撫《な》でつけた髪に白いものが目立ち、顔に刻まれた皺《しわ》も深くなったような気がした。

だが、肌艶《はだつや》はよく、瞼《まぶた》の奥の瞳《ひとみ》には力強い光が宿っていた。たしか、清一郎とそう変わらない歳だが、鳴海善行には第一線で活躍している者特有のギラギラとした雰囲気があった。

誰かが、言っていた。

政治の世界では、五十代は鼻垂れ小僧で、六十代でようやく一人前だ、と。

その意味では、鳴海善行はいまが最も脂が乗り切っていると言えるのだろう。

「いえ、僕は、お酒を飲めないので」

「そうか。お前は？」

鳴海善行が、自分から息子に視線を移した。

「いや、結構です」

鳴海が、顔前で手を振った。いつもの彼らしからぬ、表情も声音もとても硬かった。なにより、父にたいしての鳴海の言葉遣いが、ふたりの距離を表していた。

「しかし、しばらく会わないうちに、ずいぶんと立派になったね」

ふたりに酒を断られたことに気を悪くしたふうもなく、鳴海善行が朗らかに言った。

「形《なり》ばかり大きくなっただけです。中身は、なにも変わりませんよ」

「君は、昔から落ち着いていたよ。それに引き換え昌明ときたら、いくつになっても学生気分が抜けなくってな。その落ち着きを、少しわけてもらいたいくらいだよ」

言って、鳴海善行が豪快に笑った。俯《うつむ》き、耳朶《みみたぶ》を赤く染める鳴海。

「そんなことありませんよ。僕のほうが、彼には迷惑をかけっ放しで……」

嘘ではない。昔から、困ったときには必ず鳴海に相談を持ちかけた。普段は、軽薄が服を着て歩いているような男だが、友情に厚く、我が事のように親身になってくれる。現に、いまも、自分のために決して折り合いがいいとはいえない父に引き合わせてくれている。

「そういえば、昌明。相談があると言っていたが、桜木君のことかね？」

話を振られた鳴海が、自分に目顔で問いかけた。桜木は、小さく顎《あご》を引いた。

鳴海は、自分から聞いた話を要点だけ掻《か》い摘んで語り始めた。

自分と深雪の八年前の出会いや、偶然の再会の話を聞いていたときには穏やかな微笑を浮かべていた鳴海善行も、南や橘光三郎とのトラブルの件に移った瞬間に、国会中継でときおりみせる険しい表情となった。

「で、つまりお前は、桜木君のために私に警察の動きを押さえてほしい、ということなのか？」

掌《てのひら》でブランデーグラスを揺らしながら、鳴海善行は、いままでとは打って変わった厳しい声音で訊《たず》ねた。

「あなたなら、警察庁長官や警視総監に電話一本入れれば、一刑事の動きをなんとかするくらい簡単でしょう？」

「情に流され、あとさき考えないで行動する。お前の悪い癖だ。たしかに、立場上、長官や総監とは昵懇《じっこん》の仲だ。だがな、軽はずみな言動が命取りになることもある。お前も知ってのとおり、私を殺すには刃物はいらない。噂。そう、悪い噂が流れただけで、私の政治生命は終わりだ。桜木君。訊ねたいことがあるんだが、気を悪くしないでもらいたい」

息子に向けていた視線を自分に移し、鳴海善行が言った。

「ええ。なんでもどうぞ」

「君を疑っているようでなんだが、本当に、その深雪さんという女性はパリに留学しているのかね？」

鳴海善行の質問の意味。自分が、本当に深雪を拉致《らち》していないのかどうか？

「もしご心配ならば、パリの大学に問い合わせてもらっても結構です」

「悪いが、そうさせてもらうよ」

鳴海善行が、ガラステーブル上のコードレスホンを摑《つか》み、どこかへ電話をかけ始めた。電話の相手に、深雪の名前と留学する大学名を告げ、在学の有無を調べるように命じていた。口調から察して、恐らく秘書に違いない。

「パリはまだ、夕方だ。すぐに、連絡が入るだろう」

電話を切った鳴海善行が、ブランデーグラスを口もとに運びながら言った。

父の言葉に、鳴海が呆《あき》れたように首を振った。裏を取る。生き馬の眼を抜く政治の世界で生きる鳴海善行にとっては、当然の行為なのかもしれない。

「取り敢えず話を先に進めよう。明日、捜査一課の刑事が君のもとを訪れると、深雪さんのお父さんが言ったんだね？」

桜木は頷《うなず》いた。

「ならば、トップまで話を持って行かずとも、刑事部の部長あたりで十分だ。部長の大河内君は、大学の後輩でね」

「あの……厚かましいお願いなんですが、大河内さんという方には、深雪さんがパリの大学に行っていることを言わないでほしいんです」

桜木は、申し訳なさそうに切り出した。

大河内に深雪のパリ行きが知れること即ち、現場の刑事から東洋観光ビジネスの元警視庁OB経由で、橘光三郎の耳に入ることを意味する。

「安心したまえ。私が深雪さんの居場所を知っていると保証するだけで、大河内君はそれ以上なにも突っ込んではこない。たとえ、本当は知らないにしてもな。私には、それだけの信用というものがある。だから、君はなにも心配しなくていい」

鳴海善行が、うまそうにブランデーを飲み干し鷹揚《おうよう》に笑った。権力を掌握している者の余裕が窺《うかが》えた。

「ありがとうございます」

礼を述べる自分に満足そうに頷くと、鳴海善行は一転した厳しい表情を息子に向けた。

「ところで、昌明。わかっているのだろうな?」

「また、ですか?」

うんざりしたように、鳴海が言った。桜木には、ふたりの交わす言葉の意味がわからなかった。

「あたりまえだ。レストランで食事をしてもホテルに泊まっても金を払うだろう？　仮に、経営者が知り合いでも、なんらかのお返しをするのは常識だ。私の人脈を動かすということは、レストランやホテルで飲食物や部屋を提供することと同様の意味を持つ。いまの立場を築き上げるまでに、私がどれだけの労力と金を――」

「わかった、わかりましたよ。で、どうすればいいんです？」

父の言葉を遮り、鳴海が投げやりに言った。

交換条件。ようやく、桜木にも話の流れが摑めてきた。

「五月の第一土曜を空けててもらおう。海明銀行の小山田君を、お前も知っているだろう？」

鳴海が頷いた。

「彼が、娘さんを交えて、お前と食事をしたいと言っておるんだよ」

鳴海の顔に、あるかなきかの戸惑いのいろが走った。

「どうして、頭取の娘さんと食事を？」

海明銀行。日本国内最大の貸付残高を誇る大手都市銀行。小山田なる男性は、海明銀行の頭取らしい。頭取の娘を交えての食事。クエスチョンを投げかけてはいるものの、鳴海は、父の意図を察しているはずだった。

「何度かあったことがあるが、とても気立てのいい娘さんだ」

息子の質問に答えずに言うと、鳴海善行は立ち上がり、サイドボードの抽出《ひきだし》から桐の小箱……シガーボックスを取り出した。

ふたたびアームチェアに腰を下ろし、シガーカッターで切り落とした吸い口をブランデーに浸しくわえるとマッチで穂先を炙《あぶ》った。

まったりとした煙が、ゆらゆらと立ち上る。甘い香りが、鼻孔に忍び込む。あっという間に、室内が濃霧に覆われた。

「見合いする気なんて――」

「小山田君は、私の大学時代の後輩でね。これまでも、持ちつもたれつでやってきた関係だ。警視庁の大河内君と同じで、大事な人脈のひとりなんだ。お前にとって桜木君が大事な友達であると同時に、私にとっての小山田君も大事な友人だ。わかってくれるな？」

無言の恫喝《どうかつ》。海明銀行頭取の娘との見合い話を断れば、今夜の話はご破算。

胸苦しい気分に、桜木は襲われた。

「あの……僕のことでご迷惑がかかるなら、警察の件は――」

「いいんだよ、桜木。わかりました。正式に日時が決まったら、連絡ください」

自分の言葉を遮った鳴海が、伏し目がちに絞り出すような声で言った。赤く染まった耳《みみ》朶《たぶ》が、鳴海の心境を代弁していた。

「そうか。じゃあ、話は決まりだ。桜木君。明日の朝一番に大河内君には電話を入れておくから、大船に乗ったつもりでいなさい。私は寝るから、これで失礼するよ」

葉巻を灰皿に捻《ひね》り消しアームチェアから腰を上げた鳴海善行が、上機嫌に言った。

「よろしく、お願いします」

桜木も席を立ち、深々と頭を下げた。

「悪かったな。いやな気分にさせて」

父の退室を見届けた鳴海が、呟《つぶや》くように言った。

「なに言ってるんだ。悪いのは僕だ。僕のために、見合いをすることになってしまって。鳴海。警察の話は、本当にいいんだよ。もとはといえば、自分で蒔《ま》いた種なんだから」

言いながら、桜木はソファに腰を下ろした。

本音だった。刑事の訪問は困るが、そのために、友人を犠牲にしたくはなかった。

「いつものことさ」

ソファに深く背を預けスラリと伸びた足を組んだ鳴海が、ため息とともに言った。アルマーニのスーツの内ポケットから取り出した煙草をくわえて火をつけると、紫煙を勢いよく宙に吐き出した。

「あの人が無償でなにかをやってくれたことなんて、一度もない。昔から、そうだった。なにかをねだったり、やってもらったりしたら、必ず交換条件を出された。見返りを求められた。あの人の頭には、損得勘定しかない。小学生の息子にテレビゲームひとつ買ってやるときにも、その代わり、がつく。あの人は、俺を息子だなんて思っちゃいない。自分の道具に過ぎない。今回の見合いの件だってそうだ。おおかた、娘にせがまれた小山田さんが、あの人に頼み込んだんだろう。去年、小山田さんと娘が、ウチに遊びにきたことがあった。挨拶《あいさつ》を交わした程度だったが、彼女が俺を気に入ったのはすぐにわかったよ。お前と違って、俺は女心には敏感だからな。あの人にしても、日本最大手の銀行の頭取に貸しを作るのは悪くない話だ。あの人にとっては、息子の結婚さえも取り引きの手段に過ぎないのさ」

遠い眼差しで、寂しげに笑う鳴海。父との折り合いがあまりよくないのは知っていたが、鳴海の心がここまで冷えきっているとは思わなかった。

「見合いをして、それからどうするつもりなんだ？」

桜木は訊《たず》ねた。

「もちろん、断るさ。小山田さんの娘はいいコだけど、この若さで縛られるなんてごめんだ」

「でも、おじさんが納得しないだろう？」

「そうでもないさ。あの人は、商売道具をそんなに安売りしないよ。いくら大銀行の頭取といっても、しょせんは雇われの身だ。小山田さんがあの人に貢献できることには限界がある。俺が見合いに応じるだけでも、小山田さんには十分に恩を売れる。逆を言えば、小山田さんはその程度の恩しか返せないってことだ。これが、政財界の黒幕レベルが相手だと、あの人も俺に結婚を強要するだろうがね」

「そうか。でも、とにかく、お前には迷惑をかけてしまったな。なんてお礼を言っていいのか……」

「ああ、この借りはでかいぞ。俺も、鳴海善行の息子だからな。取り敢えず、お前んとこの客でかわいいコがきたら紹介してもらおうかな」

言って、鳴海が悪戯《いたずら》っぽく笑った。桜木も、愛すべき友に微笑みを返した。

［5］

「ウチのアランちゃん、もう、狂ったように耳を引っ掻《か》きますの。クゥ〜ン、クゥ〜ンって、つらそうな声まで出して。みてるのが、かわいそうで……」

桜木の正面に座る派手な化粧を施した中年女性、瀬尾幸子が、膝上《ひざうえ》に抱いたアランの背筋を、色石の指輪がいくつも嵌《は》まった右手で擦りながら訴えた。

「いつ頃から、アランは耳を気にするようになりましたか？」

桜木は、瀬尾幸子の背後に佇《たたず》み、自分に思い詰めたような瞳《ひとみ》を向ける静香の視線に気づかないふうを装い、初診受付カードに眼をやりながら訊ねた。

アランは、雄の一歳のペキニーズ。人間でたとえれば、成人式を迎える頃だ。

「そうねぇ……一ヵ月ほど前からかしら。綿棒で耳掃除をしているときに、凄《すご》く痛がったことがありましたの。それからですわ。アランちゃんが耳を気にするようになったのは」

桜木は、カルテの主訴の欄に、瀬尾幸子の言葉を書き込んだ。主訴の段階で、桜木はアランが外耳炎を患っているだろうことを確信した。

飼い主の腕の中で、ひっきりなしに首を振るアラン。

アランが外耳炎を患ったのは、瀬尾幸子の言葉にあったとおりに、綿棒での耳掃除が原因に違いない。

外耳炎にかかった犬は、耳孔内に激しい痒《かゆ》みや痛みを訴え、悪臭が漂い、いまアランがそうしているように首を振ったり、後肢で耳根部や耳介を掻き毟《むし》ったりする。

外耳炎は主に、外耳道に蓄積した耳垢《みみあか》に細菌や酵母が繁殖したり、耳ダニの感染によって引き起こされることが多い。

アランの場合は、綿棒で傷つけられた耳道粘膜が細菌感染を起こしたのが原因と思われる。

とくに、アランのように耳が垂れ、耳道に毛が密集した犬種、ペキニーズ、シー・ズー、コッカー・スパニエル、ラブラドール・レトリーバー、ゴールデン・レトリーバー、ビーグル、マルチーズ、プードルなどが、外耳炎にかかりやすい。

耳が垂れている犬種は、耳道の通気が悪く、細菌や酵母の繁殖を促進するというのが理由だ。

汗で濡《ぬ》れそぼったタオルを密閉した箱の中に入れていた場合と外に出していた場合に、箱の中のタオルのほうに細菌が増殖し異臭が漂うのと同じ原理だ。

「ちょっと、アランを頼《たの》む」

桜木は、相変わらず冥く哀しげな眼で自分をみつめる静香に声をかけた。

無言で頷《うなず》き、瀬尾幸子の腕からアランを抱き取り、診察台に乗せる静香。

明らかに、いつもの静香と違った。いままでの彼女は、どんなことがあっても、プライベートを職場に持ち込むことはなかった。

二階の入院室で、自分に募る想いをぶつける静香に、恋愛感情を抱いてはいない、とはっきりと告げたときも、彼女は、その後の仕事を何事もなかったような顔でこなしていた。

昨日の一件……自分と深雪の件を南に話したことを思い悩んでいるのだろうか？

静香の心は読めないが、ひとつだけいえるのは、察知しているということ。

自分の瞳に、深雪しか映っていないということを。

あのとき、恋愛感情を抱いてはいないと告げた自分に、静香は言った。

自分と出会って二年間、待ち続けてきた、と。自分が彼女に振り向くまで、何年でも待ち続ける、と。

そこへ、突如として深雪が現れた。二年の月日が流れても彼女に心を動かさなかった自分が、出会ったばかりの女性に心を奪われた。

静香の気持ちは、察して余りある。

悪い表現をすれば、静香の深雪にたいする印象は、婚約者を捨てて新しい男に乗り換えた尻《しり》の軽い移り気な女、ということになるのだろう。

そう思っていたとしても、自分と深雪の八年前を知らない静香を責めることなどできはしない。

思考のチャンネルを切り替えた。いまは、アランの治療が優先だ。

桜木はデスクチェアから腰を上げ、診察台に歩み寄った。アランの右の耳を捲《めく》った。鼻孔に忍び込む悪臭。赤く腫《は》れ上がった耳介。炎症を起こした耳道。

「動かないように、押さえていてくれ」

桜木は器機台車の上の鉗子《かんし》立てからモスキート鉗子を手に取り、静香に命じた。静香が、アランを抱き締めるようにして四肢の動きを奪った。

「ちょっと我慢するんだよ」

優しく囁《ささや》き、桜木はアランの耳道に密集する毛を数本引き抜いた。キャン、と鳴くアラン。

「アランちゃん、大丈夫⁉」

「座っててくださいっ！」

弾《はじ》かれたように立ち上がり、診察台に駆け寄ろうとする瀬尾幸子を静香が大声で一喝した。

耳をピクリと反応させるアラン、びっくりしたように立ち尽くす瀬尾幸子。桜木もまた、耳の毛を挟んだ鉗子を持ったまま、静香の顔をまじまじとみつめた。

「瀬尾さん。飼い主さんの不安は、ワンちゃんにも伝わるんですよ。そうなると、もう、怖がって治療をさせてくれませんから。静香君が慌てて止めたのも、それが理由なんですよ」

桜木は、穏やかな口調で取り成すように言った。

「あ、ごめんなさいね、つい、私ったら……」

瀬尾幸子がペコリと頭を下げ、椅子に戻った。

なんとか、ごまかすことができた。桜木は、胸を撫《な》で下ろした。

「すいません……」

蚊の鳴くような声で、静香が詫《わ》びた。

「気にしないでいい」

瀬尾幸子に聞こえないよう、桜木は唇をほとんど動かさずに言った。

言葉とは裏腹に、桜木の心に暗雲が垂れこめた。

来院客への八つ当たり。静香の精神状態は、予想以上に追い詰められている。いまのままでは、とてもオペの助手など務まらない。

しかし、彼女に責任はない。一切の原因は自分。今日の診療が終わったら、静香とじっくり話し合う必要があった。

桜木は、気持ちを入れ替え、モスキート鉗子の先端に眼をやった。

毛根部にねっとりと付着する黄色い分泌物。やはり、アランの外耳炎の原因は細菌性だった。因《ちな》みに、分泌物が黒色をしている場合は耳ダニが生息している可能性が高い。

早急に治療しなければならない。このまま放置し続けると、中耳炎になる恐れがあった。

中耳炎が悪化すれば、耳小骨が溶け、神経がおかされることもある。

内線のベル。桜木は、デスクに戻り受話器を取った。

『中里です。先生に、お電話が入っているんですが？』

硬く強張《こわば》った声。いやな予感がした。

「急患か？」

『いいえ』

「だったら、いまは診療中だからあとでかけ直してもらってくれ」

『そうお伝えしたんですが、すぐに代わらないと病院に乗り込むぞ、って……』

困惑した様子の中里。相変わらずのうわずった声音。一刻を争う急患の電話以外で、中里が緊張する理由。ある人物の名前が、脳裏に浮かんだ。

「わかった。繋《つな》いでくれ」

言って、桜木は送話口を掌《てのひら》で押さえた。

「瀬尾さん。治療が終わるまで、待合室でお待ちください」

微笑を湛《たた》え、桜木は言った。本当は、外耳炎の治療程度ならば飼い主が同席してても構わないが、いや、むしろアランの心細い気持ちを考えるとそばにいてもらったほうが好ましいが、電話の内容を聞かせるわけにはいかない。

「アランちゃんを、よろしくお願いいね」

桜木は頷き、瀬尾幸子の背中がドアに吸い込まれるのを見届けると、赤く点滅する外線ボタンを押した。

「お電話代わりました」

『やってくれたなっ、若僧が！』

嗄《しわが》れた怒声。予想通り、電話の主は橘光三郎だった。

「すいません。私も、本意ではなかったんですが……」

『よくも、いけしゃあしゃあと！　警察に圧力をかけるなど、たいしたタマだっ。どうやった!?　誰に泣きついたんだ!?』

橘光三郎のがなり声が、受話器を震わせた。

──いま、あの人から連絡があった。警察のほうは、話がついたそうだ。

今朝、八時頃に鳴海から入った電話で、桜木は、鳴海善行が約束を果たしたことを知った。

「それは言えません。申し訳ありません」

『どこまでも、忌《い》ま忌ましい奴だっ。おとなしそうな声をしおって、とんでもない食わせ物だな、貴様はっ』

「本当に、すいません」

自分と橘光三郎のやり取りに、聞き耳を立てる静香。

『貴様、してやったりのつもりだろうが、そうはいかんぞ。いいか？　警察は封じ込めても、わしは無理だ。警察だけでなく、わしには裏の人脈もある。いいか？　一週間だけ、深雪からの連絡を待つ。一週間過ぎてもなんの連絡もなければ、今度は甘くないぞっ。貴様の頼みの綱がどんなに大物だろうが、圧力に屈しない種類の連中を送り込むから覚悟しろ！　わかるか？　この意味が？　世の中には、はした金で十秒先の未来も考えずに動く向こう見ずの愚か者がいる。連中は、刑務所に入ることを勲章とは思っても、恐れてはいない。もう一度だけ言う。一週間は待つ。貴様が馬鹿か命知らずでないかぎり、一週間以内に深雪がわしのもとへ連絡を寄越す方法を思いつくはずだ。とにかく、わしは絶対に娘を貴様になど渡さん。どんな手段を使ってでも、必ず連れ戻してみせる。よく、覚えておけ！』

叩《たた》きつけるように、電話が切られた。

──一週間だけ、深雪からの連絡を待つ。

橘光三郎の言葉の裏に隠された、もうひとつの意味。

自分が深雪に連絡を取り、義父に電話を入れるよう説得する。

しかし、自分は、深雪の連絡先を知らない。口に出さなかったのは、それを言っても橘光三郎が信じてくれるとは思えなかったからだ。

厄介なことになった。深雪が実家に連絡をしないかぎり、橘光三郎は言葉通りに質の悪い人間を使って嫌がらせをしてくるだろう。

今度ばかりは、鳴海善行を頼るわけにはいかない。自分が頼れば、鳴海善行は幅広い人脈を駆使して解決してくれるに違いない。が、無条件ではない。これ以上、鳴海に迷惑をかけたくはなかった。

「先生。深雪さんのことで、なにか揉《も》めてるんでしょう？」

いつの間にか自分の正面に立つ静香が、受話器に虚ろな視線を落とす自分に窺《うかが》うように言った。

「たいしたことじゃないさ。さ、治療に入ろう。静香君。アランを診察台の上に戻して」

脳内を占拠する危惧《きぐ》と懸念から眼を逸らし、桜木は努めて明るく言った。

静香は、アランを抱いたまま自分の瞳《ひとみ》をみつめ、動こうとしない。彼女の大きな瞳に宿る、厳しく頑《かたくな》な光。

「どうしたんだい？」

次に静香の口から出るセリフがわかっていながら、桜木は訊《たず》ねた。

「いままで、たいていのことは先生のやることに賛成してきました。でも、今回のことは反対です。南さん、かわいそうじゃないですか？　どうして、そこまで深雪さんに拘《かかわ》るんですか？　そんなに、彼女が好きなんですか？　あんな女の、どこがいいんですか⁉　新しく好きな人ができたからって、婚約者を捨てて突然消えるなんて……私には、わからない。あの浮気性の尻軽女《しりがるおんな》を好きになる先生の気持ちが、わからない！」

静香が、大声で叫んだ。アランが驚き、彼女の腕の中で激しく身を捩《よじ》った。

「静香君、落ち着いて。ほら、アランがびっくりしているじゃないか」

言って、桜木は静香の腕からアランを抱き取り、二、三度首筋を優しく撫《な》でてやり、手提げケージに入れた。

静香の深雪にたいする罵倒《ばとう》に、腹立ちはなかった。むしろ、そこまで彼女に言わせたことに、胸が痛んだ。

「私の気持ちより、犬の気持ちのほうが大事なんですね？　それでもいい。動物一筋の先生が好きだった。理解しているつもりだった。でも、いまの先生は違う。先生は違う。深雪さんのほうが大事なんだわ。どうして……どうして⁉　二年間、先生のことを想い続けてきた。先生のことを、誰よりも知っている。私のほうが、彼女なんかより、ずっと、ずっと、先生のことを愛している。先生も、言ってたじゃないですか⁉　深雪さんとは獣医師と飼い主の関係で、恋愛感情じゃないって……なのに……ひどい……ひど過ぎるわ……」

静香が、両手で顔を覆った。震える肩、指の隙間から溢《あふ》れる涙。

彼女の嗚咽《おえつ》が、桜木の罪悪感を掻《か》き毟《むし》った。

入院室で、ほかの女性を好きにならないで、と静香に訴えられたとき、自分は、たしかにそう言った。

欺くつもりはなかった。あのときは、忘れ雪のように突然に現れた彼女に心惹《ひ》かれそうな自分を、必死に引き戻そうとしていた。

思いとは裏腹に、自分の心は急速に深雪へと傾斜した。

そして、あの手紙……忘れ雪を眼にしたのは、二度目だった。

「静香君。聞いてくれないか。八年前、僕が高校生だった頃に、ひとりの少女と知り合った。その少女は当時小学生で、雪が降るマリア公園で、傷ついた子犬を抱いて困り果てていた。僕は、少女と子犬を家に連れ帰り、父に治療を頼んだ。それがきっかけで、僕と少女は毎日のようにマリア公園で会い、子犬について、そして互いのことについて語り合った。一ヵ月が過ぎた。唐突に少女は、京都への引っ越しを告げた。別れ際、少女はおもちゃの指輪を取り出し、僕が獣医になったら、ふたりが初めて出会った日、いつも会っていた時間に指輪を持ってマリア公園に迎えにきて、と言った。結婚の約束だった。僕は、少女を迎えに行くことを約束した。もちろん、高校生の僕に、小学生の少女にたいしての恋愛感情はなかった。汚れなき思い出の一ページとして、少女の記憶に残ればいい。そう思った。それ以上でも、以下でもなかった。だけど、少女は違った」

静香の嗚咽が、激しくなった。彼女にとって、残酷過ぎる話。しかし、ここで、はっきりさせなければならない。いまならまだ、十分に静香は新しい道を歩み始めることができる。

「時間《とき》は流れた。少女は大人になった。もうわかっているだろうけど、あのときの少女が深雪さんで、子犬がクロスだった。深雪さんは、僕との思い出を胸に七年の月日を過ごした。約束の日がきた。三月十五日の午後五時。深雪さんは、成犬となったクロスとともにマリア公園で僕を待ち続けた。しかし、七年の歳月は、僕の記憶を風化した。大人となった僕の胸の中に、少女はいなかった。とっぷりと陽が暮れたマリア公園を出た深雪さんが眼にしたのは、僕とある女性の抱擁《ほうよう》。ある女性とは、静香君、君のことだ。去年、君と初めて映画を観に行ったことがあったよね？　帰り道、マリア公園前の並木道で、君は僕の胸に飛び込んだ。深雪さんは、君を僕の恋人だと思った。彼女は、七年間の思い出を、心の奥底に封印した。そして、父親の勧める南さんとの見合いを受け入れた。一年後。新しい道を歩み出した深雪さんの眼前《まえ》に、ふたたび僕が現れた。南さんの車で移動する途中で、クロスが激しく吠《ほ》え立てたらしい。車を停めると、クロスは一直線に僕のもとへ駆け寄った。そう、僕と深雪さんを、クロスが引き合わせてくれた」

静香の嗚咽は止んでいた。泣き腫《は》らした瞼《まぶた》の奥の瞳が、自分の双眼をしっかりと見据えていた。思わず、眼を逸らしたくなるような強い光を発する瞳だった。

「だから、なんだっていうんです？ 幼馴染《おさななじ》みが結婚の約束をすることなんて、よくある話じゃないですか？ 幼い頃に約束を交わしたからって、一緒にならなきゃいけないんですか!? それに、先生は、他愛ない子供との約束だと思っていたんでしょう？ だからこそ、深雪さんのことを忘れていたんでしょう!? そんなの、おかしい……おかしいわ！」

静香の絶叫が、診療室内の空気を切り裂いた。

彼女の理解を得ようと思って話したわけではない。なにをどう説明しようが、静香を納得させられる言葉などない。

ただ、二年間、想い続けてきてくれた静香にたいして、ありのままのすべてを打ち明け詫《わ》びることしか、自分にはできなかった。

「深雪さんは、自分の口からはマリア公園での約束の件は口にしなかった。僕の記憶が蘇《よみがえ》ることに、自分があのときの少女だと気づいてくれることに賭《か》けていた。そうでなければ、意味がなかった。彼女を迎えにくると約束したのは、いまの僕ではなく、八年前の僕なのだから。ただ、待っていたわけじゃなく、彼女は、いくつものサインを投げかけてきた。でも、僕は気づかなかった。僕が真実を知ったのは、深雪さんの部屋に置き残された手紙で。深雪さんは、南さんとの関係を清算するために、日本を離れることを決意した。一年後に、彼女は日本に戻ってくる。八年前の約束と同じ日、同じ時間、同じ場所で、彼女は僕の迎えを待っている。深雪さんは、僕に最後の希望を託したんだ。今度こそ、彼女を迎えに行きたい」

静香に、深雪との約束を話すことは、南の耳に入る可能性がある。

そうなったらなったで、仕方がない。たとえ静香が南に告げ口をしても、責められはしない。少なくとも、彼女にだけはその権利がある。

「君には、本当に悪いと思っている」

「悪いと思っているって、なんです？　先生は、ちっとも女心がわかっていない……。好きな人に、つき合えないからって謝られることが、どれだけ惨めなことかわかりますか!?　嫌いだって言われたほうが、よっぽどましだわっ」

ふたたび、静香が大きく泣き崩れた。

「八年という月日が、そんなに重要なんですか!?　私の二年は彼女の八年には及ばないけど、中身が違いますっ。だって、彼女、理由はどうであれ、南さんと寝たんでしょう!?　無理やりじゃなく同意のもとで、彼を受け入れ、彼を求めた。私は違う。私は、先生以外の男性に、心も肉体も許していない。もう、したんですか？　先生は、あの尻軽女とセックスしたんですか!?」

「静香君、深雪さんはそんな女性じゃ――」

「私、満君と寝ます」

桜木の言葉を遮り、静香が言った。いままでの興奮口調とは一転した、冷々とした声音。

「どうしたんだい？　唐突に」

「愛のないセックスをする女でも、先生は好きなんでしょう？」

静香が、唇の片側を吊り上げ、不快な微笑を湛《たた》えた。静香のこんな表情をみるのは、初めてだった。

「馬鹿なことを言うのは、やめないか」

「どうして？　深雪さんは、好きでもない南さんと肉体関係を持った。婚約までしていながら、あっさりと捨てた。私も、満君に同じことをするだけです」

平板な口調で、静香が言った。

「静香君。よく考えるんだ。深雪さんは、南さんを好きになろうと努力した。初めから、自棄《やけ》になってそういう関係になったわけじゃない。君がやろうとしていることと、深雪さんのケースは違う」

「でも、南さんはどうです？　結果的に、弄《もてあそ》ばれて捨てられたことに変わりありませんよね？　満君は、私のことを好きです。肉体関係を持ったあとにほかの男に乗り換えれば、南さんと同じ立場でしょう？　それとも先生は、南さんがつらい目にあうのは構わなくても、弟さんだといやなんですか？」

どこまでも底意地の悪い質問を投げかける静香。そんな静香にした自分が、腹立たしかった。

「そうじゃない。君に、そんな自棄を起こしてほしくはない。もっと、自分自身を大事にしてほしいんだ」

「私が娼婦《しょうふ》になろうがどうしようが、もう、先生には関係ないことでしょう？　恋人でもなんでもない職場の上司に、どうしてプライベートの交遊関係まで拘束されなければならないんです？」

挑むような瞳《ひとみ》。相変わらずの不快な微笑。返す言葉がなかった。

たしかに、静香の期待に応えられない以上、自分には、彼女のやることに口を挟む権利はなかった。

「心配しないでください。満君を捨てたあとに、私、自殺しますから。生きてても、なにもいいことなんてないし。先生も、厄介な女が消えて、ほっとするでしょう？」

「馬鹿なことを言うんじゃないっ」

無意識に、右手が動いていた。乾いた衝撃音。頬を押さえ、驚愕《きょうがく》に大きく見開いた瞳を向ける静香。

「ごめん……」

桜木は、静香の頬の余韻が残る掌《てのひら》をみつめ、掠《かす》れ声で詫びた。

生まれて初めて、手を上げてしまった。

診療室内に響き渡る叫喚。自分の胸に飛び込み、幼子のようにしがみつく静香。

「一年後……一年後に、もし深雪さんが現れなかったら、もう、彼女のことは忘れてください。そして、私と結婚してくださいっ。先生が好き、先生が好きなのっ」

静香が、涙声で訴えた。そして、堰《せき》を切ったように泣きじゃくった。

熱を持つ涙腺《るいせん》。震える胸。これほどまでに自分を想ってくれる静香に、桜木は愛しさを覚えた。

が、桜木にはわかっていた。自分の静香にたいする感情が、恋人にたいしてのものではなく、妹にたいしてのそれに近いことを。

「一年後、深雪さんが現れなければ、彼女のことを忘れると約束するよ。だから、もう、泣かないで」

桜木は、静香の髪を撫《な》でつつ、優しく言った。

眼を閉じた。瞼の裏の漆黒のスクリーンに、少女だった頃の深雪の無邪気な笑顔が広がった。

第三章

［1］

診療室のデスクに座った桜木は、カルテから眼を離し、壁かけ時計の針に眼をやった。

午後四時十三分。約束の五時まで、一時間を切った。ふたたび、視線をカルテに戻した。

「先生、どうしたんです？　さっきから時計ばっかりみて？」

診察台の消毒をしていた中里が、怪訝《けげん》そうな顔で訊《たず》ねた。

無理もない。この一時間で、桜木は十回近く同じ動作を繰り返していた。

「五時に、幼馴染《おさななじ》みの友達と待ち合わせをしてるのよ。ね？　先生」

静香が、中里から自分に顔を向け、ウインクした。

そう。今日、三月十五日は、待ちに待った約束の日……自分が、彼女を迎えに行く日。

「あ、そうなんですか。で、その幼馴染みっていうのは、これですか？」

中里が、ニヤけた顔で小指を立てた。

「ほらほら、口ばっかり動かしていないで、手を動かしなさい、手を」

「お～怖～。そんなんだから、白馬に乗った王子様が現れないんですよ」

静香に窘《たしな》められ、おどけて首を竦《すく》める中里が軽口を叩《たた》いた。

「中里君に心配してもらわなくても、私の足もとに跪《ひざまず》く男性は一杯いますよ〜だ」

舌を出し、アカンベーをする静香。

桜木動物病院の診療室内は、窓から差し込む麗らかな陽光のように明るい雰囲気に満ちていた。

あれから、一年が過ぎた。

静香は、なにかが吹っ切れたように明るくなり、てきぱきと仕事をこなす頼りがいのある看護士に戻った。心の中まで窺《うかが》い知ることはできないが、深雪の名を口に出すことも自分に想いをぶつけることもなくなった。

中里は、獣医師になるために半年前から獣医学科のある都内の私立大学を目指して受験勉強を開始した。国公立、私立ともに総じて偏差値は高いが、中里の動物にたいしての熱意があれば大丈夫だろう。

獣医学科の正規の過程を六年間履修して卒業すれば、毎年一回、三月に行われる獣医事審議会の国家試験を受け、合格すれば晴れて獣医師の資格を取得できる。

清一郎は、相変わらず他人との接触を避け、部屋に閉じ籠《こも》りがちだが、肉体的には問題はなかった。部屋を訪れるといつもの白革のリクライニングチェアに彫像のように座り、クラシックを聴きながら、膝上《ひざうえ》に開いた本の活字に視線を落としている。清一郎の周囲だけは、奈美子が死んだ四年前から時間《とき》が止まっているかのようだった。

満は、根無し草のように職を転々とし、現在は、どこで働いているのかわからない。家には明け方に戻り、夕方に出かけるところをみると、水商売関係の仕事だろうことは間違いない。依然として、清一郎と冷戦状態が続いていた。

鳴海は、叔父《おじ》が院長を務める病院でのインターン期間を終了し、新米医師として忙しい日々を送っている。去年の五月に海明銀行の頭取の娘と見合いをしたが断り、その後も、相変わらず複数の女性と交際を続けている。

橘光三郎と南は、この一年、一度も連絡がなかった。恐らく、橘光三郎からの恫喝《どうかつ》電話が自分に入ってからすぐに、深雪本人が事情説明の電話をしたに違いない。あれだけ怒っていたふたりが自分へなにも言ってこないところをみると、パリでの所在と、一年後に日本に戻ってくることを話したのかもしれない。橘光三郎か南がパリへ飛び、深雪を説得したことも考えられる。

一切の答えは、あと一時間後に出る。

深雪がマリア公園に現れなければ……彼女が決めたことであれば、仕方がなかった。

もともと、最初に約束を破ったのは自分だ。八年間も深雪を忘れていた自分に、彼女を責める資格はない。

「いよいよ、ですね？　私との約束、覚えてます？」

満面に湛《たた》えた笑み。静香が自分のデスク脇に立ち、背後の中里に聞こえないように囁《ささや》いた。

マリア公園に深雪が現れなければ彼女のことを忘れると、桜木は静香に誓った。

「ああ。覚えているよ」

「誤解しないでくださいね。私、深雪さんが現れなければいいなんて思ってませんから。

そんな、いやな女じゃないです」

「わかってるよ」

桜木は、笑みを返しながら言った。

「よかった。私、先生にそんなふうに思われ――」

「すいません、すいませんっ」

静香の声を、逼迫《ひっぱく》した女性の声が掻《か》き消した。

桜木は腰を上げ、診療室を出た。ドアを開け、待合室へと向かった。ドア口に佇《たたず》む顔面蒼白《そうはく》な若い女性。眼には涙を溜《た》め、唇をわなわなと震わせている。

「どうしました？」

桜木は、狼狽《ろうばい》する女性の気を落ち着かせるように優しく問いかけた。

「ジロウが、ボールを飲み込んで……」

「ジロウって、あなたのワンちゃんのことですね？」

女性が何度も頷《うなず》き、背後を振り返り外を指差した。

「中里君。きてくれ。静香君は、オペの準備だ」

「先生」

自動ドアに駆け寄る自分の背を、静香の声が追った。振り向いた。静香の視線の先。壁かけ時計の針は、四時二十分を差していた。

静香の視線の意味。深雪との約束の時間は午後五時。胃袋の異物を取り除くオペに入れば、二時間はかかってしまう。

桜木は、静香の視線を振り切り、外へと出た。路肩に蹲《うずくま》る赤い軽自動車。リアウインドウ越し。シートに横たわり、苦しげに身《み》悶《もだ》える大型の雑種犬。体重は三十キロ前後。脳内で、麻酔の量を素早く計算した。

予想に反して、ジロウは成犬だった。それも、七歳か八歳は行っているだろう老犬だ。てっきり桜木は、一歳かそこらだと思い込んでいた。

なぜなら、やんちゃ盛りの犬が遊んでいた拍子にボールを飲み込むことは珍しくはないが、老犬が、という話は聞いたことがなかった。尤《もっと》も、歯が抜けた老犬が魚の骨を喉《のど》に詰まらせることはよくある話だが。

リアシートのドアを開けた。大きく口を開け、異物を吐き出そうとするジロウ。波打つ背中。上下する腹部。

桜木は車内に上半身を突っ込み、ジロウの頸《けい》部《ぶ》と腰椎部《ようついぶ》に両腕を差し入れ抱きかかえた。肘《ひじ》関節が軋《きし》んだ。歯を食いしばり、ジロウを車外へと連れ出した。

駆け寄った中里とふたりでジロウの躰《からだ》を抱き、玄関へと運んだ。ドアにかかっているプレイトを裏返し、休診に替えた。このオペは、静香の手だけでは足りない。

「ボールを飲んだのは、いつです？」

心配げな顔で待合室に佇む飼い主の女性に、桜木は訊ねた。

「多分、三時間くらい前だと思います。買い物から帰ってきたら、ぐったりと横たわってて……」

「飲み込んだのは、どんなボールです？」

診療室へと歩を進めながら、質問を重ねた。

「嚙《か》むと音がする、犬用のおもちゃのボールです」

「ボールに、間違いないですね？」

桜木は、念を押した。もしかしたらボールではなく、なにかほかの物である可能性があるからだ。レントゲン検査をしている暇はない。

本来なら、受付カードや問診書を作成してからレントゲン撮影に入るといった手順を踏むが、ジロウの容体は一刻を争うものだった。

「どこにも見当たらなかったので、間違いないと思います」

犬用のおもちゃのボール。ちょうど、子供が草野球に使うゴムボールとほぼ同じサイズだ。ジロウくらい躰が大きければ、誤って飲み込むことは十分にありえる。

犬や猫がボールや石ころを飲む事故は、珍しくはない。変わったところでは、過去に、針山で遊んでいた猫が飲み込んだ針の摘出手術を行ったことがあった。

「わかりました。ここで、お待ちください」

桜木は飼い主の女性に言い残し、診療室へと入った。奥のドアを開け、手術室へと。

静香は既に、術衣に着替えていた。桜木と中里はジロウを手術台へと乗せた。

「静香君。留置針の準備を頼む」

言いながら、桜木は洗面台で両腕の肘のあたりまで入念に消毒した。中里が蛇口を閉めた。無菌状態になった桜木の手は、細菌が付着する蛇口に触れることはできない。

タオルで両腕の水気を拭《ぬぐ》い去り、キャップとマスクをつけた。術衣に袖《そで》を通し、グローブを嵌《は》めた。

「先生、本当に、オペをなさるんですか？　一丁目の山沖先生の病院に、運ばれたらどうです？」

留置針をジロウの右前肢に固定しつつ、静香が言った。

「なにを言ってるんだ？　この状態で、動かせるわけないだろう？」

「でも……」

「とにかく、いまはジロウの命を救うことが先決だ」

桜木は、静香に言うと同時に、自分に言い聞かせた。

静香の気持ちはわかる。できるものなら、彼女の言うようにジロウのオペをほかの動物病院に任せたかった。が、ジロウの容体は深刻だ。いますぐにオペを開始しても、助かるかどうかわからない。老犬が故に、体力が続くかどうかが心配だった。

約束の五時まで、あと三十分。連絡を取ろうにも、深雪の携帯電話はパリへ発つ以前《まえ》に解約されていることだろう。もちろん、新しい番号を桜木は知らない。静香か中里に、マリア公園に行ってもらうしかない。事情が事情なだけに、深雪もきっとわかってくれるだろう。

オペに入ってしまえば、自分は手術室を抜けられはしない。

桜木は、ジロウの後肢のつけ根……股関節《こかんせつ》に人差し指と中指の二本の指の腹を当てた。股動脈。人間は手首の内側で脈を取るが、犬の場合は股関節で取る。

麻酔をかける以前《まえ》に、正常な脈拍かどうかを調べなければならない。手術室に運ばれてきた動物は、たいてい、パニックのために脈拍が上がっている場合が多い。不整脈のまま、麻酔をかけると大きな事故に繋《つな》がる恐れがあった。

脈拍が上がり過ぎている場合も下がり過ぎている場合も、前投薬を注射しなければならない。前投薬は、一種の鎮静剤のようなものだ。

桜木は、壁かけ時計の秒針を睨《にら》みつつ、指先に伝わる拍動を口内で数えた。一分間で九十五回の拍動。三十キロくらいの大型犬だと、だいたい八十回から百二十回の拍動数が平均的だ。

前投薬を注射する必要がなくなったのは、助かった。前投薬を皮下注入した場合、麻酔導入薬を静脈注射するまでに二十分前後は間隔を空けなければならない。

時間が経てば経つほど、ジロウの体力は消耗してしまう。一刻もはやくオペに入り、ジロウの胃から異物を取り除かなければならない。

「静香君。ケタミンを」

桜木の掌《てのひら》に載せられた、透明のプラスチックボトル。ケタミンは、麻酔導入薬だ。体重一キロあたりに約五ミリリットルのケタミン、つまり、ジロウの体重だと百五十ミリリットルのケタミンを静脈注射することになる。

桜木は、シリンジにケタミン注射液を吸い上げた。このシリンジは、桜木動物病院にある物の中で最も大きいが、それでも百ミリリットルの容積しかない。

留置針のプラグに、シリンジの先端を接続した。ゆっくりと、ゆっくりとケタミンを注入した。百ミリリットルの麻酔導入薬を打ち終えた桜木は、残り五十ミリリットルを再度注入した。

二十秒から三十秒で、ジロウの躰から力が抜けてゆくのがわかった。眼は見開いたままだ。

これから吸入麻酔……全身麻酔をチューブで導入するのだが、その以前《まえ》に、麻酔深度を確認する必要があった。

麻酔が深く効いているのかどうかを、肉眼で判断するには限界がある。見極める方法は、脳の反射があるかどうか。

知ってのとおり、痛い、痒《かゆ》い、熱い、冷たいなどの感覚は、脳からの指令が送られて初めて体感する。

麻酔は、中枢神経の機能を鈍麻させることにより、知覚を麻痺《まひ》させる。人間も、抜歯の際に麻酔を打つと、効いている箇所であればメスで切られようがドリルでほじられようがなにも感じない。故に、抜歯後の麻酔が効いているうちは熱い飲食物の摂取を禁じられる。なぜならば、沸騰しているお茶を飲んでも熱さを感じず、知らないうちに火傷《やけど》をしてしまうからだ。

が、麻酔深度を確認するために、ジロウの躰をメスで切ったり熱湯をかけるわけにはいかない。

そこで、獣医師は麻酔深度を探るために顎《あご》反射を確認するという方法を取る。

顎反射とは、文字通りに顎の反応をみること。つまり、手でジロウの口をこじ開け、抵抗があれば麻酔深度が浅いということ、抵抗なく下顎が開けば麻酔深度が深いということの証明となる。

麻酔の効きが浅い状態でチューブを気管に挿管すると、嘔吐《おうと》してしまう。人間が、喉《のど》に指を突っ込んだときの反応と同じだ。

桜木は、マズルコントロールの要領で、左手でジロウの口吻《こうふん》を摑《つか》み、右手で下顎を引いてみた。抵抗なく開いた口が、ゆっくりと戻ってゆく。

念のため、ジロウの眼球にそっと指先で触れてみた。まったく、瞬きをしなかった。脳の反射が鈍っていることが窺《うかが》えた。準備はＯＫだ。

「マウスオープナーを頼む」

気管内チューブを麻酔器の蛇管へと繋げつつ、桜木は中里に言った。

マウスオープナーとは、動物を開口状態に保つ、言わばつっかえ棒のようなものだ。

「君はオペモニターの用意を」

静香が、台車に載った辞書サイズの機械を手術台の脇、麻酔器の横へと運んだ。オペモニターから伸びる血圧計のクリップをジロウの右の耳に、電極計のクリップを左右の前肢のつけ根と左の後肢のつけ根に装着した。

このオペモニターは、脈拍カウント、心拍カウント、体温、血圧が正確に、波形、音、デジタルで表示される。

桜木は、マウスオープナーで開口した口腔《こうこう》に、気管内チューブを挿管した。麻酔器の酸素計のダイヤルを回し、一分間に四リットルの流入量に、続いて濃度計のダイヤルを回し、三パーセントの目盛りに合わせた。

桜木が麻酔を導入している間に、静香がバリカンでジロウの腹部の毛を刈り始めた。クリーム色の長い被毛や体形から察して、恐らくジロウにはゴールデン・レトリーバーの血が混じっているに違いない。

すかさず中里が、手術台に散乱する毛を掃除機で吸い込んだ。切開した胃に、刈り落とした毛が入り込まないようにするためだ。

剃毛《ていもう》が終わったのを見届け、桜木は噴霧器に入った紫色の液体……手術用の消毒液のヒビテンを満遍なくジロウの腹部に噴きかけた。

ピンセットで摘んだ脱脂綿でヒビテンを拭《ふ》き取り、次に、やはり手術用の消毒液のパコマを噴霧し、ふたたび脱脂綿で拭き取った。

オペの際は術創からの細菌感染が怖いので、桜木は常に二種類の消毒液を併用することにしていた。

壁かけ時計に、ちらりと視線をやった。約束の五時まで、あと三分。胃を開いてみるまでは、静香も中里も外すわけにはいかない。異物の摘出にてこずったり、オペ中にジロウの容体が悪化した場合、ふたりのサポートが必要になる。

込み上げる焦燥感から、桜木は眼を逸《そ》らした。

よりによってこんなときに、という気持ちがないと言えば嘘になる。自分が現れなくても、深雪は連絡をしてこないだろう。彼女を迎えに行けない事実が、どんな結果を招くかはわかっている。

が、ジロウに責任はない。なにより、生きるか死ぬかの瀬戸際にいる彼を放置して出て行くなど、自分にはできない。そして、深雪が、それを望むとも思えなかった。

思考を切り換えた。意識を、ジロウのオペに集中させた。

静香が、青の有窓布でジロウの躰《からだ》を覆った。有窓布は、穴が開いているシーツのようなものだ。つまり、布がない部分に患部がくるようにかける、というわけだ。

有窓布は滅菌してあり、無菌状態だ。摘出した内臓を、そのまま有窓布の上に放置しても細菌感染する恐れがなかった。

当然、有窓布に触れる人間も無菌状態でなければならない。

「メス」

桜木は、静香に右手を出して言った。中里は、食い入るようにオペモニターを凝視していた。切開に入ると、桜木も補助する静香も患部から眼を離せなかった。ジロウの麻酔深度、脈拍、心拍、体温の管理をするのは中里の役目だ。

桜木は、上腹部……胸骨の直下から臍下《せいか》まで垂直に、ちょうど定規に沿って線を引くようにメスを走らせた。

最近は、切開に電気メスを使う獣医師が増えているが、桜木は皮膚に関しては普通のメスを使用する。

電気メスで切開した術創はひきつれて見栄えが悪い、というのが清一郎の教えだった。

次に、乳白色の脂肪……皮下織にメスを入れた。

「バーム鋏《きょう》」

低く短く告げ、右手を出した。掌に載せられた小型の鋏《はさみ》……メッツェンバーム剪刀《せんとう》。脂肪のような柔らかな組織はメスだけではうまく切れないので、切開線に沿って剪刀を使い切り広げてゆくのだ。

脂肪を掻《か》き分けた。白っぽい膜……筋膜に包まれた腹筋。桜木は、メッツェンバーム剪刀と入れ替わりにメスを受け取った。

人間もそうだが、腹筋は硬い組織なので、いきなり鋏で切るというわけにはいかない。

腹筋を指先で摘み、メスの刃先で穴を開けた。メスを戻し、電気メスを手にした。硬い組織の切開は、普通のメスよりパワーがある電気メスのほうが適している。腹筋は人目に触れる皮膚と違い、術創の見栄えを気にする必要はない。

スイッチを入れた。正中線に沿って電気メスを走らせた。正中線は左右の筋肉を繋《つな》ぐ位置、腹筋の中央にある線で、ここを切れば出血が少なく、なおかつ術後のくっつきもいい。

パックリと口を開ける腹筋の奥から、レバーより薄い色をしたワインレッドの胃袋が姿を現した。

静香が、洗濯挟みのような形をした開創器をふたつ、切開部の両端にセットした。開創器は、切開した筋肉層が閉じないように固定する役割をする。

桜木は、球形に盛り上がる胃の表面をそっと指先でなぞった。ボールの直径は、およそ五センチから六センチ。七センチの切開は必要だった。

「支持糸」

静香が差し出した外科用の糸付縫合針を受け取り、桜木は七センチ間隔で上下に縫いつけた。切開したときの術創を人間の唇にたとえるならば、口角に糸を縫いつけるようなものだ。

「いいよ。上げて」

静香が、支持糸を左右の手に握り、ゆっくりと、ゆっくりと腹腔《ふっこう》から胃を吊り上げた。ちょうど、ブランコのような状態だ。

胃の中は雑菌の宝庫だ。腹腔の中におさまったまま切開して、万が一にも内容物が零《こぼ》れたら腹膜炎を併発して大変なことになる。

桜木は、静香の両手に吊られたブランコ状態の胃を、真上から凝視した。

視線の先。干涸《ひから》びた大地の地割れのように、幾筋もの血管が走行していた。胃は、栄養素を消化吸収する役割があるために、多くの血管が交差しているのだ。

出血量を最小限に食い止めるためには、極力、血管の少ない部位を切開しなければならない。

壁かけ時計に向きかけた顔。思い直した。確実に、約束の五時は過ぎている。深雪も、とっくにきているだろう。二度目の待ちぼうけ。失意に打ちひしがれ、もう既にマリア公園をあとにしているかもしれない。

時計をみなくても時間《とき》が止まるわけではないが、正確な時間を眼にしてしまえば、いやでも焦燥感が顔を覗《のぞ》かせてしまう。

ここからのオペは、もっともデリケートなものになる。集中力の微細な乱れは、ジロウの命を奪うことに繋がりかねない。

胃からボールを摘出し、縫合さえ済めばオペの山場は超える。中里を、マリア公園に向かわせることができる。深雪は、きっと待ってくれている。

自分が、約束をすっぽかすなどとは思わないはずだ。なにか事情があったのだと、自分を信じてくれるはずだ。

桜木は、自分に言い聞かせた。そう思わなければ、平常心を保てそうになかった。

「先生、血圧が下がりましたっ」

中里の逼迫《ひっぱく》した声が、桜木を現実に引き戻した。

オペモニターの血圧計のデジタル表示。六十を切っていた。

「中里君。アクトシンを」

アクトシンは、血圧を上げる作用のある静脈注射用の薬だ。

桜木は、中里からアクトシンのボトルを受け取った。シリンジに無色透明の液体を吸い上げ、留置針のプラグに差し込んだ。三百ミリのアクトシンを百ミリずつ、三回にわけて注入した。

ほどなくして、オペモニターのデジタル数字がぐんぐんと上昇した。百二十に差しかかったところで、桜木は視線をオペモニターからジロウへと移した。

桜木は、トレイからメスを手にした。静香は胃を吊っているので手を離せないし、中里はオペモニターから眼を離せない。

脂肪を開くとき同様に、メスは穴を開けるだけの役目。メスは、胃のように柔らか過ぎるものを切開するのに適していない。

メスで開けた穴から、メッツェンバーム剪刀の片側の刃先を入れた。ゆっくりと、剪刀のグリップを開閉し、胃を切り広げて行った。

内臓のように柔らかくぬるついた組織を切るときには、急いでグリップを開閉すれば刃の側面に滑ってしまい、うまくいかない。

胃の切開が終わった。茶褐色の内容物に塗《まみ》れた、元は白だったのだろうネズミの顔が描かれたゴムボールが姿を覗かせた。内容物のほとんどが、消化しきれていない魚の骨や米粒だった。飼い主は、人間の食事を与えていたのだろう。

本当は、胃の切開をするときには、オペの前日は絶食して空っぽにしておくのが原則だが、ジロウのように緊急の場合は仕方がなかった。

桜木は、ペアン鉗子《かんし》でボールの表面を軽く突いた。鉗子の先端部が、ボールに食い込んだ。飲み込んで数時間なので、まだ、柔らかい状態だった。

これが一週間も二週間も経っていたなら胃酸でボールがガチガチになり、鉗子で挟むこともできず、直接、手で鷲掴《わしづか》みにするしかない。

ボールを手で摑むこと自体は一向に構わないが、胃内の雑菌が付着したグローブを取り替える手間が増えてしまう。ジロウの体力を考えると、一分も無駄にはできない。

切開創の両端に、開創器をセットした。腹筋にセットしたものと同じ、切開創を開いた状態にしておく手術器具だ。

桜木は、左手にした薬匙《くすりさじ》でボールを軽く押さえ、ペアン鉗子で表面を挟んだ。全神経を、右腕に集中した。慎重に、慎重にボールを取り出した。

ここで焦って汚物塗れのボールを腹腔内に落としてしまえば、大変なことになる。

無事、異物の摘出が終わった。ボールを、ステンレスの膿盆《のうぼん》に置いた。ついでに、未消化の魚の骨も取り出した。

「中里君。縫合針と三〇の吸収糸の用意を」

汚物塗れの鉗子と薬匙をトレイに置きつつ、桜木は言った。三〇とは糸の太さのこと、吸収糸とは抜糸の必要のない溶ける糸のことを言う。

「あと、お湯を沸かして生理食塩液のボトルを温めて」

桜木は、縫合針と吸収糸を受け取り、続けて命じた。

「四十度でしたよね？」

中里の念押しに、桜木は頷《うなず》いた。

一年前までは、血をみただけで青褪《あおざ》めていた中里も、いまでは立派にオペに立ち会えるようになった。

胃を閉じたら、腹腔内を洗浄しなければならない。そのままの状態で胃を戻してしまうと、切開創の縫合痕《ほうごうこん》から細菌感染する恐れがあるからだ。洗浄用の生理食塩液には、あらかじめ抗生物質を混入している。

桜木は、オペモニターに眼をやった。心電図、血圧、脈拍に異常はみられなかった。体温は若干下がり気味だが、術後に毛布とカイロで温めてやればいい。

山は超えた。桜木の中で、ようやく安堵《あんど》が広がった。同時に、胸苦しさに襲われた。

ここで初めて、壁かけ時計をみた。午後六時二分。約束の時間を一時間オーバー。チクチクと痛む胸。背筋を這《は》い上がる焦燥感。

もう少し、もう少しだ。胃の縫合を終えれば、静香の手は空く。腹筋、皮下織、皮膚の縫合だけなら、ひとりでも大丈夫だ。オペモニターを静香に任せ、中里をマリア公園に向かわせることができる。

頼む、待っていてくれ……。

心で念じながら、桜木は胃の切開創の縫合を始めた。

内臓、腹筋、皮下織など表面からみえない部分は、アルバートレンベルト縫合といって、通常の結接縫合と異なり、連続して縫っていく縫合法を取る。故に、何針縫った、とは表現しない。

一針通すごとに糸を結び込んでいく結接縫合と違い、連続縫合は大幅に時間が短縮できるからだ。

しかし、皮膚はそういうわけにはいかない。連続縫合は時間を短縮できるが、そのぶん、どうしても縫合した跡がひきつれ、見栄えが悪くなる。

胃の縫合を終えた桜木は、振り返らず中里に声をかけた。

「用意はいいか？」

「OKです」

「よし、じゃあ、洗浄を……」

桜木は、ブランコ状態に吊られた胃が小刻みに揺れているのを眼にし、言葉尻《ことばじり》を呑《の》み込んだ。静香の両腕が、ぶるぶると震えていた。

「静香君、どうした？」

「気分がすぐれなくて……。嘔吐《おうと》感も、少しだけ」

「ほら、支持糸を貸して。あとは、僕と中里君で大丈夫だ。君は、二階で休んでなさい」

桜木は、動揺を悟られぬよう平静を装い言った。

動揺。オペにたいしてではない。ここから先は、ジロウの容体が急変しないかぎり、中里とふたりで乗り切れる。

動揺。深雪……。静香がいなくなれば、中里をマリア公園に向かわせることができなくなる。

「でも……深雪さんが……。私、大丈夫ですから」

消え入りそうな声音。キャップとマスクの間から覗《のぞ》く虚ろな瞳《ひとみ》。オペの流れを把握している静香は、桜木の心を見透かしていた。

「なにを言ってるんだ。オペ中になにかあったらどうするんだ」

言葉とは裏腹に、できるなら、もう少し……せめて、中里が深雪に伝言を伝えて戻ってくる間だけでも、静香に頑張ってほしかった。

しかし、いまにも倒れそうな人間を、オペに立ち会わせるわけにはいかなかった。

「さあ、はやく。これは、命令だ」

桜木は、両手を差し出しながら言った。大きな瞳をみるみるうちに潤ませ、静香が支持糸を渡した。

「中里君、洗浄を頼む」

プラスチックボトルのキャップを外した中里が、腹腔《ふっこう》内に無色透明の液体を撒《ま》いた。ピンセットで摘んだガーゼで、入念に生理食塩液を吸い取った。

「先生……。私、マリア公園に行ってきます……」

静香が、切れ切れに言った。とても、つらそうな呼吸だった。

「無理だ。僕のことはいいから、二階で休んでなさい」

正直、そのひと言を期待していなかったと言えば嘘になる。だが、近いとはいえ、喋《しゃべ》るのも億劫《おっくう》な静香をマリア公園まで行かせるのは気が咎《とが》めた。

気が咎める理由は、それだけではない。彼女にとって、この申し出は、本当ならば身が裂かれるようなことに違いない。

「公園に行くくらい……平気です。お願いです。私も、なにか……役に立たせてください」

「本当に、大丈夫か？」

オペモニター、中里の洗浄処置、静香の顔を交互にみながら桜木は訊《たず》ねた。

無理に作った笑顔で、頷《うなず》く静香。静香の気持ちに、胸が熱くなった。彼女を誤解していた自分を、激しく叱責《しっせき》した。静香は、自分の感情を殺し、自分と深雪の仲を取り持とうとしている。

「ありがとう」

桜木は言った。ふたたび頷き、踵《きびす》を返す静香の背中を視界から消し、胃をゆっくりと腹腔へと戻した。二本の支持糸をメッツェンバーム剪刀《せんとう》で切り、縫合針とナイロン糸を手に取った。

腹筋の縫合は胃と違い、しっかりと縫いつけなければならないので吸収糸は使わない。

つまり、死ぬまで体内に糸が残るというわけだ。

ドスン、という振動が、縫合を開始した直後に足もとに伝わった。

「先生っ」

逼迫《ひっぱく》した中里の声。顔を上げた。手術室のドアの前。俯《うつぶ》せに倒れる静香に、中里が駆け寄った。

「静香君っ、大丈夫か!?」

縫合の手を止め、桜木は声をかけた。

中里の腕の中で、静香が薄く瞼《まぶた》を開いた。

「大丈夫で……す。ちょっと、立ち暗みがしただけで……」

「あ、だめですよ、金井さん」

立ち上がろうとする静香を、中里が必死に止めた。

「私……行かなきゃ……」

「だめですって。そんな躰《からだ》で、行けるわけないじゃないですか!?」

「でも……」

「静香君。中里君の言うとおりだ。その気持ちだけで十分だよ。中里君」

桜木は、優しく静香を諭し、中里に目顔で合図した。中里が静香の肩を抱き、立ち上がらせた。

「本当に……ごめんなさい……」

「気にするな」

涙声で詫《わ》びる静香。桜木は、笑顔で頷いた。中里に凭《もた》れかかるように手術室をあとにする静香の背中から、視線をジロウに移した。腹筋の縫合を再開した。

深雪のことを考えると、とても笑顔を作る気分ではなかったが、それとこれとは話が別だ。静香には、なんの責任もないのだ。

オペモニターをみた。通常ならば一分間に百前後の拍動数が、百五十を超えていた。麻酔深度が浅い。ジロウが痛みを感じている恐れがあった。が、手を離せない。

「もう少しで、彼が戻ってくるからね。それまで、頑張るんだ」

ジロウに語りかけた。微《かす》かに、右後肢がヒクついていた。やはり、痛いのだろう。桜木には、励ましの言葉をかけることしかできなかった。

勢いよく、ドアが開いた。腹筋の縫合が終わりかけたときに、中里が戻ってきた。オペモニターに表示された拍動数は、百七十に達していた。

「濃度計を上げて」

逼迫した桜木の声音に、中里が弾《はじ》かれたように麻酔器へと向かった。腹筋の縫合から、皮下織の縫合へと移行した。糸はナイロン糸からふたたび吸収糸に変えた。縫合法は、胃や腹筋同様に連続縫合だ。

深雪との約束。ジロウの体力。逸《はや》る気持ちを抑え、桜木は慎重に脂肪に縫合針を泳がせた。

「拍動数は？」

「百二十二です」

中里の返答に、桜木は胸を撫《な》で下ろした。ジロウの拍動数は、正常値に戻りつつあった。

壁かけ時計の針。六時二十五分。マリア公園のベンチ。聖母マリア像がみつめるベンチに、哀しげな顔でぽつりと座る深雪の姿が眼に浮かぶ。秒針が時間《とき》を刻むたびに、桜木の心も刻まれた。

だが、もう少しだ。皮膚の縫合と飼い主への説明が終われば……。

桜木は、マリア公園へと飛び立とうとする意識を引き戻し、皮膚の縫合を開始した。皮膚は、吸収糸で内反縫合という技法を取る。

内反縫合とは、内側に折り込んだ皮膚を縫い合わせることを言う。つまり、糸がみえないような形で縫い合わせるやりかただ。

切開創を覆い隠すように摘み上げた皮膚に、桜木は縫合針を通した。皮膚の場合は、連続縫合で縫ってしまうと形が悪くなってしまうので結接縫合でやる。

桜木は、中里から受け取ったメッツェンバーム剪刀で一糸ごとに切り、結び込み、ふたたび縫合針を通すことを繰り返した。

二十針で、縫合は終了した。

「ステイプル」

ステイプルは、皮膚を留めるための器具で、ホッチキスのような物だ。吸収糸は溶けてしまうのでどうしてもナイロン糸より材質が弱くできているという都合上、ステイプルで切開創の癒着の補助を受ける必要があった。

ステイプルの針は一週間ほどで外すが、内反縫合の吸収糸は一ヵ月前後で自然に溶けるので抜糸の必要はない。

「消毒を頼む。ヒビテンのあとにイソジンだ」

桜木は言いながら、気管内チューブとマウスオープナーをジロウの口腔《こうこう》から抜き、麻酔器のスイッチをオフにした。

「消毒が終わったら、ジロウを毛布と保温マットで温めてくれ。体温が三十八度台に戻ったら、オペモニターのセンサーを外していい。僕は、飼い主さんへの説明のあとに、ちょっと出かけるから。ジロウを入院室に連れて行く以前《まえ》に、飼い主さんをここに呼んであげてくれ」

言って、桜木はグローブとマスクを外し、手術室を出た。

診療室を抜け、待合室へと向かった。ソファでファッション雑誌を開いていた飼い主が、桜木の姿を認めて慌てて立ち上がった。

桜木は、テーブルに置かれた受付カードに眼をやった。

飼い主の名は、中島敬子《なかじまけいこ》。歳は二十四。住まいは、世田谷区桜新町。住居形態は、一戸建て。家族構成は、両親との三人住まいとなっていた。

「無事、終わりました。年齢が行っているので、まだ油断はできませんが取り敢えず手術は成功しました」

「ありがとうございます」

中島敬子が、安堵《あんど》の表情を浮かべ頭を下げた。

「中島さん。おっしゃってた通り、異物はゴムボールでした。で、これからのことなんですが、まず、最低一週間の入院が必要となります」

「入院……ですか？」

中島敬子が、表情を曇らせ訊《たず》ねた。費用のことを、気にしているのだろうか。

「ええ。術後は、四十八時間の絶食が必要です。もちろん、その間に点滴で栄養分を補給しますがね。入院三日目から流動食を与え、一週間目までに平常時の七、八十パーセントの食餌《しょくじ》内容に戻していきます。退院後は、私が指示した処方食を一日、五回から六回にわけて与えてもらいます。術後しばらくの間は、胃に負担をかけるのは一番いけませんからね。詳しくは退院の際にもう一度説明させて頂きますが、処方食から通常の食餌に戻っても、ドッグフードを与えるようにしてください」

「え？」

中島敬子が、小首を傾げた。

「胃内から、未消化の魚の骨が出てきました。人間の食べ物は、消化によくないですからね」

「あ、ああ……すいませんでした」

「謝る必要はありませんよ。結構、自分達と同じ食事を与えているご家庭は多いですから。それより、もう少ししたら、ウチの看護士が呼びにきますので、お帰りになる以前《まえ》にジロウ君に会って上げてください。手術費と入院費の件は、退院が決まった際に一緒にご連絡しますので。なにか気になることがございましたら、遠慮なく電話をください」

桜木は中島敬子に頭を下げ、踵を返した。玄関を飛び出し、バス通りを駆けた。擦れ違う人々が、驚いたような視線を投げてきた。桜木は、キャップと血の付着した術衣を着けたままだということに初めて気づいた。

駆け足を止めず、桜木はキャップと術衣を脱いだ。立ち止まっている余裕はなかった。一秒でもはやく、深雪のもとへ……。

約十メートル先。点滅する歩行者用の青信号。通りの向こう側では、黒山の人だかりができていた。

縺《もつ》れる両足に鞭《むち》を打ち、走った、走った、走った。信号が、赤に変わった。構わず、横断歩道を突っ切った。

タイヤが路面を軋《きし》ませるブレーキ音、鼓膜を切り裂くクラクション、左右から飛び交う怒声と罵声《ばせい》。ジグザグに停車する車を縫うように、桜木は反対側の通りへと駆け渡った。

交差点近くの路肩に停る複数のパトカー。歩道に張られたロープ。ロープの周辺で野次馬を押し返す警官。路面に引かれた人型のチョークの周辺で、這《は》いずるような恰好《かっこう》でなにかを探す青い繋《つな》ぎ服を着た男達。

事故でもあったのだろうか？　思考を止めた。いまは、それどころではない。

あと二、三十メートルで、並木道に入る。並木道の中程、奥に入ったところにマリア公園はある。

ふくらはぎが悲鳴を上げた。肺が裂けそうだった。横腹を疼痛《とうつう》が襲った。ヒュウヒュウという笛の音のような息が、耳孔内で谺《こだま》していた。

歯を食いしばり、駆け足の速度を上げた。揺れる視界に、並木道が現れた。

深雪、深雪、深雪……頼むから、僕を待っていてくれっ。

心で叫んだ。

夕闇に覆われた濃紺色の空をバックにした、八分咲きの山桜。パリから戻った深雪は、淡紅色をした花びらを一年振りに眼にしたことだろう。

九年前、少女の頃に毎日のように眼にした、この美しき山桜を……。

駆け足を止めた。街路樹の合間から覗《のぞ》く、ライトアップされた聖母マリア像。

桜木は両膝《りょうひざ》に手を着き、乱れる息を整えた。弾む鼓動は、全力疾走したことばかりが理由ではない。

ひとつ大きな深呼吸をし、桜木はマリア公園へと足を踏み入れた。

いつものベンチ……聖母マリア像がみつめる、思い出のベンチ。

膝から、力が抜けた。視界が流れた。見下ろしていたベンチが、眼前にあった。

桜木は、地面に両膝を着き、放心した視線で無人のベンチをみつめた。脇に抱えていたキャップと術衣が、膝もとに落ちた。

背後から聞こえる噴水の冷え冷えとした水音が、桜木の心を切り裂いた。公園内に、誰かいるのかもしれない。跪《ひざまず》く自分に、怪訝《けげん》な視線を注いでいるのかもしれない。が、首を巡らせなくとも、深雪がいないだろうことはわかっていた。

深雪の席は、昔もいまも、このベンチ。このベンチで、深雪と出会った。いろんなことを、語り合った。そして、七年後に、迎えに行くことを約束した。

七年後。深雪は、このベンチで自分の迎えを待った。現れることのない自分を、孤独と哀しみの中で待ち続けた。

そして、今日。ふたたび深雪は、このベンチで自分の迎えを待った。現れることのない自分を、最後の希望を託して待ち続けた。


八年前に交わした約束と同じ日と同じ時間に、私はマリア公園のベンチであなたを待ちます。

あなたが八年前と変わらない返事だったら、私を迎えにきて。

あなたが現れなかったら、今度こそ、本当にさよなら。私は、新しい人生を歩みます。

深雪の手紙の文字が、漆黒に染まった脳内に蘇《よみがえ》った。

自分は、深雪を迎えに行かなかった。深雪は、どんな思いでベンチに腰を下ろし、風に運ばれた五時の鐘の音を聞いていたのだろう。

どんな思いで、時計の文字盤を刻む針の動きを追っていたのだろう。

何度も、何度も背後を振り返ったのだろうか？　それとも、彫像のようにじっと動かず、肩を叩《たた》かれるのを待っていたのだろうか？　どうしようもない哀切に、心が震えた。眼を閉じた。

深雪の屈託ない笑顔が、無邪気な仕草が、遠く寂しげな眼差しが、瞼《まぶた》の裏に次々と浮かんでは消えた。

熱を持つ涙腺《るいせん》。頬に、生温《なまぬる》い液体が伝った。

不意に、背中に視線を感じた。両膝立ちのまま、桜木は首を後方に巡らせた。

涙に潤む視界。幼きキリストを抱いた聖母マリア像が、哀しげな瞳《ひとみ》で自分をみつめていた。

［2］

家路へと向かう並木道。羽毛の絨毯《じゅうたん》を歩いているような心許《こころもと》ない足取り。人々が息を呑む色鮮やかな夜桜も、桜木には色褪《いろあ》せてみえた。

魂が抜け落ちた、という表現が小説などでよく使われるが、いまの自分はまさに抜け殻だった。

——あなたが現れなかったら、今度こそ、本当にさよなら。

深雪が綴《つづ》った手紙の文面が、執拗《しつよう》に脳内で繰り返され、桜木の心を鷲摑《わしづか》みにした。

今日という日を忘れていたのなら、まだ、納得がいく。激しい後悔の念と自責の念に苛《さいな》まれるだろうが、それでも、いまの自分よりはましだ。

いまの自分は、後悔することも、自分を責めることもできない。

不可抗力。運命の悪戯《いたずら》。そう、重体の急患が運び込まれた以上、自分の選択肢はひとつ……ジロウを助けることしかなかった。

しかし、仕方がないこととはいえ、自分が約束を破った事実に変わりはない。深雪を失意の海に突き落とした事実に、変わりはない。

ぶつけようのない思い。誰が悪いわけでも、誰の責任でもない。

だからこそ、やりきれなかった。いっそのこと、自分の落ち度で迎えに行けなかったほうが、どんなにましだっただろうか。それならば、諦《あきら》めもつく。

この一年間、深雪のことを片時も忘れたことはなかった。一日過ぎ行くたびにカレンダーの数字を消し、一ヵ月過ぎ行くたびに胸を高鳴らせた。

いままでの人生で、こんなにも月日の流れをもどかしく感じたことはない。朝目覚めるたびに夜の訪れを心待ちにし、夜ベッドに入るたびに朝の訪れを心待ちにした。約束の日に備えて、深雪にかける言葉まで練習した。彼女の行くところがなければ一緒に暮らすことも考え、部屋の大掃除を済ませた。

なのに……。

肩に衝撃。よろめいた。区立休養ホームの交差点脇。さっきの事故現場。上の空で歩き、いつの間にか野次馬の群れに紛れ込んでいた。

踵《きびす》を返そうとしかけた足を止めた。ロープの向こう側。人型に囲まれたチョークの頭部あたりに広がる血溜《ちだ》まり。

「事故にあわれたのは、女性の方ですか？」

桜木は、思わず隣の作業服を着た男性に声をかけていた。

「いや、男だ。救急車に運ばれるところをみたが、ありゃ、もうだめだな」

桜木は、男性に頭を下げると野次馬の群れから離れた。被害者の男性には悪いが、桜木は事故にあったのが女性ではなくほっとしていた。

桜木動物病院の建物が近づくにつれ、足が重くなる。いまは、誰にも会いたくはなかった。

自室へと続くエントランスに向かおうとする足。思い止どまり、休診の札のかかる自動ドアに向けた。

どんな理由があろうとも、職場放棄をするわけにはいかない。ジロウが頼れるのは、自分しかいないのだ。

自動ドアをロックし、無人の待合室と診療室を抜けた。手術室のドアを開けた。オペのあと片づけをしていた中里が、顔を上げた。

「あ、お帰りなさい。どうでした？　お友達のほうは？」

「待ちくたびれて、帰ったみたいだ。今度、なにか奢《おご》らされるな」

桜木は、努めて明るく振る舞った。

「待ち合わせ、五時でしたもんね」

言いながら、中里が視線を自分から上に向けた。壁かけ時計の針は、午後七時を回っていた。

「それより、その後、ジロウの様子は？」

込み上げる哀感から眼を逸らし、桜木は言った。

「四、五分前に二階に覗《のぞ》きに行ったときには、ぐっすりと眠ってました。保温マットで温めているので、体温も戻っていると思います」

「そうか。で、中島さんは？」

「ジロウを入院室に移す以前《まえ》に、オペ室にきて頂きました。相当ショックだったみたいです。沈んだ顔で、ひと言も口を利きませんでしたからね。あ、それから、金井さんは、先生が出て行かれてからすぐに帰りました」

「具合は、大丈夫なのか？」

「一晩ゆっくり休めば平気だと言ってました。本当にご迷惑をかけました。明日はちゃんと仕事に出れます、と先生に伝えてくれるように頼まれました」

静香は、約束の時間に間に合わなかったのは彼女のせいだと自責の念に囚《とら》われ、自分に合わせる顔がないと思ったのだろう。

「わかった。今日はご苦労様だった。あとは、僕がやっておくからもう上がっていいよ」

「先生にそんなこと——」

「いいから、僕に任せて。オペで頑張ってくれたご褒美だ」

桜木は、微笑みながら言った。

正直、ひとりになりたかった。誰とも、喋《しゃべ》る気になれなかった。

「本当に、いいんですか？」

桜木は頷《うなず》いた。

「ありがとうございます。じゃあ、お言葉に甘えて、お先に失礼させてもらいます」

弾む声で礼を述べ、中里が手術室をあとにした。

桜木は、大きく息を吐き、壁に背を預けた。体内に砂袋を詰め込まれたように全身がだるく、すぐには、なにもやる気が起きなかった。

このままでいいのか？　誤解されたまま、深雪と永遠に会えなくてもいいのか？

声がした。

だが、どうすればいい？　誤解を解こうにも、自分は深雪の連絡先を知らない。

声に問いかけた。

京都の実家が、橘光三郎がいるじゃないか？　電話番号ならば、番号案内を調べればすぐにわかるはずだ。

声が答えた。

深雪の義父に？　自分を目の敵にしている彼が、たとえ深雪の所在を知っていても、教えるはずがない。一年前、ほかでもない自分が、橘光三郎にそうしたのだから。

声に諭した。

ならば、いつまでもぐずぐずと引き摺《ず》らずに、これも運命だと受け入れて彼女のことをすっぱりと諦めろ。

声が、冷たく突き放した。

まったくだった。自分は、深雪の交遊関係を知らない。彼女の消息を辿《たど》る糸口は、橘光三郎しかいない。

彼に電話をかけて食い下がるか、すっぱりと諦めるか。自分の選択肢はふたつにひとつ。どちらにしても、早急に決断する必要があった。こんな宙ぶらりんの精神状態では、とても動物の命を預かるような重責は担えない。

桜木は、壁から背を剝《は》がし、手術台へと歩み寄った。術衣を洗濯機に放り込み、メスや鉗子《かんし》の洗浄を始めた。オペに使った器具や術衣は、洗濯、洗浄後に滅菌器で殺菌をする。

取り敢えず、思考のスイッチをオフにした。いくら考え込んでも、時間を巻き戻せはしない。夜は長い。今後について考えるのは、手術室のあと片づけを済ませ、ジロウの様子をみに行ってからでも遅くはない。

桜木は、洗浄を終えたオペ器具を入れた滅菌コンテナを滅菌器にセットし、タイマーをかけた。

手術台や無影灯、その他のオペ機器の消毒は、中里が済ませたようだ。

桜木は、洗濯機に洗剤を入れてスイッチを押した。脱水まで五十分。八時半頃、戻ってくればいい。その頃には、オペ器具の滅菌も終わっている。

二階の入院室へと向かおうと診療室に出たときに、インタホンが鳴った。

診療時間は過ぎている。今日二件目の急患か？　桜木は、待合室へと小走りに駆けた。

自動ドアのガラス越しに佇《たたず》む、ふたりの男。ふたりとも、短く刈り込んだ髪にスーツ姿だった。どうやら、来院客ではなさそうだ。

桜木は、ロックを解除した。

「夜分遅くに申し訳ありません。桜木一希《としかき》さんですね？」

ふたりのうち、タンク型の躰《からだ》をした年嵩の男が物腰の柔らかい口調で訊《たず》ねた。が、口調同様に柔和に下がった深い皺《しわ》の刻まれた瞼《まぶた》の奥の眼光は鷹《たか》のように鋭かった。

もうひとりの男は、百八十センチを軽く超えていそうな長身で、厳めしい顔つきで自分を睨《にら》みつけている。まだ、自分とそう変わらない歳にみえる。

「はい、そうですが。どちら様でしょうか？」

「あ、これは大変失礼しました。私達、玉川警察署の者です」

言いながら、男が濃灰色のシングルスーツの内ポケットから取り出した名刺を桜木に差し出した。

桜木は、名刺を受け取り印刷された明朝体の活字を視線で追った。

玉川警察署殺人課一係、菊池四郎《きくちしろう》……。

視線が、殺人課、という活字に吸い込まれた。桜木の脳裏に、交差点の黒山の人だかりが蘇《よみがえ》った。

救急車で運ばれたという男は、事故にあったのではなかったのか？　それとも、まったく別の件なのか？

とてつもない、胸騒ぎがした。

「警察の方が、なにか？」

平静を装い、桜木は訊ねた。

「今日の午後六時頃に、ここから歩いて数分の区立休養ホームの交差点で殺人事件がありましてね。被害者の男性は、アスファルトに後頭部を強打し意識不明の重体となり救急車で運ばれましたが、移動中の車内で息を引き取りました。死因は、脳内出血です」

「そうですか……」

桜木は、冥《くら》く沈んだ顔で呟《つぶや》いた。他人事とはいえ、胸が痛んだ。

同時に、刑事達の突然の訪問の理由もわかった。殺人事件となれば、現場周辺の聞き込み捜査が必要なのだろう。

「私も現場を通りかかったのですが、そのときは既に男の方は救急車に運ばれたあとだったんです」

桜木が口を開くとすかさず、若い刑事がメモ帳にボールペンを走らせ始めた。警察手帳ではなく、そこらの文具店に売っているような普通のメモ帳だった。

そういえば、警察署の者を名乗る際に菊池も、警察手帳ではなく名刺を出していた。どうやら、じっさいの刑事は、警察手帳をテレビドラマのように頻繁に使用しないらしい。

「それは、何時頃です？」

菊池が訊ねた。

「たしか、六時半頃だったと思います」

「どちらに、行かれるところだったんですか？」

菊池の口調はあくまでも穏やかだが、妙に執拗《しつよう》だった。

「近所の公園で、マリア公園です」

「その公園で、誰かと待ち合わせを？」

菊池の粘着質的な質問が続いた。桜木は、不意に不快な気分に襲われた。これではまるで、自分が疑われているようだった。

「答えなければいけませんか？」

桜木は、不快な感情を声音に滲《にじ》ませて質問を返した。

「差し支えなければ」

あたかも容疑者にそうするように、執拗に食い下がる菊池。背後でメモを取る若い刑事に至っては、終始自分を剣呑《けんのん》な視線で睨みつけ、吊り上がった瞼の奥に宿る敵愾心《てきがいしん》を隠そうともしない。

そう、若い刑事の敵愾心に満ちた眼は、犯人をみるときのそれだった。

「言いたくありません」

「お前な――」

「やめろ、羽村《はむら》っ」

菊池の一喝に、若い刑事……羽村が、憤怒の残滓《ざんし》にわななく唇を嚙《か》み締めて怒声を呑《の》み込んだ。

「どうも、申し訳ございません。こいつも悪気はないんです。ホトケさんの顔をみたあとについつい感情的になって先走るのは、私達刑事の悪い癖でしてね」

菊池が、ペコリと頭を下げた。

彼の言わんとしていることはわかる。刑事も血の通った人間だ。命を奪われた被害者の無念を晴らしてやりたいと思うのは人情だ。しかし、頭ごなしに疑いの眼を向けられるのは、我慢ならなかった。

「もう、よろしいですか？」

「まだ、どなたとお待ち合わせになっていたのかを聞いておりません」

柔和な微笑を湛《たた》える菊池。だが、人の好さそうに細められた瞼の奥の瞳《ひとみ》は笑っていなかった。

「私の待ち合わせた相手が誰かが、そんなに重要なことなんですか?」

刑事という職業は、人を疑うことから始めるものだと頭ではわかっていても、菊池の執拗さにいい加減うんざりした。

それでも、普段の自分ならばもう少し根気よく接するところだが、今日はとてもそんな気分になれなかった。

「術後の犬の様子をみに行かなければならないので、これで失礼します」

桜木は軽く頭を下げ、踵《きびす》を返した。

「その相手が橘深雪さんであれば、非常に重要なことです」

背中を追う菊池の声に、桜木の足が止まった。

「いま、なんとおっしゃいました?」

桜木は、振り返りつつ訊《たず》ねた。

「先生。今日、あなたがマリア公園で待ち合わせていたというのは橘深雪さんですね?」

あくまで穏やかに、しかし確信に満ちた断定口調で菊池が問いかけた。

「どうして、それを……?」

脳内で渦巻く驚愕《きようがく》と危惧《きぐ》。思わず、桜木は掠《かす》れ声で問い返した。

「やっぱり、そうでしたか」

菊池が満足げに頷《うなず》くのをみて、待ち合わせの相手が深雪だったと認める自分の軽率な発言を後悔した。だが、いまの桜木は、なぜに菊池がそれを知っているかのほうが、なぜに深雪の名を知っているかのほうが気になった。

「立ち話もなんですから、少しだけお邪魔をしてもよろしいでしょうか？」

菊池が、待合室のソファをみやりながら勝ち誇ったように言った。

◇　◇

「現場近くに、携帯電話が落ちてましてね」

待合ソファに腰を下ろすなり、菊池が切り出した。桜木は、菊池の座るソファとテーブルを挟んだ正面のソファで身を乗り出した。羽村は、よくしつけられた軍用犬のようにメモ帳を片手に菊池の横に立ち尽くし、相変わらずの厳しい視線を自分に投げていた。

「番号から携帯電話の会社に問い合わせたところ、持ち主が橘深雪という女性と判明しました」

「深雪さんの!?」

桜木は、大声を張り上げた。深雪の携帯電話がなぜ、現場に？　第一、彼女は今日日本に戻ってきたばかりで、携帯電話を持っていないはずだ。それとも、パリで契約したのか？　それに、自分と深雪の繋《つな》がりがどうしてわかったのか？

疑問符が、頭蓋《とうがい》内で縦横無尽に跳ね回った。

「因《ちな》みに、携帯電話の会社の話によれば、今日の午前中に契約したばかりだそうです。つけ加えて言えば、契約したばかりの携帯電話のメモリ機能には、先生の名前と電話番号だけしか登録されていませんでした」

　桜木の心を見透かしたように、菊池が言葉を継ぎ足した。

　日本に着き、携帯電話を購入してすぐに深雪は、自分の電話番号を登録した。たった一件だけしか登録されていない電話番号の主に刑事が興味を持つのは、当然の成り行きだ。

「彼女は、いま、どこにいるんです？」

　桜木は、率直な疑問を口にした。

　現場に落ちていた携帯電話が深雪の名義だということは、契約の際に提出しただろう身分証明書で現住所もわかるはずだ。

「知っているなら、先生のもとを訪れたりはしませんよ。彼女が契約時に提出した身分証明書は免許証のみ。住所は、渋谷区神宮前。もちろん、ここへ寄る以前《まえ》に当たってみましたよ。ですが、免許証に記載されていた住所のマンションは、一年前に解約されていました。つまり、彼女が提出したのは住所変更をしてない免許証だったというわけです。ずさんな代理店によっては、ろくに確認もせずに契約するところが多いですからね。尤《もっと》も、明日、神宮前の住所からあとを辿《たど》ってみますがね。恐らく、住民票の移動は期待できないでしょう」

　菊池が、苦虫を嚙み潰《つぶ》したような顔で吐き捨てた。

「しらばっくれていないで、橘深雪の居所を吐いたらどうなんだ!?　あんた、彼女と待ち合わせしてたんだろ？　へたに庇《かば》えば、あんたも共犯になるんだぞ!?」

羽村が、三白眼気味の眼を剝《む》き恫喝《どうかつ》口調で言った。

「たしかに、深雪さんと五時に待ち合わせをしました。ですが、急患が入って私は約束の時間に間に合いませんでした。だから、彼女がどこにいるのか本当に知りません。それに、共犯はないでしょう!?　深雪さんの携帯電話が現場近くに落ちていたというだけで、彼女を犯人扱いするのはあんまりですっ。現場と待ち合わせ場所のマリア公園はすぐ近くです。単純に落としてしまったんだろうと、どうして考えられないんですか!?」

思わず、語気が荒らいだ。

そう、深雪は、携帯電話を落としただけ。自分が現れなかったショックに放心状態で、気づかなかっただけ。

「なんだと!?　よくもしゃあしゃあと――」

「まあまあ、落ち着け」

熱《いき》り立つ羽村を、来客に猛然と吠《ほ》え立てる番犬にそうするように菊池が宥《なだ》めた。

「羽村の口の利きかたは謝ります。ですがね、先生。こいつの言いぶんにも一理ありまして。私達も、彼女の携帯電話が落ちていただけなら、こんな失礼なまねは致しません。問題なのは、ホトケさんと橘深雪さんの関係なんですよ」

「どういう意味です？」

いやな予感に導かれるように、桜木は訊《たず》ねた。

「南信一《しんいち》。ホトケさんの名前です」

「なんですって……」

鈍器で後頭部を殴られたような衝撃。桜木は、絶句した。

柔和に下がった目尻《めじり》、よく通る低音、さわやかな笑顔……南が、殺された……。

「やはり、ホトケさんをご存じのようですね。ならば、ホトケさんが橘深雪さんの父親の会社に勤めており、彼女の婚約者であったこともご存じでしょう？　ホトケさんがマネージャーを任されていた、西麻布のフレンチレストランの従業員から聞き込んだことです」

探るような眼を向ける菊池。羽村が、深雪を犯人扱いする理由がわかった。

殺人現場付近には深雪の携帯電話が落ちており、殺害されたのは深雪の婚約者。しかも、深雪の所在は不明ときている。たしかに、菊池と羽村が深雪を疑うのも無理はない。

しかし、深雪が、南を殺すわけがない。彼女に、人を殺せるはずがない。

「ええ……。知ってました。でも、深雪さんは――」

「目撃者がいるんですよっ。殺人事件が起きた午後六時前後に、先生が橘深雪さんと待ち合わせていたマリア公園の近くで、若い女性とホトケさんによく似た男性が言い争っている姿をね！」

それまでとは打って変わった強い口調で菊池が、桜木の言葉を遮った。

ふたたびの絶句。南によく似た男性と若い女性の言い争い……。男性が南で女性が深雪と決まったわけではないが、状況から考えてその可能性はかぎりなく高い。

たしか、菊池は、南の死因は後頭部を強打したことによる脳内出血だと言っていた。言い争った弾みで、深雪が南を……。いや、それはありえない。深雪は、傷ついた南を置き去りに逃げるような女性ではない。

だが、わからないのは、なぜ南がマリア公園に？　南は、深雪が今日そこにくることを知っていたのか？　でなければ、そう都合よく南がマリア公園に現れるはずがない。

いったい誰が？　誰が南に？

思考を止めた。いまは、そんなことより深雪に向けられた疑いの眼を晴らすことが先決だ。

「し、しかし、刑事さん。もしそうだとしても、それだけの理由で深雪さんを犯人だと疑うだなんて……。それに、南さんは殺されたのではなく、車に撥《は》ねられたとは考えられませんか？」

「ホトケさんは橘深雪さんの婚約者、現場に落ちていた携帯電話は橘深雪さんの名義、おまけに、事件直前に現場近くでホトケさんに似た男性と若い女性の言い争い。彼女を容疑者と思うに、十分過ぎる条件が揃っていると思いますがね。もうひとつ、事故死の線ですが、ホトケさんの躰《からだ》には後頭部以外に、いかなる外傷もみられませんでした。つけ加えて言わせてもらえば、ホトケさんのワイシャツのボタンがひとつちぎれており、ネクタイも首に内出血が起こるほどに食い込んでいました。先生の言うように、ホトケさんが車に撥ねられたのであれば、ワイシャツのボタンがちぎれたりネクタイが咽頭《いんとう》に食い込んだりするのは不自然でしょう？　誰かと揉《も》み合った際に転倒し、後頭部を強打したことが死因と考えるのが自然な流れだと思いますがね」

菊池が、淡々と、しかし確固たる口調で言った。

「彼女のご両親は、このことを知っているんですか？」

「ええ。彼女のお父さんが、明日の朝一番に上京してくださり、署のほうにきて頂くことになっています。なにか、気になることでも？」

菊池が、窺《うかが》うような視線で自分をみつめた。

「いえ、別に……」

桜木は、言葉を濁した。

正直、気になった。橘光三郎が自分と深雪の関係を告げれば、南との仲がうまくいってなかったことを警察が知ることになる。深雪の立場が、いま以上にまずくなる。

「お父さんは、先生と娘さんがつき合っていることを知らないようですね」

また、菊池が見透かしたように言った。菊池と向き合っていると、心を丸裸にされたような気分になる。

それはともかく、橘光三郎も人の親。やはり、娘が不利になるような証言はしなかった。

「つき合っているわけではありません」

「じゃあ、なぜ彼女は契約したばかりの携帯電話に婚約者ではなく、まっ先に先生の電話番号を登録したんですか？　なぜ先生と、待ち合わせをしたんですか？　そこらへんの事情を、詳しく話してもらえませんかね？」

　菊池が、ここぞとばかりにラッシュをかけてきた。

　自分と深雪の関係が特別であることが立証できれば、同時に、南と深雪の不仲も立証できる。

「一年前に、深雪さんの犬の怪我を治療したんです」

　九年前の事には、敢えて触れなかった。獣医師と飼い主。それ以上のなにかを伝えてしまえば、菊池の深雪にたいしての疑心を深めてしまうだけだ。

「ほう。では、飼い犬の怪我の治療がきっかけで、先生と彼女の交際が始まったわけですね？　婚約者がいながら、なかなかの発展家ですな。私がホトケさんなら、彼女を厳しく問い詰めるでしょう」

　奥歯に物が挟まったような言い回し。それでいて、挑発的な言い回し。

　菊池は、どうあっても今回の事件を、深雪と南の痴情のもつれにしたいらしい。

「同じことを言わせないでください。私と深雪さんは、刑事さんが考えているような関係ではありません」

　桜木は平静を装い、淡々とした口調で言った。

　ここで挑発に乗ってしまえば、菊池の思う壺《つぼ》だ。

「だったら、どういう関係なんだ!?　ただの客と獣医師の関係だったら、どうして公園で待ち合わせなんかする⁉ どうして、購入したばかりの携帯電話に先生の名前だけが入ってるんだ!」

菊池が、柔和な仮面を取り去り、本性を剝《む》き出しに怒声を上げた。

返す言葉がなかった。それは、菊池の勢いに圧倒された、というのが理由ではない。

たしかに、自分と深雪は獣医師と客の関係を超えている。菊池が疑っているように、深雪と南の仲は拗《こじ》れていた。

だからといって、深雪が南を殺すはずがない。だが、菊池になにをどう説明したところで始まらない。

「興奮して、すいません。ですが、わかってください。人がひとり、殺されているんです。先生。どうか、橘深雪さんについて知っていることを話して頂けませんか?」

ふたたび、菊池が柔和な表情に戻り、懇願口調で言った。

深雪について知っていること。

九年前の、自分との約束を信じて京都から上京したこと。義父の勧めで見合いした南と婚約したこと。南との関係を清算するためにパリへ留学したこと。今日パリから戻り、自分が迎えにくるのを待っていたこと。

深雪を庇《かば》うためだけに、隠しているわけではない。それが事件の解明に繫《つな》がるものならば、桜木は菊池に洗いざらいを話したことだろう。

しかし、自分が深雪について知っていることといえば、事件の解明に繫がるどころか、彼女を窮地に追い込むだけだ。

「なにもお話しすることはありません。申し訳ありませんが、お引き取りください」

桜木の言葉に、羽村の顔色がさっと変わった。

「あんた、いい加減に――」

「先生。自分で、なにを言っているのかおわかりですか？　状況的にみて、彼女は非常にまずい立場です。彼女だけではありません。先生のその態度は、ご自分の立場も悪くしているんですよ？　動物病院というのも、結局は信用第一の客商売でしょう？　先生が協力してくだされば、私らも余計なことを嗅《か》ぎ回らずに済みます。そのへんを、もう少しお考えになったほうがいいかと思いますがね」

熱《いき》り立つ羽村を制する菊池。諭し口調の恫喝《どうかつ》。

言われなくとも、わかっていた。

菊池達は、恐らく周辺の住民を虱潰《しらみつぶ》しに当たるはずだ。重要な容疑者である橘深雪と自分の関係を探ろうと話題に出すのは眼にみえている。

噂。そう、問題なのは、深雪が犯人であるかどうかではなく、殺人事件の聞き込み捜査の中で、桜木動物病院の院長の名が挙がるということ。客足が遠のくには、十分過ぎる理由。

が、構わない。警察を敵に回しても、住民に白い眼でみられても、その結果、桜木動物病院に閑古鳥が鳴いても、自分は深雪を信じ続ける。

唯一気がかりなのは、父、清一郎。彼が築いた信用を、自分の個人的問題で失墜させてしまう結果になるかもしれないことに胸が痛んだ。

「お引き取りください」

桜木はソファから立ち上がり玄関に右手を投げると、同じセリフを繰り返した。

「わかりました。今夜はこれで引き上げましょう。また、日を改めて寄らせてもらいます。おい、行くぞ」

腰を上げた菊池が慇懃《いんぎん》に頭を下げ、怒気の籠《こも》った双眼で自分を睨《ね》めつける羽村を促した。

「諦《あきら》めませんからね」

菊池は振り返り言い残すと、闇をバックにした自動ドアを潜った。

桜木は、大きく息を吐いた。震える吐息。上昇する心拍。菊池達の眼前《まえ》で保っていた平常心を、動揺と混乱が呑《の》み込んでゆく。

その場に座り込みたい衝動を堪《こら》え、ビルのエントランスに続く待合室の裏口へと回った。なにはともあれ、ジロウの容体をみに入院室へ行くことが先決だ。

裏口のドアを開けた。正面。エントランスに佇《たたず》む人影。

「聞いてたのか？」

桜木は、無表情に立ち尽くす満に問いかけた。

派手なダブルスーツに派手なネクタイ。右手首にはシルバーのブレスレット、左手の小指にはブレスレットと同じシルバーの指輪。

「仕事に出かけようとしたときに、声が聞こえてな」

　ぶっきら棒に、満が言った。どこで働いているのか知らないが、出勤時間や身なりから察して水商売関係であろうことは間違いない。

「そうか。悪かったな。面倒を起こしてしまって」

「兄貴が謝ることはねえよ。あんな奴、死んで当然だ」

　満が、眉根《まゆね》を寄せて吐き捨てた。

「満、なんてことを言うんだっ」

「くそ野郎のことより、深雪って女のことを心配しろよ。じゃ、俺、急ぐからよ」

　踵《きびす》を返す満の背中を見送る桜木の胸奥で、恐ろしい疑念が過ぎった。

「なにを考えてるんだ……僕は……」

　桜木は、慌てて疑念を打ち消し、入院室へと続く階段を上った。

［3］

『今日、午後六時頃、世田谷区上用賀の路上で男性が仰向《あおむ》けに倒れているのを、犬の散歩をしていた女性が発見しました。男性は都内のフレンチレストランに勤務している南信一さん……』

　桜木は、宿直室のパイプベッドから身を起こした。衝撃の事件に駆け巡っていた思考を中断し、画面の中の神妙な顔で原稿を読み上げるキャスターの抑揚のない声に耳を傾けた。

『南さんは、後頭部を強打しており、都内の病院へ運ばれる救急車の車内で息を引き取りました。玉川署の話では、車に撥《は》ねられた形跡はなく、殺人事件と断定し、捜査を進める模様です。次のニュースです』

リモコンでテレビを消し、桜木は仰向けになった。腕時計の針は、午後九時五十八分を指していた。

すやすやと眠るジロウの様子をみてから二時間、桜木は菊池とのやり取りを脳内で反芻《はんすう》しながら、各局で報道するニュースを梯子《はしご》した。

どのチャンネルも、ドラマやバラエティ番組が始まる直前《まえ》のニュースで南の殺害事件を報道していたが、菊池から聞かされた話以上の内容は得られなかった。新事実が得られるどころか、事件前に男女ふたりが言い争っていたことや、深雪の携帯電話が現場近くに落ちていたことは伏せられていた。

恐らく警察は、深雪に自分が疑われていると察知されないように、マスコミに内密にしているのだろう。

それにしても、どうしてこんなことに……。なぜ南はマリア公園に？　誰が南を殺した？

不意に、胸奥に封印していた恐ろしい疑念が、ムクムクと鎌首を擡《もた》げた。

——あんな奴、死んで当然だ。

満の吐き捨てるような声音が、鼓膜に蘇《よみがえ》る。

自分と菊池の話を立ち聞きしていた満は、南が殺されたと知っても顔色ひとつ変えなかった。

桜木は、膨張し続ける疑念に歯止めをかけた。

たしかに満は、一年前、深雪との関係を詰問しに自分のもとへ現れた南と諍《いさか》いを起こした。が、それだけの理由で満が南を殺すはずがない。

満は、自分と深雪がマリア公園で今日待ち合わせていたことを知っていた。しかし、南が現れることは知る由がない。

なにより、満はああみえても心根の優しい男だ。人を、殺せるような男ではない。

でも、万が一の事態に備え、自分と深雪をガードしようと満がマリア公園に張っていたとは考えられはしないか？　万が一の杞憂《きゆう》が現実となり、深雪を連れ戻しに現れた南と争いになり、その気はなくとも弾みで殺してしまったとは考えられはしないか？

桜木は勢いよく上半身を起こし、悍《おぞ》ましい思考を追い払うとでもいうように、頭を激しく左右に振った。

弟を疑うだなんて、自分はどうかしている。

立ち上がり、桜木はサイフォンのポットからマグカップに移したコーヒーをブラックのまま啜《すす》った。空っぽの胃に、熱い液体が染み渡った。食欲などあろうはずがなく、夕食を摂る気にはなれなかった。

テーブルに腰を下ろした。気を静めるように、両手で包んだマグカップを口もとに運んだ。

いま、自分がやらねばならないこと……それは、とにもかくにも、深雪を捜し出すことだ。

自分と深雪の共通の友人は、鳴海だけ。しかし、鳴海が深雪の居場所を知るわけがない。となれば、やはり、橘光三郎しかいない。

たとえ深雪に関する情報を摑《つか》んでいたとしても、自分を忌み嫌っている橘光三郎が教えてくれるとは思えない。が、彼以外に、深雪の消息を知り得る可能性のある人間の心当たりがなかった。

一刻を争う状況になって、初めて思い知った。自分が、深雪についてなにひとつ知らないことを。

桜木は、テーブル上のコードレスホンを手に取った。番号ボタンの上を彷徨《さまよ》う指先。小さくため息。込み上げる自嘲《じちょう》。自分は、深雪の実家の電話番号さえ知らなかった。

一〇四を押した。無機質な声音のオペレーター。京都府の橘光三郎で、すぐに自宅の電話番号はわかった。切り替わった自動音声が告げる電話番号をメモに走り書きし、スイッチを切った。

ふたたびコードレスホンのスイッチを入れ、メモに書き留めたばかりの電話番号を桜木は押した。四回目のコール音が途切れた。

『もしもし、橘でございますが』

慎ましやかな女性の声。恐らく、深雪の養母。

「夜分遅くに申し訳ありません。私、東京で獣医師をやっている桜木と申します。ご主人様はいらっしゃいますでしょうか？」

『生憎、主人はまだ帰っておりませんが』

何時頃、お帰りになるでしょうか？　の言葉を呑み込んだ。自分に敵意を抱く橘光三郎よりも、妻のほうが取りつく島があるように思えたからだ。

「深雪さんの、お母様でいらっしゃいますか？」

『そうですが……どういったご用件でしょう？』

微妙に東京の人間とは違うイントネーションから、警戒心が窺《うかが》えた。自分の悪評を、夫から聞かされているのだろう。

「率直に申し上げます。私は、娘さんが東京にいた頃の幼馴染《おさななじ》みでした。互いに、将来、結婚することを約束しました。去年の春、八年振りに彼女と再会しました。南さんという婚約者がいたことは知っていましたし、ふたりの関係に私が水を差したことについて言い訳するつもりはありません」

『あの……なにをおっしゃっているのかわかりません。お宅様のことは存じ上げませんし、深雪と南君はとてもいいつき合いをしておりました。それが、あんなことになってしまって……』

養母が、声を詰まらせた。南が殺されたことは、夫から聞いたのだろう。恐らく、深雪が疑われていることも。だからこそ、自分の存在を否定し、深雪と南の関係が円満だったことを強調しているに違いない。

「お母様。深雪さんがどちらにいらっしゃるか、ご存じじゃないでしょうか？」

『さあ、私は……』

「お気持ちは察します。ですが、このまま深雪さんの行方がわからないと、警察への心証が悪くなります。さっき、私のところへ刑事がきました。もうお耳に入っているかもしれませんが、南さんが亡くなられた現場近くに深雪さんの携帯電話が落ちていたそうです」

『え……深雪の携帯電話が⁉』

養母のリアクションが、芝居だとは思えなかった。どうやら橘光三郎は、妻に詳しいことを話していないようだ。

「ええ。しかも、その携帯電話には、私の電話番号だけが登録されていたそうです。警察は、私と深雪さんの関係を疑い、痴情のもつれから娘さんが南さんを……というふうに考えてます」

『そんな……あの子が、そんな恐ろしいことをするわけありません』

受話口から伝わる動揺。当然だ。自分とて、菊池達が帰って二時間以上が過ぎているというのに、いまだに悪夢をみているような気分だった。

「私も、そう思います。しかし、警察はそう取ってはくれないでしょう。倒れている南さんが発見される直前に、現場付近で言い争っている若い男女の姿が目撃されたそうで、警察は、その男性が南さんで女性が深雪さんではないかと疑っているようです」

養母が息を呑《の》む気配。自分への警戒心は、どこかに吹き飛んでしまったようだ。

「私は、深雪さんの無実を証明したい。それには、警察より先に、深雪さんを捜し出さなければなりません。どんな些細《ささい》なことでも構いませんから、深雪さんについて聞いていてらっしゃることを教えてもらえませんか？」

切実な思いを声音に乗せ、桜木は訴えた。

『お宅様のお気持ちはよくわかります。ですが、本当に私は、深雪がどこでどうしているのかを知らないのです。去年、主人から、あの子が東京で悪い男に引っかかっているということと、それまで住んでいたマンションを引き払ったということは聞いておりました。申し上げづらいのですが、悪い男というのはお宅様のことだと思います。主人は、早速南君を呼び寄せ、深雪との関係やお宅様のことを訊《たず》ねました。南君は言いました。あの子の様子がおかしくなったのは、怪我をしたクロスをある動物病院へ連れて行ってからだと。桜木さんという獣医さんに会ってからだと。きっと、獣医さんがあの子を誘惑したんだと。そのときの私は、南君はなにか誤解をしていると思っていました。深雪は、初めて会った男性に惹《ひ》かれて、婚約者を捨てたりする子ではありません。南君が東京に戻って一週間くらい経った頃に、深雪から電話がありました。電話を受けた主人の話でわかったことは、深雪は海外で暮らしており、来年の春には日本に戻り必ずここへ顔を出すから心配はいらない、ということでした。どこの国にいるのか？　獣医師とはどういう関係か？　南君との結婚はどうするつもりなのか？　矢継ぎ早に訊ねる主人に、深雪は、来年、京都に帰ったときにすべてを話します、と言ったそうです。主人も、いいたいことは山とあったでしょうけれど、深雪の言葉を信じ、来年まで待つことに決めました。先月、深雪から、来月の半ば過ぎには京都に戻るから、と電話があったのが最後です。これで、あの子について私が知っていることはすべてお話ししました。南君にも、深雪が帰ってくることは伝えていたのに……どうしてこんなことになってしまったのか……』

受話口の穴から漏れる養母の嗚咽《おえつ》。確信した。養母の言葉に、嘘はない。

『考えてみたら、深雪は不憫《ふびん》な子でした』

養母が、涙声でぽつりと切り出した。

『お宅様が幼馴染みの方なら知ってらっしゃると思いますが、あの子は主人の姉夫婦の娘です。幼い頃に両親を交通事故で一度に亡くし、最初に引き取られた主人の兄の店が倒産して、私達のもとへきたのが中学一年生のときでした。義兄にまず最初に頼まれたのは、犬も一緒に引き取ってほしいということ。明るく振る舞ってはいましたが、深雪もつらかったんでしょうね。両親の死の傷が癒《い》えないうちに、二度もたらい回しにされたことが。深雪は、手のかからない子でした。いつも笑顔を絶やさず、快活で、素直で。私や主人の言うことに、あの子が首を横に振ったのをみた記憶がありません。いまになって考えると、気を遣っていたんだと思います』

養母が言葉を切り、洟《はな》を啜《すす》った。

『そんな深雪が、主人に一度だけお願い事をしたことがあります。クロスを、部屋で飼いたいということでした。主人はあまり犬好きではなく、最初は難色を示していましたが、あの子の熱意に押し切られるような形で認めました。あとにも先にも、深雪が私達になにかの頼み事をしたのはそのことだけでした。南君との見合い話を主人に持ちかけられたときにも、あの子はすんなりと受け入れました。主人に、将来の後継者を娘の婿に、という考えがあったことは否定しません。けれど、私からみても彼はとても好青年で、深雪も自分の意思で結婚を前提としたおつき合いを始めたのだと思っていました。ですが、やはり、無理をしていたんでしょうね。ここまで自分を育ててくれた主人の頼みを、断れなかったんだと思います。お宅様と深雪の話を聞いて、あの子が東京の大学を希望したことも、相談もなしに私達の眼前《まえ》から姿を消したことも納得できました。あの子が東京に行く以前《まえ》に、ある思い出話をしてくれたことがありました。忘れ雪の降る公園で、傷ついたクロスと出会ったこと。偶然に通りかかった高校生が、声をかけてくれたこと。その高校生が獣医師の息子だったこと。自宅の病院に連れ帰り、クロスの怪我を治療してくれたこと。優しい青年だったこと。昔話に思いを馳《は》せる深雪は、とても幸せそうでした。深雪の言っていた高校生は、お宅様のことだったんですね？　結婚を誓い合った初恋の男性との再会。自分でもどうしていいかわからなくなって、それで、あの子は……』

　ふたたび、嗚咽に咽《むせ》ぶ養母の啜り泣きが激しさを増した。養母の話を聞いているうちに、桜木の涙腺《るいせん》も熱を持った。

「ご主人様には言わなかったのですが、深雪さんは、この一年、パリの大学に留学していました。私も詳しくは知らないのですが、東京の大学時代の友人の知り合いがパリに住んでいるらしく、そこへお世話になるようなことを言っていました。今日、帰国した彼女を私が迎えに行く約束だったのですが、緊急オペが入りまして、待ち合わせの五時に間に合わなかったんです」

養母から伝染した嗚咽を喉《のど》もとで押さえ、桜木は言った。

『まあ……そうでしたの』

「オペが終わって待ち合わせ場所の公園に駆けつけたときには、深雪さんはもういませんでした。すいません。私が約束通りに、彼女を迎えに行けたならば、こんなことには……」

震える語尾。桜木は、きつく下唇を嚙《か》み締めた。

本心だった。わかってはいる。誰のせいでもないことを。ただ、運のひと言では片づけられない巡り合わせの悪さに、桜木はぶつけようのない怒りと哀しみを持て余していた。

『お宅様が、謝ることはありませんよ。不憫なあの子にとって、お宅様との出会いは宝です。お宅様との思い出があったからこそ、深雪はつらいことにも耐えてこれたのだと思います。私からもお願い致します。これからも、あの子の支えになってあげてください』

「もちろんです。それにはまず、深雪さんを捜し出さなければならないんですが、正直なところ、私には京都の実家以外に彼女が寄りつきそうな場所の心当たりがありません」

『たしか、深雪がパリで、大学時代の友人の知り合いのところへお世話になっているとおっしゃいましたね？』

「ええ」

『ひとりだけ、深雪が仲良くしていた女の子なら知っていますわ。新山初美《あらやまはつみ》さんといって、あの子と同じ大学で芸術学部を専攻していました。パリで深雪がお世話になった方を紹介してくださったのがその子かどうかはわかりませんが、一昨年の夏休みにウチに泊まりにきたことがありました』

「その、新山さんという方の連絡先はわかりますか？」

思わず、桜木は腰を浮かせて訊《たず》ねた。

『少々お待ちくださいね。たしか、去年のお正月に届いた年賀状があったと思いますので……』

言い残し、養母が電話口から離れた。鼓膜に流れ込む保留のメロディ。桜木は、檻《おり》の中の獣のように室内をぐるぐると歩き回った。

深雪の行方を知り得る可能性のある存在。一刻もはやく、新山初美なる女性に会いに行きたかった。

『お待たせしました』

桜木は、弾《はじ》かれたようにテーブル上のボールペンを手に取り、新聞の折り込みチラシを裏返しにした。

『住所だけで、電話番号はわかりませんが……』

「結構です。教えて頂けますか？」

養母の告げた住所は渋谷区初台。いまは九時三十五分。高速を使えば、十時前後には到着できる。

『このことは、主人には内緒にしてくださいね』

「もちろんです。無理を言って、本当に申し訳ございません」

『いいえ。親として、当然のことをしたまでです。いま、深雪が、どんな状況かはわかりません。ですが、私にはわかるんです。あの子が、救いを求めていることを。それも、私や主人ではなく、お宅様が救ってくれることを。桜木さん。どうか、あの子をよろしくお願い致します』

「お母様。安心してください。必ず、深雪さんを捜し出し、無実を証明してみせます」

きっぱりと、桜木は告げた。自らに、固く誓った。

「では、私は早速、新山さんのお宅に伺ってみますので、これで失礼します」

桜木は、養母が受話器を置くのを待ち、コードレスホンのスイッチを切った。

携帯電話と財布を手に取った桜木は、不安と希望に背を押されるように室内を飛び出した。

◇　◇

山手通りを右折した商店街の入り口。レンタルビデオショップとコンビニエンスストアに挟まれた、パールホワイトの外壁を持つ小造りなマンション。エクセレント初台。

桜木は、折り込みチラシの裏に走り書きした番地と、マンションの住居表示プレイトの番地に交互に視線をやった。

桜木は、住居表示プレイトから左腕に巻かれた腕時計に視線を移した。午後十一時三分。予定より、一時間遅い到着。渋滞に巻き込まれたわけでも、道に迷ったわけでもない。

環八通りでタクシーを拾ってすぐに桜木は、背後につく一台の車の存在に気づいた。フロントウインドウ越しにステアリングを握っていたのは、羽村という玉川署の若い刑事だった。

桜木はファミリーレストランや酒屋を梯子《はしご》し、食べたくもないハンバーグ定食を胃に詰め込み、飲めもしないビールを買いながら、羽村を撒《ま》くチャンスを窺《うかが》った。が、羽村は執拗《しつよう》だった。尾行というにはあまりにも露骨につき纏《まと》う羽村を、なかなか振り切ることができなかった。

羽村を撒けたのは、酒屋の次に立ち寄った環八通り沿いに建つ中古車店で。

桜木は、以前は大型ペットショップの入っていたそのビルの裏手に非常口があることを知っていた。

中古車店に入るなり桜木は、トイレを借りることを口実にフロアを奥に突っ切り、ようやく羽村から逃れることに成功した。

自分の行動が、菊池や羽村の深雪にたいしての疑念に拍車をかけることになったのは否めないが、仕方がなかった。深雪に通じるかもしれない糸口を、彼らに教えるわけにはいかない。

エントランスに足を踏み入れた。左手にブラインドの下ろされた管理人室の小窓。右手にメイルボックス。深雪の養母から聞いた二〇三号のメイルボックスのネームプレイトには、新山、と若い女性特有の丸文字で書かれていた。

マンションの規模とネームプレイトの文字から察して、新山初美が親と住んでいる可能性は低い。

桜木は、エレベータの前を素通りし、エントランスを奥へと進んだ。階段を上った。廊下を挟み向かい合う四つのドア。右の手前のドアが二〇三号。桜木は、メイルボックスと同じ、新山、と書かれたネームプレイトを確認し、インタホンを押した。

『はい?』

スピーカーから流れる、若い女性の声。

「夜分遅く申し訳ありません。新山初美さんは、いらっしゃいますでしょうか?」

『私ですが……。どちら様ですか?』

強張《こわば》った声音。深夜の男性の訪問客に、新山初美が警戒心を抱くのも無理はない。

「失礼しました。私は、深雪さんの友人の桜木と申します」

『お待ちください』

深雪の友人、という言葉に新山初美の緊張が和らぐのがスピーカー越しに伝わった。

ほどなくして聞こえた解錠音に続いて、チェーンロックの長さだけ開かれたドアの隙間から、ぶかぶかのトレーナーにジーンズ姿のショートヘアで大柄な女性が顔を覗《のぞ》かせた。

「どういったご用件ですか？」

浅黒い丸顔に浮かぶ怪訝《けげん》ないろ。訪問客が深雪の友人だとわかっても、新山初美が完全に気を許していないのは、チェーンロック越しの質問が証明していた。

「深雪さんのことで、伺いたいことがありまして。今日、パリから戻った彼女と待ち合わせをしていたのですが、緊急のオペが入りまして、約束の時間に間に合わなかったんです」

「あ、桜木さんって、動物病院の方ですか？」

新山初美の緩む口もとをみて、自分にたいしての警戒心が消え去ったことがわかった。恐らく、深雪から自分の話を聞かされていたのだろう。

「ええ。上用賀の桜木動物病院で、獣医師をやっています。このマンションの住所は、京都の深雪さんのお母様から教えて頂きました」

「まあ、そうだったんですか。いま、開けますから」

新山初美が人懐っこく破顔し、ドアを閉めた。チェーンの触れ合う金属音。ふたたび、ドアが開いた。

「どうぞ、お入りください」

桜木は頭を下げ、深雪が住んでいた神宮前のマンションの半分ほどのスペースの沓脱《くつぬ》ぎ場に足を踏み入れた。シューズボックスの上の壁には、美術大学の卒業生らしく外国人の少女の油絵がかかっていた。

「散らかってますが、上がってください」

新山初美が、半開きの中ドアから覗くフローリング床の洋間に右手を投げた。

「いえ。私は、ここで結構ですから」

「でも……」

「気を遣わないでください。用件が済みましたら、すぐに帰りますので。ここへ、座ってもいいですか？」

桜木は、白いムートンの玄関マットを指差し訊ねた。

「本当に、いいんですか？」

桜木は微笑みながら頷《うなず》き、腰を下ろした。

新山初美も、桜木と向かい合う恰好《かっこう》で玄関マットに正座した。

「あの、それで、深雪のことで私に訊《き》きたいことというのは？」

「今日、深雪さんから、なにか連絡は入りませんでしたか？」

「朝と夕方に、二回、ありましたよ。最初は成田空港からで、いまパリから戻ってきたという電話。今日の五時に、桜木さんと待ち合わせをしているって、とても嬉《うれ》しそうでした。一年前、深雪はパリに発つ前の二週間くらい、ここに泊まっていたんです」

「パリで住む場所を深雪さんに世話してくれたというのも……？」

「そう、私です。深雪とは、大学で知り合ったんですけど、すぐに意気投合して。みかけは全然違うけど、性格的にはとても似ている部分があるんですよ、彼女と私」

言って、新山初美がくすくすと笑った。

「快活、ボーイッシュ、朗らか、無邪気、勝ち気。ふたりとも、表面的には意地っ張りで強がりだけど、内面は正反対。臆病《おくびょう》で、傷つきやすく、寂しがり屋。深雪と違って、私は外見もほら、みてのとおりに男っぽいから、誰も信用してくれないんですけどね」

屈託のない笑顔。新山初美は、事件のことはもちろん、深雪が自分の眼前《まえ》から姿を消したことさえも知らないに違いない。

「以前から深雪は、パリのセザンヌ・アート大学に留学したいと言ってました。私、父の仕事の関係で、八歳から十五歳までの七年間、パリに住んでいたんです。それで、ハイスクール時代の友人……ブリジットというコなんですが、彼女がモンマルトルにアパートメントを借りているから、いつでも連絡を取ってあげるよって深雪に約束していたんです」

新山初美が、懐かしむように細めた眼で遠くをみつめた。

「出発日の前夜は、朝まで深雪といろいろなことを語り合いました。ふたりでよく食事をしたレストランのこと、深雪が通った京都の高校のこと、ブリジットのこと、私のパリでの生活のこと、クロスのこと……そして、あなたのこと。深雪が小学生時代の、あなたとの運命的な出会い。結婚の約束。六年後の上京。そして一年後待ち合わせ場所に現れなかったあなた。深い哀しみと寂しさ。諦《あきら》め。新しい人生のやり直し。父からの見合い話。南さんとの婚約。さらに一年後、あなたとの思わぬ再会……。深雪の話を聞いて、彼女がなぜパリ行きを決意したのかがわかりました。京都に越してからの深雪は、あなたが迎えにきてくれる日を指折り数えて待っていた。あなたは現れなかった。でも、深雪にはわかっていた。七年前の、少女との結婚の約束を覚えていろというのが無理な話だって。あなたへの想いを断ち切るために、深雪は南さんの求愛に応《こた》えた。だけど、思いもよらぬ場所であなたと再会した深雪は、激しく心が揺れた。南さんへの罪悪感よりも、あなたへの想いが勝っていた。深雪は、必死に過去を取り戻そうとしたけどだめだった。過去を取り戻すことが、南さんへのせめてもの償い。橘深雪がどれだけあなたに愛されても、八年前の少女が愛されなければ意味がない。南さんと婚約するずっとずっと以前に出会い、結婚を誓ったふたりじゃないと意味がない。器用そうにみえても、不器用で、まっすぐにしか走れない。なに食わぬ顔で、あなたとつき合うこともできたはず。あなたが思い出さなくても、南さんには八年前の事実を言い訳にもできたはず。でも、深雪は、自分の心に嘘が吐けない女のコなんです。だから、あなたに思い出してほしかった。そうすれば、喜んであなたの胸に飛び込めた。結局、願いは通じず、深雪はパリ行きを決めた。一年後の再会に最後の望みを託して……ですよね？」

新山初美が、話に聞き入る自分の顔を覗き込むように訊《たず》ねた。

「ええ。でも、私は、さっきも言ったとおりに、約束の時間に間に合わなかった……」

「知ってます。深雪から、二回目にかかってきた電話で聞きました。もう三十分近く経っているのに、あの人がこないの。私、どうしたらいい？　って。まるで、迷子になった子犬みたいに寂しく、不安げな声でね。だから、言ってやりました。あなたが桜木さんを信じているのなら、家に行ってみなさい、って。きっと、なにか事情があったはずだ、って。ずいぶん迷っていたみたいですけど、最後には、もう少し待ってからこなかったらそうしてみる、と言って電話を切りました。喧嘩《けんか》になっちゃいましたか？　彼女、気持ちとは裏腹に、強がっちゃうところがあるから」

新山初美が、娘を語る母のように唇になだらかな弧を描いて言った。

もう三十分近く経っているのに……。

桜木は、新山初美から聞いた深雪の言葉を脳内で反芻《はんすう》した。

深雪から新山初美に電話があったのは、五時半より以前。南が現れたのは、それからまもなくということになる。

深雪は、自分のもとへこようとしていた。その最中に、なにかのトラブルが起こった。

新山初美の話では、深雪からの電話はそれが最後。

深雪は、トラブルに巻き込まれ、身動きできない状態にあるに違いない。そうでなければ、自分のもとに現れるか、新山初美に電話を入れるか、そのどちらかの行動を起こすはずだ。

新山初美の話を聞いたことにより、危惧《きぐ》と不安がよりいっそう肥大した。

「明日になれば、きっと深雪もケロっとして――」

「深雪さんは、私のところにはきませんでした」

新山初美の言葉を遮り、桜木は言った。

「え……なんですって!? 深雪がこなかったって、どういうことです!?」

身を乗り出す新山初美の顔からは、それまでの親しみ深い笑みは消え去っていた。

「新山さん。落ち着いて聞いてください。さっき、私の家に玉川署の刑事がきまして……」

桜木は言葉を切り、大きく息を吸った。

「南さんの死体が、マリア公園の近くで発見されたんです」

新山初美が息を呑《の》み、絶句した。浅黒い肌が、みるみるいろを失った。やはり、彼女は事件を知らなかった。

「それだけじゃありません。現場近くには、深雪さんの携帯電話が落ちていたそうです」

「深雪の携帯電話が!?」

驚愕《きょうがく》に丸顔を凍《い》てつかせる新山初美に、桜木はゆっくりと頷いた。

「もしかして、深雪は疑われているんですか!?」

桜木は、悲痛に顔を歪《ゆが》め、ふたたび顎《あご》を引いた。

「深雪が、深雪が、そんな恐ろしいことをするはずがありませんっ!」

新山初美が立ち上がり、絶叫した。

「もちろんです。ですから私も、こうやって深雪さんの手がかりを探して潔白を証明しようとしているんです」

　桜木は、動転し、興奮する新山初美を宥《なだ》めるように優しく言った。

　自分も、彼女に負けないくらいに動転していた。しかし、取り乱すわけにはいかない。深雪を捜し出すまでは……救うまでは、自分がしっかりとしなければならない。

「ごめんなさい。つい、大声を出しちゃって……。私に、深雪のためになにかできることはありますか？」

「新山さん以外に、深雪さんが連絡を取りそうな友人に心当たりはありませんか？」

　桜木が返した質問に、思案顔で腕を組む新山初美。

「二、三人、共通の友人がいますので、いま、電話で訊《き》いてみます」

「あ、新山さん……」

　踵《きびす》を返した新山初美が、きょとんとした顔で振り向いた。

「警察の件は、伏せておいてください。あまり、変な噂を立てたくないので」

「安心してください。そのへんは、うまくやりますから」

　言うと、新山初美は中ドアの向こう側へと消えた。

　深雪の友人を疑うわけではないが、どこでどう尾ひれがつくかわからない。これ以上、深雪を追い込みたくはなかった。

　桜木は、祈るような気持ちで新山初美を待った。一番の親友である彼女に連絡を取っていないことを考えると、深雪がそのほかの友人を頼るとは思えない。が、藁《わら》にも縋《すが》る思いの自分は、文字通り、それが藁のように頼りない手がかりであろうと縋りたかった。

十分。そんなところだろうか。戻ってきた新山初美の曇った表情をみて、桜木は、藁にさえ縋れないことを悟った。

「だめでしたか……」

桜木の言葉に、新山初美が力なく頷《うなず》いた。

「ごめんなさい」

「新山さんが、謝ることはありませんよ。こんな時間に急に押しかけたりして、私のほうこそすいませんでした」

桜木は礼を述べ、腰を上げた。

「もし、深雪から連絡が入ったらまっ先に連絡しますから、桜木さんの携帯電話の番号を教えてください」

桜木が口にする番号を、新山初美が彼女の携帯電話に登録した。

「私も、なにかわかりましたらすぐにご報告します。じゃあ、これで失礼します」

桜木は頭を下げ、ドアを開けた。くるとき同様に階段を使い、エントランスに出た。しんと静まり返った夜気を震わす電子音。鼓膜に蘇《よみがえ》る歌うような声。懐かしい響き。跳ね上がる心拍。もどかしげな手つきで、ヒップポケットの携帯電話を抜いた。

「もしもし!?」

『よう。寝てたか？』

「どうした？　こんな時間に」

訊きながら、鳴海の電話の目的がわかった。

『その声の感じじゃ、今日、深雪ちゃんと会えなかったようだな？　さっき、ニュースをみた。心配性のお前のことだから、どうせよからぬ想像してひとりで悩んでいるだろうと思ってな』

ぶっきら棒な口調。だが、わかっていた。事件を知った鳴海が、自分を気遣い電話をしてきたことが。

「正直、参ってるんだ」

桜木はエントランスロビーの待ち合いソファに腰を下ろし、緊急のオペで約束の時間に間に合わなかったこと、玉川署の刑事が自分のもとに現れたこと、深雪の携帯電話が現場に落ちていたこと、事件の直前にマリア公園で若い男女の言い争いが目撃されたことなどを話した。

『つまり、深雪ちゃんが疑われてるってわけだ』

「ああ。ウチにも、刑事が張っていた。僕が、深雪さんと接触すると思っているんだろう」

『で、お前、いま、どこにいるんだ？』

「深雪さんの、大学時代の友人のマンションのエントランスからかけている。なにか、手がかりが摑《つか》めると思ったんだが、だめだった。事件が起こる三十分ほど前に、僕がこないからどうしようかって電話が深雪さんから入ったそうだ。友人は、僕に会いに行ったほうがいいとアドバイスをしてくれたらしいんだけど……」

『それっきりってやつか。深雪ちゃんの実家には、電話をかけてみたのか？』

「かけてみたさ。その大学時代の友人の住所を教えてくれたのは、深雪さんのお義母《かあ》さんなんだ。でも、深雪さんと話したのは一ヵ月前にかかってきた電話が最後だと言っていた」

『お前、どうする気なんだよ？』

「もちろん、彼女を捜すさ」

『なんのために？』

「なんのためにって……彼女の無実を証明するために決まっているだろう？」

『無実じゃなかったら？』

瞬間、桜木は言葉を失った。深雪が無実ではない可能性など、ほんの刹那《せつな》でも過《よ》ぎったことはなかった。

「お前、本気で言ってるのか？　いくら親友でも、言っていいことと悪いことがあるぞ」

憤然とした口調で、桜木は言った。

『親友だから、言えるのさ。まあ、俺だって、深雪ちゃんが南さんを殺しただなんて思っちゃいないさ。だからといって、事件に無関係だとはかぎらない。恐らく、マリア公園で言い争っていた若い男女というのは、南さんと深雪ちゃんのことだろう。今回の一件で、深雪ちゃんの中でなにかが変わったのかもしれない。お前に会いたくても会えない、なにかの理由ができたのかもしれない』

「変わったって、なにが？　僕に会いたくても会えない理由って？」

梅雨時の雨雲のように広がる不安を打ち消すように、桜木は矢継ぎ早に質問を並べた。

『お前は、女心ってものをちっともわかっちゃいない。南さんは、深雪ちゃんを連れ戻しにきた。深雪ちゃんは抗《あらが》った。そこでお前は、南さんを殺したのは深雪ちゃんじゃない、ということばかりに拘《こだわ》ってしまう。もちろんそれは、大切なことだ。だが、深雪ちゃんが無実かどうかは、この際問題じゃない。重要なのは、ふたりが喧嘩《けんか》した直後に南さんが死んだということ。考えてもみろ？　自分が拒絶した相手が、何者かに殺された。しかも、南さんは彼女の婚約者だった。罪悪感を感じるなというのが、無理な話だ。婚約者と別れた原因の一方のお前と、平気な顔して会えると思うか？』

鳴海が言わんとしていることはわかる。自分とて、もし、交際を迫る静香を拒絶した直後に彼女が死んだとなれば、深雪と会うことを躊躇《ちゅうちょ》するだろう。それが、結婚を誓い合った相手となればなおさらだ。

鳴海の言うとおりだとすれば、深雪が自分に連絡を取ってこないのも頷ける。が、京都の実家に連絡を取らないのは？　いや、親には、言いづらいこともあるだろう。しかし、親に話せないことでも、友人は違う。親友……新山初美には、連絡を取ってもよさそうなものだ。

「そうかもしれない。でも、連絡をしたくてもできないなにか……たとえば、殺人犯に誘拐されたとか考えられはしないか？」

『ありえない話じゃない。だが、もしそうだとしたら、それは警察の仕事だ。素人が手を出せば、かえって深雪ちゃんを危険な目にあわせることになる。本当に深雪ちゃんのことを考えるのなら、いまは、へたに動かないほうがいい。深雪ちゃんが事件に巻き込まれていないのなら、そのうち、連絡があるかもしれないし、巻き込まれているとしたら、警察が助け出してくれるさ』

なにからなにまで、鳴海の言葉は尤《もっと》もだった。万が一、深雪の失踪《しっそう》に犯罪が絡んでいるのなら、自分ひとりが動いたところでどうにかなるものではない。

ただ、言葉では言い表せないなにかが、桜木に訴えた。深雪は、自分を待っている。そうあってほしいという期待ではない。たしかな確信が、桜木にはあった。

しかし、鳴海にそれを伝える気も、また、説得する気もなかった。

「心配してくれて、ありがとう。よく、考えてみるよ」

『泣きたいときは、いつでも胸を貸すぜ』

いつもの飄々《ひょうひょう》とした口調に戻った鳴海が、軽口を飛ばした。

「気持ちだけ、もらっとくよ。じゃあ」

桜木は終了ボタンを押し、待ち合いソファから腰を上げた。エントランスを出た。心地好い風が頬を撫《な》でる。天を仰いだ。息を呑《の》んだ。漆黒の空にちりばめられた宝石のような星。こんなに満天の星をみたのは、小学生のとき以来だ。

深雪も、どこかでこの美しき煌《きら》めきをみているのだろうか？

「教えてほしい。君は、いま、どこでなにをしているんだ？」

桜木は、星空に問いかけた。「星に願いを」。もう一度深雪に会えるのなら、どんな迷信でも試してみるつもりだった。

［4］

「さあ、警察の人にも同じことを聞かれたんですけど……。ごめんなさいね、先生。お力になれなくて」

浜田家の玄関。胸に抱いたチワワの頭を撫でながら、浜田恵子が申し訳なさそうな顔をした。

チワワの名はチロ。チロは、三ヵ月前に風邪を拗《こじ》らせ肺炎を引き起こし、桜木動物病院に二週間ほど入院していた。

「そうですか。突然、お邪魔してすいませんでした」

桜木は頭を下げ、浜田家をあとにした。

診療時間が終了した午後七時から、マリア公園近くの並木道沿いを中心に聞き込みを開始して三時間が過ぎた。

病院には、昨日、胃の異物の摘出手術を行ったジロウが入院している。桜木から事情を聞いた静香は、快く残業を申し出てくれ、ジロウに付き添っている。

三時間で回った家は、四十軒を超えた。場所柄、五軒に一軒の割合いで桜木動物病院の来院客に当たった。

——事件のあった三月十五日の五時半から六時頃に、二十歳くらいの若い女性と三十手前の男性が一緒にいるのを、みかけませんでしたか?

桜木の質問に、みな、例外なく訝《いぶか》しげな顔をしたあとに、ゆっくりと首を横に振った。

無理もない。刑事でもない人間が、殺人事件に関する情報を嗅《か》ぎ回っているのだから。

桜木は、大きなため息を吐き、腕時計に眼をやった。午後十時二分。携帯電話を取り出した。リダイヤルボタンを押した。三回目のコール音が途切れた。

『はい。桜木動物病院ですが』

「僕だ。ジロウの様子は、どうだい?」

『いま、点滴を投与しています』

「そうか。悪いね、遅くまで」

『なに言ってるんですか、先生。もとはといえば、私のせいなんです。残業くらい、なんてことありません。それより、深雪さんのこと、なにかわかりましたか?』

静香は、自分が深雪に会えなかったことを、彼女がオペ中に倒れたせいだと責任を感じている。たしかに、静香が倒れなければ、南より先に深雪に会えたかもしれない。

だからといって、責めることなどできはしない。懸命に自分の想いを殺し、深雪を気遣う静香を……。

「いや。取り敢えず、待ち合わせの公園近くの家を片端から当たってみたんだけど……」

『気を落とさないでください。必ず、会えますよ』

「ありがとう。もうそろそろ、戻るから」

『私のことなら、大丈夫ですよ。歩いて帰れる距離だし、終電の時間を気にする必要もないから』

「本当に、済まない」

言い残し、桜木は携帯電話を切った。背中に食い込む視線。いま気づいたわけではない。振り返らずとも、わかっていた。路肩に停めた車の中から、羽村が自分を監視しているだろうことを。

構わず、桜木は歩を踏み出した。あたりは、とっぷりと陽が暮れていた。冷え込みも、厳しくなってきた。芥子《からし》色のスエードのジャンパーのファスナーを上げ、襟を立てた。家とは反対方向に向く爪先。無意識に、マリア公園に足を踏み入れていた。

羽村が、車を降りる気配はなかった。公園から自分が出てくるまで、車内で待つつもりなのだろう。

診療時間が終わってからの自分の行動を追って、羽村にもわかったはずだ。自分も、深雪の居所を知らないことを。

が、それでも尾行を続けるのは、深雪が自分の眼前《まえ》に現れると踏んでいるからに違いない。

　菊池や羽村の予測が当たっていたら、どんなに嬉《うれ》しいことだろうか。

　桜木は、昨日、深雪が自分を待っていたベンチに腰を下ろした。昨日、自分が泣き崩れた地面に虚ろな視線を投げた。

　眼を閉じた。瞼《まぶた》の裏のマリア公園。自分の隣。お下げ髪の少女の膝上《ひざうえ》に開かれた、黄色い表紙のスケッチブック。公園内を元気に駆け回るクロス。足踏みするような時間《とき》の流れ。鼓膜に忍び込む噴水の柔らかな水音。

　人の気配。羽村か？　眼を開けた。段ボール箱と大きな紙袋を両手に提げたホームレスが、自分の座るベンチの対面、噴水の裏手のベンチへと向かった。

　桜木は、腰を上げた。続きは明日。これ以上、静香を待たせるわけにはいかない。

　出口へ向かいかけた足を止めた。踵《きびす》を返した。潰《つぶ》した段ボール箱でベンチに寝床を作っている男のもとへ、桜木は歩み寄った。

「あの……ちょっと、いいですか？」

　男が、怪訝《けげん》そうな表情で自分を見上げた。泥と垢《あか》で黒ずんだ髭塗《ひげまみ》れの顔は年齢の判別が難しく、四十代にも六十代にもみえた。背中まで伸びたボサボサの髪には、粉雪のようなフケが浮いていた。鼻の頭には、小豆大の黒子《ほくろ》があった。

「昨日も、ここにいらっしゃいましたか？」

　桜木は、記憶を手繰り寄せながら訊《たず》ねた。昨日、自分がマリア公園を訪れたのは六時半頃。そのときは深雪のことで頭が一杯で、園内に誰かがいたかどうかに気を配る余裕はなかった。

「あんた、役所の人間か？　俺を、ここから追い出そうってのか？」

男が、警戒と危惧《きぐ》の入り交じった嗄《しわが》れ声で訊ねた。

「いいえ。僕は、この公園の近くで獣医師をやっている者です」

「その獣医師が、俺になんの用だい？」

男は、どろりと濁った眼球で自分を睨《ね》めつけた。

「昨日、ある女性とここで待ち合わせをしていたんですが、僕が約束の時間に遅れてしまって……。それで、もし昨日あなたがここにいらっしゃったら、その女性をみたのではないかと思いまして」

「女？　知らんな。昨日、俺がこの公園にきたときは、誰もおらんかった。三十分くらいしたら血相を変えた男が駆け込んできて、地べたに泣き崩れていたけどな」

「その男というのは、僕です」

深い失望感が、桜木を襲った。男がもっとはやくに公園にいてくれれば、深雪と南の様子を聞けたというのに……。

「なんだ。あんただったのか。その女に、フラれたのかい？」

布団にごろりと仰向《あおむ》けになった男が、黄ばんだ前歯を剝《む》き出しに笑った。

「まあ、似たようなものです」

桜木は、男に苦笑いを返した。礼を述べ、立ち去ろうとしたが思い直した。

「昨日の六時頃、この近所で殺人事件があったのをご存じですか？」

新山初美は、五時半頃に深雪から自分がこないという電話が入ったと言っていた。その直後、南が現れた。ということは、ふたりの姿を眼にしていない男は、五時半以降にマリア公園を訪れたことになる。事件前後に、現場を通りかかった可能性は十分に考えられる。

「知ってるもなにも、男と女が倒れているのを最初に発見したのは俺だ」

「男と女!?　いま、そうおっしゃいましたか!?」

桜木の大声に、男がびっくりしたように上半身を起こした。

「ああ。一メートルくらい離れて、ふたりとも、仰向けに倒れていた。カップルが、襲われたんだろ。ホームレス狩りってのもあるし、俺らも他人事じゃねえ。まったく、いやな世の中だ」

男の最後のほうの言葉は、ほとんど耳を素通りしていた。

男と女？　とてつもなく、いやな予感がした。男は南で、女は深雪。状況から察して、ほぼ間違いない。現場近くに深雪の携帯電話が落ちていたことも、これで説明がつく。が、菊池もニュースも、女が倒れていたなどとひと言も言っていない。

「どうしたね？　あんた。顔色が悪いぞ」

「どんな女性でした？　出血は、してましたか？」

桜木は、強張《こわば》る声帯から掠《かす》れ声を絞り出した。

「血は、流れていなかったと思うがな」

出血がないからと、安心はできない。殺人という線で考えると、絞殺もありうる。

「警察に通報したのは、あなたですか？」

「冗談じゃねえ。俺が、疑われちまうだろ？　だが、心配だから反対側の通りでみていた。そしたら、すぐに男が現れてな。通報するのかと思ったが、女だけを車に乗せて走り去って行った。それから四、五分後に、犬を散歩させていた女が倒れている男を発見して、携帯電話から一一〇番通報していたよ」

男が車で、女だけを連れ去った……。激しい胸騒ぎ。危惧に支配される脳内。相反する安堵《あんど》感。深雪が死んでいるのであれば、連れ去ったりはしないはずだ。が、安堵感はすぐに、別の危惧に支配された。

深雪を連れ去った男は、南を殺した男と同一人物なのか？　だとしたら、顔をみられたことでの口封じ？　そうなると、深雪の身が危ない。

そもそも、男は何者なのか？　なぜ南を殺した？　なにかの恨み？　それとも、突発的な犯行？

大迷宮のように、思考が混迷した。

「その男は、いくつくらいでした？　背は、高いですか？　低いですか？　太ってましたか？　痩《や》せてましたか？　どんな服装をしてましたか？　髪型は？　眼鏡は？」

桜木は、速射砲のように男を質問責めにあわせた。

「おいおい、待ってくれよ、兄さん。悪いが、俺は鳥目でね。通りを渡っちまっていたんで、あの薄闇では、男か女かをみわけるのが精一杯なんだ。昨日公園で泣き叫んでいたのがあんただったってことも、わからなかったくらいだからな」

「じゃあ、車種やナンバーも？」

「黒っぽい色だったよ」

思わず、桜木は大きなため息を吐いた。

黒っぽい色の車に乗った男。その情報だけでは、砂漠に落としたコンタクトレンズを探すようなものだ。

「もしかして、その女ってのが、あんたが探している恋人かい？」

恋人、と呼べる関係かどうかはわからない。ただ、ひとつだけはっきりしているのは、自分にとっての深雪が、かけがえのない女性であるということ。

「そうでないことを祈りますが、可能性は高いです。どんなことでも構いません。なにか、手がかりになるようなことを覚えていませんか？」

桜木は、縋《すが》るような眼を男に向けた。実家も友人関係もだめとなったいま、頼れるのは男しかいなかった。

「まあ、手がかりと言えるかどうかはわからねえが……」

男が、なにかを算段するような顔つきで頭を掻《か》いた。大量のフケが、ずだ袋のようにボロボロの黒いコートの肩に舞い落ちた。

「なんです？」

桜木は、男の足もとに跪《ひざまず》くような恰好《かっこう》で屈《かが》み、身を乗り出した。

「じつはな、こういうものを拾ったんだ」

言いながら、男が穴だらけのコートの胸もとをまさぐり、十八金で縁取られた漆黒のライターを取り出した。

「現場に落ちていたのさ。少しでも金になりそうな物を拾うのは習性でね。携帯電話も落ちていたが、足がつくから手を出さなかった」

男の言うとおり、街灯の明かりを受けて黄金色の光を放つライターは、みるからに値が張りそうな代物だった。

側面……右下。縁取りと同じ十八金を使った、CdAのロゴ。恐らく、ライターのブランド名。視線を、側面から底に移した。頭文字のようなものが刻まれていた。桜木は、男の掌《てのひら》に載せられたライターに顔を近づけた。M・Sのイニシャル。持ち主の、イニシャルだろうか？

「まあ、現場に落ちていたからって、犯人の物とは限らねえがな。ホトケさんのものかもしれねえし、通りがかりの誰かが落としたのかもしれねえ」

「いいえ、大助かりですよ。多分、このライターはどこかのブランドだと思います。ブランド名がわかれば店も絞られますし、イニシャルが彫ってあるので、店の人も持ち主の名前を覚えている可能性があります。なんとお礼を言っていいのやら……」

桜木は、男に深々と頭を下げた。

「おいおい、兄さん。頭を上げてくれ。誰も、こいつをあんたに渡すとは言ってねえぜ」

顔を上げた。卑しく吊り上がる男の口角。突き立てられた人差し指。

「あ、すいません。気がつかなくて……」

桜木は財布を取り出し一万円札を抜くと、男に差し出した。男は眼にも止まらぬはやさで一万円札をひったくると、コートの内ポケットへとしまった。

不意に、男が自分の顔をまじまじとみつめた。

「なにか？」

「あんた、すれてないっていうか、素直っていうか。普通なら、値切ったり舌打ちしたり、もう少し別のリアクションがあるだろうよ？　相手が、俺みたいなホームレスだとなおさらよ。蔑《さげす》んだり好奇の眼でみたり、とにかく、ほかの奴らは、俺を人間扱いしねえ。珍しいぜ、あんた」

「はあ……」

桜木は、返事に窮した。が、ともかく、男は自分を褒めてくれているようだった。

素直かどうかは別にして、自分は、昔から人を差別するようなことはなかった。

小学校の頃、隣の校舎が知的障害の生徒が通う特殊学級だった。一般の学校の生徒は、特殊学級の生徒をよくいじめていたが、桜木だけはみなに白い眼を向けられながらも、彼、彼女らと仲良くしていた。

誰をも差別せず、平等につき合う。幼い頃から、動物達を犬畜生と見下さずに、人間の子供にたいするそれと遜色《そんしょく》ない愛情を注いできた清一郎の背中をみてきたことが、自分の人格形成に大きな影響を及ぼしているだろうことは間違いない。

「ほら、持ってけよ。恋人、みつかるといいな」

男が、自分にライターを手渡し、微笑んだ。さっきとは違い、温かな笑顔だった。

「ありがとうございます」

桜木はライターをハンカチで包み、立ち上がった。男に一礼し、マリア公園をあとにした。並木道。路肩に蹲《うずくま》る車のヘッドライトが、桜木を出迎えた。

歩を止めた。右掌。ライターを包んだハンカチに視線を落とし、桜木は逡巡《しゅんじゅん》した。

逡巡。羽村に打ち明けるかどうか。このライターが犯人の物であれば、当然、指紋が検出される。が、素人の自分には指紋の検出も照合も無理だ。

指紋の検出や照合だけではない。警察の情報網を以てすれば、ライターを販売したブランド店の割り出しなど朝飯前だ。ブランド店が判明すれば、M・Sのイニシャルを刻んだ店を虱潰《しらみつぶ》しに追って行けばいい。警察手帳があれば、しかも殺人事件の捜査となれば、店側も無条件で協力することだろう。

だが、それが素人となれば話は違う。このライターを販売した店を割り出すにも、警察のように迅速にはいかない。

ようやく販売店をみつけたとしても、何年も以前《まえ》に販売された品であれば店側がM・S

なる人物の名前を覚えている可能性は低く、また、運よく資料の控えがあったとしても、顧客に関するプライバシーを刑事でもなんでもない自分に提出してくれるのか？　という問題がある。

なにより、深雪が何者かの車で連れ去られたという男の話に偽りがなければ、一刻もはやく救出しなければ命が危ない。

しかし、深雪を犯人だと信じて疑わない菊池や羽村が、男の話を信じるだろうか？　真犯人である可能性の高いライターの持ち主を、追ってくれるだろうか？

桜木は、歩を踏み出した。ぐずぐずしている暇はない。こうしている間にも深雪は……。ほとんど、駆け足になっていた。黒のセドリック。自分の姿を認めた羽村がドライバーズシートの窓を下げ、厳つい顔を覗《のぞ》かせた。

「刑事さん。お話ししたいことがあるんですが」

「なんだ？」

横柄な口調。相変わらず羽村は、容疑者をみるような鋭い視線で自分を睨《ね》めつけた。自分を車内に入れる気も、外へ出てくる気もないようだった。

「これを、みてください」

言って、桜木は右手を羽村の顔前に差し出し、ハンカチを開いた。

「いったい、なんのつもりだ？」

羽村が、ライターから自分に視線を移して訝《いぶか》しげな顔で言った。

「このライターは現場に落ちていたもので、マリア公園にいたホームレスの方が持っていました。彼の話では、南さんだけではなく女性も倒れていたそうです。通報すれば自分が疑われると警戒し、現場から離れてふたりをみていたと言ってました。彼は、直後に、男性が車で女性を連れ去ったのを目撃しています。その女性は、深雪さんに間違いありません。刑事さん。ライターには、M・Sというイニシャルが刻んであります。犯人が南さんと揉《も》み合っている際に落とした物ならば、重要な手がかりになるでしょう？　指紋の検出やイニシャルから、南さんを殺した犯人はすぐにわかるはずです。深雪さんを連れ去った男というのが犯人ならば、彼女の身が危険です。一刻もはやく、彼女を救出してください」

「先生。その目撃者のホームレスの鼻の頭には、大きな黒子《ほくろ》があっただろう？」

脳内に、男の顔を思い浮かべた。鼻尖《はなさき》の小豆大の黒子。

「ええ。どうしてそれを？」

「やっぱりな。奴は、大西といって、元は前科三犯のこそ泥だ。刑務所で糖尿が悪化して、二年前に出所してからは民家に忍び込む気力もなくなったらしく、二子玉川や用賀の公園を寝ぐらにするようになった。あんた、奴に騙《だま》されたんだよ。おおかた、そのライターをいくらかで買わされたんだろ？」

まるで、自分と男のやり取りをみていたかのような口振り。桜木は、言葉に詰まった。

「図星のようだな。もうひとつ言えば、先生から女を捜しているって切り出したんじゃないのか？」

　これも、図星。たしかに、男に深雪らしき女性をみかけなかったかどうかを先に訊《たず》ねたのは自分だ。

「先生。もう、わかったろう？　大西は、あんたをいいカモだと思った。女をダシにすれば、金になると思った。そこで、女と事件を絡めることを考えついた。橘深雪を彷彿《ほうふつ》とさせる女がホトケさんとともに倒れていた。犯人らしき男が女を車で連れ去った。激しくうろたえるあんたに、大西は現場で拾ったというライターを差し出す。あんたは、大西に言われるがままの値でライターを買う。つまり、大西の話はなにからなにまでが、あんたから金を引っ張るための作り話っていうことだよ」

　羽村が、勝ち誇ったように言った。

「お言葉を返すようですが、それは刑事さんの憶測でしょう？　大西さんの話が、嘘だという証拠はなにもありません。憶測で、犯人かもしれない男を取り逃したらどうするんですか？　頼みますから、このライターの持ち主を追ってください」

　桜木は、懇願した。

「憶測で結構。俺ら刑事にとって一番大事なのは、憶測……言い換えれば刑事の勘ってやつだ。その勘で言えば、橘深雪が犯人だ。もちろん、裏づけはある。昨日も言ったが、現場に落ちていた橘深雪名義の携帯電話――」

「だから、それは大西さんの話が正しければ、深雪さんも現場に倒れていたわけだし、携帯電話が落ちていても不思議ではありません」

羽村の言葉を遮り、桜木は言った。自分が、人の話の腰を折ることなど滅多にない。それだけ、追い詰められている証拠だ。

「百歩譲って、携帯電話の件はその可能性もあるとしとこう。だが、事件のあった午後六時前後に言い争っていた若い男女の件はどうなる？　その男女が、ホトケさんと橘深雪であるのは間違いない。橘深雪以外に真犯人がいるとすれば、すべてが不自然なことだらけだ。考えてもみろ？　犯人は、言い争っていたふたりを同時に殺したってのか？　だとしたら、大西がふたりを発見したときは誰もいなかったわけだから、犯人は、女だけを連れ去るために戻ってきたってことになるよな？　なぜ、そんな危険をおかしてまで現場に戻ってくる必要がある？　物陰から、ふたりが死んだかどうかをわざわざ確かめてたってのか？　検死の結果によれば、ホトケさんの死因はアスファルトに後頭部を痛打した際の脳内出血だ。状況からして、これは計画的な殺人じゃない。揉み合った末に弾みで、というやつだろう。つまり、俺が言いたいのは、犯人はホトケさんを殺したあと、慌てふためいて逃走しただろうってことだ。携帯電話を落としたことにも気づかずにな」

羽村が、皮肉っぽい笑いを浮かべつつ言った。

悔しいが、なにからなにまで、羽村の言うことは的を射ていた。しかし、桜木には、大西が嘘を吐いているようには、どうしてもみえなかった。

「前科があるからと、大西さんのことを端《はな》から疑ってかかるのはどうかと思います。先入観を持たずに、一目撃者の情報として捜査してもらえますか？」

「じゃあ、その目撃者がみたという、橘深雪と思われる女を連れ去った人物の特徴や乗っていた車を教えてもらおうか？」

「それが……」

「それが、どうしたんだ？　そこまで言うのなら大西は、犯人らしき男の容姿や年恰好《かっこう》、ナンバーまでは無理だとしても、車種くらいはわかるんだろうな？　まさか、なにもわからないなんてことはないよな？」

相変わらず、皮肉っぽい笑いを片頬に張りつける羽村。桜木は、喉《のど》もとまで込み上げた言葉を呑《の》み込んだ。

この懐疑心の塊のような刑事に大西が鳥目だなどと言っても、信じるはずがない。

「そういうことだと思ったよ。なあ、先生。本当はあんただって、大西の話がおかしいと感づいてるんじゃないのか？　橘深雪から、俺達の眼が逸れればいいと思ってるんじゃないのか？　それとも、昨日今日のあんたの行動自体が、捜査を攪乱《かくらん》するためのカムフラージュじゃないだろうな？」

腹の底から沸き上がる激しい憤りを、桜木は懸命に堪えた。

決めた。自力で、ライターの持ち主を捜索することを。警察に頼らず、深雪を救い出すことを。

桜木は、羽村から眼を逸らし、無言で歩を踏み出した。

「お帰りなさい。ジロウは、ぐっすりと眠っています」

◇

◇

待合室。白い毛糸のセーターと三つ編みにした髪。桜木を認めた静香がソファから腰を上げ、十代と言っても通用する童顔を綻《ほころ》ばせた。

「遅くなって悪かったね」

腕時計の針は、十時半を回っていた。

「コーヒーでもいかがですか？ ちょっと、冷めちゃいましたけど」

笑顔で詫《わ》びを受け流した静香が、ガラステーブルに右手を投げつつソファに座った。テーブル上に並ぶ、ブリキのマグカップと赤いマグカップ。ブリキのマグカップはブラックの、赤いマグカップはミルクたっぷりのコーヒー。

「わざわざ、作って待っててくれたの？」

こっくりと頷《うなず》く静香。

――あの娘はいい子だ。金井君を、嫁にもらったらどうだ？

不意に、一年前の清一郎の言葉が鼓膜に蘇《よみがえ》った。

「ありがとう、頂くよ」

桜木は静香の隣に腰を下ろし、マグカップを手に取った。冷めかけたコーヒーを流し込む。疲弊しきった肉体に、カフェインが染み渡る。張り詰めた精神が、ゆっくりと弛緩《しかん》してゆく。

桜木は、ソファに背を預けた。ため息を吐く自分を、両手に包んだマグカップ越しに覗《のぞ》く大きな瞳《ひとみ》でみつめる静香。労《いたわ》るような、優しい眼差《まなざ》し。

「なにか、手がかりは摑《つか》めました？」

遠慮がちに訊ねる静香。桜木は頷き、ポケットから取り出したハンカチの包みをガラステーブルに載せた。ハンカチを開いた。

「ライター？」

小首を傾げる静香に、桜木はマリア公園で出会ったホームレスから聞いた話をした。絶句する静香。マグカップを口もとに運ぼうとした右手が、一時停止のスイッチを押した映像のように静止した。

「昨日きた刑事さんは、表にいるんでしょう？ 私、報らせてきます」

腰を上げかけた静香の細く華奢《きゃしゃ》な腕を、桜木は摑んだ。怪訝《けげん》そうな瞳を向ける静香。

「このライターには、M・Sというイニシャルが彫ってあるんだ。羽村さんって刑事に、ライターの持ち主を追ってくれるように頼んだけれどだめだった。彼が言うには、ホームレスの男性……大西さんは、前科三犯の窃盗犯だったらしい。僕にライターを買い取らせるのが目的で、でたらめを言ったに違いないと、取り合ってくれなかった。最後には、僕が近所に聞き込みに回っていることさえ、警察の眼を欺くための芝居だろうと言われたよ」

「そんな……ひどい……、ひどいわっ。玉川警察に電話をして、羽村さんって刑事の上司にそのことを言いましょうよ！」

　静香が血相を変え訴えた。

「無駄だよ。彼の上司も、深雪さんを疑っている。じゃなければ、僕を見張らせたりはしないよ」

　納得できないとでもいうふうに首を横に振る静香を諭すように、桜木は言った。

　納得できないのは自分も同じ。しかし、羽村の上司である菊池が、自分の話を信じてくれるとは思えない。

「それより、静香君。このライターが、どこのブランドかわかるかい？　CdAのロゴが、なにかの略だと思うんだけど。僕は、そういったことには疎くてね」

「ええ。これは、スイスのカラン・ダッシュです。かなりの、高級品ですよ」

「詳しいんだね。僕なんて、高級品のライターといえばダンヒルくらいしか思いつかないよ」

　桜木は、驚きを素直に口にした。訊《たず》ねてはみたものの、正直、煙草を吸わない女性からの答えを期待していたわけではなかった。

「父が昔、輸入雑貨店をやっていたんです。カラン・ダッシュのこのタイプだと、十数万はすると思います」

「十数万……それは凄《すご》いな」

　桜木は、テーブル上のライターをしげしげとみつめながら呟《つぶや》いた。

それだけの高級品であれば、持ち主がイニシャルを刻みたくなる気持ちもわかる。

「こういうライターは、どういうタイプの人が持つんだろう？」

「さあ、私もそこまではわかりませんけど……」

静香が腕組みをし、思案顔で首を捻《ひね》った。

「ただ、ひとつ言えるのは、経済的にある程度余裕がある人じゃないでしょうか？　じゃなければ、ライターにそんなお金はかけないと思うんですよ」

束の間の沈黙後、静香が言葉を選ぶように言った。

桜木も、同感だった。経済力がなければ、よほどのライターコレクターでもないかぎり、十数万を別のなにかに使うはずだ。

かといって、ライターの持ち主を裕福イコール犯人は経済力のある人物だと決めつけるのは早計だ。

大西が言うように、ライターの持ち主が犯人だという確証はないのだから。

M・Sというイニシャルから、南の線は消えた。だが、事件とは無関係の通行人の落し物、という線は残る。また、ライターの持ち主が犯人だとしても、誰かからのプレゼントだとすれば販売店を突き止めても購入者の情報しか手繰れない。そうなると購入者から犯人を追うという手間が増え、深雪救出までの道程《みちのり》がさらに遠くなる。

しかも、販売店が東京だとはかぎらない。いや、ライターがスイスのメーカーだということを考えると、海外で購入した可能性もある。対象店が海外にまで及んでしまえば、とても個人の力でどうこうできるものではない。

「私でよかったら、協力します。父の昔のつてで、輸入品販売店から情報を集めることもできますし。カラン・ダッシュを購入し、M・Sというイニシャルを彫ってほしいと依頼した人物、ですよね？　いつ購入したかにもよりますが、ダンヒルやデュポンよりも取り扱う店が少ないので、意外と簡単にわかるかもしれません。少なくとも、ブランド音痴の先生がひとりで探すよりは十倍ははやいと思いますよ」

言って、静香が微笑んだ。

静香は、厄年と天誅殺《てんちゅうさつ》が同時にきたような冥《くら》い顔をしている自分を気遣っている。

深雪を救出しようとする自分への協力。彼女の想いを考えれば、つらい行為に違いない。静香を拒否した自分。好意に甘えるのは、虫が好きすぎることはわかっていた。わかっていたが、自分には、精神的にも時間的にも、静香の申し出を断る余裕はなかった。

「なんて言ったらいいのか……。本当に、悪いね」

「いいんです。無事に深雪さんがみつかったら、臨時ボーナスをもらいますから。じゃ、私、そろそろ帰りますね」

片目を瞑《つぶ》り、静香は腰を上げた。彼女の明るさに、救われた。

「送ろうか？」

桜木も腰を上げ、静香に声をかけた。

「ほらほら、それ。先生のその優しさが残酷だって、言ったでしょ？　私、勘違いしちゃいますよ？」

静香が、冗談っぽい口調で言った。

「ああ……そうだったね」

桜木は、苦笑いしながら靴を履き、静香とともに表へと出た。

「じゃあ、気をつけて」

「おやすみなさい」

静香の背中が路地の角に消えるのを見届け、桜木はシャッターを下ろした。カギをかけ、ビルのエントランスへと回った。階段を上った。四階。ドアを開けた。電灯のスイッチを押した。沓《くつ》脱《ぬ》ぎ場に、満の靴はなかった。廊下を上がった。自室。ベッドに横になりたい誘惑を抑え、桜木はデスクに座った。

ノートパソコンの電源を入れた。インターネットに接続した。ライター専門店で検索した。一万三千六百件の検索結果。想像以上の数。軽い眩暈《めまい》に襲われた。ネットに情報を載せていない店を合わせると、その数は軽く二万件を超えることだろう。考えが、甘過ぎたようだ。

いくら静香の父に輸入品販売店の知り合いがいても焼け石に水だ。

国内だけで、この数だ。それに、ライターの持ち主が正規のルートで購入したとはかぎらない。

桜木は、ライター専門店の文字を消し、質屋の文字を打った。検索スペースをクリックした。四万七千二百件。気が遠くなりそうな検索件数。

もし、ライターの持ち主が質流れ品を購入したのならば、元の持ち主がM・Sのイニシャルを持つ人物となる。イニシャルを頼りに持ち主を追う、という行為自体が無駄骨となる。それ以前に、ひとりで五万件近い質屋に電話をかけるのは不可能だ。

万が一、M・Sの文字が刻まれたカラン・ダッシュを扱っていた質屋を運よくみつけることができたとする。だが、盗難品対策としてライターを売った元の持ち主の身分証は保管していても、どこの誰が買ったかまではわからないはずだ。

桜木は、パソコンをシャットダウンし、デスクチェアに背を預けた。零《こぼ》れ出るため息。長い、長いため息。

やはり、警察に頼むしかないようだ。が、菊池や羽村ではだめだ。もっと上の人物。担当刑事を飛び越えて捜査陣を動かせる人物。それだけの立場にある人物を動かせるのは、ひとりしかいない。

鳴海善行。一年前。深雪の居所を教えない自分にたいして、橘光三郎は警視庁の捜査一課の刑事を桜木動物病院に向かわせると恫喝《どうかつ》してきた。その際に、警視庁の上層部に話をつけてくれたのが、太陽党の幹事長を務める鳴海の父だった。

――あの人が無償でなにかをやってくれたことなんて、一度もない。

鼓膜に蘇《よみがえ》る、鳴海の投げやりな声。

あのとき父は息子に、銀行頭取の娘との見合いを交換条件として強要した。

鳴海の立場を考えると、鳴海善行に頼み事をするのは気が引けたが、ほかに方法はなかった。

躊躇《ちゅうちょ》している暇はない。デスク上の電話。桜木は受話器を手に取り、鳴海の携帯番号をプッシュした。

深い罪悪感が、桜木の心を緊縛した。

◇　◇

桜木の自室。ベッドに腰かけ、スラリと伸びた足を組み、貧乏揺すりのリズムを取る鳴海。右手の指先に挟まれた煙草は、フィルターだけになっていた。

寝起きでかけつけた鳴海の、いつもは優雅に整った長髪は乱れ、浅黒い肌にも艶《つや》はなかった。

――こんな時間に悪いが、深雪さんの件で相談したいことがあるんだ。いまから、そっちに行ってもいいかな？

――電話じゃ、だめなのか？

――ああ。みせたい物もあるし。時間は、取らせないよ。

――わかった。女がいるから、俺がお前のウチに行くよ。

自分が鳴海に電話をかけたのが、約一時間前の午後十一時半頃。鳴海が現れたのが、約二十分前。桜木は、大西から仕入れた情報と羽村とのやり取りを鳴海に語った。

鳴海は、彫像のように同じ姿勢で動かず、デスクに置かれたカラン・ダッシュのライターに視線を注いでいた。

「桜木。怒らないで聞いてほしいんだが、俺は、ある部分は羽村って刑事の言うことが正しいと思う」

ライターから離した視線を自分に移した鳴海が、おもむろに口を開いた。

「ある部分って？」

桜木は、デスクチェアを回転させ、鳴海と向き合った。

「そのホームレスが、金ほしさにでたらめを並べたっていう部分。やっぱり、おかしいぜ。犯人が、揉《も》み合ったはずみに南さんを殺して逃走したっていうのならわかるが、いくら陽が暮れてるからとはいえ、天下の往来でふたりを殺すのは目立つだろ？　それに、あとから犯人らしき男が深雪ちゃんだけを車で連れ去ったって話も、でき過ぎって気がするしな」

首を捻《ひね》った鳴海が、火の消えた煙草を灰皿代わりのジュースの空き缶に放り込み、新しい煙草をくわえた。

「じゃあ、お前も深雪さんを疑っているのか？」

「そんなわけないだろ？　俺は、深雪ちゃんは南さんが死んだことをニュースで知り、お前の前から姿を消したんだと思う。昨日も電話で言ったが、女心ってやつは複雑だからな。それに、失踪《しっそう》だなんだと言っても、まだ、二日目じゃないか？　深雪ちゃんを信じて、待ってあげたらどうだ？」

たしかに、鳴海の言うとおりなのかもしれない。たったの、二日目。明日になれば、深雪から連絡があるかもしれない。が、それは、大西が自分を騙《だま》していたと仮定しての話。

「もしかしたら、大西さんは僕を騙したのかもしれない。だけど、本当だったら？　不自然でもでき過ぎでも、犯人が深雪さんを連れ去っていたら？　その可能性がゼロとは言い切れないかぎり、僕はライターの持ち主を追うつもりだ」

「わかった。昔からお前は、行動を起こすまでの時間はかかるが、いったんこうと決めたら突っ走るところがあるからな」

鳴海が、やれやれ、といった感じで首を小さく横に振った。

「で、どうするつもりだ？　ライターの持ち主を追うと言っても、専門店、デパート、質屋……ざっと考えただけでも、カラン・ダッシュを売っている店は星の数ほどあるぜ？」

「わかってる。ネットで検索したら、ライター専門店が一万三千六百件、質屋が四万七千二百件もあった」

鳴海が、大袈裟《おおげさ》に眼を見開き口笛を吹いた。

「お前、一日百七十件ペースで電話をかけても、一年はかかる計算になるぞ？　それに、全部に電話をかけたからって持ち主がわかる保証もない。雲を摑《つか》むような話だな」

「そこで、お前に頼み事があるんだ」

「俺にも、電話をかけるのを協力しろって？　構わないが、それでも、一年が半年になるだけだぜ？」

「いや、そうじゃないんだ。その……」

桜木は、言葉に詰まった。鳴海善行への頼み事。父は息子に、誰々と結婚しろ、などと交換条件を出したりはしないだろうか？　いくら深雪を救出するためとはいえ、親友の人生を犠牲にする権利は自分にはない。

「その……なんだよ？」

「言いづらいんだが……」

「水臭いな。俺とお前の仲じゃないか？　遠慮しないで、言ってみろよ？　さ、はやく」

言い淀《よど》む自分を、焦れたように急かす鳴海。

「また、おじさんの力を借りれないかと思ってな」

思いきって、桜木は切り出した。鳴海が、肺奥に吸い込んだ紫煙に激しく噎《む》せた。

「さっきも話したとおり、玉川署の刑事は深雪さんを犯人だと決めつけ、動いてくれないんだ」

「つまり、あの人に、上層部に圧力をかけてもらうように頼み、捜査陣を動かすってことなのか？」

咳《せ》き込みながら訊《たず》ねる鳴海に、桜木は頷《うなず》いた。

「まいったな……」

鳴海が腕を組み、くわえ煙草のまま苦渋の表情を浮かべた。

苦渋の表情。鳴海の鼓膜には、鳴海善行の、その代わり、という言葉が谺《こだま》しているに違いない。

重苦しい沈黙。眉間《みけん》に皺《しわ》を寄せ、眼を閉じる鳴海。静寂を冷たく刻む、目覚し時計の秒針。

「仕方がない」

おもむろに瞼《まぶた》を開いた鳴海が、吸差しの煙草を空き缶の縁に押しつけながら言った。

「受けてくれるかどうかわからないが、とにかく、頼んでみるよ」

「済まない。恩に着るよ」

桜木は、両手を太腿《ふともも》につき、深々と頭を下げた。

「おいおい、顔を上げろよ。礼は、深雪ちゃんがみつかってからにしてくれ」

頭を上げた。ベッドから立ち上がり、手櫛《てぐし》で髪を掻《か》き上げる鳴海。

「帰るのか？」

「ああ。女が、首を長くして俺の帰りを待ってるからな。あの人には、今夜中に電話を入れておくよ。結果は、明日、連絡する」

言って鳴海は、額に当てた人差し指と中指を気障《きざ》な仕草で自分へと投げた。

「下まで、送るよ」

腰を浮かしかけた瞬間。背後でベルが鳴った。

「いいよ。ほら」

鳴海が、電話を指差し踵《きびす》を返した。桜木はデスクに戻り、受話器を取った。

「もしもし」

『あんた、桜木さんか？』

受話口から漏れる、低く剣呑《けんのん》な声音。聞き慣れぬ男の声。耳障りなノイズ音。男は、携帯電話を使っているようだ。

「そうですけど……どちら様ですか？」

訊ねながら、桜木は電話機の液晶画面をみた。非通知の文字が浮かんでいた。

『橘深雪は無事だ。しつこく行方を嗅《か》ぎ回るのはよせ。これは、警告だ。警告を聞き入れなければ、あんたの周囲でいやなことが起こる』

「それは、どういう意味なんですか!?　あなたは、誰なんですか!?　もしもし？　もしもし!?」

桜木の問いかけには答えず、電話は切られた。ツーツーツーという乾いた発信音を垂れ流す受話器を握り締め、桜木は呆然《ぼうぜん》と立ち尽くした。

「どうした？　電話、誰からだったんだ？」

強張《こわば》る頸骨《けいこつ》を軋《きし》ませ、桜木はゆっくりと振り返った。玄関へと続く中ドアの前に佇《たたず》み、心配そうな顔で様子を窺《うかが》う鳴海。

「知らない男だった。深雪さんは無事だと。しつこく行方を嗅ぎ回れば、僕の周囲でいやなことが起こると。それだけ言って、電話を切った。雑音の感じから、多分携帯電話のような気がする」

大根役者の棒読みのセリフのように、硬くうわずった声で桜木は言った。カサカサに乾いた唇。からからに干上がる口内。得体の知れない不安が、桜木の胸内にとぐろを巻いた。

「知らない男って……犯人なのか？　そいつが、深雪ちゃんを連れ去った男なのか？」

「わからない。僕にも、なにがどうなっているのか、わからないよっ」

思わず、語気が荒らいだ。

男は何者だ？　深雪が無事だと言いながら、なぜ捜されることをいやがる？　それ以前に、なぜ自分が深雪を捜していることを知っている？　深雪はどこにいる？　男に監禁されているのか？　だとしたら、目的は？　南を殺したのを目撃されたから？

だったら、とっくに殺しているはずだ。が、男は、深雪は無事だと言った。身代金を要求するわけでもないのに、わざわざ電話をかけてきて自分に嘘を吐く必要がどこにある？　警告する必要がどこにある？

やはり、大西の話はでたらめではなかった。何者かが、深雪をさらった。とにもかくにも、深雪は生きている……。

不安が渦巻く闇黒色に染まった脳内に、微かな希望の光が差し込んだ。

しかし、安堵《あんど》するにはまだはやい。どういう意図で男が深雪をさらったのかはわからないが、状況によっては最悪の事態を招く恐れがある。

「済まない。取り乱してしまって……。ただ、これで、大西さんの話が嘘でないことを玉川署の刑事に……」

桜木は、言葉尻《ことばじり》を呑《の》み込んだ。両手で、髪の毛を掻き毟《むし》った。咄嗟《とっさ》のことで動転し、男との会話を録音するのを忘れていた。

「どうしたんだ？　桜木」

「鳴海。いまの電話を、スピーカーで聞いていたことにしてくれないか？」

「俺に、証人になれってことか？」

「ああ。そうすれば、大西さんの話が本当だったと証明できる。玉川署の刑事も、動かざるを得なくなる。お前がおじさんに、借りを作らなくても済む」

「証人になるのは構わないし、あの人を頼らなくてもいいのなら、正直、俺も助かる。だが、捜査が公になればまずいんじゃないか？　電話の男は、深雪ちゃんの捜索をやめろと脅してきたんだろう？　お前の話を聞いているかぎり、たとえ俺が証人になってもテープがなければ、玉川署の刑事達が脅迫電話の件を信じてくれるとは思えない。いや、信じないだけならましだが、今回は第三者の証言があるから、仕方なしに重い腰を上げるだろう。だが、刑事達は電話の男の存在自体に懐疑的だから、どうしても緊迫感が稀薄《きはく》になる。必然的に捜査は雑なものになり、男に感づかれる恐れがある」

鳴海の言葉に、桜木は頷いた。第三者の証言といっても、鳴海は高校時代からの親友。表面的には信じたふりをしても、内心では疑ってかかるに違いない。是が非でも深雪を犯人にしたい菊池と羽村が、本腰を入れるとは思えない。中途半端な捜査は、かえって深雪

を危険な立場に追い込んでしまう。お前のために、一肌脱ぐ

「隠密に捜査を進めるには、悔しいがあの人に頼むしかない。お前のために、一肌脱ぐよ」

「鳴海……」

「おっと、もう、礼はいらないぜ。それより、ライターを預かってってていいか？」

「もちろん」

桜木は、カラン・ダッシュを包んだハンカチを、鳴海に手渡した。

「元気出せよ」

自分の肩をポン、と叩《たた》き、片手を上げた鳴海が玄関に向かった。

見知らぬ男からの恫喝《どうかつ》の電話で闇に覆われていた心に、友の優しさがほんのりと明かりを灯《とも》してくれた。

［5］

『さあ、それはウチじゃないね』、『ほとんど、カラン・ダッシュは扱ってませんから』、『M・Sのイニシャル？　ライターにネームを刻んだことはないな』。

桜木はため息を吐き、コードレスホンのスイッチを切った。プリントアウトしたライター専門店の店名に、赤ペンで棒線を引っ張った。

「だめでした？」

桜木の正面。旺盛《おうせい》な食欲で静香の手作り弁当を掻《か》き込んでいた中里が、箸《はし》を持つ手を止めて桜木に訊《たず》ねた。

桜木は頷《うなず》き、壁かけ時計に眼をやった。午後一時四分。昼休みに入ると同時にかけ始めたライター専門店への電話は、一時間で四十三件。一件頭に費やした所要時間は二分にも満たない。

つまり、少しの手がかりもないということ。

深雪との約束の日……事件があった日から半月が過ぎた。明日で、三月も終わりだ。

この半月の間、昼休みの二時間を利用してライター専門店に電話をかけ続け、診療が終わる午後七時からふたたび十時頃までかけ続けることの繰り返し。

本当は夜通し電話をかけていたいのだが、十時を過ぎれば、ほとんどのライター専門店は閉まってしまう。

仕事のある日は一日五時間、約二百件の専門店に電話をかけた。週に一度の休診日である水曜日には、午前十時から午後十時までの十二時間、食事とトイレ以外はぶっ通しでかけ続け、五百件近くの専門店を虱潰《しらみつぶ》しにした。

半月間で、赤線が引かれた専門店の数は三千三百六十件。そのうち、ただの一件も、M・Sのイニシャルが刻まれたカラン・ダッシュに反応する店はなかった。

輸入品販売店をやっていた静香の父も昔のつてを当たってくれているが、結果は同じだった。

――警視庁の捜査一課が、極秘裏に動いてくれることになった。もちろん、玉川署の刑事はなにも知らない。お前も、うまく話を合わせておいてくれ。

十日ほど前に鳴海から入った電話で、鳴海善行が自分の頼みを聞き入れてくれたことを知った。

以降、鳴海からは一日置きに連絡が入るのだが、まだ、これといった進展はなかった。

桜木も、ライター専門店に電話をかけるだけではなく、暇をみつけては近所の聞き込みを続けたが、収穫はなにも得られないまま。

三日前に一度、京都の実家と親友の新山初美に電話を入れてみたが、ふたりのもとにも深雪からの連絡は入っていなかった。

結局、半月前から、なにも状況は変わっていない。

「静香君。僕はもうちょっとかけてみるから、気にしないで食べててくれ」

桜木は、包みが解かれていない静香の弁当箱に視線を投げつつ言った。

「いいんです。先生のほうこそ、気にしないでください」

「しかし――」

「いまダイエット中だから、昼は抜いちゃっても構わないし。あ、言っちゃった……」

静香が、ペロリと舌を出した。

「金井さん。ダイエット中とかなんとか言って、昨日、診療時間中に飼い主さんから貰《もら》ったシュークリームをこっそり食べてたじゃないですか」

「こら！　もう、明日からお弁当を作ってやんないぞ」

「嘘、嘘、嘘ですよ。俺の、勘違いでした。明日からも、お願いします」

ちゃちゃを入れる中里に、拳《こぶし》を振り上げる静香。おどけた仕草でテーブルに両手をつき、深く頭を下げる中里。

桜木は、かけ合い漫才のようなふたりのやり取りに眼を細めた。

ひさしぶりの、和やかな雰囲気。この半月間、知らず知らずのうちに自分の深刻顔がふたりに伝染し、院内には重苦しい空気が漂っていた。

「食い意地の張った誰かさんに取られないよう、いまのうちに食べておこう」

桜木は冗談っぽく言うと、ちらりと中里に視線を投げつつハンカチを解いた。

「ひどいなぁ、先生まで。いっつも、二対一だもんな」

言葉とは裏腹に、中里がどんぐり眼を細めて口もとを綻《ほころ》ばせた。静香も、とても嬉《うれ》しそうだった。

弁当箱の蓋《ふた》を開けた。玉子焼き、ピーマンの肉詰め、タコを象《かたど》ったウィンナー、プチトマト、缶詰のさくらんぼ。色彩鮮やかな静香の手製弁当だったが、食欲はなかった。

しかし、事件とは無関係のふたりに、これ以上いらぬ気を遣わせたくなかった。

「玉川署の刑事さん、最近、みかけませんね？」

自分に倣うように弁当箱の包みを解きつつ、静香が訊ねた。

「僕を張っても無駄だということがわかったんだろう」

桜木動物病院の周辺に停っていた羽村の車は、一週間ほど前から姿を消した。事件の日以来、菊池も羽村もなにも言ってはこなかった。それがまた、かえって不気味だった。

「ごめんなさい……」

不意に、静香が表情を曇らせた。

「どうしたんだい？」

「父に頼めばなんとかなるなんて、大きなことを言っちゃって……」

「なんだ。静香君のせいじゃないよ。カラン・ダッシュを売ってるのは、ライター専門店だけじゃない。デパートや質屋、それに海外ってことも考えられる。警察だって、そう簡単にみつけることはできないさ」

慰めではなかった。じっさい、隠密に動いている捜査一課の刑事でさえも、いま現在、なんの成果も挙がっていないのだ。

「それより、静香君。中島さんに、連絡は取れたのかい？」

中島敬子。ジロウの飼い主。深雪との約束の日。ボールを飲み込み胃の異物摘出のオペを行ったジロウは、五日前に抜糸を済ませていた。術創はきれいに塞《ふさ》がり、食餌《しょくじ》も通常の八十パーセントまで摂れるようになった。

ジロウは老犬だったので、術後数日は衰弱が激しく回復に手間取ったことで予定よりも入院期間が延びたが、いまではすっかりと元気になり、オペ以前《まえ》よりも若々しくなったくらいだ。

本当は昨日にも退院できたのだが、飼い主と連絡が取れない状態がこの二、三日続いていた。

「何度かかけているんですが、いつも留守番電話なんです。私、今日、仕事が終わったら彼女の家に行ってみます」

「お金が払えなくて、居留守を使っているんじゃないですか？」

中里が、疑わしそうに言った。

「こらこら。滅多なことを言うもんじゃない」

桜木は、ピーマンの肉詰めをお茶で流し込みつつ中里を窘《たしな》めた。

「だって、先生。あの人、ジロウが入院してから一度も電話をかけてこないんですよ。そんなの、おかしいと思いません？」

それは、自分も気になっていた。普通ならば、半月も飼い犬が入院していれば、少なくとも一度や二度は電話で様子を窺《うかが》ってくるものだ。

「もし中里君の言うとおりだとしたら、そのときはそのときだ。お金のことより、ジロウのことを考えてあげないと」

「だめですよ、先生っ。また、そんな甘いこと言って。手術費用、入院費用、検査費用、薬代、食事代。合わせて、三十万を超えてるんですよ!?　予防接種の費用を貰わないのとは、わけが違うんですから。ただでさえあの刑事のせいで変な噂が広まって、客足が落ちているっていうのに」

変な噂。南殺害事件の犯人と目される女性と、桜木動物病院院長の深い関係。

道で擦れ違ったときの住民の反応で、桜木も薄々は感じていた。

ついこないだまで、刑事の車が四六時中建物の前を張っていたのだから、周囲が自分を色眼鏡でみるのも無理はない。誰だって、殺人事件と関わりがある獣医師の病院に、大切な我が子を連れて行きたくはないだろう。

中里の指摘どおり、あの事件以降、たしかに客足は減った。以前は少なくとも日に五、六人の飼い主が予防接種や定期検診などで訪れていたが、最近では平均してひとりかふたりがせいぜいだった。

事件以前《まえ》に簡単な裂傷を縫合したマルチーズが、抜糸の日を過ぎても現れないので連絡したことがあった。マルチーズの飼い主は、桜新町の動物病院で抜糸を済ませたとバツが悪そうに言っていた。

自分の聞き込みが、噂に拍車をかけていることはわかっていた。自分は事件に関わっていますよ、と言って回っているようなものだ。

が、聞き込みをやめるつもりはなかった。深雪が犯人でない以上、自分の行動に疚《やま》しいことはなにもない。その結果、たとえ閑古鳥が鳴いても仕方がない。

ただ、二週間前にかかってきた男の電話は気になっていた。男は、深雪の捜索をやめなければ自分の周囲でいやなことが起こると脅迫してきた。

深雪、静香、中里、清一郎、満……。誰を指しているのか、または、誰を指しているわけでもないのかもしれない。単なる脅しの可能性もあった。だが、一パーセントでも誰かに被害が及ぶ可能性があるかぎり、迂闊《うかつ》なまねはできなかった。

「大丈夫。君達の給料だけは、どんなことがあっても保証するから」

桜木は、努めて明るい口調で言うと笑ってみせた。

「先生、そんな問題じゃ――」

「中里君。もう、いいじゃない。まだ、中島さんが費用を払わないって決まったわけじゃないんだし」

言って、静香が開けたばかりの弁当箱の蓋を閉め、腰を上げた。

「どこへ行くんだい？」

「私、中島さんの家に行ってみます。たしか、桜新町でしたよね。隣の駅だから、午後の診療時間が始まるまでにはなんとか戻れると思います」

ロッカーから取り出した薄手のピンクのカーディガンを羽織りつつ、静香が言った。

「夜にでも、僕が寄ってみるからいいよ」

「先生は、ほかにやることが一杯あるでしょう？　私に、任せてください」

「わかった。じゃあ、よろしく頼むよ。予約も入ってないから、慌てなくてもいいからね」

「行ってきます」

静香が、室内をあとにした。

「俺のせいで、金井さんの昼休み潰《つぶ》しちゃったな」

中里が、申し訳なさそうな顔で呟《つぶや》いた。中里は、大きな躰《からだ》に似つかぬ繊細な心の持ち主だ。

「彼女は、そんなふうに思ってはいない……あ、これ、静香君の財布じゃないか?」

桜木は言葉を切り、テーブル上の赤い財布に視線を投げた。

「ちょっと、届けてくる」

桜木は、財布を手に取り立ち上がった。

「俺が気にしてたって、言っておいてください」

「食事も喉《のど》を通らないくらいに落ち込んでいたと伝えるよ」

軽口を残し、桜木は宿直室を出た。階段を駆け下りた。まだ、そう遠くには行ってないはずだ。

エントランスを抜け、通りを用賀駅方面へと向かった。約十メートル先。見覚えのある、ピンクのカーディガン。歩道に佇《たたず》み、携帯電話を耳に当てる静香。

桜木は駆け足をはやめた。

「だから、それじゃまずいのよ」

静香の背中まで二、三メートルの位置で、桜木は歩を止めた。喉まで出かかった、静香君、の声を呑《の》み込んだ。

「あなたのこと、ウチの看護士が疑い始めているの。費用は私がなんとかするから、とにかくジロウを引き取りにきて」

ただならぬ会話。思わず桜木は、自動販売機の陰に身を隠した。

「約束が違うじゃない⁉　あなたに払った十万は、退院したジロウを引き取りにきて保健所に連れて行くまでを含んだお金よ⁉　いま、あなたの家に様子見に向かっていることになってるの。今日のところは取り敢えず、都合が悪くてあなたが病院にこれないから、費用だけを貰《もら》ってきたってことにするつもりだけど、ジロウを放りっぱなしじゃまずいわっ」

逼迫《ひっぱく》した静香の声に、桜木の脳内が白く染まった。

あなたに払った十万。保健所に連れて行くまでを含んだお金。様子見に向かっていることになってる。費用だけを貰ってきたってことにするつもり……。

いったい静香は、なにを言っている？　誰と喋《しゃべ》っている？

恐ろしい予感が、桜木の心を金縛りにした。

「そんなの無理よ。だって、私、運転免許持ってないのよ⁉　どうやってジロウを連れ出せって言うの？　看護士の中里って男のコが配達することになって、桜新町の住所がでたらめだってバレたらどうするのよ！」

ヒステリックな静香の金切り声が、桜木の胸を切り裂いた。

もしかして、ジロウは保健所から連れてきた犬……？

だから、中島敬子はジロウの入院中に一度も連絡をしてこなかったのか？　中島敬子という名前は本名なのか？　そもそも、静香と彼女の関係は？　保健所にいた病気の犬を、なぜわざわざ病院に連れてくる必要が……いや、ジロウは病気などではなかった。まさか……まさか……静香はジロウを……。

悍《おぞ》ましき連想ゲーム。頭から、すっと血が引いた。両膝《りょうひざ》が、ガクガクと震えた。視界がいろを、鼓膜が音を失った。

「とにかく、いまから銀行に行ってお金を下ろしてくるわ。あなたから受け取ったってことで払っておくから、二、三日中には必ずジロウを引き取りにきてよね！」

強い口調で念を押し携帯電話を切った静香が、駅方面へと小走りに駆け出した。

あまりのショックに、桜木は静香のあとを追う気力がなかった。虚ろな視界から遠のく静香の背中。桜木は、倒れ込むように自動販売機に背中を預けた。

静香が、ジロウにボールを……。信じられなかった。信じたくなかった。誰よりも動物を愛する静香が、看護士の鑑《かがみ》である静香が、そんな恐ろしいことをするなど、どうして信じられようか。

しかし、中島敬子を名乗る女性を相手に向けられた静香の言葉は、幻聴でもなんでもなく、紛れもない現実。

眼を閉じた。これは悪い夢だ。眼を開けたら、自分はベッドの上。そうに決まっている。

桜木は、自分に言い聞かせた。

◇　　　　◇

「お帰りなさい。あれ……間に合わなかったんですか？」

待合室。受付カウンターに座る中里が、桜木の右手に視線を注いだ。中里の視線の先。静香の財布。

「ああ。もう、いなかったよ」

視線を合わせず、桜木は言った。嘘を吐くのは心苦しかったが、真実を言うわけにはいかない。

「ずいぶん、時間がかかりましたね？」

「戻る途中に、ついでに何件か聞き込みをしてきたんだ」

本当は、静香の背中が消えてから三十分近く、自動販売機に凭《もた》れかかったまま放心状態だったのだ。

「金井さん、お金なくて大丈夫ですかね？」

「電車賃くらいは、持ってるだろう。もしなにかあったら、電話をしてくるさ」

静香から、電話が入ることはない。駅前の銀行に行くのに、電車賃は必要ないのだから。

桜木は、はや足で診療室へと向かった。これ以上、中里に静香についての質問を重ねられたくはなかった。

デスクチェアに腰を下ろすなり、桜木は机上のファイルを開いた。二週間前。三月十五日の受付カード。受話器を手に取り、中島敬子の自宅の電話番号をプッシュした。

『アナタノオカケニナッタデンワバンゴウハゲンザイツカワレテオリマセン。アナタノ──

』

抑揚のない機械的な音声。受話器をフックに戻す手が震えた。

──何度かかけているんですが、いつも留守番電話なんです。

鼓膜に蘇《よみがえ》る静香の声。桜木は、下唇をきつく嚙《か》み締めた。

なんということだ。いったい、なにが原因で静香はあんな残酷なことを……。

いま振り返れば、不審な点はあった。

まず、ジロウが玩具用《がんぐよう》のボールを飲み込んだこと。こういった事故は、エネルギーがあり余っているやんちゃな若犬にはよくあるケースだが、老犬がボールを飲み込んだという話は聞いたことがない。

次に、オペが終わった直後の、待合室での中島敬子の様子。彼女は、ゆったりとソファに腰かけ、ファッション雑誌を開いていた。

飼い犬が生きるか死ぬかの手術を受けている最中に、あんなに落ち着いてはいられないものだ。手術の経過が心配で、檻《おり》の中の動物のように待合室を行ったりきたりするのが普通だ。

しかし、中島敬子がジロウの飼い主でなければ、ボールを飲み込んだのが事故でなければ、話は別だ。

桜木は両手で髪を搔《か》き毟《むし》り、デスクに突っ伏した。ノックする音。

「どうぞ」

弾《はじ》かれたように上体を起こし、桜木はドアに声を投げた。

「帰りました」

ドアが開いた。両肩を上下させた静香が、息を切らせつつ言った。壁かけ時計に眼をやった。午後二時を十分回っていた。

「はい、これ」

静香が、三通の郵便物を桜木のデスクに置いた。

「ごくろうさん」

桜木は、正面の丸椅子を勧めながら言った。

迷っていた。単刀直入に切り出すべきか、静香から真実を語るよう促すか。

「お金を、貰ってきました。中島さん、お母さんが倒れたらしくて、連絡できなかったことを謝ってました。それで、お母さんのほうが一段落着くまで、ジロウを預かってもらえないかと言ってるんですが……。どうしましょうか？」

丸椅子に腰かけた静香が、茶封筒を差し出し伺いを立てた。自分の双眼をみつめるその瞳《ひとみ》からは、微塵《みじん》の疚《やま》しさも躊躇《ためら》いも窺《うかが》えなかった。

あの電話を聞いてなければ、なんの疑いもなく静香の話を信じたことだろう。

「このお金は、受け取れない」

桜木は、低く陰鬱《いんうつ》な声で言うと、茶封筒をそっと押し返した。

「え？　どうしてです？」

わけがわからない、といったふうに小首を傾げる静香をみて、桜木は深い哀しみに襲われた。

「そのお金は、君のお金なんだろう?」

疑問符を貼りつけていた静香の顔が、瞬時に強張《こわば》った。

「な、なに言ってるんですか? もう、先生ったら、冗談ばっかり」

静香が、無理やり口もとを綻《ほころ》ばせ、取り繕うような笑みを浮かべた。が、静香の頬の筋肉は痙攣《けいれん》し、声はうわずっていた。

「君が、電話でジロウのことを話しているのを聞いたんだ」

桜木の言葉に、静香の懸命の作り笑顔が氷結した。

「君が忘れた財布を、届けに出た。まさか、君のあんな会話を聞くとは思わなかった……。いったい、どういうことか説明してくれないか?」

桜木は、努めて平静を装い言った。静香の顔色が蒼白《そうはく》になり、目尻《めじり》から大粒の涙が零《こぼ》れ落ちた。きつく引き結ばれた唇と、膝上で重ね合わせられた掌《て》が小刻みに震えていた。

静香の涙をみるのは、初めてではない。彼女を泣かせるたびに、罪悪感が胸に広がった。だが、今度の涙だけには、同情するわけにはいかなかった。

「ジロウに……ジロウに、ボールを飲ませたのは私ですっ」

涙声で絶叫した静香が、両手で顔を覆い泣き崩れた。

聞くに耐えない恐ろしい真実。覚悟はしていたものの、桜木は後頭部を鈍器で殴られたような衝撃を受けた。

「ジロウは、保健所から連れてきたのか？」

なんとか捻《ひね》り出した掠《かす》れ声で、桜木は訊《たず》ねた。嗚咽《おえつ》に咽《むせ》びつつ、静香が頷《うなず》いた。

「中島さんというのは？」

「私の……友人で……す。彼女……美紀に、お……金を支払い……ジロウの飼い主役を……依頼しました。あの日……昼休みに私は、病院の近くの路上に停めた……美紀の車の中で……オリーブオイルを塗った玩具用のボールを……ジロウに……」

静香が、しゃくり上げつつ言った。

「なぜ、なぜそんな恐ろしいことを!?」

「行かせたくなかった……先生を、マリア公園に行かせたくなかった……」

「な……」

絶句した。瞬時に、静香の言葉の意味を悟った。

桜木は、半月前に記憶を巻き戻した。

ジロウが桜木動物病院に運び込まれたのは、深雪との待ち合わせの日。オペが長引き、時計の針は約束の五時を回った。

焦燥感を封じ込め、桜木はオペに集中した。ジロウの胃の縫合を終えたのが、午後六時頃。胃を吊っていた支持糸で塞《ふさ》がっていた静香の両手が空いた。静香にオペモニターを任せれば、遅ればせながら中里をマリア公園へ向かわせることができる。

微かな希望を抱いたそのとき、体調不良を訴えた静香が倒れた。

ジロウが運び込まれたことも、静香が倒れたことも偶然だと思っていた。誰のせいでもない。必死に自分に言い聞かせ、心で何度も深雪に詫《わ》びた。

違った。偶然なんかではなかった。一切は、自分と深雪の再会を妨害するための静香の策略だったのだ。

「手術室で倒れたのも、深雪さんの件で僕を気遣っていたのも、すべて演技だったのか？君は、自分のやったことがどれだけ大変なことかを、わかっているのか!?　ジロウは……ジロウは、死ぬところだったんだぞ！」

珍しく桜木は、怒声を張り上げた。湧《わ》き上がる激しい怒り。深雪との待ち合わせを、妨害されたことにではない。

物言わぬ患者。ジロウは、どんなに怖かったことだろう。苦しかったことだろう。自らの私欲のために、弱い立場の動物を虐げた静香を赦せなかった。

「一年前、先生は約束してくれた。待ち合わせの日に深雪さんが現れなければ、彼女のことを忘れると……。だから、私、私……。会わせたくなかった……先生を、彼女に渡したくなかったの！　それに、どの道ジロウはガス室送り――」

「出て行ってくれないか」

泣きじゃくる静香の言葉を遮る自分。どこか、遠くから聞こえる声。こんなに冷たい自分の声を聞いたのは、初めてのことだった。

静香が涙に濡《ぬ》れた両目を大きく見開き、表情を失った。桜木はデスクチェアから立ち上がり、静香に背を向けた。窓辺へと歩み寄った。

音量を増す啜《すす》り泣き。丸椅子を立ち上がる気配。床を駆け出す足音。ドアが開き、閉まる音。間を置かず、ドアの開閉音。振り向かずとも、誰かはわかった。

「先生……金井さん、どうしたんですか？」

困惑した中里の声。桜木は、無言でデスクチェアに腰を下ろした。中里に返す言葉が、すぐにはみつからなかった。

「泣きながら、出て行っちゃいましたけど……」

「中島さんの件で、意見が食い違ってね」

それだけ言うのが、精一杯だった。

「そうですか……。仕事に、戻ります」

自分のただならぬ雰囲気を察知したのだろう、中里はいつになく素直に踵《きびす》を返した。

真実を語るわけにはいかない。獣医師を目指し、静香を姉のように慕う中里には、彼女のやった行為はあまりにも衝撃が大き過ぎる。

中里だけではない。二十六年の人生の中で、人間を信じられなくなったのは初めてのことだった。

桜木は、郵便物を無意識に手に取った。なにかをやって、少しでも動転した気を静めたかった。

三通の郵便物。一通がNTTの請求書、一通が東京ガスの請求書、一通が白い封筒。封筒には、宛先も差出人も書かれてなかった。

事業主宛ての手紙だろうか。桜木は、二通の請求書をデスクに置き、封筒の封を切った。四つ折りに畳まれた便箋《びんせん》を抜いた。開いた。見覚えのある筆跡に吸い込まれる視線。思考が止まった。便箋を持つ両手が震えた。僅《わず》か十文字にも満たない文章を、何度も、何度も読み返した。

私を、探さないで

震えながら書いたような文字。名前はなかった。だが、桜木にはわかった。乱れてはいるが、一年前に読んだ手紙の筆跡と同じ。忘れはしない。筆跡の主は、深雪に間違いなかった。

桜木は確信した。文字の乱れは、強制されて書かされたことの証。深雪は、犯人に監禁されている。そして、自分に深雪の捜索を諦《あきら》めさせるために……。

宛先の書かれていない手紙。桜木は、弾《はじ》かれたように立ち上がり診療室を飛び出した。

「先生、どちらへ？」

中里の呼びかけに答えず、サンダルのまま外へと駆け出した。右に左に首を巡らせ、不審な人物を捜した。深雪が、自ら手紙をポストに入れたとは考えられなかった。恐らく、深雪を監禁している犯人か、その仲間が入れたに違いない。

「なにしてんだよ？」

背後から、声をかけられた。振り向いた。ビルのエントランスの前。薄紫の派手なダブルスーツに、小脇にはセカンドバッグ。満が、訝《いぶか》しげに自分をみていた。

「いや……ちょっとな。お前こそ、こんな時間にどうしたんだ？　仕事には、まだはやいだろう？」

腕時計の針は、二時半を回ったばかり。この時間に、外で満をみかけるのは珍しかった。

「野暮用があってな。それより、事件のほうはなにか進展があったか？」

「相変わらずの膠着《こうちゃく》状態だ」

「そっか。深雪さんのほうからも、なにも連絡はないのか？」

満が煙草をくわえ、銀張りの高価そうなライターを掌で覆い火をつけた。無意識に、満の手もとに視線が吸い寄せられた。

「そのライター、どこのメーカーなんだ？」

思わず、桜木は訊《たず》ねていた。

「は？　これか？　ダンヒルだよ」

満が、疑問符を顔に貼りつけて言った。

「以前からそのライターを使ってたのか？」

「これは、いま働いている店のオーナーに貰《もら》ったのさ。ライターが、どうかしたのか？」

「いや……きれいなライターだと思ってな」

桜木は、わけのわからない言い訳で言葉を濁した。

「今日の兄貴、なんか変だぞ？　頭でも、打ったんじゃねえのか？」

屈託なく破顔する満を、桜木はじっとみつめた。

たしかに、今日の自分は変だった。当然だ。弟の表情の動きや一挙手一投足を窺《うかが》っている自分がいた。弟に、疑心の眼を向けている自分がいた……。

「さっきの質問、まだ、答えてないぜ？」

「ああ……深雪さんのことか」

忘れていたわけではなかった。迷っていた。満に、手紙のことを話すかどうかを。

「その様子じゃ、音沙汰《おとさた》無しってところだな」

満が、自分の顔を覗《のぞ》き込み探るように言った。

「こんなものが、ポストに入っていた」

桜木は、便箋を満に渡した。

「ラブレターでも、貰ったか？」

軽口を叩《たた》きながら便箋に視線を落とした満の顔が、さっと険しくなった。満の感情の動きを読み取ろうとしている自分に、激しい自己嫌悪が込み上げた。

いままでの自分なら、疑念から眼を逸らしていた。そんなことがあるはずはない、と自分に言い聞かせてきた。

だが、あの静香が、自分と深雪の再会を妨害するために、ジロウにボールを飲み込ませていたのだ。その事実を聞かされた瞬間に、桜木は、他人《ひと》を無条件に信じることの恐ろしさを初めて知った。

「どういうことだよ？　これは？」

「僕のほうが訊《き》きたいさ。半月前には、深雪さんの捜索をこれ以上続けたら周囲でいやなことが起こると、見知らぬ男からの脅迫電話もあった」

「心当たりは、まったくないのか？」

桜木は、頷《うなず》いた。心当たりがあれば、弟を試すようなまねはしない。

「やめといたほうがいいな」

不意に、満が呟《つぶや》くように言った。

「なにをだ？」

「決まってるだろ。彼女を深追いすることだよ」

「深雪さんは、恐らく犯人に囚《とら》われている。ほっとけるわけがないだろう？」

「ったく、わかってねえな」

満が吸差しの煙草を路上に弾き落とし、吐き捨てた。

「どう考えても、今回の事件にはヤバい奴らが絡んでいる。でなきゃ、そんな電話かけてくるわけないだろう？」

「わかってるさ。だからこそ、深雪さんを――」

「いいや、兄貴はなんにもわかっちゃいない。闇社会の連中の怖さをな。兄貴が考えているほど、奴らは甘くない。たしかに俺は、兄貴と違って出来損ないの弟だよ。手に職もねえ、学もねえ、宙ぶらりんの半端者さ。だけどな、半端者は半端者なりの世界をみてきている。半端者だからこそ、半端者の危なさを知っている。奴らは、てめえの身を護るためなら平気で人を殺す。いいか？　兄貴が相手にしようとしているのは、犬や猫じゃない。ずぶのど素人が、王子様気取りで渡り合える相手じゃねえんだよっ」

満の怒気を含んだ声音。自分を心配しているのか？　それとも、事件から遠ざけようとしているのか？　いまの桜木には、満の真意が摑《つか》めなかった。

「そうなのかもしれない。しかし、それだけ危険な相手なら、なおさら深雪さんを救わなければならない」

「本当に救いようのない大馬鹿野郎だな、兄貴は。運命の出会いだかなんだか知らねえが、女なんていくらでもいるだろうよ!?　抱いたこともねえんだろ？　ガキの恋愛じゃあるまいし、そんな女のためにどうして命を張らなきゃならねえんだよ!?　兄貴は兄貴らしく、いままで通りおとなしく動物の面倒をみてりゃいいんだよ。寂しいんなら、最高のテクを持った女をいくらでも紹介――」

「もう、いい。女性と肉体関係を結ぶことがすべてではないことは、お前の静香君への想いを考えてみればわかるだろう？」

桜木は、哀しいいろを湛《たた》えた瞳《ひとみ》で満をみつめた。瞬間、肖像画のように満の表情の動きが止まった。

「知ったふうなことを言うんじゃねえ……。いつだって、兄貴は立派だよっ。俺の言うことなんて、聞けるわけねえよな!? 勝手にしろよっ。どんなことになっても、俺は知らねえからなっ！」

赤く潤んだ眼をカッと見開き、絶叫する満。手紙を投げ捨て踵を返すと、道路に躍り出るようにして止めたタクシーに乗り込んだ。

満の赤く潤んだ瞳……。涙で潤んでいるようにも、怒りで潤んでいるようにもみえた。または、その両方なのかもしれない。

——どんなことになっても、俺は知らねえからな！

鼓膜に蘇《よみがえ》る満の絶叫。警告か？ それとも忠告か？

疑い出せば、こんな時間に自宅周辺にいたことや、深雪の捜索を諦《あきら》めたほうがいいといった言動の一切が怪しく感じられる。

そして、なにより、満が煙草に火をつけるのをみた際にふと気づいたある事実が、桜木の疑念に拍車をかけた。

ある事実。殺人現場に落ちていたカラン・ダッシュに刻まれていたイニシャルはM・S。満のイニシャルもM・S。

もちろん、この日本にM・Sのイニシャルを持つ者は星の数ほどいるだろう。しかし、南と諍《いさか》いを起こしたことがあるM・Sのイニシャルを持つ者、と限定すれば……。

だが、わからなかった。諍いを起こしたといっても、満と南が顔を合わせたのはそのときの一度だけ。しかも、一年前のことだ。

桜木は、満を乗せたタクシーが走り去るのを虚ろな眼差しで見送った。どうしようもない哀しみに襲われた。

哀しみの原因。満が犯人かもしれない、ということにではない。

満が犯人かもしれないと疑う自分が……弟を無条件に信じられなくなってしまった自分が、とても哀しかった。

［6］

四階の自室。デスクチェアに座った桜木は、左手に受話器、右手にボールペンを持った恰好《かっこう》で、コール音を数えた。

七回、八回……。腕時計の針は、午後八時を回っていた。もう、店を閉めたのかもしれない。

『はい、宮脇《みやわき》ライター店』

受話器を置こうとしたそのとき、濁声《だみごえ》の中年男性がぞんざいな口調で店名を名乗った。

宮脇ライター店。インターネットで検索した、ライター専門店のサイトからプリントアウトした膨大な書類に連なる七千一番目の店。七千番目までのライター専門店には、見事なまでに赤線が引いてあった。

深雪が忽然《こつぜん》と姿を消して、一ヵ月が過ぎた。一万三千六百件のライター専門店のうち、既に半数以上の店名が消えた。事件現場周辺での独自の聞き込みも、個人宅、会社、商店を問わず、すべてを回ったがなにひとつ成果が挙がらなかった。

頼みの綱の、鳴海善行の口添えで秘密裏に動いている捜査一課の刑事のほうも進展はなかった。

「お忙しいところすいません。ちょっとお伺いしたいことがあるんですが」

桜木は、丁寧な口調で切り出した。

『なんだね?』

立て込んでいるのか、それとも店を閉めるところだったのか、男の声は迷惑そうだった。

「そちらに、カラン・ダッシュのブラック・ヘクサゴナルは売ってますでしょうか?」

最初の十件くらいまでは、商品名を走り書きしたメモをみながら訊《たず》ねていたが、いまではソラで言えるようになった。

『ございますよ。大きいタイプと小さいタイプの、どちらをお探しですか?』

電話の主が、定価十数万のライターを求める上客だと思ったのか、男の口調がそれまでの投げやりなものからガラリと変わった。

「ライターに、イニシャルを彫って頂けるんですか?」

『ええ。二、三日、時間を頂ければ承ります』
二、三日後に商品を渡すということは、預かり証のようなものを購入者に書いてもらっていた。

「あの、変なことをお訊ねしますけど、そちらでカラン・ダッシュのブラック・ヘクサゴナルを買ったお客さんで、M・Sというイニシャルを彫られた方はいらっしゃいませんか？」

『は？　お宅、どちらさん？』

自分の目的がライターの購入ではないと察した男が、警戒心の入り交じった声音で訊ねた。

「申し遅れました。私、都内で獣医師をやっている桜木と申します。一ヵ月ほど以前《まえ》に、世田谷区の上用賀で起こった殺人事件の現場に、M・Sのイニシャルが彫られたカラン・ダッシュが落ちていたんです。それで、インターネットで国内のライター専門店を検索して、片端から電話をしているというわけです」

『獣医師が、なんで刑事のまねごとをするんだ？』

男の口調は、もとのぞんざいなものに戻っていた。

「じつは、私の恋人が事件に巻き込まれた可能性が高く、行方不明なんです」

恋人……。自分の言葉に、微かな驚きを覚えた。他人に深雪のことを恋人と言ったのは、初めてのことだった。

『ウチには、ライターに自分や恋人のイニシャルを彫ってくれと言ってくるお客さんがたくさんいる。リピーターが多いから、過去五年ぶんの顧客リストも保管してある。だがな、刑事でもないあんたに協力するわけにはいかない。ウチらは信用で商売をしている。顧客のプライバシーを漏らすようなことはできないな』

「そこをなんとか、お願いします。恋人の、命にかかわる問題なんです」

七千一件目にして、初めての手応《てごた》え。桜木は、懇願した。無理を言って調べてもらったところで、九十九パーセントの確率で空振りに終わるだろうことはわかっていた。だが、たとえ一パーセントの確率でも、諦めたくはなかった。

これまでの七千件は、その一パーセントの期待さえ抱けなかったのだから。

『どれだけ頼まれても、だめなものはだめだ。そんなに大変な問題なら、なぜ警察に任せない？』

「もちろん、警察も動いています。ただ、私の恋人が人質にされている可能性が高いので、あまり公な捜査ができないんです」

『気の毒だとは思うが、さっきも言ったように、顧客のプライバシーを漏らすわけにはいかないな』

「お願いします。名前が無理だというのなら、せめて、お宅様でカラン・ダッシュを購入しM・Sのイニシャルを彫った人がいるのかいないのかだけでも、調べて頂けませんか？」

桜木は、懸命に食い下がった。断られたら、銀座にタクシーを飛ばすつもりだった。

『あんたもしつこいねぇ。調べてくれってそう簡単に言うけれど、五年ぶんのリストに眼を通すわけだから、大変な作業なんだよ』

オブラートに包んだような言い回し。桜木は察した。言外に、男が求めていることを。

「調べて頂けるのならば、結果がどうであれそちらでカラン・ダッシュを買わせてもらいますので……お願いします」

『いや、私はそんなつもりで言ったわけじゃ……』

「いいんです。ご協力して頂けるのならば、それくらいお安いご用です」

嘘ではない。これが深雪救出へと繋《つな》がる道であるかもしれないことを考えれば、十数万の出費など安いものだ。

『そうかい？　そこまで言うのなら仕方がない。あんたには負けたよ。だが、もしあんたの言っているイニシャルの人物のリストがみつかっても、名前や連絡先は一切教えることはできないよ。それでいいんだね？』

男が、渋々といったふうを装いつつ、念を押した。

「はい、約束します。ありがとうございます」

十分だった。宮脇ライター店でカラン・ダッシュを購入し、M・Sのイニシャルを彫ることを依頼した人物。そこまでわかれば、あとは鳴海善行を通じて捜査一課の刑事に動いてもらえばいい。顧客のプライバシー云々《うんぬん》で名前と住所の公開を拒否する男も、相手が警察ならば話は違ってくるはずだ。

『じゃあ、あんた……桜木さんだったね？　電話番号を教えてくれないか？』

桜木が電話番号を伝えると、一時間以内にかけ直すから、と言い残し電話を切った。

受話器を置いた。ひとつ小さな息を吐き、デスク上の目覚し時計に眼をやった。午後八時十六分。桜木は腰を上げ、自室を出た。玄関に向かった。サンダルを履き、外へ。階段を下りた。一階。エントランスの通用口。カギを開け、診療室へと入った。電気をつけた。

桜木のデスクの横。床に敷いた毛布の上で寝そべっていたジロウが顔を上げ、パタパタと尻尾《しっぽ》を振った。ジロウの鼻先に置かれたブリキのボウルは空だった。

手術後一ヵ月。ジロウは、朝夕二回の食餌《しょくじ》の時間に出す通常のドッグフードをきれいに平らげるまでに元気になった。

が、どれだけ元気になっても、ジロウには迎えにくる飼い主もいなければ帰る家もない。

まさか保健所に戻すわけにもいかず、桜木はジロウを飼うことに決めた。七歳の雑種犬。保健所に戻しても、引き取り手が現れる可能性は皆無に近い。つまり、ガス室送り。無理やり静香にボールを飲み込まされるという恐ろしい思いをしたジロウに、これ以上の恐怖を与えたくなかった。

診療時間中はエントランスに繋ぎ、診療時間が終われば診療室に繋ぐ。老犬ということもあり、ジロウは手がかからなかった。

――出て行ってくれないか。

半月前。残酷な真実を知った桜木が、静香に投げた言葉。あの日以来、静香はずっと休んでいた。中里には、静香は体調を崩していると伝えていた。

静香が泣きながら診療室を飛び出していく姿を目撃している中里が、自分の説明を鵜呑《うの》みにしているとは思えない。もっと別の理由があると察しているに違いないが、中里はなにも訊《き》いてはこなかった。

店は相変わらず閑古鳥が鳴き、静香の代わりを捜す必要はなかった。最近では、一日にひとりの来院客もこないことも珍しくない。

犬仲間、猫仲間の情報網は驚くほど広く、密接で、大幅な客足の減少の原因が桜木動物病院院長の悪評であることに疑う余地はなかった。

恐らくこの状態は、南を殺害した犯人が捕まるまで続くことだろう。

「元気になったな。もう、これからは、なにも心配することはないからね」

腰を屈めた桜木は、ジロウの耳の後ろを両手で揉《も》みながら優しく語りかけた。顎《あご》を自分の膝上《ひざうえ》に乗せ、心地好さそうに眼を細めるジロウ。桜木は、三十分ほどジロウの相手をし、立ち上がった。

「おやすみ」

診療室の明かりを消し、桜木はエントランスへと出た。階段を上った。四階。ドアを開けた。玄関まで漏れ聞こえるけたたましいベル。桜木はサンダルを脱ぎ捨て、自室へと駆け込んだ。デスク上でヒステリックに喚く電話。受話器を取った。

「もしもし、桜木ですが」

『さきほどの、宮脇ライター店の者だけど』

「あ、どうも。それで、どうでしたか!?」

息急《せ》き切って、桜木は訊《たず》ねた。

『二ヵ月ほど前に、カラン・ダッシュのブラック・ヘクサゴナルをお買い上げになったお客様に、M・Sのイニシャルを彫ってくれと頼まれたときの預かり証があったよ』

「本当ですか!?」

思わず、桜木は大声を張り上げた。受話器を持つ手は歓喜に震え、二の腕に鳥肌が立っていた。

『ああ。だが、ここまでしか言えないよ』

「わかってます。なんてお礼を言っていいのやら……」

『礼は、さっきの約束を守ってくれればいいさ』

約束。カラン・ダッシュの購入。

「二、三日中に、寄らせてもらいます。本当に、ありがとうございました」

みえもしないのに、桜木は深々と頭を下げた。相手が電話を切るのを待ち、フックを押した。逸る指先で十一桁《けた》の番号……鳴海の携帯電話の番号をプッシュした。鳴海本人の声で吹き込まれた留守番電話。今夜は夜勤なのかもしれない。

桜木は受話器を置き、携帯電話を手に取った。メモリボタンを押した。ディスプレイに浮かぶ、和泉共立病院の文字。鳴海は、叔父《おじ》が経営する病院の外科医だった。

開始ボタンを押した。五回目のコール音が途切れた。病院名を名乗る男性職員に、外科医の鳴海先生をお願いします、と告げた。外科病棟に回します、の返事。内線のコール音。

『外科病棟です』

抑揚のない男性の声。

「お忙しいところすいません。鳴海先生をお願いします」

『少々お待ちください』

保留のメロディ。曲は、「エリーゼのために」。

『鳴海ですが』

「僕だ。仕事中に、悪いな」

『よう。桜木か。病院まで追いかけてきてどうした？　いい女でも、紹介してくれるのか？』

鳴海が、とても外科医とは思えない軽口を叩《たた》いた。

「そうじゃないが、いい報らせだ。ライターを売った店がわかったんだ」

『え!?　本当か？　どうやって、みつけたんだ？』

弾む声で、鳴海が訊ねた。

「ネットで検索したライター専門店に、片端から電話をかけたんだ。七千一軒目の店に、カラン・ダッシュにM・Sのイニシャルを彫った客のリストがあった」

『執念だな。よかったじゃないか、桜木。で、買い主の名前は？』

「それは、まだ、わからない。顧客のプライバシーとかで、教えてくれないんだ。だけど、警察なら別だ。いまから店の名前と住所を教えるから、おじさんに伝えてくれないか？」

『わかった。書く物を用意するから、ちょっと待ってくれ……よし、いいぞ』

「宮脇ライター店。住所は、中央区銀座……」

桜木は、プリントアウトした検索書類をみながら宮脇ライター店の住所と電話番号を読み上げた。

『今夜はどうかわからないが、明日の朝一番には警察を動かせると思う。じゃ、早速、あの人に連絡を取ってみるよ』

「いつもいつも悪いな。鳴海。お前、今回の交換条件は、おじさんになにを要求されたんだ？」

『その話は、また今度な。じゃ、切るぜ』

「ああ。ありがとう」

終了ボタンを押した桜木は、メモリボタンと開始ボタンを連打した。呼び出したのは、深雪の実家の電話番号。気を揉んでいるのは、深雪の養母も同じ。

『はい、もしもし』

受話口から漏れ出す、野太い濁声《だみごえ》。橘光三郎。深雪の養母が出るものとばかり思っていた桜木は、束の間、言葉を失った。

『もしもし？　もしもし⁉』

「ご無沙汰《ぶさた》してます。桜木です」

橘光三郎と電話で話すのは、一年振りのことだった。深雪の居所を教えない自分に、橘光三郎は誘拐の疑いがあるとして桜木動物病院に刑事を送り込むと恫喝《どうかつ》してきた。

そのときは、今回同様に鳴海善行の力を借り事無きを得た。

『なんの用だ?』

敵意剝《む》き出しのつっけんどんな口調。一年前の怒りは、まだ、おさまっていないようだ。

「このたびは、南さんの件……ご愁傷様です」

『お前に言われたくないわ。そんなことより、いったい、なんの用だと言ってるんだ』

「警察が、今回の事件で深雪さんを疑っていることはご存じですよね?」

迷った末に、桜木は切り出した。反りが合わないとはいえ、橘光三郎は深雪の育ての親。彼には、知る権利がある。

『あたりまえだ。東京からきた刑事が、四六時中家の周囲に張りついておる』

「じつは……」

桜木は、この一年間で知り得たすべての情報と出来事を話した。

「今日お電話したのは、そのライターの落とし主がどこの店で購入したかがわかったからなんです。その店は、過去五年間の顧客リストを控えていて、どこの誰がライターを買ったのかがわかります。ライターを落としたのが犯人ならば、深雪さんの居所がわかるんですよ」

桜木は、ひと息に喋《しゃべ》った。

呉越同舟。いがみ合っていても、深雪を捜し出したい気持ちは同じ。深雪救出後はいざ知らず、いまだけは橘光三郎も喜んでくれるに違いない。

『余計なまねを、するんじゃないっ』

想像もしなかった橘光三郎の怒声に、桜木は動揺した。

「お言葉を返すようですが、どうして余計なまねと言われるのかがわかりません。深雪さんは、事件に巻き込まれている可能性が、監禁されている可能性があるんですよ？」

『深雪が誰かに連れ去られただと!?　どこの馬の骨かわからんホームレスなんぞの口車に乗せられて探偵気取りか？　でたらめに決まっておるっ。ライターだって現場に落ちていたといっても、犯人の物と決まったわけではないし、ホームレスが小遣い稼ぎのために嘘を吐いてるのかもしれんじゃないか!?』

桜木は、羽村と会話しているような錯覚に囚《とら》われた。まさか、橘光三郎の口からそんな否定的な言葉が出てくるとは……。

「これは、お話しするつもりはなかったのですが……。半月前に、これ以上深雪さんの行方を追うなと、見知らぬ男から脅迫めいた電話がありました。それだけじゃありません。同じ時期に、私の家のポストに一通の手紙が入ってました。私を捜さないで。手紙にはそう書いてありました。差出人の名前はなかったのですが、深雪さんの字に間違いありませんでした。このふたつの出来事が、なにを意味しているかおわかりでしょう？　そう、犯人は、事件の目撃者である深雪さんを拉致《らち》、監禁して、私に彼女の捜索を諦《あきら》めるように強制的に手紙を書かせたに違いありません」

『わしは電話を受けてはおらんし、手紙をみたわけでもない。全部、お前が言っていることに過ぎんっ』

橘光三郎が、吐き捨てるように言った。ここでも、予想だにしなかったセリフ。深雪を犯人にしたい菊池や羽村ならまだしも、養父である橘光三郎がそんなことを口にするなど信じられなかった。

「橘さん。私のやったことだから、気に入らなくて受けつけないんですか？　だったら、私はあなたを軽蔑《けいべつ》します。娘さんの命にかかわる問題なんですよ!?　こうしている間にも、深雪さんは――」

『黙らんか！　お前に、深雪のなにがわかる!?　お前に、わしのなにがわかる!?　とにかく、よけいなことをするなっ。いまこの瞬間から、探偵の真似事はやめろっ。いいか!?　これは警告だっ。警告を破ったら、わしは絶対にお前を赦さんぞ！』

一方的にがなり立て、橘光三郎が電話を切った。

橘光三郎は、娘の安否が気にならないのか？　それとも、独自のルートでなにかを摑《つか》んでいるのか？

わけがわからなかった。ただ、ひとつだけわかっているのは、橘光三郎がなにかを摑んでいたとしても、自分には教えないだろうこと……。

桜木は、携帯電話の終了ボタンを押した。番号ボタンの上で逡巡《しゅんじゅん》する親指。かけるべきか、どうすべきかを迷っていた。

はやければ今夜、遅くても明日の早朝には、M・Sの正体がわかる。

本気で、疑っているわけではなかった。もし本気でそう思っているのなら、全国のライター専門店に一軒ずつ電話をかけるという気の遠くなる作業をやる以前《まえ》に、本人に問い質すに違いない。

だが、物事には絶対などないということを、静香によって教えられた。万が一、いや、億が一、そうであるのならば、自分に打ち明けてほしかった。己自ら、罪を贖《あがな》うように導いてやりたかった。

躊躇《ためら》いを振り切り、十一桁《けた》の番号ボタンと開始ボタンを押した。

『はいっ、誰!?』

怒鳴るような声で、満が出た。背後では嬌声《きょうせい》と若い女性の高笑い。これが鳴海ならば彼女の部屋だとすぐにわかるが、夜の商売をしている満の場合、女性の声が聞こえても職場ということが十分にあり得る。

「ひさしぶりだな」

『兄貴か。なんか用か？』

素っ気なく、満が言った。満と言葉を交わしたのは、半月前が最後だった。今回の事件には、闇社会の人間が絡んでいる可能性が高いから、首を突っ込まないほうがいいという満の忠告を自分が拒否したことで、ふたりは物別れ状態になっていた。

「仕事、なにやってるんだ？」

『デート嬢の送り迎えだよ』

「デート嬢？」

『客がホテルから電話をかけてきて、女を呼ぶんだよ。なんのために呼ぶかも、わからねえなんて言わないだろうな？』

「電話ボックスに、よく貼ってあるチラシがそうか？」

『ああ。まあ、品行方正な兄貴にゃ関係のねえ世界だがな。用件はなんだよ？　いまさら、俺のやっている仕事の内容を聞くためにわざわざかけてきたんじゃないんだろう？』

満の言うとおりだった。喉《のど》もとまで込み上げていた言葉は、まったく別のもの。

「事件現場に落ちていたライターの販売店がわかった。今日明日中に、刑事が販売店に向かうことになる」

『よかったじゃねえか。が、俺にゃ関係ねえことだ』

満が、吐き捨てるように言った。

「その販売店には、ライターを購入した人物の名前や住所を控えたリストがあるんだ。もし……」

言葉の続きを、桜木は呑《の》み込んだ。

『もし、なんだよ？』

「いや、たいしたことじゃない」

桜木は、言葉を濁した。

『じゃあ、事件の解決も近いな。用件は、それだけか？』

まるで他人事の口調。当然だ。満にとって、今回の事件は他人事に決まっている。桜木は、自分に言い聞かせた。

「ああ。一応、お前には報らせておこうと思ってな」

『この前、もう俺は知らねえと言ったろう？　勝手にやってくれよ。これからホテルに女送らなきゃならねえから、切るぜ』

言い残し、満が電話を切った。結局、呑み込んだ言葉の続きを言えなかった。

もし、お前がなんらかの形で今回の事件にかかわっているなら、自首してくれ……と。

しかし、もう、その必要はなかった。いまの電話で、満が事件と無関係である確信が深まった。事件に関与しているなら、ライターを販売した店がわかったと聞いた時点で、感情の変化が窺《うかが》えたはずだ。

昔から満は、喜怒哀楽の激しい性格をしている男、換言すれば、嘘を吐いても顔に出るわかりやすい男だった。

安堵《あんど》感と入れ替わるように、疲労感が全身を蝕《むしば》んだ。桜木は、ベッドに仰向《あおむ》けに倒れ込んだ。この一ヵ月間、睡眠をろくに取っていなかった。場合によっては、今夜のうちに捜査一課の刑事が動き出すことになるのかもしれない。

そうなったときのために備えて、一、二時間ほど仮眠を取るつもりだった。

眼を閉じた。すぐに、睡魔が手招きをした。

◇　◇

執拗《しつよう》に鼓膜に絡みつくベル。桜木は、布団から右手を伸ばし、ヘッドボードの目覚し時計のスイッチをオフにした。ベルが止まらない。上半身を起こした。目覚し時計を手に取った。

スイッチは、たしかにオフになっている。壊れてしまったのだろうか？　けたたましいベルの音が、疲弊した神経を逆撫《さかな》でする。堪らず桜木は、裏蓋《うらぶた》を開けて電池を抜いた。驚くべきことに、まだ、ベルが止まらない。頭が、どうにかなりそうだった。桜木は、目覚し時計を壁に叩《たた》きつけた。粉砕するガラス片。

桜木は、耳を疑った。目覚し時計はスクラップになっているのに、ベルだけが鳴り響いていた。

眼を開けた。網膜を灼《や》く蛍光灯の明かり。見慣れた天井のシミ。相変わらず目覚し時計のベルが……いや、電話のベル。夢……。

桜木は身を起こし、首を巡らせた。

本物の目覚し時計の針は、午前一時三十五分を指していた。一、二時間の仮眠のつもりが、四時間ほど眠っていたようだ。

鳴海か？

ベッドから下り、桜木はデスクに歩み寄った。受話器を取った。

「もしも――」

『桜木さんだろ？』

聞き覚えのある、低く剣呑《けんのん》な声音。眠気が、一度に吹き飛んだ。

「あなたは、あのときの電話の人ですね？」

『ああ。あんた、俺の声を覚えているっていうことは、警告も覚えているはずだよな？　橘深雪の行方を、これ以上しつこく嗅《か》ぎ回るなっていう警告をな。なのに、あんたは無視した。だから、俺は自分の言葉に責任を持ったぜ』

言うと、男がクックックッと笑った。

「それは、どういう意味ですか？」

激しい胸騒ぎが、危惧《きぐ》と懸念を肥大させた。

『自分の眼で確かめるこったな。いろいろと道具を用意していったが、裏口が開いていて手間が省けたぜ』

男の意味深な含み笑い。裏口……診療室のドアのカギを、かけてくるのを忘れていた。

「あなた、いったいなにを――」

『メッセージをドアに残してきた。そいじゃな。勇敢なるドン・キホーテさんよ』

人を小馬鹿にしたように言うと、男は電話を切った。桜木は受話器を叩きつけ、部屋を飛び出した。階段を三段飛ばしで駆け下りた。エントランス。診療室の裏口。半開きのドアから漏れる蛍光灯の明かり。飛び込んだ。

桜木は呆然《ぼうぜん》と立ち尽くし、凍てつく視線を室内に巡らせた。

床に散乱するファイルにX線フィルム、砕け散る薬品のボトル、横倒しになった診察台とデスク……視線を止めた。

デスクの脇。ファイルの海に横たわるジロウ。首が百八十度捩《よ》じれ、鼻ヅラが背中を向いていた。

「ジロウっ」

叫んだ。駆け寄り、ジロウの顔を両手でそっと挟み、クビを元の向きに戻した。頸骨《けいこつ》を折られていることは、ひと目でわかった。

「なんてひどいことを……済まない……ジロウ、赦してくれ……」

桜木は床に横たわり、ジロウの脇腹に頬擦りをした。ジロウの被毛を、涙が濡《ぬ》らした。

心から詫《わ》びた。自分のせいで、ジロウはこんなかわいそうな目に……。

——メッセージをドアに残してきた。

自分の咽《むせ》び泣きが谺《こだま》する鼓膜に蘇《よみがえ》る男の声。桜木は立ち上がり、ドア口へと向かった。

開け放たれたドアを閉めた。潤む視界に飛び込むレポート用紙。レポート用紙には、雑誌やチラシから切り抜かれたと思われる平仮名文字が貼りつけてあった。

——いっさいからてをひけ　こんどはいぬではなくにんげんだ
「誰が……誰がこんな残酷なことをっ！」

桜木は怒声を上げ、ドアを拳《こぶし》で殴りつけた。五指のつけ根に走る激痛。うっすらと滲《にじ》む血。

誰かにたいして、これほどに抑え切れない怒りを感じたのは初めてのことだった。静香のときは、まずそんなことをした彼女にたいしての哀しみが先にきたが、今度は違った。犯人にたいして、憐《あわ》れに思う気持ちなど微塵《みじん》もなかった。

電話の男はいったい何者だ？　犯人か？　犯人の仲間か？

それにしても、犯人はなぜ自分の動きが読める？　聞き込みを尾行されたのか？　携帯電話からかけた鳴海や橘光三郎との会話を盗聴されたのか？

とにかく、犯人、若しくはその仲間が、自分が寝ている四時間の間に診療室に忍び込み、ジロウを殺したことは間違いない。

桜木は、踵《きびす》を返しジロウのもとへと戻った。跪《ひざまず》いた。死に際の苦しさを物語るように突っ張り硬直した四肢。

両膝《りょうひざ》に置いた手。膝頭が砕けんばかりに握り締めた。嚙《か》み締めた唇。奥歯が砕けんばかりに歯を食いしばった。

腹立たしかった。卑劣な犯人が、そして無力な自分が……。

背後で、ドアの開く音。振り返った。満が、つい数分前の自分のように凝然と立ち尽くしていた。

「おい、いったい、どうしたってんだよ!?」

桜木は、無言でドアの貼り紙を顎《あご》で指し、ジロウに顔を戻した。

「こりゃ、脅迫状じゃねえか!? だから言ったんだよ。兄貴の手に負える相手じゃねえから、首を突っ込む——」

満の言葉が途切れた。ふたたび、桜木は首をうしろに巡らせた。腰を屈め、なにかを拾う満。拾った物を、慌ててスラックスのポケットにしまう満の顔は青褪《あおざ》めていた。

「どうした?」

「いや、なんでもねえよ。小銭、落としただけだ。悪いけど、俺、用事思い出したから行くわ」

自分と眼を合わさずに言うと、満はそそくさと踵を返した。

「おい……」

逃げるように、満が診療室を飛び出した。満の様子が気になったが、いまの自分には、ほかに気を回す精神的余裕がなかった。

桜木は、ジロウを抱きかかえて立ち上がった。手術室へと向かった。手術室は無事だった。だが、いまとなっては、もうそんなことはどうでもよかった。

手術台に、ジロウをそっと横たえた。オペの際に使う有窓布で亡骸《なきがら》を覆った。眼を閉じた。胸前で合掌し、ジロウの冥福《めいふく》を祈った。そして、あることを決意した。

眼を開けた。桜木は、重い足取りで手術室をあとにした。

◇　◇

薄暗いダウンライトの琥珀《こはく》色の明かり。いつもの白革のリクライニングチェアに、いつもと同じように深く背を預け、膝上に開かれた本の活字に虚ろな視線を落とす清一郎。

深雪と再会するはずだった日……事件があった日からの僅《わず》か一ヵ月間に、自分の周囲では数年分の時間《とき》が流れたような様々な出来事が起こった。が、清一郎の書斎の空間だけは、奈美子が死んだ四年前から時間《とき》の流れが止まったたままだった。

桜木は、無言で室内に足を踏み入れ、清一郎の足もとで正座した。清一郎は活字から移した視線を自分にちらりと投げ、ふたたび活字に視線を戻した。

桜木は、ひとつ大きな深呼吸をした。いまから自分が口にしようとしていることは、一歩間違えれば清一郎の精神状態をいっそう悪化させる可能性があった。

が、そうするしかなかった。これ以上、憐れな犠牲者を出すわけにはいかない。

「僕は……獣医師を辞めます」

桜木は、まっすぐに清一郎をみつめ、思いきって切り出した。清一郎の彫像のように無表情な顔からは、いかなる変化も読み取れなかった。

活字に視線を落としたままの清一郎。重苦しい沈黙。哀切な音色を奏でるピアノ・ソロ。五分……十分。沈黙が続いた。胸が掻《か》き毟《むし》られる思い。

桜木動物病院は、一切を犠牲にしてまで築き上げた清一郎のすべて。獣医師である桜木一希は、清一郎の分身。

わかっていた。桜木動物病院を畳むことが……自分が獣医師をやめることが、清一郎の唯一の心の拠り所を奪うことになるということを。

救出を諦《あきら》めないかぎり、動物達に危険が及ぶ。病院を畳まないのならば、深雪の究極の二者択一。自分には、自分のためだけに生きてきた深雪を見捨てることなど、で
きはしない。

「あのときの、深雪さんという女性が原因か？」
顔を本に向けたまま、清一郎がポツリと訊《たず》ねた。
クロスが死んだ日。夜の散歩に出かけようとしていた清一郎が、ふらりと診療室を覗《のぞ》い
た。哀しみに打ちひしがれる女性に、自分が特別な感情を抱いていることを清一郎は見抜
いたのだった。

「あのとき父さんは、彼女に見覚えがあると言ったよね？　クロスの脇腹の十字架型の痣《あざ》
にも……」
桜木は、九年前の深雪との出会いを話した。そして、診療室で涙に暮れていた女性があ
のときの少女であること、クロスがあのとき清一郎が治療した子犬であることを。
「どうりで、以前に会ったような気がしたはずだ。そうか……深雪さんは、あのときの女
の子だったのか……」
清一郎が、独り言のように呟《つぶや》いた。
「あれから、いろいろとあって……」
桜木は、一年前に記憶を巻き戻し、清一郎に打ち明けていなかった出来事……深雪との

八年振りの再会から、今夜、何者かに診療室を荒らされ、ジロウが殺されたことを話した。一年ぶんの出来事を桜木が話している間中、清一郎は身動《みじろ》ぎひとつせずに同じ姿勢で活字に視線を落としていた。

「診療室のドアに、犯人からのメッセージが残されていたんだ。一切から手を引け。今度は犬ではなく人間だ、と……」

桜木は、唇を嚙み締めた。ジロウの恐怖を考えると、胸が張り裂けそうだった。

「で、お前は、手を引く気はないということだな？」

清一郎が、活字から視線を離し、この部屋にきて初めて自分を直視した。

暗鬱《あんうつ》な瞳《ひとみ》……生気のかけらもない澱《よど》んだ瞳。昔は、柔和ながらも、力強く生き生きとした眼をしていた。奈美子を失ってからの清一郎の瞳は、魂を抜かれた剝製《はくせい》のそれだった。

「すいません。父さんが苦労して築き上げた桜木動物病院を、僕の代で終わらせることになってしまって……」

桜木は、床に両手と額を押し当て、心から詫びた。

「どうして、私に詫びることがある？　私の人生はお前のものではなく、お前の人生は私のものではない。お前の思うように、好きにしなさい。ただし、どんな結果になろうとも、後悔するようなことだけはしてはならない。生ける屍《しかばね》は、私だけで十分だ。心のままに、悔いのない人生を歩みなさい。さあ、頭を上げて」

桜木は、ゆっくりと顔を上げた。清一郎が微笑み、自分の頭を優しく撫《な》でた。

何年振り……いや十何年振りの懐かしく温かな思い出が、胸に広がった。

自分が小学生の頃、なにかを失敗して謝ったときに清一郎は、よくこういうふうに頭を撫でて慰めてくれた。

「ありがとう……父さん……」

胸が、声が詰まった。溢《あふ》れ出そうな涙を、懸命に堪えた。息子が哀しむ姿をみせることで、清一郎をこれ以上苦しめたくはなかった。

「一希。ひとつだけ、約束してほしい。私を、どこへも行かせないでくれ」

清一郎は、自分の心を見透かしたように言った。

――こんどはいぬではなくにんげんだ

脳裏に浮かぶ、犯人からのメッセージ。明日には、捜査一課の刑事の手によって、カラン・ダッシュを購入したM・Sなる人物の正体が解き明かされる。M・Sなる人物に仲間がいた場合、警告通り、今度標的にされるのは動物ではなく人間だ。

中里には、明日の朝一番に事情を話し、幾許《いくばく》かの退職金を渡し、二子玉川にある知り合いの動物病院を紹介するつもりだった。一度目の脅迫電話があったあと、最悪の事態を想定し、先方の院長には話を通してあった。

満はもともとがほとんど家に寄りついておらず、心配はない。気がかりなのは、一日中書斎に引き籠《こも》っている清一郎のことだ。

桜木は、事件が解決するまでの間、鳴海が勤めている彼の叔父《おじ》の病院に清一郎を入院させるつもりだった。

「でも、ここは危険だから、しばらくの間、僕の友人の――」

「私は、奈美子とともにいたい。一日たりとも、このウチを離れたくはない。もしものことがあっても、ここで死ねたら本望だ。頼む、一希。わかってくれないか？」

桜木の言葉を遮り、清一郎が遠くをみつめるような眼差しで言った。

だめだとは、言えなかった。いまの清一郎には、奈美子の思い出がすべて。最愛の妻の思い出が、清一郎を苦しめているのも事実。だが、その思い出が、皮肉にも清一郎の生きる気力を奮い立たせている。

清一郎は、最も奈美子の面影が、残り香が色濃く残るこの家にいることが……己が苦しみ続けることこそが、妻への贖罪《しょくざい》だと思っている。

そんな清一郎に、たとえ身の危険があるとはいえ、どうして奈美子と離れて暮らせと言えようか。

「わかったよ。いままでどおり父さんは、ここにいればいい」

言って、桜木は清一郎の手を握り締め、優しく微笑んだ。

診療室の片づけを済ませたら、タウンページで民間の警護会社を探すつもりだった。仕事柄、深夜でも受付はやっているだろう。

以前テレビで、私設ボディガードを派遣する会社の特集をやっていたのをみた覚えがある。そこで紹介していた警護会社は、たしか日に八時間の拘束で月契約が五十万からとなっていた。三交代制の二十四時間体制ともなれば、単純に計算しても百五十万は飛ぶ。百五十万は大金だが、清一郎の命には代えられない。もちろん、それを清一郎に告げるつもりはなかった。

清一郎は小さく一度頷《うなず》き、ふたたび本に視線を戻した。

「じゃあ、いろいろとやらなければならないことがあるから、僕は行くよ」

彫像に戻った清一郎の返事はなかった。奈美子と語り合う時間。もう、自分の入り込む余地はなかった。

桜木は立ち上がり、ドアへと向かった。

「おやすみ」

言い残し、桜木は書斎を出た。

［7］

甲高い電子音。眼を開けた。ジロウの亡骸《なきがら》を覆う青い有窓布が、視界に飛び込んできた。

診察台に突っ伏したまま、眠り込んでしまったらしい。

午前五時三十分。清一郎の書斎を出て、診療室の片づけを始めたのが午前二時頃。片づけが終わり、タウンページでみつけた警護会社に私設ボディガードの申込みをしたのが午前四時頃。それからオペ室に移り、ジロウのそばでうたた寝をしたのだった。

因《ちな》みに、三交代制契約の私設ボディガードの三人は、面接を兼ねて今日の午後五時に桜木動物病院に訪れることになっていた。

来院客用の丸椅子から立ち上がった。無理な体勢で寝ていたせいで、腰と膝《ひざ》関節が悲鳴を上げた。鳴り続ける電子音が、寝起きの朦朧《もうろう》とした神経を刺激する。

桜木は、デスク上の充電器にセットしてある携帯電話を手に取った。ディスプレイに浮かぶ満の名前と携帯電話の番号。こんなにはやい時間に、どうしたのだろうか？

開始ボタンを押した。

『俺だ。いま家か⁉』

満が、逼迫《ひっぱく》した声音で囁《ささや》いた。

「ああ。どうしたんだ？」

『奴らを突き止めたぜ』

「奴らって、誰のことだ？」

『犯人グループに決まってるじゃねえか』

もどかしげに、満が言った。相変わらず、声は潜めたままだった。

「なんだって⁉　本当か⁉　満っ」

桜木は叫んだ。脳内に充満していたアルファ波が、一気に吹き飛んだ。

『嘘を吐いてどうするよ？　いま俺は、非常階段からある部屋のドアを張っている。赤坂のマンションの一室だ。ここに彼女がいるかどうかは知らねえが、犯人達が入って行ったのをこの眼でみた。住所を言うから、すぐにきてくれないか？』

満が、はや口で言った。桜木の胸奥で、疑問符が鎌首を擡《もた》げた。

「どうして、そのマンションに入ったのが犯人だとわかる?」

桜木は、素直に疑問を口にした。

『いまは、詳しく話している時間がねえ。とにかく、メモってくれ。赤坂七丁目……』

桜木は、カルテを裏返しにし、満が口にする住所とマンション名を書き殴った。マンションの一階の店舗には、ボンジョルノというイタリアンレストランの店が入っているらしい。

「わかった。警察に連絡を取ってから、すぐに向かう」

『警察《サツ》はだめだっ。言ってることが矛盾して悪いんだが、万が一見当違いだったら俺の立場がヤバくなる。取り敢えず、兄貴ひとりできてくれ。警察《サツ》を呼ぶのは、もうちょっと様子をみてからだ。マンションに着いたら駐車場側に非常口があるから、そこから三階に上がってくれ。じゃ、頼んだぜ』

速射砲のように一方的に言いたいことを言うと、満が電話を切った。

束の間、携帯電話をみつめ、桜木は逡巡《しゅんじゅん》した。

再燃する疑心。不意に、昨夜、荒らされた診療室内で青褪《あおざ》めた顔でなにかを拾った弟の姿が脳裏に蘇《よみがえ》った。

満が慌てて拾った物はいったい……。証拠湮滅《いんめつ》? 満は犯人グループの一味?

思惟《しい》を巡らせば巡らせるほど、悪い予感が次々と頭を過《よ》ぎる。

弟を信じたい。しかし、これが万が一自分をおびき寄せる罠《わな》だったら……。

そのマンションに深雪がいれば、たとえ罠でも自分ひとりで乗り込むつもりだった。もし神が、深雪を救うためにこの命を差し出せというのなら、死んでも構わなかった。だが、深雪の身の安全を確認するまでは死ねはしない。いまの自分には、万が一の選択ミスも赦されはしない。

メモリボタン。鳴海の携帯番号を呼び出した。開始ボタンを押した。

『もしもし……』

寝起きの声。そういえば、鳴海は夜勤だった。仮眠中だったに違いない。

「僕だ」

『おう、桜木か。悪かったな、緊急のオペが入って昨日は電話ができなかったんだ。心配するな。あの人には、話を通した。なんとかっていう銀座のライター専門店の開店と同時に、刑事が――』

「待ってくれ。その件で電話をしたんじゃないんだ。いま満から、犯人グループが潜むマンションを張っていると連絡が入った。場所は赤坂らしい」

『マジか!? でも、どうして満君が!?』

鳴海も、ついさっきの自分同様に眠気が吹き飛んだようだ。

「昨夜、正確に言えば今日になるが、診療室が何者かに荒らされ、犬が殺された……。満は血相を変えてなにかを拾い、診療室を飛び出した。満はなにかを知っている。いやな予感がするんだよ。僕は、いまから赤坂のマンションに行く。すぐに、おじさんに連絡を取って警察を向かわせてくれないか？」

『わかった。だが、お前はそこで警察からの連絡を待ってろ。ひとりで乗り込むのは危険だ』

「満を、ひとりにするわけにはいかないよ」

『満君は、犯人の仲間かもしれないんだろ⁉』

「正直、僕にもわからない。少しも疑っていないと言えば、嘘になる。だからといって、僕だけ安全な場所でのうのうとしているわけにはいかない。頼んだぞ、鳴海」

『おい、桜木――』

終了ボタンを押した。鳴海の声を断ち切った。間を置かずベルが鳴った。鳴海の携帯番号の表示。無視した。

桜木は四階の自室に駆け上がり、一番上のデスクの抽出《ひきだし》を開けた。青い小箱を手に取った。蓋《ふた》を開けた。微細なガラス玉がちりばめられたおもちゃの指輪。九年前、婚約の証として小学生の深雪から手渡された指輪……。

守れなかった。一度ならず二度までも、自分は深雪の夢を踏み躙《にじ》ってしまった。

深雪……待っててくれ。今度は、必ず迎えに行くから……。

桜木は、心で呟《つぶや》き部屋を飛び出した。

◇　　◇

赤坂通り。小学校の角を左折したタクシーは、右折左折を繰り返した。世田谷にもよくあるような細い路地裏。が、世田谷の路地裏と違い、あたりには大使館や高層マンションなどの壮大な建物が密集していた。

「お客さん。このへんだと思いますが……」

スローダウンするタクシー。運転手が、電柱の住居表示プレイトに視線を投げつつ言った。

「お釣りはいいです」

桜木は、四枚の千円札を運転手に渡し、タクシーを降りた。腕時計をみた。午前六時十五分。通勤前の時間帯とあって高速道路も下の道路もガラ空きで、上用賀から赤坂まで三十分もかからなかった。

寺院とどこかの大使館に挟まれるように建つ、ベージュ色の外壁をした豪奢《ごうしゃ》な高層マンション。赤と緑のストライプ柄の日除けテントに印刷されたボンジョルノの文字。満の言っていたグランドヒルズ赤坂は、すぐにみつかった。

マンションのエントランスに向かって右手の駐車場。桜木は、居住者の生活水準を表しているような外車の列を縫いながら奥へと進んだ。

満の言っていたとおり、駐車場側に非常口のドアはあった。

この建物に、深雪がいるのかもしれない。駆け出したい衝動を必死に堪えた。逸る気持ちを抑え、そっとドアを引いた。息と足音を殺し、階段を上った。一段上がるたびに、鼓動が高鳴った。背中を濡《ぬ》らす冷や汗。緊張に干上がる口内。

三階。満の姿はなかった。増殖するいやな予感。桜木は、非常ドアを、音を立てぬよう慎重に引いた。隙間から、様子を窺《うかが》った。正面。三つのドア。フロアは回廊になっており、両側面と反対側のドアはここからではみえない。

だが、満は、犯人グループを非常口で張っていると言っていた。その言葉が嘘でないかぎり、あの電話が自分をおびき寄せるための罠でないかぎり、視界に入る三つのドアのうちのいずれかに犯人グループは入ったはずだ。

桜木は眼を凝らし、左端から順にネームプレイトを追った。

三〇六号　小田切正一、三〇七号　笹川宗光《ささがわむねみつ》オフィス、三〇八号　初野孝太郎……「!」。視線を、左に戻した。正面。中央のドア。笹川宗光オフィス、ささがわむねみつ……M・Sのイニシャル。

背後に人の気配。

「はやかったじゃねえか」

振り返ろうとした瞬間、後頭部に衝撃。首筋、背骨、両足へと電流が走った。三〇七号のドアが歪《ゆが》み、縦に流れた。顔に迫るコンクリート床。

視界に、漆黒が広がった。

◇　◇

頰に激痛。瞼《まぶた》を開いた。

「お目覚めか?」

正面。警棒を片手にニヤつきながら自分を見下ろす、ブルーの柄シャツを着た坊主頭の男。気を失う以前《まえ》に聞いた声。まだ若い。二十二、三といったところか。

桜木は、視線を坊主頭の男から自分の躰《からだ》に移した。椅子に座らされ、ロープで巻かれていた。

視線を室内に巡らせた。

二十坪ほどのスクエアな空間。黒革の応接ソファに足を高々と組んで座る、チョークストライプのダブルスーツを着たパンチパーマの男。壁際を埋め尽くすガラス扉の書庫。書庫の中には膨大なファイル。カーペットを蛇のように這《は》うファクスや電話機の配線コード。

そして、室内の最奥のデスクに座る男……ノーフレイムの眼鏡の奥から自分に冷眼を投げる、紺色のシングルスーツに身を包むオールバック気味に髪を撫《な》でつけた男。歳の頃は三十代前半。

坊主頭とパンチパーマのふたりは、みた目にも明らかにその筋の人間だとわかるが、デスクに座る男だけは雰囲気が違った。

「あれほど警告したのに、弟にまで探らせるなんて懲りない野郎だ」

聞き覚えのある、低く剣呑《けんのん》な声音。ソファに座るパンチパーマの男が、吐き捨てるように言った。脅迫電話をかけてきたのは、この男に違いなかった。

「満は、満はどこだ!?」

「まあ、そう慌てるな。いま、会わせてやるからよ。おいっ」

パンチパーマの男が、坊主頭の男に目顔で合図した。踵《きびす》を返した坊主頭の男が、肩を揺すりつつ右手のドアに向かった。ドアのサイズから察して、恐らくトイレ。

「おらっ、兄貴のお出ましだっ」

坊主頭の男がドアを開き、怒声を飛ばしながら半身を突っ込んだ。

「満！」

髪の毛を鷲摑《わしづか》みにされ、引き摺《ず》り出された満をみて桜木は絶叫した。

赤紫に腫《は》れ上がった両瞼は完全に塞《ふさ》がり、血塗《ちまみ》れの鼻はぐにゃりと曲がり、鬱血《うつけつ》した顔は歪《いびつ》に変形していた。スーツも、裂けた開襟シャツも己の血で赤黒く染まっていた。

「兄貴に似て、強情な奴でな。知ってることを吐かせるのに、苦労したぜ」

皮の抉《えぐ》れた拳《こぶし》を自分に突き出してみせ、パンチパーマの男が口角を吊り上げた。

「弟に、なんてひどいことをするんだ！」

椅子ごと、桜木は立ち上がった。坊主頭の男が、振り向き様に右腕を薙《な》いだ。息が詰まった。腹に食い込む警棒。伸縮する胃。込み上げる胃液。桜木は、声にならない声で呻《うめ》いた。

「だらしねえ野郎だ」

言って、坊主頭の男が自分の顔に唾《つば》を吐いた。

「あ、兄貴……済まねえ……ドジ踏んじまって……」

桜木の正面で、ボロ雑巾《ぞうきん》のように横たわる満が喘《あえ》ぐように言った。

「こいつはよ、ウチの組が尻《ケツ》を持つデートクラブで働いててな」

パンチパーマの男が、満を顎《あご》でしゃくりながら言った。

「この馬鹿野郎が、あんたんとこにこんなもん落としやがってよ」

今度は、坊主頭の男を顎でしゃくったパンチパーマの男が、右手に持ったクレジットカードのようなものを翳《かざ》した。

「レンタルビデオの会員証だ。普通、落とすか!?　んなもん」

大袈裟《おおげさ》に肩を竦《すく》めたパンチパーマの男が、呆《あき》れ口調で言った。

「まったくだよ、日比谷《ひびや》さん。君の部下がへまさえしなければ、こんな厄介事を抱え込むことはなかったんだ」

デスクに座るノーフレイムの眼鏡の男が、坊主頭の男に冷たい視線を投げつつパンチパーマの男……日比谷を咎《とが》めた。

「おいっ、てめえのへたは棚に上げやがって――」

「須崎《すざき》、やめろっ」

熱《いき》り立つ坊主頭の男……須崎を、日比谷が一喝した。

ふたりのヤクザの名は、日比谷と須崎。ということは、恐らく須崎に冷眼を注ぐノーフレイムの眼鏡の男がライターの落とし主である笹川宗光に違いない。

「しかし、兄貴、この野郎は――」

「いいから、てめえは黙ってろ!」

怒りの残滓《ざんし》に震える唇をわななかせ、須崎が不満げな表情で横を向いた。

「笹川さん。たしかに、須崎はとんでもねえドジを踏んじまった。しかしね、こいつの言うとおり、一番大きなドジを踏んだのはあんただろう？　厄介事抱え込んだのは、自業自得ってやつだぜ」

日比谷が、皮肉っぽい口調で言った。

「君っ、私にそんな口を利いていいと思ってるのか⁉」

笹川宗光が、デスクチェアから腰を浮かしヒステリックに叫んだ。

桜木は、三人の会話のやり取りを頭の中で整理した。

笹川宗光が怒っているのは、須崎がビデオの会員証を落としたことで自分と満にオフィスを嗅《か》ぎつけられたことにだろう。日比谷が言い返した自業自得というセリフは、殺人現場に笹川宗光がカラン・ダッシュのライターを落としたことを指しているに違いない。

ここまでは容易に想像がつくが、わからないのは、日比谷と笹川宗光の関係。笹川宗光のビジネスマン然とした外見や口調から察して、彼がヤクザとは思えない。

ふたりは、どういう関係なのか？　まともに考えれば、殺人者と殺人者を庇《かば》う者の関係。笹川宗光が最後に投げたセリフから察して、日比谷は彼になにかの恩でもあるのだろうか？　そもそも、笹川宗光はなぜ南を殺したのか？

思惟《しい》を巡らせるほどに、謎は深まるばかり。

だが、わかっているのは、彼ら三人が深雪を拉致《らち》したのは、殺人現場を目撃されたからだということ。そして、犯人を突き止めることができたのは、満の勇気ある行動のおかげだということだった。

荒らされた診療室で満が拾った物は、勤務先の用心棒の名義のビデオ店の会員証。深雪をさらい、兄を脅し、南とジロウを殺した犯人が己の顔見知りと知った満が、ヤクザが絡んでいると知った満が、青褪《あおざ》め、慌てふためいた理由がよくわかった。

「本当に済まねえ……。俺でも……なにかの役に……立てるってとこを……みせて……やりたかったんだ……。かえって……迷惑……かけちまった……な……」

満の、糸のように細くなった眼に光るものがみえた。

自分のために身の危険をおかし、半死半生の目にあった満。恐らく満は、ヤクザの組事務所を張り、須崎を尾行してこの場所を突き止めたのだろう。

そんな弟を、ほんの僅《わず》かでも疑った自分が情けなく、腹立たしかった。

「僕のほうこそ悪かった。お前が、謝ることはなにもない。南さんを殺し、深雪さんをさらった犯人を突き止めたわけだからな。僕は、お前を誇りに思う」

桜木は、三人の男を見渡しながら言った。

慰めではない。もうすぐ、警察が到着する。彼らは逮捕され、深雪は救出されるだろう。満には、一生かけても返しきれない借りができてしまった。

「おいおい、お涙頂戴《ちょうだい》の兄弟愛は勝手だが、俺らが誰を殺したとかなんとかってのは、聞き捨てならないな。薄汚いワン公なら、須崎が殺したかもしれないがな」

焦げ茶色の長い煙草をくわえて薄ら笑いを浮かべる日比谷の言葉に、桜木は激しい怒りを覚えた。

「とぼけても無駄だ。こっちは、証拠を摑んでいる。まもなく、警察がここにくる。これ以上馬鹿なまねはやめて、深雪さんの居場所を言うんだ」

「ほぉう。たいそうな自信があるようだが、俺らは誰も殺しちゃいねえ。が、ひとつだけ認めよう。たしかに俺らは、橘深雪って女の居場所を知っている」

噴き上げた紫煙でわっかを作りながら、日比谷が人を食ったような顔で言った。

「深雪さんは、無事なのか!?」

桜木は、ずっと胸裡《きょうり》深くに押し込めていた不安を口にした。

「そりゃ、どうだろうなぁ」

卑しい笑いを浮かべる須崎。視界が赤く染まり、アドレナリンが全身を駆け巡った。

「きさまっ、彼女に指一本触れたら赦さないぞっ!」

怒声を上げ、躰《からだ》を前後左右に揺すった。ロープが両腕と胸に食い込んだ。構わず桜木は、両足をバタつかせ暴れた。

「おいおい、須崎はからかってるだけだ。橘深雪は無事だから安心しろ。ただし、これまでは、の話だがな」

意味ありげな言い回し。桜木は、胃袋を錐《きり》で突かれたような疼痛《とうつう》に襲われた。

「どういう意味なんだ?」

桜木は肩で息を吐きながら、干涸《ひから》びた口内から掠《かす》れ声を絞り出した。ソファから腰を上げた日比谷が、ゆっくりと歩み寄り自分の眼前《まえ》にしゃがんだ。

「あんた次第だ。今回の事件と橘深雪のことを忘れれば、彼女の命は保証する」

「そんなこと、できるわけがない。僕は、必ず彼女を救い出してみせる」

――彼女の命は保証する。

日比谷の言葉を、鵜呑《うの》みにはできない。殺人犯の顔をみている深雪を、彼らが生かしておくはずがない。南の事件のほとぼりが冷めた頃を見計らい、殺すつもりに違いない。

「なあ、桜木さんよ。そう突っ張りなさんな。おとなしく言うことを聞いてくれりゃ、俺らもあんたを痛い目にあわせなくても済む。これまでどおり、平穏無事に動物を相手にしてりゃいいんだよ」

平穏無事な生活。たしかに、これまでの自分は、清流の穏やかな流れに身を任せる魚のようだった。深雪が失踪《しっそう》してからの一ヵ月は、岩をも砕く激流のように流れた。いままでどおり、なにごともない穏やかな川の流れに止どまることもできた。そうすれば、何不自由のない生活を送れ、獣医師を続けることもできた。

が、後悔はしていない。たとえ荒波に呑み込まれ一切を失おうとも、深雪さえいれば、それでいい。

彼女に誓った九年前の約束を果たすためなら、どんな犠牲をも厭《いと》いはしない。

「獣医師はやめた。病院も閉めた。僕を脅しても無駄だ」

桜木は、きっぱりと言い放ち、日比谷を睨《にら》みつけた。

「どうやら、世間知らずのお坊ちゃんには、ヤクザの怖さを叩《たた》き込んでやらねえとわからないみたいだな。あんたの言葉、あとからもう一回聞けるかどうか愉しみにしてるぜ」

言って、日比谷が立ち上がり、須崎に目顔で合図した。須崎が首をぐるぐると回し歩み寄りながら、両の拳《こぶし》にハンカチを巻いた。

「おらっ！」

鎖から解き放たれた狂犬のように充血した眼を剝《む》く須崎。右の拳。左頬に衝撃。眉間《みけん》に散る火花。今度は右頬。口から弾《はじ》け飛ぶ白いかけら。頭蓋《ずがい》内で脳みそが揺れた。視界が揺れた。

滅多無尽に飛んでくる須崎の両拳。胸、脇腹、下腹に次々と襲いくる衝撃。桜木は、サンドバッグのように殴られた。

「あ……兄貴に、手を出すんじゃねえ……」

床に転がる満が、須崎のスラックスの裾《すそ》を摑《つか》んだ。

「てめえは引っ込んでろ！」

須崎が、満の後頭部を踵《かかと》で蹴《け》りつけた。

「やめろ……満は、関係ない……」

桜木は、喘《あえ》ぐように言った。

「てめえみたいな偽善者をみてると、反吐《へど》が出るんだよっ！」

須崎の怒声。眼前に迫る拳。鼻に激痛。鼻孔の奥にツンと広がる金属臭。潤む涙腺《るいせん》。須崎の右肩が沈んだ。胃袋にめり込む拳。息が詰まった。口内から迸《ほとばし》る胃液。

「汚えなっ！」

視界を覆う須崎の足裏。ガクン、と後ろにのけ反る頭。顔中が、火がついたように熱かった。視界が、メリーゴーランドに乗っているように回った。頭蓋骨の軋《きし》む音が、耳奥で谺《こだま》していた。

「おい。気が変わったか？」

日比谷の声。桜木が首を横に振るのを合図に、ふたたび、激痛が襲いかかってきた。もう、どこを殴られているのか、どこを蹴られているのかさえわからなかった。

誰かの荒い息遣いと、誰かの悲鳴が、鼓膜内で渦巻いていた。

やけに、瞼《まぶた》が重かった。狭まった視界で、目尻《めじり》を吊り上げた男が汗塗《あせまみ》れになっていた。

すぅーっと、意識が薄らいでゆく。頭の芯《しん》が痺《しび》れ、誰かの息遣いと誰かの悲鳴が鼓膜から遠のいてゆく。

いままでとは質の違う激痛に、急速に意識が引き戻された。赤くうねる視界。日比谷が、煙草の穂先を自分の右手の甲に押しつけていた。

「ここらで、楽になったらどうだ？　事件と橘深雪のことを忘れさえすれば、もう、こんな目にあわなくても済むんだぞ、桜木さんよ？」

「こ……断る……」

声になっているかどうか、自分でもわからなかった。意識は宙を彷徨《さまよ》い、気を抜けば、いまなぜここにいるのかの記憶も飛んでいる。

喧嘩《けんか》をしたことのない桜木にとって、これだけ殴られたのはもちろん初めての経験だった。

頭で覚悟はしていても、こういった衝撃に免疫のない肉体はパニックに陥っていた。

深雪への想いだけが、ともすれば挫《くじ》けてしまいそうな桜木の気力を奮い立たせていた。

「て、てめえって奴は……」

激しく両肩を上下させた汗みどろの須崎が、息も絶え絶えに言った。

「どけっ」

日比谷が、須崎を押し退け修羅の如き形相で自分を見下ろした。

「俺らはよ、ナメられたら商売あがったりなんだよ」

低くドスの利いた声で言いながら、日比谷がロープを解き始めた。完全にロープが解かれた瞬間、桜木は糸の切れた操り人形のように椅子から転げ落ちた。両腕で起き上がろうとしたが、躰にまったく力が入らない。鼻孔と口内から滴り落ちる鮮血が、ベージュ色のカーペットに点々とシミを作った。

「おい、ぼさっと突っ立ってないで、手伝うんだっ」

自分の右腕を摑んだ日比谷が、須崎に命じた。弾かれたように須崎が左腕を摑む。俯《うつぶ》せの状態で桜木は、室内の中央……ソファまで引き摺《ず》られた。視界の隅を過《よ》ぎる影。

「み、満……大丈夫か……？　おい……」

桜木の呼びかけに、トイレのドアの前に転がる満はピクリともしなかった。

「気ぃ失ってるだけだ。他人《ひと》の心配より、てめえの心配したらどうだ？　お？」

須崎が、ニヤニヤと笑いながら言った。

「おらよっ」

かけ声とともに、応接テーブルの上に俯せの体勢で投げ出された。須崎に髪を摑まれ、頭を押さえつけられた。日比谷が前屈みの姿勢で右手の甲を片足で踏みつけ、小指を両手で摑んだ。

「もう一度聞く。気は変わったか？」

日比谷の問いに首を縦に振らなければ……たとえようもない恐怖が鎌首を擡《もた》げた。恐怖を上回る深雪への想いが、桜木の首を横に振らせた。

「くそったれがっ」

怒声。日比谷の上体が反った。空を切り裂く悲鳴。尋常ではない激痛が小指から右腕へと走った。

「どうだ!?　もう一本いくか!?　それとも言うことを聞くか!?　ああっ!?」

日比谷の手が薬指へと移った。奥歯を嚙《か》み締めた。口内に広がるジャリジャリとした感触と鉄臭い味。額に噴き出す脂汗。こめかみで脈打つ血管。

「誰にも……邪魔……は、させない……。約束した……彼女を迎えに……行くと……」

桜木は、歯を食いしばり、日比谷を睨みつけた。

「ナメくさりやがって！」

「ちょっと待て」

ふたたび上体を反らせようとした日比谷の動きがピタリと止まった。

「笹川さんよ。なぜ止める⁉」

「彼は、もしかしたら真実を知らないんじゃないかと思ってね。なあ、桜木さん。君が命を張って救おうとしている女性がなにをやったか、教えてやろうか？」

笹川がデスクから自分を見下ろし、片頬に冷たい笑みを貼りつけた。

「な……にが言いたいんだ？」

「私が仕事の帰りにあの交差点に差しかかったとき、若い男女が揉《も》めているのをみかけた。普段なら無視して通り過ぎるところなんだが、ふたりに見覚えがあってね。ふたりは、私が取り引きをしている社長の娘さんと社員だった。私が車から降りようとしたときに、悲劇は起こった。女性が腕を摑む男性を振り払おうとした際に、弾みでふたりは縺《もつ》れ合うように路上に倒れた。私は駆けつけ、ふたりの状態を窺《うかが》った。女性のほうは気を失っているだけだったが、男性のほうは打ち所が悪くて……。ここまで言えば、わかるだろう？ そう、取り引きをしている社長は橘光三郎、男性は南信一、女性は橘深雪だ。私は、咄嗟《とっさ》に彼女を車に乗せてその場を離れた。そして、あるところに匿《かくま》った。すべては、橘社長の指示だった。倫理や道徳云々《うんぬん》は別として、私が彼の立場でも同じことをしたと思う。故意ではないにしろ、彼女が関係修復を迫る元婚約者を殺したのは事実だ。あまりにも、印象が悪過ぎる。現に、私が得た情報では警察は深雪さんを容疑者として捜査を進めている」

すべてが、橘光三郎の指示……。桜木は、笹川宗光の言葉を動転する脳内で反芻《はんすう》した。

「現場に私のライターが落ちていたのは、そういうわけだ。あとは、君も知ってのとおりの流れだ。深雪さんから、君の話は聞いた。彼女は精神的にひどいショックを受け、もう君には会えないと言った。だが、君は執拗《しつよう》に彼女の行方を追った。ヤクザを使った脅しもだめ。彼女の手紙もだめ。そこで、気が咎《とが》めたんだが、あんなひどいことをしてしまった。獣医師である君は犬が殺されたことで事件から手を引く、という私の計算はものの見事に裏切られた。君は手を引くどころか、ライターの線からついに販売店を突き止めてしまった」

笹川宗光が言葉を切り、苦虫を嚙み潰《つぶ》したような顔で煙草に火をつけた。

俄《にわ》かには、信じられない話だった。だが、笹川宗光の話が真実だとすれば、昨夜の電話での橘光三郎の不可解な言動も納得ができる。

――お前に、深雪のなにがわかる!?　お前に、わしのなにがわかる!?　とにかく、よけいなことをするなっ。いまこの瞬間から、探偵の真似事はやめろっ。いいか!?　これは警告だっ。警告を破ったら、わしは絶対にお前を赦さんぞ！

犯人を突き止められそうだと、深雪が監禁されている可能性があると報告した自分に、橘光三郎が投げた言葉。

ライターの落とし主が己の娘を庇《かば》った男だとすれば、深雪を監禁することを指示したのが己だとすれば、闇に葬り去りたい真実を暴こうとする自分にたいして橘光三郎が怒り狂うのも無理はない。

「桜木さん。彼女のことを想うのなら、ここはおとなしく引いてくれないか？　近いうちに、深雪さんは別人となって海外へと渡る。戸籍は、日比谷君が専門の業者を知っている。それで、事件は迷宮入りだ。南君に関しては、気の毒だと思う。しかし、深雪さんは南君を殺そうとしたわけではない。誰も、加害者はいない。これは、事故なんだよ。自首して、警察に真相を告げるという手もあるが、橘社長からの話を聞いているかぎりでは、玉川署の刑事はどうあっても深雪さんを犯人にしたがっている。君も彼らと接触したのなら、私の言っている意味がわかるだろう？」

笹川宗光の問いかけに、心で頷《うなず》く自分がいた。

菊池と羽村。あのふたりの刑事が、深雪の言葉に耳を傾けるとは思えない。

「彼女が完全な白ならば、橘社長も弁護士をつけて裁判で争ったことだろう。が、残念なことに、事故とはいえ、南君の死に深雪さんがかかわっている事実は動かない。日本の裁判はね、とくに殺人事件の裁判は、検察庁の威信を守るための裁判だ。深雪さんが容疑者として法廷に立ったが最後、検事は事の真相はどうであれとにかく有罪判決を取りにいく。日本の検察が、他国に例をみないような高い確率で有罪判決を勝ち取っていることは君も知っているだろう？　己の威信を守るためならば彼らは、火のないところに煙を立てることくらい平気でやってのける。はっきり言えば、日本における殺人事件の裁判は判事と検事の出来レースと言っても過言ではない。しかも、当時の深雪さんは君と交際をしていた。

形的には、二股交際《ふたまた》というやつだ。新しい男ができた女が昔の男が邪魔になって……という論理で検事が攻めてくるのは眼にみえている。桜木さん。君に子供がいて、もし深雪さんと同じ状況に陥ったら、橘社長と同じ行動を取らないと言い切れるかな？　君が一切を忘れてくれたら、深雪さんは救われる。彼女を生かすも殺すも、君の決断ひとつなんだよ」

笹川宗光が自分の瞳《ひとみ》を覗《のぞ》き込み、懇願するように言った。

自分が一切を忘れたら、深雪が救われる。

そうなのかもしれない。しかし、釈然としないなにかが、胸奥で燻《くすぶ》っていた。

笹川宗光の語る真実は、なにからなにまで辻褄《つじつま》が合っている。娘を想う橘光三郎が、真実を闇に葬り去ろうとする気持ちもわかる。だが、釈然としないのは、笹川宗光の行動。

仕事上の取り引きがあった橘光三郎に指示された笹川宗光が、深雪を匿った。ここまでは、なんとか理解できる。理解できないのは、真相を探る自分に手を引かせようと笹川宗光がヤクザを動かしたことだ。

恐らく、双方は利害関係で結ばれているのだろう。闇世界で生きる日比谷と須崎が、利益を得るために荒事に手を染めるのは職業柄当然のことだ。

問題は笹川宗光が、いくら仕事上の大事な取り引き先の頼みであっても、一歩間違えば犯人蔵匿、または死体遺棄の罪に問われるような危ない橋を渡るだろうか？　ということと、ヤクザに犬を殺させたり、自分や満にここまでの仕打ちを命じるだろうか？　ということ。

考えられるのは、橘光三郎からかなりの大金を受け取っているか、あるいは己の罪を深雪に被せようとしているか。このどちらかだ。

「答えを出すのは……僕自身の眼で確かめてから……にしたい。深雪さんは、どこにいる？」

激痛に顔を歪《ゆが》めつつ、桜木は訊《たず》ねた。折られた右手の小指は、倍の大きさに腫《は》れ上がっていた。殴られ過ぎた影響か頭の奥では断続的に金属音が鳴り、瞼《まぶた》も鼻も唇も頬も焼け火箸《ばし》を押しつけられたように熱く燃え盛っていた。

「だから、それは無理だと言っているだろう？　彼女は、君に会いたくないと言っているんだ」

「だったら……電話……でもいい。電話で……深雪さんと話をさせてくれ……」

鼻孔の奥から喉《のど》に垂れ流れた鼻血に、桜木は激しく咳《せ》き込んだ。白い大理石貼りのテーブルに赤いグラデーションが広がった。

「彼女は、連絡がつかないところにいる。なあ、桜木さん。まだそんなことを言っているのか？　私の話を、聞いていただろう？　深雪さんを、救いたくはないのか？」

ヒクヒクと痙攣《けいれん》する下瞼、強張《こわば》る頬の筋肉。

嘘。確信した。南を殺したのは深雪ではなく、自分の眼前《まえ》でいら立ちを愛想笑いで塗り潰す笹川宗光に間違いない。

「救いたい……だからこそ……僕は……彼女に会わなければならない……」

桜木の言葉に、笹川宗光の愛想笑いが氷結した。

「愚かな奴だ。あとの始末は任せる」

本性を現す獣。自分に蔑視《べっし》を投げた笹川宗光が、視線を日比谷に移し、つい一、二分前までの柔和な諭し口調とは打って変わった冷々とした声音で言った。

「おいおい、笹川さんよ。ずいぶんと簡単に言ってくれるじゃねえか？　人間ひとり殺すってのは、犬猫とはわけが違うんだぜ？　殺したあと、死体をどこに始末しろってんだよ？」

「それは、君達の専門だろう？」

「まあな。死体処理を請け負う業者を知らないわけじゃねえが……」

日比谷が、奥歯に物が挟まったような言い回しで言葉を濁した。

「心配するな。相応の見返りはきちんとしてやる」

まるで、映画か小説の中で交わされるような会話。だが、この恐ろしい会話はスクリーンや紙面で交わされているのではなく……自分の頭上で交わされている。

警察が先か殺されるのが先か……これだけの絶体絶命の状況下に置かれながらも、他人《ひと》事《ごと》のように感じる自分がいた。

不思議と、恐怖感はなかった。というよりも、実感が湧《わ》かないといったほうが正しい。

無理もない。一ヵ月前までは平穏な時間《とき》の流れの中で動物を相手にしていた自分が、ヤクザに殺されるかもしれない立場に置かれるなど、どうして考えられるだろうか？

「こいつを殺《や》るってんのなら、満も消さなきゃならねえ。片手は貰《もら》わねえと割に合わねえな」

満も消す、という言葉に、背中が凍てついた。最悪の事態になっても、愛する者のために命を捧げることのできた自分なら、諦《あきら》めもつく。が、満は違う。兄に認めてほしくて火中に飛び込んだ健気《けなげ》な弟を、道連れにするわけにはいかない。

「五千万だな。わかったから、はやいとこそいつらを始末しろ」

「笹川さんよ。その言葉、信じてもいいんだろうな？　もし、俺らを裏切ったら、警察にすべてをぶちまける。あんたも、あんたの大事な人も道連れだってことを忘れんじゃねえぞ」

低く押し殺した声で、笹川宗光を恫喝《どうかつ》する日比谷。

笹川宗光の大事な人とは……いったい？

思考を止めた。いまは、そんなことよりも、この桎梏《しっこく》の状況をどう抜け出すかが先決だ。

「何度も言わせるな。まったく、疑り深い男だ」

笹川宗光が、吐き捨てるように言った。

「お互い様ってやつよ」

言いながら、日比谷がさっきまで自分を拘束していたロープを手にした。逃げ出そうにも、須崎に背後からテーブルに押さえつけられ身動きが取れなかった。

「悪く思うな。全部、あのエリートボーイの指示だからよ」

日比谷が、自分の首にロープを巻きつけつつ言った。

「待って……くれ。もう……事件……からは手を引く。だから……助けてくれ」

命乞《いのちご》い。警察が到着するまでの時間稼ぎ。桜木は、罅割《ひびわ》れ声で懇願した。

「だってよ。どうすんだ?」

日比谷が、ステーキの焼き加減を訊ねるとでもいうように、淡々とした口調で笹川宗光に話を振った。

「桜木さん。その言葉、十分前に聞きたかったよ」

にべもなく言うと、笹川宗光が立ち上がり背中を向けた。

「諦めな」

日比谷が自分の耳もとで冷々と囁《ささや》き、ロープを持つ手に力を込めた。圧迫される頸動脈《けいどうみゃく》。脳への進路を遮断される酸素と血液。怒張するこめかみの血管。

桜木は両足をバタつかせ、右手で日比谷の髪の毛を摑《つか》んだ。

「おいっ、なんとかしろっ!」

日比谷の怒声。警棒を振り下ろす須崎。右腕に走る電流。日比谷の髪から離れた手。指先に絡みつく抜け毛。

桜木は両掌をテーブルにつけた。腕立て伏せの体勢。奥歯を嚙《か》み締め、渾身《こんしん》の力を振り絞り上半身を浮かせた。後頭部に衝撃。揺れる視界。眼前にテーブル。

「背中に乗れっ」

ふたたび怒声。たぶん日比谷。悲鳴を上げる背骨。圧迫される肺。いろを失う視界。曖《あい》昧《まい》になる意識。全身から、すぅーっと力が抜けた。まるで雲の上を歩いているかのように、躰《からだ》がふわふわとしていた。

「やめろっ、やめないかっ！」。「なんだぁ、てめえはっ!?」。「どうしてここに……？」。

誰かの絶叫。誰かの怒声。誰かの絶句。ようやく、警察が到着したらしい。

不意に、呼吸が楽になった。誰かが自分の首からロープを解いた。桜木は、貪《むさぼ》るように空気を吸った。ぼやける景色が回った。視界からテーブルが消えた。眼前で、天井がうねっていた。うねりの中に現れる人影。

「桜木っ、しっかりしろ、おいっ、桜木っ」

人影が、頰を叩《たた》きながら自分の名を呼んだ。聞き覚えのある声。声の主は、警察ではない。うねりの中の人影が次第に輪郭を現した。

浅黒い肌に涼しげな瞳《ひとみ》を持つ男……これは夢なのか？

「な、鳴海……鳴海か……？」

「ああ、そうだ。大丈夫か!?　桜木」

「なんとか……な。済まないが……手を貸してくれないか……」

鳴海が自分の肩を抱き、上半身を起こした。頭がグラグラとし、吐き気がした。視界が、青黒っぽくぼやけていた。桜木は喉を擦りながら、ゆっくりと室内に視線を巡らせた。

テーブル脇に佇《たたず》み、剣吞《けんのん》な眼つきで鳴海を睨《にら》みつける日比谷、日比谷の隣で、隙あらば殴りかかろうと警棒を構える須崎、デスクの向こう側で蒼白《そうはく》な表情で立ち尽くす笹川宗光。

「鳴海……警察は、どうした……？」

桜木は、喘《あえ》ぐように訊ねた。声を出すたびに、後頭部と肺がズキズキと痛んだ。

「そのことは、あとで説明する」

鳴海がはっとするような冥《くら》く沈んだ声で言うと、自分から逸らした眼を笹川宗光に向けた。

「これは、どういうことだ!?　ふたりには絶対に手を出さないという約束だったじゃないか！」

鳴海が、笹川宗光に激しく食ってかかった。

「昌明さん。お言葉を返すようですが、このまま放っておけば、こいつは……いや、桜木さんは深雪さんの捜索を諦めませんでした」

桜木は、ふたりの会話に耳を疑った。

ふたりには絶対に手を出さない約束？　昌明さん？

いったい、どういう意味だ？　鳴海と笹川宗光の関係は？

「おいおい、笹川さんよ。説明してくれねえか？　あんた、この兄さんとどういう関係なんだよ？」

日比谷が、自分の疑問を代弁した。

「昌明さんは、先生のご子息だ」

「なんだ。あんたの大事な大事な先生様のガキか。どうりで、遜《へりくだ》った言葉遣いをしてるわけだ」

皮肉っぽい口調で言うと、日比谷が笹川宗光に嘲笑《ちょうしょう》を浴びせた。

先生……？

——あんたも、あんたの大事な人も道連れだってことを忘れんじゃねえぞ。

笹川宗光にたいしての日比谷の恫喝が、耳孔内にリフレインした。

笹川宗光の大事な人が、鳴海善行……？　鳴海善行を道連れにするということは……つまり、事件の黒幕？

鳴海善行は、秘密裏に捜査一課の刑事を動かし、事件の解明に協力してくれているのではなかったのか？　鳴海は、自分に嘘を吐いていたのか？　なぜ？　なぜ鳴海が、自分を欺く必要がある？

錯綜《さくそう》する思考が、パンク寸前だった。

「だからといって、こんなひどいことをして赦されると思っているのか!?」

鳴海が、自分と床で気を失う満を振り返り、声を荒らげた。

「これも、お父様のためなんです。議員不祥事が相次ぎ党の信用が失墜しているいま、今回の事件は先生にとって政治生命にかかわる問題です。わかってください。お父様を守るには、こうするしか方法はなかったんです」

悲痛な表情で、笹川宗光が訴えた。

「恐ろしい男だ……。なんの罪もない人を殺してでも、あの人の薄汚い名誉を守りたいのか!? 自分の犯した罪を、隠し通したいのか!?」

縺《もつ》れる思考の糸がほぐれてゆく。次第に明らかになる衝撃の真実に、桜木の胸は鋭利な刃物で切り裂かれたように痛んだ。

南を殺したのは笹川宗光。話の流れから察すると笹川宗光は、太陽党幹事長、鳴海善行の秘書。与党ナンバー2の秘書が殺人を犯したとなれば、確実に鳴海善行は幹事長職を追われる。

まず第一に笹川宗光がやったことは、目撃者の有無の確認。恐らく南と一緒にいたのだろう深雪は、事件の一部始終をみていたに違いない。

笹川宗光は、唯一の目撃者である深雪を口封じのためにさらった。

しかし、わからないのは、なぜに鳴海は深雪を犠牲にしてまで、親友を欺いてまで、鳴海善行を守ろうとしたのか？

自分の知るかぎり、鳴海は父を軽蔑《けいべつ》している。笹川宗光に向けたいまの言葉でも、それは証明されている。

たしかに、本人が言っていたとおり、自分や満に危害を加えるつもりがなかったのだろうことはわかる。電話での軽い脅しだけのつもりが、まさかここまでの事態に発展すると思っていなかったのだろうこともわかる。

だが、納得できなかった。鳴海は、自分と深雪の関係に誰よりも理解を示し、祝福してくれているはずだった。なのに、自分に協力するふうを装い、その裏で鳴海善行や笹川宗光に情報を流し、深雪の監禁に関わっていたなど、どうして信じられようか？

「昌明さん。お父様がどんな思いをしていまの地位を築いたのかを、わかってあげてください」

「わかりたくもないね。とにかく、もうたくさんだ。俺は、降りさせてもらう」

鳴海が、蛇蝎《だかつ》をみるかの如き蔑視《べっし》を笹川宗光に注いだ。

「そんな勝手なことはさせないっ。おいっ、君達っ。まずは、こいつを始末するんだ！」

鬼の形相に豹変《ひょうへん》した笹川宗光が、日比谷と須崎に命じた。狂犬さながらに凶暴なふたりも、さすがに現職の幹事長の息子への殺害指令に困惑顔で顔を見合わせた。

「あんたらふたりは、二度と桜木に手出しをしないと約束してくれれば、俺はどうこうするつもりはない。あんたらは南さんを殺したわけでもなければ、深雪さんをさらったわけでもない。動物病院でやったこととこの事務所でやったことは、桜木が訴え出ないかぎり罪には問われない。桜木にも、その気はない。彼は、深雪さんの無事を確認し、南さん殺しの犯人が捕まれば、すべてを忘れてくれる。な、そうだろ？」

鳴海が、振り返り同意を求めた。わかっていた。鳴海は、自分の身を案じてくれているのだ。

ジロウを殺し、満をこんな目にあわせたふたりを、赦すことなど到底できはしない。だが、ここで自分が首を横に振れば、鳴海と満の命が危ない。

桜木は、下唇を嚙み締め頷《うなず》いた。心で、ジロウと満に詫《わ》びながら。

「なにモタモタしているんだっ！　私の指示に逆らえば、どうなるかわかっているのか⁉」

　デスクに両の掌《てのひら》を叩《たた》きつけ、笹川宗光が裏返った声で喚《わめ》いた。

「ああ、わかってるさ。おたくのボスにゃ、ウチの息がかかってる建設会社にずいぶんとおいしい仕事を回してもらった。の言うことも聞いてきた。だからいままでは、てめえみてえな虫の好かない野郎の言うことも聞いてきた。でもよ、あんたが刑務所《ムショ》に入ったら、奴は終わりだ。剛腕幹事長でもなんでもない、ただのしょぼくれたおっさんのために、なんで俺らが危ねえ橋を渡らなきゃならねえんだよ？」

「き、きさまら……私を、裏切るのか⁉」

　オールバックの髪を振り乱し、笹川宗光が金切り声を張り上げた。

「鳴海さんよ。警察に垂れ込まねえっていうそこの兄さんの約束、信じてもいいんだろうな？」

「桜木は俺と違って、絶対に嘘は吐かない男だ」

　自嘲《じちょう》気味に、鳴海が言った。

「そいつらの怪我は、病院でどう説明すんだよ？」

「俺が医者だってことを、知らないのか？」

　鳴海の言葉に、日比谷が口角を吊り上げた。

「よっしゃ。信じようじゃねえか。だがよ、少しでも俺らの周りでおかしな動きがあったら、そんときは覚悟しろよ。五分先の未来もみねえようなトンパチが、きっちりとお礼参りに行くからよ」

日比谷が、片眉《かたまゆ》を下げた険しい顔で鳴海に凄《すご》んでみせた。

「わかった。約束は守る。最後に、ひとつだけ頼んでもいいかな？」

「言ってみろ」

「少し、桜木とふたりで話をしたい。俺が下に行くまで、笹川を車の中で見張っててくれないか？」

言って、鳴海がアルマーニのスーツの内ポケットから財布を取り出し、無造作に引き抜いた何枚かの一万円札を日比谷に手渡した。札束を受け取った日比谷が、ニヤリと片頬だけで笑うと須崎に目顔で合図した。

「うらっ、くそ野郎っ、こっちにこいやっ」

須崎が巻き舌を飛ばしながら、笹川宗光の髪を鷲摑《わしづか》みにした。

「や、やめないか……金なら払う、払うから――」

日比谷の拳《こぶし》が、笹川宗光のみぞおちに食い込んだ。ガックリと膝《ひざ》を折る笹川宗光の躰《からだ》を須崎が肩に担ぎ上げ、ドアへと向かった。

「五万じゃ、三十分が限度だ」

日比谷が、振り返り言った。頷く鳴海。ふたりの背中がドアの向こう側へと消えるのを見計らい、鳴海が満のもとへ歩み寄った。

脈を取り、瞳孔《どうこう》を覗《のぞ》いていた鳴海が、携帯電話を取り出した。

「あ、叔父《おじ》さん？　昌明です。すいませんが、怪我人をひとり病院に運んでもらえませんか？　ええ。あの人の絡みなんで、公にはできないんです」

鳴海が、満の開襟シャツの胸もとのボタンを外し、指先で傷の状態をチェックしながら、叔父……彼が勤める和泉共立病院の院長に容体を伝え、次にマンション名と住所を告げた。

どうやら、鳴海の叔父は、兄である鳴海善行がかかわる事件を知っているらしい。

「みた目はかなり派手にやられているが、内臓に損傷はないだろう」

電話を切った鳴海が、安堵《あんど》の表情を浮かべた。

「お前が……彼らに満のことを言ったのか？」

桜木は、片手では数えきれない質問のひとつを口にした。テーブルを下りた。激しい頭痛と小指の痛み、そして眩暈《めまい》に襲われた。額からこめかみを伝う脂汗。桜木は目頭を押さえ、その場にしゃがみ込んだ。

「大丈夫か？　傷の状態を、みせてくれ」

鳴海が差し出す手を振り払い、桜木は自力で立ち上がった。ソファへと、倒れ込むように座った。

鳴海がため息を吐き、自分の正面に腰を下ろすとセーラムを取り出し火をつけた。

「僕の……ことはいいから……質問に答えろ」

時間がなかった。鳴海の叔父が満を引き取りに現れるまでに、親友から真実を聞き出し、深雪のもとへ向かわなければならない。

「お前から電話をもらったあと、俺は笹川に連絡を入れた」

言って、鳴海は、煙草に火をつけたライターをテーブルに置いた。桜木の視線が、眼前のライターに吸い込まれた。M・Sのイニシャルが刻まれた、カラン・ダッシュのライター。

「だが、俺が笹川に言ったのは、桜木の弟が事務所を張っているから外には出るな、と。それだけだ。まさか、こんなことになるとは……。本当だ。信じてくれないか？」

いつもの陽気さがすっかりと影を潜めた暗鬱《あんうつ》な瞳《ひとみ》。鳴海が、絞り出すような声音で言った。

「そんなことは、どうでもいい……。問題なの……は、どうしてお前が……彼らと手を組んだのか……ってことだ」

「事件のあった日、お前のところに向かっている最中に、交差点近くの歩道で揉《も》み合っているふたりの男がいた。ひとりは見知らぬ男、もうひとりはあの人の秘書……笹川だった。笹川は、大外刈りのような体勢で男を路面に叩きつけた。彼はああみえても、黒帯を持っている。畳の上でも大外刈りで叩きつけられたらかなりの衝撃なのに、それがアスファルトとなれば……」

鳴海が言葉を切り、火をつけたばかりの煙草を荒々しく灰皿に押しつけた。

「笹川が去ったのち、俺は男のもとに駆けつけた。助からないと、ひと目でわかった。これでも、一応医者だからな。通報するのは、あとからでも遅くはない。そう自分に言い聞かせ、男をそのままにして現場を離れた。ニュースで、男が橘グループの社員……深雪さんの婚約者であることを知った。俺は実家に向かい、事件の一部始終を目撃していたことをあの人に告げた」

「それで……笹川宗光に自首を説得する……ように迫ったってわけか？」
そして、保身に回った鳴海善行は息子の頼みにノーと言った。桜木は、己の言葉の続きを推測した。

「いいや。俺は、あの人の秘書のやったことを誰にも口外しない代わりに、ある交換条件を突きつけた。条件はふたつ。ひとつは、深雪さんの命の保証。そしてふたつ目は、あること。あの人が、笹川を窓口によからぬ連中と繋《つな》がりがあることを俺は知っていた。俺以外のもうひとりの目撃者。あの人は、保身のためならなんだってする男だ。笹川に殺意はなく、逮捕されても過失致死及び遺棄罪で三、四年の実刑ってところだろう。だが、与党の現幹事長の秘書が逮捕されたとなると、マスコミや世論が黙ってはいない。あの人は、間違いなく幹事長の椅子から、いや、永田町から追われることになる。ふたつ返事で、あの人は俺の出した条件を呑《の》んだ。呑まざるを得なかった。立場逆転。俺の心に、微かな快感と激しい軽蔑《けいべつ》が生まれた。あの人には、南さんにたいしての罪悪感などかけらもなかった。あの人にあるのは、己の地位と名誉を守ることだけ……」

　吐き捨てるように言うと、鳴海は二本目の煙草に火をつけた。

推測は外れた。鳴海は、鳴海善行が初めてみせた弱味を切り札に、深雪の命に保険をかけた。そこまではわかる。日比谷と須崎の凶暴性をみれば、鳴海善行の指示ひとつで深雪の口を封じるくらいなんの躊躇《ためら》いもなくやるだろう。

わからないのは、なぜに深雪を監禁しなければならなかったかということ。なぜに別れの手紙まで書かせて自分と切り離そうとしたかということ。

秘書が起こした殺人事件。この切り札さえあれば、深雪が狙われることはなかったはず。考えられるのは……。

「深雪さんを……監禁したのは、警察に駆け込まれることを……恐れてのことなのか？」

「それはない」

「だったら……なぜ？　お前……が、おじさんに出した……ふたつ目の条件に、なにか関係があるのか？」

止むことのない頭痛と嘔吐《おうと》感。それに、時間が経つに連れ痛みを増す小指。小指を折られた桜木の右の掌は、グローブのように腫《は》れ上がっていた。

「悪いが、それは言えない」

「どうして!?　僕には……知る権利がある」

「桜木。ポストに、彼女からの手紙が入っていただろう？　あの手紙は、俺や笹川が書かせたものじゃない。彼女自身が、自分の意思で書いた手紙だ」

言って、鳴海が自分から眼を逸らした。

「なんだって？　そんなはずが――」

「お前の眼前《まえ》から姿を消しているのは、深雪さんの意思なんだよ」

顔を逸らしたまま、自分の言葉を遮る鳴海。物憂い横顔。いやな予感が……。深雪さん？

さっきから、鳴海が深雪の名を出すたびに違和感を感じていた。違和感の理由。鳴海は、いままで深雪をさんづけで呼んだことはない。いつも、深雪ちゃんと呼んでいた。

「鳴海……お前……？」

うわずる声音。駆け足を始める鼓動。干上がる口内。ゆっくりと、鳴海が首を巡らせた。交錯する視線。はっとするような物哀しさを湛《たた》えた鳴海の瞳が、桜木の瞳を直視した。

「俺は、深雪さんにプロポーズした。返事は、まだ、もらっていない」

鳴海の声もうわずっていた。

「な……」

絶句した。絶句するしかなかった。鳴海が深雪にプロポーズ？

信じられなかった。どうして？　どうしてそんなことに……？

「黙っていて、悪かった。だが、これだけは信じてくれ。深雪さんがお前との交際をまだ考えているのなら、俺はそんなことはしなかった。いくら俺が女たらしでも、親友の恋人を奪うほど腐っちゃいない」

「なぜ……だ？　鳴海……なぜなんだ？」

干涸《ひから》び、震える声。膝上《ひざうえ》で重ね合わせた掌を、小指の痛みも忘れてきつく握り締めていた。

「六本木パレスホテル。深雪さんのお義父さん……東洋観光ビジネスが経営しているホテルの九〇三号室に深雪さんはいる。タクシーの運転手なら、誰でも場所は知っている。お義父さんには、俺の気持ちは伝えてある。快く、認めてくれたよ。あとは、深雪さんの返事と、お前の気持ちだけだ。深雪さんに会い、彼女の口から直接話を聞いてくれ。その結果、深雪さんがお前とつき合うというのならば、俺は潔く身を引くよ」

六本木パレスホテルの九〇三号室。それ以外の鳴海の言葉は、耳を素通りしていた。

「弟を……頼む」

それだけ言うのが、精一杯だった。桜木は、ふらふらと立ち上がり、ドアへと向かった。

夢遊病者の足取りで、オフィスをあとにした。

［8］

車窓を流れゆく高層ビルにホテル。タクシーの時計の針は、午前八時五分を指していた。

タクシーは、六本木通りに入っていた。桜木は、リアシートに深く背中を預け、移り行く灰色の景色に虚ろな視線を漂わせていた。

右手に握り締めたハンカチは、もう、もとの色が何色かわからないほどに赤く染まっていた。

笹川宗光オフィスを出た直後に一度、エレベータの中で一度、タクシーを拾う際に路上で一度。僅《わず》か十分にも満たない短い時間に、桜木は三度も吐血していた。

ハンカチだけではない。黒いニットのセーターの胸もとも、出血でしっぽりと塗れそぼっていた。が、幸いなことに、セーターの色が鮮血をカムフラージュしてくれていた。

いまは吐血はおさまっていたが、体内でブスブスとなにかが破れるような不快な感触が断続的に桜木を襲った。

しきりに、バックミラー越しに強張《こわば》った視線を投げてくる運転手。

無理もない。リアウインドウに映る半透明の自分。瞳《ひとみ》がほとんどみえないほどに腫れ上がった瞼《まぶた》、いびつに歪《ゆが》んだ鼻、変形する頬、欠けた歯でズタズタに切れた唇。

運転手でなくても、驚いて当然だ。現に、信号待ちの際に隣に並んだ車の中の幼い男の子が、自分の顔をみて泣き出してしまった。とても、深雪にみせられた顔ではない。

肺に、差し込まれるような疼痛《とうつう》が走った。同時に、なにかが弾《はじ》けた。桜木は脇腹を押さえ、低く呻《うめ》き声を漏らした。

「お客さん……ホテルじゃなく、病院に回しましょうか？」

運転手が振り返り、恐る恐る訊《たず》ねた。

「冗談じゃない！」

叫んだ。弾かれたように、運転手が顔を正面に戻した。血飛沫《ちしぶき》が、キャメル色のスラックスに赤い斑《まだら》模様を作った。

「すいま……せん。大丈夫です……から、ホテルに向かってくだ……さい」

病院に行ってしまったら、二度と深雪に会えないような気がした。この機会を逃せば、永遠に……。

桜木は、リアシートの背凭《せもた》れに身を預け、眼を閉じた。


深雪……。

いったい君は、どうしてしまったんだい？

南さんが死んだことに良心の呵責《かしやく》を感じ、僕を避けているの？

僕はだめで、鳴海とともにいるのはなぜ？

僕が、二度も約束をすっぽかしてしまったから？

だったら、赦してほしい。君を孤独の闇に置き去りにした僕を……。

そして、もう一度だけ、チャンスがほしい。今度は、必ず君を迎えに行く。

もう僕を、引き止めるものはなにもない。

僕の人生は、君だけのもの。これからは、君だけのために僕は生きる。

だから、待ってて……。

無邪気で屈託のない笑顔。桜木は、瞼の裏の深雪に語りかけた。

◇

◇

「お客さん。着きましたよ」

運転手の声で目覚めた。いつの間にか、眠り込んでしまった。相変わらず頭と右手の小指はズキズキと痛んでいたが、体内でなにかが破れる感触はおさまっていた。

リアウインドウの外。六本木通りと外苑《がいえん》東通りの交差点近くに聳《そび》え立つ、鏡張りの外壁の建物。六本木パレスホテル。

「三十分だけ……待っててもらえますか？　三十分経って戻ってこなければ、行っていいですから……」

桜木は、五千円札を運転手に渡した。メーターは二千百円。三十分待っても、運転手の手もとには十分にお釣りが残る。

ホテルの正面玄関前にタクシーが並んではいたが、また別の運転手に好奇の眼でみられるのはごめんだった。

「いらっしゃいま……」

ドアを開けたポーターの笑顔が、桜木の顔をみて凍てついた。桜木はタクシーを降り、回転ドアを抜けた。ロビーラウンジの客とホテルマンの視線が、自分に一斉に集まった。

俯《うつむ》きがちに、歩を進めた。ロビーを横切り、エレベータへと向かった。立ち暗みに襲われた。堪えた。いまここで倒れてしまえば、救急車を呼ばれてしまう。

三基のエレベータ。１の数字にオレンジ色のランプが灯《とも》る真ん中のエレベータに乗った。九階を押した。奥の壁に寄りかかり、階数表示ランプを眼で追った。

少し歩いただけなのに、息が切れていた。内臓が鉛になったように、躰《からだ》が重かった。床にしゃがみ込みたい誘惑に必死に抗《あらが》った。

もう少しの辛抱だ。もう少しで、深雪に会える。

オレンジ色に染まる9の数字。扉が開いた。壁から背中を引き剝《は》がし、エレベータを出た。左右に伸びるモスグリーンの絨毯《じゅうたん》が敷かれた廊下。正面の壁。左の矢印が九一一号室から九二〇号室。右の矢印が九〇一号室から九一〇号室。深雪の部屋は、たしか九〇三号室。桜木は、右に歩を踏み出した。

九一〇号室、九〇九号室、九〇八号室……。廊下沿いの壁を左手で伝いながら、一歩、また一歩、歩を進めた。

九〇三号室。歩を止めた。大きく深呼吸をした。跳ね上がる心拍。震える右手でノックした。緊張の瞬間。返事はない。もう一度、ノックした。やはり、返事がなかった。

まだ、寝ているのだろうか？　一度引き返し、出直すべきだろうか？

携帯電話を取り出し、番号案内に六本木パレスホテルの電話番号を訊《き》いた。電話を切り、いま聞いたばかりの〇三からの十桁《けた》の番号を押した。

『六本木パレスホテルでございます』

「桜木と申しますが……九〇三号室の鳴海さんに繫《つな》いでもらえますか？」

『お待ちくださいませ』

保留のメロディ。ドア越しから、微かに電話のベルが漏れ聞こえた。二回、三回、四回……十回で、ベルが途切れた。

『どなたも、お出にならないようですが』

「すいませんでした……」

力なく言うと、桜木は終了ボタンを押した。胸に広がる落胆。全身から、どっと力が抜けた。ふたたび、肺を突き刺す疼痛。携帯電話が、掌《てのひら》から滑り落ちた。桜木は肩からぶつかるように壁に凭《もた》れかかり、ずるずるとくずおれた。

甲高い電子音。一メートル先。桜木は這《は》いずり、携帯電話を手に取った。ディスプレイに浮かぶ鳴海の携帯番号。

「もし……もし？」

『俺の負けだ。約束通り、潔く身を引くよ』

「なにを……言っているんだ？」

『俺に気を遣うことはないさ。じつを言うと、お前に深雪ちゃんの居場所を教えたときから、こうなることはわかっていたんだ。さっき、電話があったよ。気持ちは嬉《うれ》しいけれど、私はひとりで生きてゆきます、ってな。体《てい》よくフラれちまったってわけだ。お前の名を出さなかったのは、俺を気遣ってのことだろうよ。桜木。深雪ちゃんは――』

「彼女は……ホテルにはいない」

『なんだって!?』

鳴海の絶叫が、携帯電話のボディを軋《きし》ませた。

『じゃあ、さっきの電話は……。桜木、すぐに深雪ちゃんを追うんだっ。深雪ちゃんを、絶対にひとりにするんじゃないっ』

「僕だって……そうしたい。だけど……どうやって……彼女を捜せというんだ？」

『深雪ちゃんは事件以来、一歩も外に出ていない。彼女がまっ先に行く場所がどこか、お前ならわかるだろう？』

意味ありげな、鳴海の言い回し。深雪が、まっ先に向かう場所……思い当たる場所はひとつ。

「まさか……」

『わかったなら、はやく行け。深雪ちゃんを迎えに行くのは、俺じゃなくお前の役目だ。もたもたしてると、今度こそ本当に、俺がさらってしまうぞ』

努めてそうしているような明るい口調で、鳴海が言った。

「鳴海……ひとつだけ、聞きたいことがある」

『なんだよ？』

「どうして、深雪さんを……好きになった？」

ずっと、疑問に思っていたこと。たしかに深雪は、魅力的な女性だ。しかも深雪は、自分との別れを決意した。

が、だからといって、鳴海は、親友が命を懸けて救い出そうとしている女性に心惹《ひ》かれる男ではない。

『高校一年の夏休み。それ以上は、言えない。さ、そんなことより、はやくしろ。今度別の場所に行ったら、二度と彼女と会えなくなってしまうぞ。満君は、いま、叔父《おじ》さんが病院に運んでいる。笹川も、ライターと一緒に警察に引き渡した。俺はこれから赤坂を出て、ひと足先にお前の家で待っている。すべてが終わったら、今度はお前が病院行きだ。兄弟揃って、仲良くベッドインってわけだ。まあ、そんな掠《かす》り傷で、いつまでもベッドを占領されたら迷惑だけどな。とにかく、その程度の怪我で、俺に会うまでにくたばったら殺すぞ』

冗談っぽい口調で言うと、鳴海が陽気に笑った。

本当は、医師としての立場から、深雪のもとへ向かわず病院に直行することを勧めたいのだろう。だが、鳴海は、親友の気持ちを察し、明るく振る舞ってくれている。

『もし、つらいようだったら、無理せずにまっすぐに俺の病院に向かうんだ。そのときは、俺が深雪ちゃんを迎えに行く。心配するな。ちゃんと、見舞客としてお前のとこに連れて行くから』

鳴海が、数秒前の陽気な物言いが嘘のような真剣な口調で言った。

「ありがとう……鳴海。じゃ、そろそろ僕は行くよ」

『桜木……死ぬな』

「あ……たりまえだ。お前に貸した……大きな借りを返してもらうまで、殺されたって死ぬもんか……。また……あとでな」

掠れた笑い声を送話口に送り込み、桜木は電話を切った。

高校一年の夏休み。深雪を好きになった理由を訊く自分への鳴海の返答。まったく、意味がわからなかった。

どちらにしても、いま、考えることではない。

鳴海が案ずるように、一刻もはやく病院に向かわなければ、自分の肉体はだめになる。内臓のどこかを損傷しているのは間違いない。脳もかなりのダメージを受けているだろう。

人間相手の医者ではないが、それくらいのことはわかる。

だが、今度ばかりは、なによりも深雪を優先する。深雪を優先したことで手遅れになろうとも、自分に悔いはない。

◇　◇

スローダウンするタクシー。車窓越しにゆっくりと流れる桜並木。満開期を過ぎつつある淡紅色の山桜の花びらが風に揺られて舞い落ちる様が、桜木には降りしきる粉雪のようにみえた。

「お客さん、本当に大丈夫ですか？」

流れゆく景色が止まった。六本木パレスホテルで待たせていたタクシーの運転手が振り返り、心配そうに自分の顔を覗《のぞ》き込んだ。

「大丈夫……です。これ、取っておいてください」

メーターは、七千円を超えていた。桜木は、預けていた五千円札に新たな五千円札を追加しながら言った。

「いいんですか?」

桜木は、恐縮する運転手に微笑を残しタクシーを降りた。マリア公園の入り口から三十メートルほど手前で、桜木はタクシーを停めた。

少し、歩きたかった。もし、深雪がいなかったら……という不安がそういう気持ちにさせた。

深雪がまっ先に向かう場所。九年前にふたりが初めて出会った場所……ふたりが結婚を誓い合った場所……マリア公園以外に、思いつく場所はなかった。

抜けるような青空。青空から舞い落ちる山桜の花びら。

あのとき……深雪が京都に旅立つ前日は、空が茜色《あかねいろ》に染まる夕暮れ時だった。

桜木は、過去の思い出を踏み締めるように、ゆっくりと並木道を歩いた。


——恋人とか、いるの?

オレンジジュースの缶を小さな両手に持った少女が、平静を装い切り出した。

——どうしたの? 藪《やぶ》から棒に?

——いいから、いいから。恋人はいるの?

無邪気な瞳《ひとみ》。屈託のない口調。

——恋人なんていないよ。犬や猫しか、相手にしてくれないから。

——しょうがないわね。私が、結婚してあげる。

弾《はじ》ける笑顔。少女が、ガラス玉がちりばめられたおもちゃの指輪を青年の指に嵌《は》めた。

——これは、婚約指輪。私、明日、京都に引っ越すの。

そんなことなどちっとも気にしていないとでもいうふうに、少女は淡々と言った。

——え？　明日？

——そう。明日。

——ずいぶん、急な話だね。そっか……寂しくなるな。

——本当？　本当に、私がいなくなると寂しい？

——もちろん。

青年の言葉に、少女が嬉《うれ》しそうに口もとを綻《ほころ》ばせた。

——じゃあ、約束してくれる？　あなたが獣医さんになった七年後の、三月十五日にその指輪を持ってきて、私に結婚を申し込むの。

頬を赤らめ、少女がひと息に喋《しゃべ》った。

——僕が君に結婚を？

——そう。いいでしょ？　私みたいな美人候補生を逃すと、絶対に後悔するから。

少女が破顔し、片目を瞑《つぶ》った。少女の長い睫《まつげ》が、小刻みに震えていた。

——わかった。七年後の三月十五日のマリア公園。いつもの時間に、君を迎えにくるよ。

——約束だからね？

弾む声音で小指を立てる少女の笑顔が、昨日のことのように思えた。

七年後。残酷な時間《とき》の流れが……青年から大人になった自分から、少女との思い出を奪い去った。

そして、運命の再会。少女から美しき大人の女性に変貌《へんぼう》した深雪は、自分に最後のチャンスをくれた。

最後のチャンス……静香の陰謀があったとはいえ、自分はふたたび深雪を置き去りにした。

正面左手。約二、三メートル先。途切れる山桜の街路樹。マリア公園の入り口。

桜木は歩を止め、眼を閉じた。深呼吸を繰り返し、気を静めた。

祈った。深雪との、三度目の出会いを……。

眼を開けた。歩を踏み出した。緊張と興奮のせいか、頭痛も内臓の痛みもなかった。

ウエルカムボードに書かれた、マリア公園の文字。園内に、足を踏み入れた。

聖母マリア像の噴水と向き合う、いつものベンチ……初めて出会ったときに、怪我をしたクロスを抱いた少女が途方に暮れていたベンチに、深雪の姿はなかった。

桜木は、抜け殻の足取りで無人のベンチに歩み寄り、ガックリと腰を落とした。聖母マリア像が、憐《あわ》れむような視線で自分をみつめた。

緊張の糸が切れたとたんに、体内のあちこちが猛烈に痛み始めた。桜木は、苦痛を歓迎した。内臓を食いちぎられるような激痛のおかげで、少しでも深雪から、自分の愚かさから、気を逸らすことができる。

このまま、死んでしまうのだろうか？

それも、いいかもしれない。

いま頃鳴海は、桜木動物病院の前で自分を待っていることだろう。

マリア公園から桜木動物病院まで、僅《わず》か二百メートル余り。頑張れば、自宅まで歩けるくらいの体力は残っている。歩けなくても、携帯電話で鳴海を呼ぶことくらいはできる。

しかし、気力がなかった。

これからは、深雪のためだけに生きると誓った。が、深雪がいないいま、もう自分には、生きなければならない理由はない。

「あ、ワンちゃんだ」

幼い少年の声。

「ほら、敏。危ないから、近寄っちゃだめよ。こっちへきなさい」

心配そうな、女性の声。

桜木は、声の方向に虚ろな視線を投げた。自分の座るベンチから五、六メートル離れた右斜め前のベンチ。ベンチ脇に寝そべるラブラドール・レトリーバーの頭を撫《な》でる男の子の手を引き立ち去る母親。

「ママ、あの犬はおとなしいんだよ。嚙《か》みついたりしないってば」

園内から連れ出された少年の声が遠のいた。

少年の言うとおりだった。ラブラドール・レトリーバーは温和な性質をしており、とても子供好きだ。クロスも、そうだった。毛色も、クロスと同じクリーム。

胸に込み上げる懐かしい想い。桜木は、飼い主の足もとで寝そべるラブラドールを優しい眼差しでみつめた。

鼻先にモンシロ蝶《ちょう》が飛んでも、黒目で追うだけ。みたところ、まだクロスより若いだろうというのに、おとなしい犬だ。クロスなら、子供が近寄ったりモンシロ蝶が飛んでいたら、園内を駆け回っていたに違いない。

胸前に巻かれたベルト。よくみると、ラブラドールは盲導具《ハーネス》を装着していた。おとなしいわけがわかった。あのラブラドールは、盲導犬だったのだ。

桜木は、視線を盲導犬から使用者に移した。サングラスをかけた女性を捉《とら》えた桜木の視線が、凍てついた。

白いロングスカートに若草色のブラウス、セミロングの髪、すっと通った鼻梁《びりよう》、ふくよかな唇、鋭角な顎《あご》のライン……。

桜木は、内臓の痛みも忘れ、女性に吸い込まれるようにベンチから立ち上がり、歩を踏み出した。

近づくたびに深まる確信。そうであってほしいという気持ちと、そうであってほしくないという気持ちが胸奥で綱引きをする。

歩を止め、女性の正面に腰を屈めた。サングラスで瞳が隠されていようとも、見紛うことのない距離……手を伸ばせば、頬に触れる距離。

「お座りになるのなら、どうぞ。気づかなくて、すいません」

人の気配を察知した女性が、ハーネスを手探りで探しながら言った。

聞き覚えのある、柔らかく透き通った声。間違いない。

深雪……。

こんなに近くにいる自分が、みえないというのか？　九年間待ち続けた自分がようやく現れたというのに……こんなことが……こんなことが……。

溢《あふ》れ出す涙が、頬を伝った。霞《かす》む視界。締めつけられる胸。震える声帯。桜木は、懸命に嗚咽《おえつ》を嚙み殺した。

深雪が、自分の前から姿を消した理由がわかった。鳴海が、真実は深雪の口から聞けと言っていた理由がわかった。そして、深雪が書いた手紙のセリフが短く、震えるように乱れていた理由も……。

脅されていたわけでも、監禁されていたわけでもない。深雪は瞳から光を失ったと同時に、心の光をも失った。

「行くわよ、ロビン」

右手でハーネスを摑《つか》み、左手に杖《つえ》を持った深雪が、盲導犬……ロビンに声をかけた。

「深雪……」

桜木の言葉に、腰を上げようとした深雪の動きが止まった。躰《からだ》が、彫像のように硬直した。立ち上がったロビンが、戸惑ったように深雪を振り返った。

「君を、迎えにきたよ……」

涙に濡《ぬ》れる顔に微笑を浮かべ、桜木は、深雪の左手をそっと握り締めた。スラックスのポケットから取り出した小箱を開け、おもちゃの指輪を深雪の細く冷たい薬指に嵌《は》めた。

「一希……さん？」

深雪が息を呑《の》み、左手の薬指に右手を重ねた。わななく唇。サングラスの下から、止めどなく流れ落ちる涙。

「九年間、待たせたね。お嬢ちゃん」

桜木は答える代わりに、遠いあの日、青年が少女に向けた眼差しで深雪をみつめ、語りかけた。深雪の唇がへの字に曲がり、両肩が小刻みに震えた。

「一希さん！」

自分の胸に飛び込んだ深雪が、堰《せき》を切ったように泣きじゃくった。桜木は、深雪をきつく抱き締め、優しく髪の毛を撫でた。

もし神が叶《かな》えてくれるというのなら、迷わず願う。

九年前のあのときに、時間《とき》を巻き戻してほしい、と。

◇　◇

桜木は、隣に座る深雪の横顔をみつめた。以前より、頬がこけ、顔色も悪かった。この一ヵ月、彼女が体験した絶望と孤独を考えると、胸が張り裂けそうだった。

ひとしきり自分の胸で涙を流したあと、深雪は、きつく唇を引き結び正面を向いたまま押し黙っていた。

眼のこと、鳴海のこと、事件のこと。聞きたいことは、山とあった。だが、深雪が話したくなければ、それでもよかった。こうして深雪がそばにいるだけで、桜木には十分だった。

「謝って済むような問題じゃないのはわかっているけれど、本当に悪かった。あの日、僕は――」

「鳴海さんから、聞いたわ。約束の日、死にそうなワンちゃんが運び込まれたって。私が公園を出たあとに、手術を終えたあなたが駆けつけたって。あなたらしいと思った……」

口もとを綻《ほころ》ばせる深雪の横顔に、胸が締めつけられた。

「なんて言ったらいいのか……。僕のせいで、君をこんな目に……」

深雪にかける言葉が、見当たらなかった。どんな理由を挙げたところで、自分があの日深雪を迎えに行っていれば、こんなことにはならなかった。

「ううん。いいの。命が危ないワンちゃんを放って私に会いにくるなんて、私の知ってる一希さんじゃない。私の知ってるあなたは、あのときの青年。怪我をしたクロスをみつめる温かな眼差し、優しく語りかける言葉。そんなあなたに、私は惹《ひ》かれた。初めて出会った日、あなたがかけてくれたダウンコートはとってもあったかくて、孤独だった私を慰め、のあなた。忘れ雪が連れてきてくれた、私の天使……」

深雪が、天を仰ぎ、思い出を噛み締めるように言った。

サングラス越しの深雪の瞳《ひとみ》には、ブルーのペンキを零《こぼ》したような青空も、あの日ふたりで何度も見上げた山桜の花びらも、聖母マリア像の慈しみ深い表情も、映ってはいない。

そして、ずっと彼女が待ち続けていた自分の姿も……。

「私は、あなたの家に向かおうとした。あなたが、私との約束を忘れたわけじゃないとわかっていたから。マリア公園を出ようとしたとき、南さんが現れた。一希さんの病院の看護士さん……静香さんから、私とあなたの待ち合わせの話を聞いたと言っていた。もう一度やり直してほしい。彼は、私にそう迫った。私は、公園を駆け出した。すぐに捕まった。強引に、彼の車に押し込まれそうになった。私は彼を振り切り、通りへと飛び出した。目の前に車が迫ってきて……。あとのことは、覚えてないの。気がついたら、辺りは暗闇だった。最初は、夜なのかと思った。誰かの声がした。鳴海さんだった。その日は、三月十六日。約束の日の翌日の夕方だった。私は車に撥《は》ねられ、鳴海さんの叔父《おじ》さんがやっている病院に運ばれ手術を受けてから、二十四時間眠りっ放しだったそう。鳴海さんが、私を病院に運んでくれたの。鳴海さんから、南さんが私を撥ねた車の運転手と喧嘩《けんか》になって死んだと聞かされた。ショックを受けた私は、さらに絶望の底に叩《たた》き落とされた。辺りが暗闇だったのは、夜だからではなく失明したから……。車に撥ねられアスファルトに投げ出されたときに、頭を強く打ったのが原因だそう。骨折した眼の周辺の骨片で視神経が切断されたって……。私は、まっ先に鳴海さんに言った。あなたには、絶対に連絡をしないでほしいと。こんな姿を、あなたにみせたくなかった。あなたの、重荷になりたくなかった……」

極力、淡々とした口調で語っていた深雪が、声を詰まらせた。

「馬鹿なことを言わないで。僕が、君のことを重荷に思うわけがないじゃないか？　それに、一生、眼がみえないと決まったわけじゃない。僕が、必ず治してみせる。世界中の医者にかけ合ってでも、きっと、君の瞳に光を取り戻してみせる」

桜木は、膝上《ひざうえ》で小刻みに震える深雪の手を握り締め、力強く言った。

「あなたなら、そう言ってくれるとわかっていた。でも、それが私には重荷だったの……。私の眼は、もう一生だめなの。鳴海さんが叔父さんと話しているのを聞いたわ。白内障なんかの病気で失明した場合は人工水晶体の移植手術で視力を取り戻せるけれど、私みたいに交通事故で視神経が切断された場合は、奇跡が起こらないかぎり無理だって。覚えてるかしら？　去年、あなたと再会した日の夜、ふたりでファミリーレストランに行ったことを」

桜木は、頷《うなず》いた。

覚えている。クロスの治療代を貰《もら》わない自分に、お礼にと、深雪が食事を奢《おご》ってくれたことを。

「ひとつ、心理テストを出すわね」

不意に、深雪が話題を変えた。桜木は、ふたたび頷いた。

「恋人が、魔女に魔法をかけられて蛇になってしまいました。一、気づかないふりをする。二、なんとか魔法を解こうと努力する。三、自分も蛇になる。あなたなら、どうする？」

相変わらず空を見上げたまま、深雪が言った。

どこかで聞いたような心理テスト……ファミリーレストランで、深雪が出した心理テストだった。

「僕は、二を選ぶ。あのときも、そうだったね？」

「そう、あなたは、二を選んだ。蛇に変えられた恋人を救おうとするように、いま、私を救おうとしている。私が選んだのが、何番だったかを覚えている？」

「たしか、一番だったよね？」

今度は、深雪が小さく顎《あご》を引いた。

――もし自分が蛇になったら、最愛の人にそんな姿をみられたくはない。気づかないふりをしててほしい。だから、私には、恋人と一緒に闘う強さも、一緒に堕ちて行く勇気もないの。

あの夜、桜木は、深雪の言葉に軽い驚きを覚えた。行動的で常にストレートな発言をする彼女が、蛇に変えられてしまった恋人に気づかぬふりをする一番を選んだことが意外に思えたのだ。

だが、いまは違う。陽気で、快活で、何事にも物怖じしない深雪は、誰よりも繊細で、脆《もろ》く傷つきやすい彼女をカムフラージュするためのもの。

本当の深雪は、触れれば壊れてしまうようなガラス細工の心を持つ女性《ひと》だった。

「そのときも言ったけれど、あなたはとても優しく、強い人。どんな人でも見捨てない優しさ、そして、どんなことからも眼を逸らさずに立ち向かってゆく強さ……。恋人を気遣う一番や、恋人とともに堕ち行こうとする三番を選んだ人は、一見優しく思えるけれど、それは優しさではなく、弱さなの。私には、あなたの前に出る勇気がなかった。あなたの優しさと強さに触れるのが、怖かったの……」

か細く、消え入りそうな声。深雪が、空に向けていた視線を足もとに移した。

「ホテルは、お義父さんの経営だったよね？　誰が、お義父さんに……？」

「鳴海さん。私が頼んだの。お義父さんには、私が南さんを殺してしまった、と言ってもらった。失明したのは、揉《も》み合ったときに倒れて頭を打ったからって……。そうしなければ、お義父さん、絶対に警察に駆け込んだから。そんなことになったら、私のこと、あなたにバレてしまうでしょう？　だから……。お義父さん、すぐに上京して、ホテルを手配してくれた。手術をしたと言っても、命にかかわる状態じゃなかったし、入院を続けても、眼がみえるようになるわけじゃないし……。鳴海さん、お義父さんに自分を恋人だと言ったの。そして、一生面倒をみさせてください、って。お義父さんは、ふたつ返事でOKした。私の眼のことがなく、彼が医者でなければ、返事は違っていたと思う」

「君にプロポーズをしたと、鳴海から聞いたよ」

桜木は、自分を呪った。肝心なときに、なにもしてやれなかった無力な自分を……。

「最初は、本気じゃないと思っていた。お義父さんの前での演技だと思っていた。でも、違った。鳴海さんは、私にこう言ったわ。俺は君の眼を治せなかったけど、君の眼の代わりならできる。鳴海さんは、私にこう言ったわ。俺は君の眼を治せなかったけど、君の眼の代わりならできる。病院はやめてもいい。事件のほとぼりが冷めたら、ふたりで外国で暮らそう。それでもつらかったら、一緒に死んでもいい、って。そのとき、私はあの心理テストを思い出した。鳴海さんが選んだのは……」

「三番だった」

桜木は、掠《かす》れ声で深雪の言葉尻《ことばじり》を継いだ。

「そう。自分も蛇になる。鳴海さんは、私と一緒に堕ちようとしていた」

——高校二年の夏休み。

鼓膜に蘇《よみがえ》る鳴海の声。どうして深雪を好きになった？　と、訊《たず》ねる自分に、鳴海が返した言葉。

巻き戻る記憶。夏休みのある日。ゼミに向かおうとしていた桜木のもとに現れた鳴海が、自宅に遊びにこいと執拗《しつよう》に誘ってきた。

鳴海の部屋に足を踏み入れた桜木が眼にしたものは、タオルを敷き詰めた段ボール箱で身を寄せ合う、生後一ヵ月そこそこの痩《や》せて衰弱した三匹の子猫だった。

――近くの空き地に、捨てられてたんだ。

バツが悪そうに事情を説明する鳴海の困惑顔が、昨日のことのように脳裏に蘇った。プレイボーイ、クール、動物嫌い。日頃の鳴海の言動から受ける印象からは想像できない、意外な一面。

あるときは、羽を怪我した雀を両手に包み込み、桜木動物病院に連れてきたこともあった。

昔から鳴海は、傷ついたり捨てられたりしている動物をみていると、放っておけない心根の優しい男だった。

それが、同情なのかどうかはわからない。ただ、ひとつだけ言えるのは、失明した深雪を目の当たりにし、自分に二度と会えないと絶望に暮れる深雪を目の当たりにした鳴海が、彼女を放っておけなかったのだろうということ。そして、深雪への想いが同情から入ったものであっても、いつしかその感情が愛情に変わったのだろうということ。

「それでもつらいなら、一緒に死んでもいい。自棄《やけ》になっていた私には、鳴海さんの言葉は魅力的なものだった。何度も、鳴海さんの好意に甘えようとした。あなたへの想いを、忘れようと努力した。でも、だめだった。忘れようとすればするほど、私の胸であなたの存在が大きくなる。あなたを好きなのに鳴海さんのプロポーズを受けることは、彼を利用すること。だから、私はホテルを出た。取り敢えず、一度実家に帰るつもりだった。警察が、私を疑っていることは知っていた。京都の家を、警察が見張っていることも知っていた。警察に捕まるなら、それでもいいと思っていた。どの道、私が行く場所はないのだから……」

「僕のところに、くればいい……」

言葉尻が震えた。深雪の悲痛と哀切に、胸が詰まった。

「ううん。あなたが迎えにきてくれただけで、私は十分。その思い出だけで、私は生きてゆける。それに、ロビンもいるし。このコ、こうみえてもクロスに似て、とても甘えん坊さんなの」

深雪が、束の間右手を宙に彷徨《さまよ》わせ、ロビンの頭をみつけると優しく撫《な》でた。そして、微笑を湛《たた》えた顔をロビンから自分に向けた。

「もう、思い出は十分だろう？　これからは、僕が君の手足になる。そして、絶対に君の眼を治してみせる」

「どうやって!?　どうやって、治すっていうの!?」

深雪が絶叫し、サングラスを取った。

ネコ科の動物を彷彿《ほうふつ》とさせる切れ長のアーモンド型の瞼《まぶた》。長い睫《まつげ》に囲まれた漆黒の瞳《ひとみ》。以前の深雪と、なにも変わらない。だが、涙に潤んだ瞳は、自分ではなく、どこか遠くをみていた。

「こんなにそばにいるのに、私の瞳にあなたはいないっ。掌《てのひら》の温《ぬく》もりや息遣いを感じるのに、あなたの顔をみることができないっ。頭の中で思い浮かべるだけのあなたなら、思い出のほうがましよ！　私がどうして、いつものベンチに座らなかったと思う!?　あなたの温もりを感じて、決意が揺らぐ自分が怖かったの。でも、違うベンチなら、マリア公園の匂いだけなら、思い出の世界だけに自分を閉じ込めておける。馬鹿な希望を、抱かなくても済む……。これ以上、私を苦しめないで……。あなたがそばにいたら……私は一生、眼がみえない自分を恨んでしまう。こんな目にあわせた神様を恨んでしまう。そして最後には、私を苦しめるあなたを、優し過ぎるあなたを恨んでしまうかもしれない……。だから……これで……さよなら……」

深雪が立ち上がった。ほとんど同時に、桜木も腰を上げた。深雪の両肩を摑《つか》み、正面に回り込んだ。

「君はさっき、僕を好きなのに鳴海のプロポーズを受けたら利用することになるからホテルを出たと言ったね？　だったら、僕と一緒に堕ちよう。君が好きでいてくれる僕がそれを望んでいるなら、利用することにはならないはずだ」

「でも、あなたを巻き込むわけには――」

「僕は、獣医師をやめた。桜木動物病院も畳んだ。もう、十分に巻き込まれているさ」

桜木は深雪の言葉を遮り、明るい口調で告げた。

芝居でも、無理をしているわけでもない。深雪のためなら、どんな揉め事に巻き込まれても後悔はしない。

「え……」

深雪が、絶句した。

「一番大事な女性《ひと》を手に入れるために、すべてを捨てた。だから、僕に失うものがあるとすれば、それは君だけだ。君だけは、失いたくない。深雪。約束してほしい。死ぬのはいつだってできる。その前に、僕とともに奇跡を願ってくれ。君が奇跡を待つことに疲れたら……僕は喜んで、地獄へでもどこへでもお供するよ」

桜木は、深雪の瞳をみつめて訴えた。その双眼は闇に覆われていても、心の瞳には、きっとみえているはず……君のために生き、君のために死ぬことを決めた男の姿が。

「一希さん……ありがとう」

深雪が泣き笑いの表情で、何度も、何度も頷《うなず》いた。

「さあ、取り敢えず、僕のウチへ行こう。これからのことは、ゆっくり考えていけばいい」

桜木は、左手でベンチに置かれたボストンバッグと杖《つえ》を持ち、右手で深雪の手を引いた。

深雪が開いているほうの手でハーネスのグリップを握ると、ロビンがゆっくりと歩を踏み出した。

「覚悟してね。いままで待たせたぶん、いっぱい、いっぱい、わがまま言っちゃうからね」

弾《はじ》ける笑顔。ようやく、深雪がらしさを取り戻した。

マリア公園を、あとにした。深雪の歩調に合わせて、ゆっくりと、ゆっくりと並木道を歩いた。風に舞う山桜の花びらが、ふたりを祝福するライスシャワーのように降り注いだ。ときおり深雪を振り返りながら、慎重にエスコートするロビン。こうやって三人で歩いていると、まるでクロスが戻ってきたようだった。

ふたりに、会話はなかった。その必要もなかった。自分も深雪も、この懐かしい並木道から、髪をさらってゆくそよ風から、絡み合う指先から次々と蘇る遠い日のふたりに思いを馳《は》せることで、胸が一杯になった。

長かった。本当に、長い道程だった。だが、これからは、それまでの何倍もの長い人生がふたりを待っている。彼女をひとりっきりにした年月を取り戻すに、十分な……。

並木道の終わりに差しかかったあたりで、桜木は歩を止めた。なにかが、体内で弾けた。弾けるような、ではなく、たしかに弾けた。

片膝《かたひざ》を着いた。いままでとは明らかに違う、鈍く重い痛み。立ち止まり、心配そうに自分を振り返るロビン。

「一希さん……？　どうしたの？」

不安げな深雪の声が、頭上から降ってきた。

「な……なんでもないよ。ちょっと……石に足を取られちゃって……歳だな、僕も……」

咄嗟《とっさ》に、口を吐《つ》く嘘。

「なんだか……苦しそうよ？」

「足……挫《くじ》いちゃったみたいだ……」

「無理しないで。少し、休んで行きましょう」

「平気……だよ。さ、行こう……か」

休んではいられない。家の前では、鳴海が待っている。はやく病院で手当てを受けなければ、深雪の手足になるどころか……。

桜木は歯を食いしばり、懸命に立ち上がろうとした。ふたたび、なにかが弾けた。

「無理しないで。どこか、座るところを――」

「桜木っ」

深雪の声を、誰かが遮った。正面。タクシーから降りた鳴海が、駆け寄ってきた。

「遅いと思って心配してきたら……案の定だ」

「鳴海さん？　どうしてここに？」

深雪が、焦点が定まらぬ視線を宙に漂わせながら言った。

「こいつ、深雪ちゃんを救い出そうとして、笹川……深雪ちゃんを撥《は》ねた運転手が雇ったヤクザにひどい怪我を負わされたんだ」

鳴海が、自分の瞳孔《どうこう》を覗《のぞ》き込み、脈を取りながら言った。

「そんな……本当なの？　一希さんっ」

「鳴海は……昔から大袈裟《おおげさ》なんだよ」

桜木は、懸命に明るく振る舞った。

「それだけの憎まれ口を叩《たた》けるなら、まだ大丈夫だ。深雪ちゃん。いまからこいつをタクシーに乗せて、俺の病院に行くんだ。君も、きてくれるだろう?」

深雪が、泣きそうな顔で頷いた。

「じゃあ、最初にこの大きな赤ん坊を乗っけるから、君はそこで待ってて」

深雪に言い残し、鳴海が自分の腋《わき》の下に頭を入れて抱え起こした。

寸前のところで、助かった。もし鳴海が様子を見に現れなければ……と思うとぞっとした。

「馬鹿野郎。無理して歩き回るからだ。でも、もう、俺がきたからには大丈夫だ。いいか? これは貸しだ。怪我が治ったら、誰か女を紹介しろよ。深雪ちゃんより、十倍はいい女じゃないと納得しないぞ」

鳴海が、自分の気を痛みから逸らそうと思っているのだろう、必死に軽口を連発した。

「なにを……言っている? これで……お前が……僕を欺いたぶんと相殺だ」

「桜木、本当にお前ってやつは昔から――」

自分の背後に視線を注いだ鳴海の顔が氷結した。

「深雪ちゃんっ」

鳴海が叫んだ。桜木は首を巡らせ、鳴海の視線を追った。

疑問符の浮かぶ表情で立ち尽くす深雪の背後。三、四メートル向こう側からナイフを持って突進する女性……静香。

「深雪っ!」

桜木は鳴海の腕を擦り抜け、全速力で深雪のもとへと駆けた。立て続けに体内でなにかが弾けた。構わなかった。走力を上げた。深雪と静香の距離。およそ一メートル。深雪の背中を庇《かば》うように飛んだ。桜木に体当たりする静香。腹に衝撃。鳴海の絶叫。揺れる視界。大口を開け、目尻《めじり》を裂いた静香。立ち止まり、凍てついた視線を投げる通行人達。

静香が首を左右に振りつつ、ゆっくりと後退《あとじさ》った。まっ赤に染まる静香の両手。桜木は、視線を静香から己の躰《からだ》へと移した。

下腹に突き刺さるナイフの周囲から滲《にじ》み出す鮮血。踵《きびす》を返し駆け出す静香の背中が歪《ゆが》んだ。

「どうしたの⁉　ねえっ⁉　鳴海さんっ、なにがあったの⁉」

「桜木が刺された」

通行人達の悲鳴と怒号に交じって、深雪と鳴海の声が聞こえた。景色が流れた。眼前に空が広がった。青く、澄み渡った空。

「女はあっちに逃げたぞ！」、「救急車を呼べっ」、「ナイフを抜くな」、「あれ、桜木先生よっ」。

桜木の周囲で飛び交う、様々な声、声、声。ナイフで刺されたというのに、痛みは感じなかった。体内でなにかが破れる感触もない。いまなら、さっきよりもはやく走ることができそうだった。

碧空《あおぞら》に、人影が現れた。

「桜木っ、死ぬなっ。俺と約束したろっ。絶対に、くたばらないってっ」

「一希さんっ、私をひとりにしないで……死んじゃいやっ」

鳴海と深雪。ふたりとも、泣いていた。

「み……深雪……」

桜木は、震える右手で宙を掻《か》いた。

「なに？一希さん……」

鳴海が嗚咽《おえつ》を漏らしながら、訊《たず》ね返す深雪の手を自分の手へと導いた。深雪の細く白い指先は、いつになく温かだった。自分の手が、冷たくなっているのかもしれない。

色を失いゆく視界で、白いものがちらちらと舞った。忘れ雪？

眼を疑った。もう、季節は四月の半ばを過ぎていたはず……。

季節外れの白い天使が、風に揺られて舞い降りる。きっと、天からの贈り物。

——春に雪が降ったときに願い事をすれば、必ず叶《かな》うって。地面に触れた瞬間に消えゆく忘れ雪は、願い事を天に持ち帰って叶えてくれる。寂しがり屋の忘れ雪は、願い事を叶えれば来年もまた自分を心待ちにしてくれるから、ということらしいの。

鼓膜に蘇《よみがえ》る深雪の声。雪降るマリア公園。怪我をしたクロスを抱いて途方に暮れていた少女は、忘れ雪に祈った。白い天使は、少女の願いを叶えてくれた。

「今度は……僕が……願いを叶えてもらう……番だよ」

桜木は、ありったけの力を振り絞り、深雪の手をきつく握り締めながら言った。
深雪が唇をへの字に曲げ、顔をくしゃくしゃにして泣いた。
少女のままの泣き顔が、次第に霞《かす》んでゆく……。
「いや……いや……いやぁーっ！」
深雪の叫喚が、鼓膜から遠のいてゆく……。
桜木は、ゆっくりと瞼《まぶた》を閉じた。
瞼の裏一面に降りしきる雪蛍に、桜木は呟《つぶや》いた。

僕は忘れ雪に託す　春に奇跡が降ることを

終章

十四年前の三月十五日。この街路園で、すべてが始まった。

色とりどりの花が咲き乱れる花壇。幼きキリストを抱く聖母マリア像。水面を叩《たた》く噴水の水音。ベンチに描かれた落書き。テニスコートから聞こえるラケットがボールを叩く乾いた音……。

子供の頃、毎日のように足を運んでいたマリア公園と、なにも変わらない。違うのは、淡紅色の山桜の花びらの隙間から覗《のぞ》く黄金色に染まった空。

あの頃、私が見上げたのは濃灰色の雲に覆われた薄曇りの空だった。

交通事故で両親を一度に失い、孤独を話し相手に過ごす日々。底無しの哀しみを胸奥に閉じ込め、明るく、屈託のない少女を演じる日々。

あの頃の私は、この公園で独り物思いに耽《ふけ》っているときだけ、素のままの自分に戻れた。私を引き取ってくれた伯父《おじ》夫婦やクラスメイトの眼前《まえ》での、明朗快活な少女、という鎧《よろい》を脱ぎ捨てることができた。

私は、噴水に眼をやった。あのとき、噴水の周囲の植え込みで、脚を怪我したクロスは躰《からだ》を丸め震えていた。

子犬のクロスを抱き締め、私は途方に暮れた。おまけに、何年振りかの忘れ雪まで降ってきた。

クロスは凍えていた。半べそをかいた私の脳裏に、ふと、母の言葉が蘇《よみがえ》った。

――春に雪が降ったときに願い事をすれば、必ず叶《かな》うって。地面に触れた瞬間に消えゆく忘れ雪は、願い事を天に持ち帰って叶えてくれるって。

母が祖母から聞いたというその幻想的な話に、幼い私は縋《すが》った。

――このコを助けてっ。

私の願いは、天に通じた。

――どうしたの？

振り返った私の背後に佇《たたず》む、黒いダウンコートを着た青年。

優しい声音で呼びかけ、温かな眼差しでみつめる青年。

それが、彼との最初の出会いだった。

――今度は僕が願いを叶えてもらう番だよ。

鼓膜に蘇る、彼の穏やかな声音。彼の温かな笑顔を瞳《ひとみ》に焼きつけることができなかったことが悔やまれた。

彼が天に召された日の午後。用賀駅のプラットホームで、彼女が飛び込み自殺を図ったことを鳴海さんから聞いた。

彼女を、恨んではいない。それは、彼女が死んだからではない。彼は、絶対に人を恨んだりしない。彼ならきっと、彼女を赦すはず。それだけで、私も彼女を赦すことができる。

彼の最期の言葉は、遠い日に叶った幼き私の願いを指していたのだろう。

そして、息を引き取る間際に、彼はなにかを呟《つぶや》いていた。呟きの内容は聞こえなかったが、私にはわかる。きっと彼は、忘れ雪に願いをかけていたのだ。

鳴海さんは言った。

五年前のあの日に、忘れ雪は降らなかった、と。並木道の山桜が散る四月の中旬に、忘れ雪が降るはずはない、と。

私は思った。

彼の瞳には、風にさらわれ舞い落ちる山桜の花びらが雪片にみえたのだろう、と。

翌年の春。奇跡は起こった。彼の遺志を引き継いだ鳴海さんは、あらゆるつてを使って、視神経の再生手術を受けてくれる医師捜しに奔走した。

脳神経外科の権威と呼ばれる三十人を超える医師が、検査を申し出てくれた。検査後、すべての医師が手術を断念した。

無理もなかった。視神経が切断された場合、切断部位に末梢《まつしよう》神経を移植することで再生を図るという研究が行われているらしいが、哺乳類《ほにゆうるい》や鳥類を使った実験では過去に成功例がないという。

つまり、現代医学では、私の瞳に光が戻る可能性はゼロということ。

――あいつら、名声に傷がつくことを恐れる臆病者《おくびょうもの》ばかりだ。俺に技術があれば……。

自責の念に苛《さいな》まれる鳴海さんのもとへ、海外から一通の手紙が届いた。手紙の主は、視神経再生手術にかけて世界的名医の名をほしいままにする、アメリカのピッツバーグ大学脳神経外科のローズ博士という外科医だった。

鳴海さんの話では、ある日、神保町の古書店をぶらついていたときに、一冊の医学書が棚から落ちてきたという。医学書の著者がローズ博士と知った鳴海さんは、口では言い表せない強烈なインスピレーションを感じたと言っていた。

鳴海さんは、藁《わら》にも縋る思いで私のレントゲン写真とカルテを大学宛てに送った。

世界的名医のローズ博士に、日本の一介の医師が患者の検査を依頼しても、応じてくれる確率は、ハリウッドスターからファンレターの返事が届くくらいに低いものだそうだ。手術を受けるとなれば、そのハリウッドスターがわざわざ日本にまで会いにきてくれるほどの確率らしい。

でも、驚くことにローズ博士からの手紙には、患者さんを連れてぜひ一度大学にきてほしい、と書いてあったという。

迷いはなかった。私と鳴海さんは、ローズ博士からの手紙を受け取ってから一ヵ月後に、アメリカへと渡った。

不思議と、私には、ローズ博士が手術を受けてくれるという予感が……手術が成功するという予感があった。

偶然に立ち寄った古書店で、偶然に棚から落ちた医学書。その医学書は、世界的名医の著書。だめを承知で出した手紙に返ってきた返事。

まるで、目にみえない大きな力が鳴海さんを導いているようだった。

私の予感は現実のものとなった。渡米して一週間後に、検査後、私はそのままピッツバーグ大学病院に入院し、手術を待った。手術が行われた。十時間に及ぶ大手術の末、私の瞳には光が戻った。

切断された視神経の再生。人間は、起こるはずのない出来事を奇跡と呼ぶ。

そう、彼が忘れ雪に託した想いが、一年後の春に奇跡を起こした。

今年で、私はあのときの彼と同じ二十六歳になった。いま私は、桜木動物病院で看護士をやりながら獣医師の勉強をしている。

彼が降らせた奇跡の雪に触れたのは、私だけではなかった。

――いま、清一郎さんの面倒は満君がみているんだよ。

私は鳴海さんから、彼のお父さんが奥さんを亡くして以来鬱《うつ》状態になっていることを聞かされた。

――満君はね、お母さんの死の原因が清一郎さんにあると思い、ずっと恨んでいた。ひとつ屋根の下にいながら、何年も顔を合わせていなかったらしい。だけどね、桜木が死んでから気づいたそうだ。俺が拘《こだわ》っていたことなんて、小さなことだ。兄貴のためにも親父と仲直りして、桜木動物病院を続けなきゃって。清一郎さん、ずいぶんと元気になったよ。満君の話では、現場に出るまでは無理だけど、毎日遅くまで獣医師のノウハウを叩き込まれているそうだ。ずっと仲違《なかたが》いしていた満君が獣医師の勉強をしたいと言い出して、清一郎さん、生き甲斐《がい》ができたんだろうな。

そのとき、鳴海さんの声が少しだけ哀しげだったことを覚えている。鳴海さんのお父さんは、秘書が逮捕されたのちに議員を辞職し、それからまもなくして脳卒中で他界した。きっと鳴海さんは、最後まで、お父さん、と呼べなかった父子関係を悔やんでいたのだと思う。

いま、桜木動物病院は獣医師の資格を持っている清一郎さんが形だけ院長に復帰し、中里さんを中心に、私と満さんの三人で現場を任されている。

視力を取り戻してからの私は、迷うことなく桜木動物病院で働くことを決めた。絵を捨てることに、未練はなかった。

物言わぬ動物達を病魔や怪我の苦しみから救うことが、彼のすべてだった。そのすべてをなげうってまで、彼は私を救ってくれた。

桜木動物病院を存続させることが、クロスとともに天国で私を見守ってくれている彼への恩返し。私は、いつの日か、彼のように強く、優しい獣医師になるつもり。

私は、左手の薬指に眼をやった。夕陽に染まるガラス玉の指輪。幼き日の誓いの証。彼は、命と引き換えに、誓いを果たしてくれた。

――桜木の内臓は、ボロボロになっていた。刺されなくても、助かったかどうか……。あの状態で、よく動き回れたもんだよ。愛の力ってやつかな。

鼓膜に蘇る鳴海さんの声に、鐘の音が重なった。五時を告げる鐘の音。

彼の下校時間、私はいつも、風に運ばれるこの鐘の音が聞こえるのを心待ちにしていた。

どれだけ待っても、もう肩を叩いてくれる人は現れはしない。もう二度と、あの優しい眼差《まなざ》しでみつめられることも、温かな声音で名を呼ばれることもない。

私は眼を閉じ、ガラス玉の指輪にそっと唇を押し当てた。睫《まつげ》が震えた。目尻《めじり》から溢《あふ》れ出した涙が、頬を伝った。

不意に、足もとになにかが触れた。眼を開けた。前脚を私の膝《ひざ》の上に乗せた子犬が、尻尾《しっぽ》をお尻ごと振りながら二、三度吠《ほ》えた。

クリーム色のラブラドール・レトリーバーの子犬。瞬間、クロスが戻ってきたのかと錯覚しそうなほど、目の前の子犬は容姿も仕草もあのコに似ていた。

口を丸く窄《すぼ》め、顔を天に向けながら一生懸命に吠える子犬の仕草がとてもかわいらしく、微笑ましく、私は思わず口もとを綻《ほころ》ばせた。

「ほらほら、アンディ、だめじゃないか」

リードを片手に持った小学校の低学年らしき少年が、慌てて私の座るベンチに駆け寄ってきた。

「ごめんなさい」

息を切らした少年が子犬を抱き上げ、私の瞳をまっすぐにみつめながら言った。彼によく似た、優しく、澄んだ瞳を持つ少年だった。

「いいのよ。お姉ちゃん、元気が湧《わ》いてきちゃった」

私は子犬の頭を撫《な》でながら、少年に微笑みかけた。少年は不思議そうに首を傾げ、それから子犬を公園に放し、追いかけっこを始めた。

私は、はしゃぎ回る彼らから、視線を空に移した。

「ふたりとも、ありがとう」

空に向かって、私は呟《つぶや》いた。

雲ひとつない、黄金色の空。今年も、忘れ雪は降りそうにない。

「来年の今日、またこようね」

私は、隣……ベンチに置いた彼の遺灰の入った小瓶を手に取り、語りかけた。

私はベンチから腰を上げ、ゆっくりとした足取りで出口へと向かった。

白い天使が舞い降りた思い出の地に、彼を解き放てる日がくることを祈りながら……。

解説

長江俊和（映像演出家）

あの新堂冬樹氏が、経済犯罪小説の旗手である新堂氏が〝恋愛小説〟を上梓《じょうし》したと知り合いの編集の人から聞いて驚いた。軽快なテンポで、経済犯罪小説などのダークサイドストーリーを描いてきた氏が、一体どんな〝恋愛小説〟を描いたのか？　想像できなかった。タイトルは『忘れ雪』。発売後、すぐに読んでみた。いやいや驚きました。「序章」はいきなり〝孤独な少女〟と〝傷付いた子犬〟の出会い。その舞台は〝マリア公園〟。そこで少女と子犬を救う、動物が大好きな〝心優しき青年〟。違う、明らかに今までの新堂冬樹とは違う。一体この物語はどこへ向かっていくのか？　そう考えながらページをめくっていくうちに、信じられないことが起こった。そう、私はすでに〝序章〟で〝泣いてしまった〟のです。

「濃灰色の空に舞う白い花びら。いや、花びらではなく雪だ。春の淡雪。忘れ雪……」傷付いた少女の心に降る〝忘れ雪〟。その季節外れの春の雪に願いを託すと、必ず叶《かな》うという亡き母の思い出が、少女の孤独な心を締め付ける。いきなり序章から、泣かされた。今までの新堂氏の作品からは考えられない導入。私も登場人物達と同様、胸を締め付けられ、一気にラストまで読んでしまった（実はこの小説を初めて読んだのは、仕事で行ったアメリカから戻る飛行機の中であり、私は柄にもなく座席で号泣してしまいました）。出会ってしまった二人の男女…幼き頃の誓い…二人を引き裂く過酷な運命…心では求め合いながらも、すれ違う二人の恋…ストーリーは恋愛ものの王道を押さえつつも、決して先を読ませない展開は、見事の一言。テンポのいい筆致は相変わらず冴《さ》えているが、この小説で、私が一番印象的だった点は、その〝映像美〟。私は職業柄、小説を読むとすぐ映像に置き換えてしまう悪い癖があるのだが、今回はそれがピッタリはまってしまった。マリア公園にほのかに舞う〝忘れ雪〟の美しい風景が、映像となって頭の中でフラッシュバックする。それはまるで一編のフランス映画を見ているかのような（例えばレオス・カラックスの映画のような）…あるいは、増村保造や市川崑《こん》が描き出していた、美しかった頃の日本映画のごとく。

この小説が、私の頭の中の〝映像美〟細胞を刺激した理由――それは、新堂氏の卓越した文章力もさることながら、小説全編に流れる独特の世界観によるものであろう。現代の東京を舞台にしていながらも、どこか郷愁を感じさせるリリシズム。人を愛するということに真摯《しんし》に向き合い、その信念を貫き通す主人公。その主人公を取り巻く、周囲の人々の優しい眼差《まなざ》し。全ての主要登場人物に流れる、人を愛《いと》おしく思う気持ち。そうその人物造形は、今までの新堂冬樹の小説に登場するそれとは、百八十度違っている……とここまで考えて、あることに気がついた。なるほど『忘れ雪』は、これまでの新堂冬樹の世界の裏返しなのかと。以前の新堂ワールドの登場人物は、極端に言うと悪人が多かった。ところが『忘れ雪』の登場人物は全員、いい人ばかり（中には例外もいますが）。そして、主人公達が過酷な運命にさらされるという点は、『忘れ雪』も今までの新堂作品と同じ。いや、ある意味『忘れ雪』の二人の主人公が辿《たど》る道は、それ以上に悲惨とも言える。つまり新堂氏は、これまで描いてきた経済犯罪の世界を、独特の筆致と構成、巧みな人物描写を軸にしてクルリと裏返し、経済犯罪小説を、上質な恋愛小説に変身させてしまったのである。おそるべし新堂冬樹！

ということで『忘れ雪』は、もちろん今までの新堂冬樹を知らなかった人も（知っていたけど、あまりの犯罪的世界観が苦手だった人も）、今までの新堂ファンも楽しめる〝裏新堂ワールド〟（今までが裏だったから表なのかもしれませんが）なのです。

さてさて、今後新堂ワールドはどこへ行くのか？　また私たちの予想を大きく裏切ってくれることを期待しています。

本書は、二〇〇三年一月小社刊の
単行本を文庫化したものです。

忘《わす》れ雪《ゆき》

新堂冬樹《しんどうふゆき》

平成17年 2月25日 初版発行
令和5年 6月15日 29版発行

発行者●山下直久

発行●株式会社KADOKAWA
〒102-8177 東京都千代田区富士見2-13-3
電話 0570-002-301(ナビダイヤル)

角川文庫 13161

印刷所●株式会社KADOKAWA
製本所●株式会社KADOKAWA

表紙画●和田三造

ISBN978-4-04-378101-0 C0193

◆◇◇

角川文庫発刊に際して

角川源義

第二次世界大戦の敗北は、軍事力の敗北であった以上に、私たちの若い文化力の敗退であった。私たちの文化が戦争に対して如何に無力であり、単なるあだ花に過ぎなかったかを、私たちは身を以て体験し痛感した。西洋近代文化の摂取にとって、明治以後八十年の歳月は決して短かすぎたとは言えない。にもかかわらず、近代文化の伝統を確立し、自由な批判と柔軟な良識に富む文化層として自らを形成することに私たちは失敗して来た。そしてこれは、各層への文化の普及滲透を任務とする出版人の責任でもあった。

一九四五年以来、私たちは再び振出しに戻り、第一歩から踏み出すことを余儀なくされた。これは大きな不幸ではあるが、反面、これまでの混沌・未熟・歪曲の中にあった我が国の文化に秩序と確たる基礎を齎らすためには絶好の機会でもある。角川書店は、このような祖国の文化的危機にあたり、微力をも顧みず再建の礎石たるべき抱負と決意とをもって出発したが、ここに創立以来の念願を果すべく角川文庫を発刊する。これまで刊行されたあらゆる全集叢書文庫類の長所と短所とを検討し、古今東西の不朽の典籍を、良心的編集のもとに、廉価に、そして書架にふさわしい美本として、多くのひとびとに提供しようとする。しかし私たちは徒らに百科全書的な知識のジレッタントを作ることを目的とせず、あくまで祖国の文化に秩序と再建への道を示し、この文庫を角川書店の栄ある事業として、今後永久に継続発展せしめ、学芸と教養との殿堂として大成せんことを期したい。多くの読書子の愛情ある忠言と支持とによって、この希望と抱負とを完遂せしめられんことを願う。

一九四九年五月三日

角川文庫ベストセラー

ある愛の詩　新堂冬樹

小笠原の青い海でイルカと共に育った心やさしい青年・拓海。東京で暮らす魅力的な歌声を持つ音大生・流歌。二人は運命的な出会いを果たし、すれ違いながらも純真な想いを捧げていくが……。

あなたに逢えてよかった　新堂冬樹

もし、かけがえのない人が自分の存在を忘れてしまったら？　記憶障害という過酷な運命の中で、ひたむきに生きてゆく2人の「絶対の愛」を真正面から描いた、純恋小説3部作の完結篇。

女優仕掛人　新堂冬樹

瞬時の駆け引き、スキャンダル捏造、枕営業——。仕掛けられた罠、罠、罠。みずから芸能プロダクションを経営する鬼才・新堂冬樹が、芸能界の内幕を迫真の筆致で描く！

硝子の鳥　新堂冬樹

覚醒剤ルートをマークする美貌の公安刑事・梓。ヤクザとつるむ悪徳警官・佐久間。コリアンマフィアのリーダー・李。新宿、大久保を舞台に3人が火花を散らす。その恐るべき結末は!?　著者初の警察小説。

哀しみの星　新堂冬樹

母に殺されかけ、心に深い傷を負った高校生・沙織。そんな彼女が出会った盲目の青年・亮。「君は、なにも悪くない」と語る亮の言葉は荒んだ沙織の心に染み込んでいくが……運命に翻弄される男女を描く！

角川文庫ベストセラー

瞳の犬　新堂冬樹

飼い主に捨てられた犬と、母の死によって心に傷を負った介助犬訓練士。小さな幸せを摑もうとする彼らが起こした奇跡とは……『忘れ雪』の著者が紡ぐ、優しく哀しい物語。

私立新宿歌舞伎町学園　新堂冬樹

学園を制する者は日本を制す——。米、露、仏、韓……ワールドクラスの不良たちが集まる学園で繰り広げられる凄絶な死闘。小笠原からやって来た真之介の運命は？　規格外の新学園小説！

アサシン　新堂冬樹

幼少の頃両親を殺された花城涼は、育ての親に暗殺者としての訓練を受け、一流のアサシンとなっていた。だが、ある暗殺現場で女子高生リオを助けたため非情な選択を迫られる……鬼才が描く孤高のノワール！

動物記　新堂冬樹

獰猛な巨大熊はなぜ、人間に振り上げた前脚を止めたのか。離ればなれになったジャーマン・シェパード兄弟の哀しき再会とは？　大自然の中で織りなす動物たちの家族愛、掟、生存競争を描いた感動の名作！

殺人の門　東野圭吾

あいつを殺したい。奴のせいで、私の人生はいつも狂わされてきた。でも、私には殺すことができない。殺人者になるために、私には一体何が欠けているのだろうか。心の闇に潜む殺人願望を描く、衝撃の問題作！